LA FILLE DE L'ENNEMI DU PEUPLE

LÉLIA DIMITRIU

LA FILLE DE L'ENNEMI DU PEUPLE

BERNARD GRASSET
PARIS

Pages 393 et 400 : « À Paris » interprétée par Yves Montand.
Paroles de Bradley Baker/Huw Webb/Melissa Rigby/
Sam Kilcoyne/Thomas Cohen

Photo de la bande : Collection privée.

ISBN 978-2-246-83539-4

À la mémoire des morts,
et aux vivants
victimes de tous les totalitarismes

Ça s'est réveillé en moi le 24 février 2022, le jour où l'armée russe a envahi l'Ukraine. La colère et le dégoût.

Il s'agissait pour Vladimir Poutine de prendre Kiev, soumettre le peuple ukrainien à sa loi, avant de reconstituer l'Empire soviétique dont il prétend avoir la nostalgie. C'était le retour du vieux fantasme des « maîtres du Kremlin » qui, au nom de la grandeur de leur pays, s'imaginent destinés à dominer le monde.

Devant la résistance des peuples, ces chefs de guerre, ivres de conquête et de violence, se croient autorisés à user de la terreur pour arriver à leurs fins. En cinq siècles, tsars de toutes les Russies et présidents du Soviet suprême ont engagé leur peuple intoxiqué de propagande mystico-patriotique dans pas moins de soixante-huit guerres et conflits armés aux dénominations diverses, « croisade », « reconquête », « intervention », « normalisation », et toujours, in fine, en vain. La dernière en date, cette « opération spéciale », subira le même sort que les autres, je n'en doute pas, mais à quel prix.

J'avais cinq ans et demi fin août 1944, quand l'Armée rouge est entrée en Roumanie. Les conditions n'étaient pas les mêmes qu'aujourd'hui en Ukraine, et surtout, la réaction des Roumains en 1944 n'eut rien de commun avec la résistance des Ukrainiens en 2022, laquelle est très différente de celle des Afghans en 1979, qui n'est pas comparable à celle des Polonais en 1920. Mais ce sont toujours les mêmes humiliations, massacres, meurtres d'enfants, viols, ce sont toujours les mêmes crimes contre l'humanité.

À Paris, où je vis depuis déjà plus d'un demi-siècle, j'écoute les nouvelles du front, et je ressens comme mienne la rage du peuple ukrainien. C'est pour surmonter ma tristesse et mon impuissance que je me suis lancée, à quatre-vingt-trois ans, dans ce vieux projet qui semble avoir attendu cette étincelle pour être mené à bien : l'écriture de ce livre.

Un an plus tard, je remets le manuscrit à l'éditeur, alors que l'issue de cette guerre est encore incertaine. Je mesure la chance que j'ai eue d'échapper à la barbarie communiste qui a écrasé mon pays, la Roumanie. Cette chance immense, proportionnelle aux dangers traversés, j'espère que c'est aussi une lueur d'espoir.

Le mardi 4 avril 1944, à 13 h 30, quand les sirènes ont retenti dans Bucarest, mon père y croyait encore : « C'est une alerte préventive, a-t-il dit, un essai pour savoir si elles fonctionnent. »

Mais ça durait, ça durait trop longtemps. Il ne savait plus comment nous rassurer : « C'est pour nous entraîner. Prenez vos affaires. On va aller à l'abri. »

Papa n'aurait jamais pensé que les Américains nous feraient ça.

La guerre nous avait épargnés jusque-là, et envers et contre tout, il croyait encore que notre pays pouvait rester à l'écart, neutre. Après tout, nous n'avions rien fait de mal, jamais attaqué personne. « Les Roumains ne veulent que la paix », disait-il.

Deux ans plus tôt il avait fait construire cet abri sur le terrain qui lui appartenait, en face de la maison, de l'autre côté de la rue. Il avait débauché cinq de ses ouvriers et avec une pelleteuse, une excavatrice, une bétonneuse et plusieurs tonnes de bois, l'ouvrage fut achevé en un temps record. L'abri était équipé d'un système d'aération, d'un circuit d'évacuation des eaux usagées, d'un puits artésien, et bien sûr de réserves astronomiques de nourriture impérissable. Papa l'avait prévu pour cinquante personnes. Mais en faisant le premier essai, il s'était rendu compte qu'en se serrant un peu, les quatre-vingts ouvriers de la fabrique, les employés de la maison et nous-mêmes, soit un peu plus d'une centaine de personnes, pouvions y entrer. Pour l'inauguration, en guise de carton d'invitation, Maman avait fait distribuer à chacun de nos voisins une copie des plans de la construction, avec tous les détails techniques leur permettant de réaliser leur abri personnel à l'identique, pour qu'ils ne viennent pas dire qu'on l'avait joué perso. Bref, on était prêt à accueillir pas mal de monde.

Arrivés devant notre refuge, la porte pourtant blindée avait été fracturée et à l'intérieur, c'était plein à craquer. Beaucoup plus qu'une centaine de voisins, parmi lesquels une bonne partie de ceux qui avaient prétendu cet abri inutile. Quant à ceux qui s'étaient moqués de mon père, par bêtise ou par jalousie, ils étaient là aussi, tremblants de peur.

Papa n'a même pas protesté, encore moins tenté quoi que ce soit pour les faire sortir. Il n'avait pas envie de se retrouver avec des hypocrites pareils, qui, d'ailleurs, ne nous auraient certainement pas laissés entrer.

On a donc rebroussé chemin, et c'est à ce moment-là, en retraversant la rue, que nous avons vu les avions dans le ciel, une escadrille de 215 bombardiers, des B29 de l'US Air Force, énormes oiseaux gris, étincelants, qui avançaient lentement, avec leurs ailes immenses, leurs moteurs à hélices, ils formaient comme un tapis sous les nuages, et leur vrombissement, de plus en plus fort, finissait par couvrir le hurlement des sirènes. « Les Américains, a dit Papa. Les Américains… »

C'était tellement beau, ces machines volantes ! J'ai levé la main pour leur faire signe, ou pour les attraper, comme des jouets tout neufs…

Papa nous a dit de courir, alors on a couru. On l'a suivi à l'intérieur de la fabrique, jusqu'à son bureau : « Mettez-vous là. » On s'est mis là, sous la table immense où il étalait ses plans et autour de laquelle il recevait les cadres de la fabrique, les dessinateurs, les architectes, les clients, une table en chêne massif, indestructible avec ses six pieds sculptés, je ne les avais jamais remarqués, mais là, je les voyais de près, six atlantes qui soutenaient de leurs épaules phénoménales un plateau de trois mètres de long et de vingt centimètres d'épaisseur. Ce n'était pas un meuble, c'était un monument. Papa l'avait dessiné et fait construire par ses ouvriers : « Là, nous serons à l'abri, a dit Papa.

— Oui, ça va aller, les enfants, ça va aller », répétait Maman en me serrant dans ses bras. C'est peu dire que j'admirais mon père : grand, beau, fort, intelligent, riche… il était au-dessus de tout le monde. Je n'avais pas d'autre dieu que cet homme, Costa Cristu, qu'on appelait le Maestro, qui, heureusement, n'était pas un dieu, il était beaucoup plus que ça, c'était mon papa. Quand les premières bombes sont tombées, je me suis tournée vers lui, et moi, Lena Cristu, moi qui allais avoir cinq ans, qui ne savais rien de la guerre, qui ne l'avais jamais vue, qui en avais entendu parler, bien sûr, mais à voix basse et comme d'une chose lointaine, étrangère, pas faite pour moi, trop compliquée, mais là, dans les yeux effarés de mon père, j'ai compris que c'était ça, la guerre, elle était là et allait nous tuer, alors je me suis évanouie.

Ce jour-là, en l'espace de quelques minutes, les Américains ont détruit les gares, les trains, les routes, les ponts, les entrepôts d'essence, les usines... Pourquoi n'ont-ils pas bombardé notre usine ? La réponse est simple, Maman la connaissait : la Sainte Vierge nous protégeait.

Quand je me suis réveillée, tout était calme, il faisait nuit, j'étais dans ma chambre. Les bruits que j'entendais dans la maison, c'était l'agitation de mes parents en train de faire les valises.

Au petit matin, alors que les bombardements reprenaient, mais beaucoup plus lointains, sporadiques, nous sommes montés dans la Chrysler Imperial sur le toit de laquelle s'empilaient les valises, pleines à craquer, ficelées comme des saucissons, comme une pyramide qui nous protégerait au cas où, malgré l'aide de la Sainte Vierge, une bombe nous tomberait dessus.

On était huit : Papa au volant, Maman à côté de lui, avec moi sur ses genoux, et sur la banquette arrière, ma grande sœur Sabina, vingt ans, qui tenait dans ses bras ma petite sœur Alina, qui avait à peine un an. À côté d'elle ma tante Mioara, la sœur de ma mère, et sur ses genoux, ma cousine Pinți, six ans, et entre Sabina et Mioara, la mère de Maman, Drina Zeleanu, qui n'avait aucun enfant sur ses genoux, mais portait son gros ventre comme un perpétuel nouveau-né.

Il y avait des affaires partout, entre les passagers, sous les sièges, sur la plage arrière, par terre, des sacs de nourriture, de médicaments, tellement de sacs que Papa mis à part, on ne savait plus où mettre ses pieds.

Il a démarré la voiture et on a quitté la maison. Je ne me souviens plus des noms ni des visages de ceux auxquels le Maestro avait confié la *fabrique de meubles d'art Cristu*, j'ai l'image vague d'un petit groupe qui nous saluait de la main.

« On en a pour une petite heure », a dit Papa.

Je regardais la montre de Maman. J'apprenais à compter. J'avais hâte qu'on arrive. Je ne sais pas ce qui me faisait le plus peur, le bruit des avions, des explosions, des sirènes, des klaxons d'ambulances et des voitures de pompiers, ou la vue de tous ces gens qui couraient, affolés, de ceux qui marchaient, lentement, en poussant des charrettes. Il y avait des blessés, en sang, des gens en larmes qui nous appelaient pour qu'on s'arrête, qu'on les prenne avec nous, mais on ne s'arrêtait pas, surtout pas…

Maman me chuchotait à l'oreille tous les miracles que la Sainte Vierge avait déjà réalisés, elle nous protégeait, je devais en être sûre, il suffisait de faire des prières, ce qu'on faisait. Je priais et à chaque explosion, plus ou moins proche, je sursautais et comme pour me rattraper, je me signais, frénétiquement, en priant la Sainte Vierge, le bon Dieu, l'enfant Jésus et d'autres saints utiles à la situation. J'ai bien usé mon chapelet ce jour-là.

Il y avait des incendies de tous les côtés. La grosse colonne de fumée, noir et orange, au loin, vers le nord de la ville, c'était l'aéroport de Băneasa, il avait été bombardé en premier mais il continuait de brûler. J'ai demandé s'il y avait des gens dedans qui étaient en train de mourir. Papa m'a assuré que non, car il était fermé depuis une semaine, croyait-il savoir. Il affichait un calme olympien, je devrais dire « un calme macédonien », puisque c'est de là-bas qu'il venait, mon héros.

Je crois me souvenir avoir vu un avion tomber en flammes, mais j'ai tellement entendu de récits sur ces trois jours de bombardement, par la suite, qu'il est possible que ce soit un souvenir induit.

On a quitté la ville par l'ouest, en direction des montagnes. Nous n'étions pas les seuls à avoir eu cette idée. L'exode était massif, il offrait le spectacle banal et pathétique d'une longue colonne de fuyards, à pied, à vélo, en automobile. On doublait de vieilles calèches de l'ancien temps, des chars à bancs tirés par des chevaux, des ânes, des chèvres, des chiens, toutes ces embarcations de fortune peinaient à avancer sous le poids des bagages. C'était bien la première fois que je voyais un chien attelé, celui-là ne ressemblait pas aux chiens de traîneau qui courent sur la neige.

Tout à coup, un avion nous a foncé dessus, tout le monde a crié dans la voiture, mais hop, au dernier moment il est remonté, c'était juste pour nous faire peur, probablement, et c'était réussi, j'ai senti que j'allais encore une fois m'évanouir, ou faire pipi dans ma culotte, je me suis retenue, je tremblais, m'accrochais à ma mère, j'ai eu le temps de l'avertir : « Je vais dégobiller, M'man ! »

Elle a demandé à Papa d'arrêter la voiture.

À peine le temps de sortir, et me voilà en train de rendre tout mon petit-déjeuner dans le fossé. Ça puait, c'était dégoûtant, je me suis vue malade, morte, j'en avais marre, j'ai dit que je ne voulais plus remonter dans la voiture.

« On ne peut pas rester là, ma chérie.
— Je m'en fiche.
— Tu veux qu'on te laisse là ?
— Non !
— Alors quoi ?
— Je veux être sur les genoux de Papa. »

J'avais confiance en la Sainte Vierge, mais pas autant qu'en mon Papa. De fait, je ne leur ai pas laissé le choix. Mon père m'a prise sur ses genoux, et on est reparti.

Le reste du voyage, mon père a chanté. Il avait une très belle voix, tout le monde l'admirait, mais c'est pour moi qu'il chantait le mieux. Sa voix magique m'ensorcelait.

La « petite heure » que devait durer le voyage s'est répétée un certain nombre de fois avant d'atteindre notre refuge : Vrăneşti. Partis tôt le matin, nous sommes arrivés en fin d'après-midi, plus de dix heures pour faire cent kilomètres !

On a traversé le bourg, à la sortie duquel on a pris une petite route cabossée sur la droite. Deux kilomètres plus loin nous est apparu le manoir de Leonida, le cousin de Papa. « C'est là, a crié Papa.

— Nous sommes sauvés, a enchaîné Maman. Lena chérie, tu peux arrêter de te signer maintenant, la Sainte Vierge nous a protégés. Regarde comme c'est beau. On sera bien, ici.

— C'est sûr que les Russes ne viendront pas nous chercher jusque-là », a dit Papa.

Le manoir de Leonida était encore en construction, ce qui fait qu'il n'était pas si beau que ça. Quant à nous protéger des Russes... Papa n'aurait pas dû s'avancer si vite.

À peine descendue de la Chrysler, j'ai fait la connaissance du chien de la ferme d'à côté qui aura été le premier à nous accueillir. Negruţ, comme son nom l'indique, était tout noir, très grand, très gentil. Ma cousine Pinţi en a eu peur tout de suite, moi pas du tout. J'aimais les animaux. Je regrettais ceux qu'on avait abandonnés à Bucarest. Là, j'étais aux anges, il y avait des poules, des canards, des oies, en semi-liberté, Negruţ les empêchant d'aller dans le potager, immense. Les voisins nous ont offert des fraises en signe de bienvenue. Elles étaient délicieuses. Je crois que c'est ce jour-là que j'ai vraiment adoré la Sainte Vierge. Elle allait certainement apparaître à un moment ou à un autre, car mon idée était faite : nous venions d'arriver au paradis terrestre.

Le manoir, bien qu'inachevé, offrait un certain confort, et surtout une vue panoramique sur la plaine et le bourg en contrebas. Vrăneşti ne comptait plus que 2000 habitants, à 80 % des femmes, la guerre ayant enrôlé presque tous les hommes de dix-huit à quarante ans. Les vieux se réunissaient au bistrot pour écouter la radio. Les nouvelles n'étaient pas bonnes. Outre les progrès de l'Armée rouge, les Américains continuaient de bombarder régulièrement les infrastructures du pays, surtout pétrolières.

Cette guerre me semblait lointaine. Les avions passaient très haut dans le ciel, et lentement. Le vrombissement de leurs moteurs ne nous parvenait que longtemps après leur passage, comme au cinéma quand les acteurs parlent à côté de leur bouche, c'était presque comique. Papa m'a expliqué que le son « voyageait » moins vite que la lumière, je n'ai pas vraiment compris comment c'était possible, mais peu importe, je lui faisais confiance, la lumière était plus rapide que le son, quand ils faisaient la course, c'était toujours elle qui gagnait.

Mon père savait tout sur tout, et j'en profitais, lui posant les questions les plus absurdes, simples prétextes pour le retenir encore un peu près de moi, et rester au plus près du son de sa voix. Il parlait en marchant à travers la forêt, et plus tard, à Bucarest, il a continué à me parler en marchant dans la ville, à la manière des pédagogues grecs, en somme. À cinq ans, à douze ans, à dix-huit ans, il me faisait tout découvrir à pied, les champignons et les vieilles maisons historiques de Bucarest, on a fait comme ça des kilomètres et des kilomètres, plus je posais de questions plus il me répondait, sans jamais se lasser. Quand il ne savait pas, il inventait, et c'étaient les plus belles réponses, celles que nous savions tous les deux imaginaires. Je ne crois pas qu'il faisait ça avec mes autres frères et sœurs.

Un jour, à Vrăneşti, je crois que c'était le lendemain de mon anniversaire, en cherchant une question qui pourrait lui plaire, je lui ai demandé pourquoi je ne comprenais pas ce qu'il disait quand il parlait avec mon oncle Leonida.

« Parce que nous ne parlons pas en roumain, ma chérie.

— Vous parlez en quoi ?

— En macédonien.

— C'est quoi ?

— C'est la langue d'un pays qui s'appelle la Macédoine. Nous venons de là-bas. »

Toutes les histoires de la Grèce antique ont suivi, à commencer bien sûr par les exploits du roi de la

Macédoine, Alexandre le Grand, dont je ne doutais pas que mon père fût le descendant direct. Il était grand et beau comme Alexandre, courageux et intelligent comme le plus génial des conquérants de tous les temps. Et moi, j'étais sa fille.

Mes grands-parents étaient donc des Macédoniens. Ils travaillaient dans le commerce du vin. Quand les Turcs sont arrivés, ils ont dû quitter la Macédoine pour fuir vers l'Albanie. Ils se sont d'abord installés à Boboshticë. C'est là que Papa est né. C'était très beau, paraît-il, ce petit village au bord du lac Prespa : des vignes d'un côté, des montagnes de l'autre, mais ils n'ont pas eu le temps d'en profiter car les Turcs ont continué leur invasion, et comme ils ne voulaient toujours pas de leur religion qui interdisait le vin, et pas mal d'autres choses, ils sont partis en Roumanie. Ils ont traversé la frontière à pied, et marché comme ça jusqu'à Bucarest.

Ils s'appelaient encore Calio à l'époque. Ils ont changé Calio pour Cristu qui faisait plus roumain. Et ils ont déclaré la naissance de leur fils sous le nom de Costa Cristu, en 1889, le rajeunissant d'au moins un an. C'était mieux pour eux d'avoir un fils né en Roumanie, et donc déclaré roumain, au cas où les Roumains seraient pris de xénophobie envers les Macédoniens, c'était déjà arrivé, ça arriverait encore.

En s'installant dans leur petite maison de la rue Mântuleasa, les Cristu ont accroché les deux icônes sur le mur, côté est. C'est tout ce qu'ils avaient préservé de leur ancienne vie : des icônes et une langue, le macédonien. L'essentiel, au fond.

C'était un quartier très populaire et très métissé. Des Grecs, des Arméniens, des Juifs, des Turcs, et même des Roumains issus du vaste exode rural de l'époque. En fait, dans ce quartier, chacun était le métèque d'un autre, et personne ne faisait peur à personne.

Les époux Cristu se sont très vite adaptés à la vie citadine. Les parents avaient sauvé leur vie et celle de leur fils. Ils avaient maintenant une nationalité et ne cesseraient jamais de montrer leur reconnaissance envers la patrie qui les avait accueillis. « C'est un pays béni, disait mon grand-père, tu grattes un peu la terre et tu trouves de l'or. »

De l'or, il espérait bien en trouver avec son commerce de vin. En attendant, ils ont eu trois autres enfants, deux filles, Vasilica et Elisabeta, et un fils, Lazar. Ils auraient voulu transmettre leur commerce de vin à Costa – parce que c'était l'aîné, celui qui avait « ouvert le chemin » comme on disait, celui qui devait faire fortune et devenir l'honneur de la famille. Mais Papa n'était pas intéressé par le commerce du vin.

À quatorze ans, en réalité quinze ou seize, il était trop bon élève pour abandonner ses études et se mettre à travailler. Ses professeurs ont conseillé aux parents d'envoyer leur fils à l'École des arts et métiers de Bucarest où, d'après eux, il avait les moyens de devenir ingénieur.

Et en effet, il s'est tout de suite fait remarquer. Il comprenait tellement vite que les autres élèves le soupçonnaient d'apprendre ses leçons avant de venir en classe.

La Belle Époque ne l'a pas seulement été pour les Parisiens. Bucarest n'avait pas inventé les danseuses de cancan, mais vivait une paix et une prospérité qu'elle n'avait jamais connues, ça ressemblait à la liberté, celle qui rend tout possible.

Carol Ier, roi de Roumanie depuis 1881, établissait solidement la dynastie des Hohenzollern-Sigmaringen sur ce petit coin du monde. L'ordre y régnait à l'abri duquel une classe moyenne se développait, le regard braqué sur son modèle : Paris.

Le roi avait eu la bonne idée d'aider au développement de l'industrie pétrolière dont on disait les réserves inépuisables, mais sur lesquelles, quarante ans plus tard, les Russes mettraient la main, les pompant jusqu'à la dernière goutte.

En 1910, quand il achève ses études à l'École des arts et métiers, Costa Cristu a vingt et un ans. Premier de sa promotion, il obtient un prix qui lui permet d'acheter un terrain à l'entrée de Bucarest, à côté du dépôt des fiacres, rue des Vieux-Cochers, devenue plus tard la rue Episcopul-Radu.

C'est là que mon père a monté son affaire. Il a pris son jeune frère Lazar avec lui, et ils ont embauché Vico, un Roumain qui allait très vite être adopté par la famille Cristu. À ma naissance, vingt-cinq ans plus tard, il était toujours là, mangeant à table avec nous.

En plus du prix qui lui avait été accordé, l'École des arts et métiers lui a envoyé des clients. Succès immédiat. Du coup, les ministères ont fait appel à lui, puis les familles de la bourgeoisie bucarestoise. Les meubles de la fabrique Cristu étaient connus dans tout Bucarest, incarnant l'excellence du mobilier moderne roumain. Si le Maestro, comme on appelait désormais Papa, continuait d'assurer la création en réalisant lui-même les dessins de ses meubles, il dut embaucher de nouveaux ébénistes, sculpteurs et polisseurs, ainsi qu'une dizaine d'apprentis qu'il avait l'intention de former à sa méthode de travail. Il voyait grand, il voyait loin. Son horizon s'est brutalement fermé le 1er août 1914, quand l'Allemagne a déclaré la guerre à la Russie, puis à la France, avant que l'Empire britannique n'entre dans la bagarre et que toute l'Europe ne s'embrase.

Placé à la tête du pays en tant que *Domnitor* en 1866, sous la protection de Napoléon III, Carol Ier avait obtenu l'indépendance en 1878, avant d'être couronné en 1881. Durant les trois décennies suivantes, cet excellent stratège militaire avait réussi tant bien que mal à contenir les assauts des Ottomans, des Bulgares, résistant par la suite aux prétentions des Empires austro-hongrois et russe. C'était un bon roi, si cette expression a un sens. Quand la guerre a éclaté, en fin politique, il réussit à obtenir la neutralité de la Roumanie dans le conflit. Malheureusement, mort à soixante-quinze ans, le 10 octobre 1914, il laissait le pays entre les mains de son neveu Ferdinand Ier qui, le 27 août 1916, trouvait malin de se rallier à l'Alliance, et donc aux Russes, contre l'Allemagne. La Roumanie, pour son plus grand malheur, entrait en guerre.

Mon père avait alors vingt-cinq ans. Sans attendre d'être appelé sous les drapeaux, il s'engagea le jour même comme volontaire. Il pensait alors que le fait de se battre pour défendre sa patrie allait faire de lui un citoyen roumain à part entière. C'était son obsession. Le Macédonien né en

Albanie avait fait le choix d'être roumain, une fois pour toutes et définitivement. Mais pas au prix du sang.

« Je n'ai jamais tué personne, a-t-il lancé le jour où Maman lui a demandé d'aller égorger un des poulets dont elle avait commencé l'élevage en arrivant à Vrăneşti. Même pendant la guerre, je n'ai tué personne, alors je ne vais pas commencer avec tes poulets.

— Toi, Papa, tu as fait la guerre ? »

Oui, il l'avait faite. Et sans avoir tué personne. C'est grâce à sa passion et à la connaissance qu'il avait acquise dans l'art et la technique photographiques que le soldat de première classe Costa Cristu fut enrôlé dans l'armée de l'air. Sans avoir été pilote, il était quand même monté à bord de ces engins volants pour des missions de reconnaissance des plus périlleuses où il s'agissait de survoler les lignes ennemies pour prendre des photos qui établiraient avec précision les emplacements et la densité des forces de la partie adverse. C'est au cours d'une de ces missions dans les airs qu'il a été blessé, sous le feu ennemi. L'habileté du pilote permit à l'avion mitraillé d'échapper au pire, mais n'a pas empêché une balle allemande de se loger dans le mollet droit de mon père, origine de la cicatrice qu'il me montra à cette occasion.

« Les chirurgiens n'ont pas voulu me la retirer parce qu'elle était trop proche de l'artère, m'a-t-il expliqué, je risquais de perdre ma jambe, ou pire. » Il a gardé sa balle héroïque toute sa vie. À la fin, des varices sont apparues, accompagnées de fortes douleurs, surtout par temps humide, mais il ne se plaignait jamais.

Le plus grave qui lui soit arrivé pendant la guerre, et qui faillit le tuer, c'est le typhus. Anéanti par la fièvre et de violents maux de tête, il ne s'en serait jamais tiré sans Liana Iordache, une infirmière bénévole qui l'a soigné, lavé, changé, réconforté, et quand il n'avait plus la force de tenir un couvert, l'a fait manger à la petite cuillère. Cette femme s'est occupée de lui pendant des semaines, des mois, aucun malade de l'hôpital militaire ne fut l'objet d'une telle attention. Dans ses pics de fièvre, Costa Cristu tombait dans le coma, parfois pour plusieurs jours, avant de revenir à lui, prostré, muet, accablé de fatigue. Ça a duré des mois, et il a fini par s'en sortir, grâce à la dévotion, il n'y a pas d'autre mot, de cette infirmière bénévole. C'est ce qu'on lui a expliqué alors qu'il s'apprêtait à quitter l'hôpital : « Liana vous a sauvé la vie. »

De huit ans plus âgée que lui, l'infirmière exemplaire n'était pas seulement bénévole, elle était amoureuse. Costa l'avait vaguement compris, mais il a quand même été étonné quand elle lui a annoncé qu'elle était enceinte de lui.

Comment s'y était-il pris, ou comment s'y était-elle prise, c'est un grand mystère sur lequel mon père ne m'a jamais donné d'éclaircissement. C'est d'ailleurs par Maman que j'ai appris l'histoire de cette immaculée conception. Elle-même la tenait d'Irina, la mère de Costa qui n'avait jamais apprécié la façon dont cette « pseudo-infirmière » avait mis le grappin sur son fils, en profitant de sa maladie.

Adolescente, j'ai trouvé l'histoire très belle : mon père, qui sort du coma, apprend qu'il va avoir un enfant de la femme qui lui a sauvé la vie, ça ressemblait à un conte de fées. À mes yeux, tout ce qui lui arrivait avait valeur apostolique.

Quoi qu'il en soit, Costa Cristu épousa Liana Iordache, son infirmière, qui accoucha d'un garçon nommé Marian en décembre 1918. Outre le fait de lui avoir donné ce bel enfant, un mâle, cette maman tombée du ciel présentait l'insigne avantage d'être roumaine. Or, Costa avait hérité de l'inquiétude identitaire de ses parents : bien qu'officiellement né en Roumanie, rien n'était encore tout à fait assuré de ce côté-là, et le mariage avec une Roumaine constituait une étape importante dans son processus d'intégration.

Teo est né deux ans après Marian, et quatre ans plus tard, en 1924, est née Sabina.

D'après ma mère, ce sont les circonstances bizarres de cette union entre le jeune soldat dans le coma et l'infirmière bénévole, déjà un peu âgée pour l'époque, qui firent que leurs relations n'ont jamais été bonnes, ni heureuses : « Costa a été forcé par cette femme qui prétendait être vierge avant de le connaître, mais j'en doute, disait ma mère. Vieille fille, c'est certain, vierge, ça reste à prouver. Mais ça n'était pas une mauvaise femme. Que veux-tu, ton père était tellement séduisant, il avait toutes les femmes à ses pieds, même à moitié endormi, malade au dernier degré, il plaisait aux femmes, celle-ci l'avait sous la main, totalement à sa merci pendant des mois, elle en est tombée amoureuse et au bout d'un moment, je ne sais pas comment elle s'y est prise, mais voilà. Je la comprends. Je la respecte, même. Mais je sais que ton père n'a jamais été amoureux d'elle. Reconnaissant, oui. Amoureux, non. »

Liana était peut-être devenue aide-soignante par patriotisme, au départ, mais comme la plupart des femmes dans sa situation, elle y était allée dans l'espoir de trouver un mari, et si possible un père pour ses futurs enfants, fût-il un peu amoché. Les hommes sont tellement ce qu'ils sont qu'il vaut parfois mieux les prendre diminués. Avec Costa Cristu, elle a cru être tombée sur le gros lot. Mais sa vocation n'était pas de soigner les blessés et de leur faire des enfants dans le dos. Elle avait un vrai métier : professeur de piano. C'était une artiste. Ils se sont retrouvés là-dessus en sortant de l'hôpital, elle au piano, lui à côté, à chanter les grands airs d'opéra.

À part l'amour de la musique, ils étaient très différents. Une différence de classe. De culture. C'était une intellectuelle, de caractère, ce que mon père n'était pas. Il ne lisait que des livres d'histoire, de géographie, de technique du bois, mais pas de roman, encore moins des ouvrages de philosophie ou de politique. Il se méfiait de la politique comme de la peste.

Notre bibliothèque était remplie de livres sur la Roumanie, il n'y avait que ça. Papa était nationaliste comme seuls les immigrés peuvent le devenir, avec un amour absolu pour sa patrie d'adoption. Quand je lui disais : « Mais si toi tu es macédonien, je le suis moi aussi.

— Non, il disait, tu es roumaine ! Une pure Roumaine. »

La guerre finie, le traité de Versailles permit à la Roumanie de récupérer la Transylvanie, annexée par les Hongrois au xe siècle, puis rattachée à l'Empire austro-hongrois. Dans la foulée, les Autrichiens défaits ont été tenus de nous rendre la Bessarabie, prise en 1812, et les bolcheviks ont rendu la Bucovine que le tsar nous avait confisquée en 1775. Quant aux Bulgares, ils se sont retirés de la Dobroudja, la région la plus au sud de la Roumanie, au bord de la mer Noire, et considérée comme le grenier à blé des Balkans. Jamais la Roumanie n'avait été aussi vaste. On parlait d'ailleurs de la Grande Roumanie, en référence à la Grande Russie, soixante fois plus étendue…

Cet orgueil territorial allait vite être mis à mal, car les Russes et les Allemands n'allaient pas tarder à contester ces nouvelles frontières.

En attendant ces jours funestes, Costa Cristu a repris les commandes de sa fabrique, engageant du personnel à tour de bras. Avec la paix revenue, le retour de l'argent dans les caisses, tout prit des proportions extraordinaires. Le Maestro fit construire notre nouvelle maison. On entrait maintenant par un magnifique portail, ouvrant sur une allée assez large pour permettre à deux camions de se croiser. Au bout de cette allée, une maison moderne, fonctionnelle, avait quelque chose de grandiose.

À la mort de son père, il fit venir sa mère, une grande dame, mince et stricte, qui ne quitterait plus le noir de sa vie. Elle détestait sa bru qui le lui rendait bien, mais les deux femmes cohabitaient pacifiquement, car telle était la consigne du Maestro.

La fabrique de meubles d'art Cristu n'était pas la seule à profiter de la prospérité du pays. Dans ce quartier excentré, pour ne pas dire en friche, sont apparues d'autres fabriques, des boutiques de toutes sortes, et se sont construits des immeubles d'habitation, une école, des restaurants. En moins de dix ans, c'est devenu un endroit très animé, comme s'il s'était rapproché du centre.

Au début des années 1930, mon père a importé d'Allemagne des machines très performantes qui lui ont permis de fabriquer des meubles de standing en quantité quasi industrielle. Il est devenu vraiment riche. Tous les matins, c'était lui qui ouvrait la grille de la fabrique dont l'enseigne affichait : « Fabrique de meubles d'art Costa Cristu & Fils ». C'était un peu présomptueux, car son fils aîné n'avait pas quatorze ans et ne paraissait pas particulièrement intéressé par le métier d'ébéniste. Dépenser l'argent de son père, oui. Travailler, non merci. Et encore moins de ses mains.

Ça n'empêchait pas la réputation de la fabrique de grandir. En fait, elle n'avait pratiquement plus de concurrent à son niveau. Le nom de Costa Cristu devenait célèbre, son « parcours », comme on dirait aujourd'hui, suscitait la curiosité et créait comme une réputation, celle d'un homme qui s'était fait tout seul et qui entretenait une vie mondaine un peu au-dessus du raisonnable. Un nouveau riche, en somme. Sa belle prestance ne passait pas inaperçue quand il se rendait, sa femme à son bras, au Théâtre de l'Estrade où se donnaient les opérettes, et où il avait sa loge. Grand mélomane, il ne ratait pas un opéra. Il se faisait des amis dans le milieu des artistes et des intellectuels. Il fréquentait régulièrement la grande brasserie Cina, juste en face du palais royal.

Sept heures du soir était le moment idéal pour y rencontrer ses amis. Il arrivait au volant de sa Chrysler Imperial. Ça, c'est lui qui me l'a raconté : il n'y avait pas plus de quatre exemplaires de cette limousine à Bucarest, et donc dans toute la Roumanie. Il s'arrêtait devant la terrasse d'Oteteleşanu, le café littéraire en vogue, on y parlait français, ou on faisait semblant. À l'époque, Paris imposait la mode, les gens à la page ne disaient plus « *buna ziua* » mais « bonjourrr », « merrrci », « au rrrevoir », sans arriver à corriger le roulement des r.

Mon père n'a jamais essayé de se mettre au français, il n'était pas snob, du moins pas à ce point, et puis, en tant qu'immigré, il était fier d'être devenu roumain, il s'ingéniait donc à parler un roumain impeccable et se moquait des « précieuses ridicules » qui se donnaient des airs germanopratins en parlant, comme il disait, « le français des bords de la Dâmboviţa », le ruisseau qui traverse la capitale.

Mon père avait la réputation d'être un homme franc, honnête, qui ne mâchait pas ses mots. Il ne cachait pas non plus ses ambitions, et n'avait peur de personne : il voulait s'enrichir encore et encore, et profiter de la vie, en s'achetant toujours le dernier modèle de Chrysler Imperial. On l'appréciait aussi pour ça : il n'avait pas honte de sa fortune honnêtement acquise.

Il ne niait pas non plus aimer les jolies femmes, et ne se gênait pas pour en profiter. C'était facile, elles l'adoraient. La chose qu'on n'appelait pas l'adultère était tout à fait admise, et même très bien vue. Autrement dit il avait des maîtresses, régulières ou pas. Pour les urgences, comme tout bourgeois respectable, il allait à la Croix-de-pierre, le quartier des guinguettes, des distractions libertines et des maisons closes accréditées. La fréquentation de ces lieux ne portait pas préjudice au mariage, en principe, la notion de faute, de tromperie étant réservée aux épouses.

Il y allait avant la guerre, et ne voyait pas pourquoi il aurait dû cesser d'y aller après. Dieu lui avait permis de revenir entier du front, ça n'était pas pour rien. Il a donc continué une fois marié.

Sauf que son épouse ne l'entendait pas de cette oreille. C'était une femme moderne, certes, mais elle ne plaçait pas la modernité sur ce plan-là. Jalousement amoureuse de son mari, elle n'était pas disposée à le partager.

Prise de doutes à la suite de l'indiscrétion d'une voisine, elle voulut en avoir le cœur net, et le fit suivre par un détective. Mal lui en prit, car ses soupçons se révélèrent fondés.

Elle lui fit une scène de tous les diables : « Débauché ! Goujat ! Mécréant ! Père indigne ! »

Pour Costa Cristu, ces reproches dépassaient l'entendement. Mais surtout, il n'a pas du tout apprécié qu'elle lui fasse une scène devant ses enfants, sa mère, et ses ouvriers.

Il n'avait jamais été traité de la sorte. Il ne le serait plus jamais.

Il lui fit comprendre sur-le-champ qu'il continuerait d'aller où bon lui semblerait, que cela lui plaise ou non. Il n'eut pas besoin d'avoir recours à la violence, ni même aux cris pour qu'elle comprenne qu'il ne serait plus jamais question pour elle d'un numéro de femme outragée comme celui-là. Ça n'était pas une discussion. Il ne s'était jamais caché, et il continuerait, qu'elle le veuille ou non.

Le beau soldat qu'elle avait tiré de la mort venait de montrer sa vraie nature. La suite de leur vie conjugale serait froide, pleine d'amertume, de non-dits. Elle allait se consacrer à son piano, très peu à ses enfants, laissant son mari à ses affaires et à ses relations plaisantes.

Au début des années 1930, la fabrique Cristu employait quatre-vingts personnes parmi lesquelles dix-sept apprentis qui logeaient à côté de la maison, dans un bâtiment attenant. Ils étaient nourris, blanchis, ce qui demandait du personnel à la cuisine, et au ménage.

Le marché de l'emploi, dans ce quartier de Bucarest, c'est au salon de coiffure que ça se négociait. Zeleanu, en barbier mozartien, connaissait les besoins et les disponibilités de ses clients, autrement dit de l'ensemble de la population locale. Lui-même faisait travailler sa fille aînée Aurora comme couturière, notamment pour Madame Cristu. Dès qu'elle avait un accroc à une nappe, ou besoin d'un ourlet à un pantalon pour ses fils. Madame apportait ça au 135, chemin de la Vieille-Foire, l'adresse du salon de Zeleanu, qui donnait aussitôt l'ouvrage à sa fille, et le client pouvait compter qu'en moins de quarante-huit heures, il était servi.

La jeune Aurora était d'une grande beauté, prétendaient ceux qui avaient eu la chance de la voir, car elle ne sortait guère du petit atelier où l'avaient réduite ses parents pour répondre aux commandes nombreuses.

Le barbier Vlad Zeleanu vivait avec sa femme et leurs cinq enfants dans un deux-pièces cuisine et cave, à l'entrée de l'impasse, attenant à son salon de coiffure.

Sa clientèle était très mélangée. Il n'offrait pas seulement le rasage au couteau et la coupe de cheveux aux ciseaux, il pouvait aussi, à l'occasion, arracher une dent, poser des ventouses, fixer une attelle, préparer un onguent ou un sirop, et bien d'autres choses encore, du moment que ça rendait service et que ça pouvait lui rapporter un petit quelque chose, car « chez Zeleanu, rien n'est cher mais tout est payant », disait-on. On venait chez lui chaque fois qu'on avait besoin d'un conseil quelconque, il vous le donnait volontiers… avant de tendre la main pour une petite pièce qu'il ne venait à l'idée de personne de lui refuser. Ça restait moins cher qu'un avocat avec pignon sur rue, et comme le disait sa femme Drina : « Mon mari, c'est quelqu'un dans le quartier. »

Les deux époux s'étaient rencontrés dans un hôpital, eux aussi. Vlad y coupait la barbe et les cheveux des malades, tandis que Drina officiait comme sœur de charité.

Drina était une provinciale, originaire d'un petit village d'Olténie, au bord du Danube. Neuf mois après son mariage, le 5 mars 1909, elle donna naissance à une fille, Aurora, ma mère. Ils eurent encore deux filles, Aneta et Mioara qui sera du voyage à Vrăneşti, et deux garçons, Mircea et Vlad junior, dont il sera question plus loin.

En août 1916, leur père n'avait pu échapper à la mobilisation, malgré ses cinq enfants en bas âge, et la grossesse de sa femme, enceinte de jumeaux – aucun ne survécut à la naissance. Ce fut le dernier accouchement pour Drina. Après ce malheur double, le départ de son mari et la mort de ses jumeaux, elle a commencé à grossir.

Ma mère avait sept ans quand elle a vu partir son père à la guerre. Une vie très dure a commencé pour elle. À peine rentrée de l'école, elle devait aller faire les courses. C'est une expression qui peut sembler anodine, faire les courses, mais pendant la guerre, ça signifiait rester des heures à faire la queue dans le froid, à attendre que le boulanger ouvre sa boutique en espérant qu'il reste encore du pain quand son tour arriverait. Et après le boulanger, il fallait remplir le bidon de gaz. Là aussi, c'était la ruée. Si elle arrivait à en avoir, il fallait encore faire très attention à ne pas en gaspiller une goutte pendant l'opération de remplissage, sans parler du transport.

Devant la fillette traînant ce bidon de quatre kilos, tremblante de froid, les voisins étaient scandalisés. Ils voyaient en Drina une mère indigne, mais pour venir l'aider, il n'y avait plus personne. « J'aurais voulu les voir, ces médisants, avec cinq enfants et un mari à la guerre. »

Il arrivait parfois que Drina, dépassée par la charge de travail, à bout de nerfs, retourne son désespoir contre Aurora qui avait oublié ceci ou cela… « Je pleurais beaucoup, mais je tenais bon. Et un jour, grand bonheur, mon père est rentré de la guerre. Ça a été comme une délivrance. D'abord parce qu'il était sain et sauf, mais aussi parce que son retour allait me soulager de certaines tâches. En plus, j'étais tellement fière de lui présenter mon bulletin scolaire. Mes notes excellentes. »

Une fierté que ma mère allait bientôt devoir ravaler, car le jour de ses douze ans, son père lui a expliqué que c'était fini, elle allait devoir abandonner les études pour aider sa mère à la maison. Elle savait lire et écrire, cela suffisait comme instruction, pour une jeune fille promise au métier de la couture. Douze ans, c'était l'âge légal de la scolarité obligatoire, à l'époque. On ne lui laissa même pas finir son année scolaire. Hop, au turbin. C'était le lot de la plupart des enfants, à cette époque, la fin des études annonçant pour eux le début du travail, que ce soit dans les champs, à l'usine ou à la mine. Ceux qui, comme Aurora, restaient à la maison, n'étaient pas forcément les mieux lotis.

En guise de cadeau d'anniversaire, Aurora se vit remettre la machine à coudre sur laquelle sa mère avait trimé avant d'être sœur de charité.

Installée devant sa machine, il ne lui restait plus qu'à faire sien le métier de sa mère. Couturière, à cette époque, c'était l'autre mot pour dire esclave.

Le regret de ne pas avoir pu continuer ses études n'a jamais quitté Maman qui m'a raconté à maintes reprises les bonnes notes qu'elle avait à l'école, et combien de fois elle avait figuré au tableau honneur.

Ses rares moments de scolarité clandestine, elle les passait le dimanche après-midi, chez la voisine, Madame Cohen, une vieille et misérable veuve de guerre qui vivait au fond de l'impasse. La guerre lui avait aussi pris son fils, et depuis, elle disait attendre que le bon Dieu lui fasse grâce et l'appelle à Lui.

Madame Cohen ne se plaignait jamais, mais Aurora savait le réconfort que ses visites apportaient à la vieille dame. Parfois, au milieu des histoires qu'elle lui racontait, Madame Cohen, emportée par l'émotion, ne trouvait plus ses mots, elle les disait en yiddish. C'est comme ça qu'Aurora a appris un peu de yiddish. Elle tirait d'autres grands profits de ces visites. En échange de tout ce qu'elle lui apprenait, sur la vie en général, sur la Bible en particulier, Aurora n'avait pas grand-chose à lui offrir, sinon sa présence et des histoires que son père racontait sur ses clients du salon, insignifiantes. C'est alors qu'elle eut l'idée de lui écrire des poèmes, rimés, à l'imitation de ceux de Mihail Eminescu qu'elle avait appris à l'école. Elle y réfléchissait toute la journée, le roulement de la machine à coudre, tacatac tacatac, tacatac tacatac, lui donnant la cadence. Le soir, elle transcrivait ses vers sur son petit carnet, et le dimanche elle les lisait à Madame Cohen. « Tu es une poétesse, elle lui disait. Tu n'auras pas fait d'études, et pourtant, tu seras une grande poétesse. » Un jour, Madame Cohen est tombée gravement malade. Elle ne pouvait plus ni marcher ni se laver. Aurora est allée la voir tous les jours, jusqu'au dernier soir où elle est entrée et l'a retrouvée morte. Elle a fait comme si la vieille dame s'était simplement endormie. Elle s'est approchée d'elle, lui a lu son poème, comme pour prolonger un peu sa vie. Aurora ne connaissait rien à la religion juive avant que Madame Cohen ne lui explique qu'il n'y avait qu'un seul Dieu, et qu'il était pour toutes les religions. Elle en a déduit que Madame Cohen avait rejoint son fils et son mari au paradis. C'est certainement l'affection qu'elle avait ressentie pour cette vieille femme juive qui l'a éloignée d'un antisémitisme « ordinaire » qui avait infesté une partie de la population roumaine, mon père compris. Je me souviens qu'un jour, je l'ai entendue corriger mon père qui avait parlé des « youpins » : « Soyez poli, mon cher mari, ce sont tout de même des êtres humains ! »

À l'enterrement de Madame Cohen, tout le quartier était là, bien attristé. La Juive avait tout de même perdu son mari et son fils à la guerre, ça exigeait un certain respect. D'autant qu'on aime bien les Juifs quand ils sont dans le malheur. Et après tout, ce qu'ils avaient fait à Jésus, c'était de l'histoire ancienne, nos Juifs à nous, comme Madame

Cohen, ils n'avaient jamais ennuyé personne. L'inverse étant loin d'être vrai.

Il faut savoir que les Juifs roumains, avant l'indépendance, n'avaient aucune possibilité d'accéder à la nationalité roumaine et même après, c'était pour eux la croix et la bannière. Ils ont dû attendre 1923 pour que la nouvelle constitution accorde la nationalité à tout résident, indépendamment de ses origines. Mais, après la Première Guerre mondiale, morts au combat ou pas, les Juifs étaient seulement des Juifs.

Le jour de ses seize ans, Aurora s'est vu offrir par sa mère un pèlerinage à Berzasca pour y rencontrer sa grand-mère paternelle, la vieille Bunica, censée lui prédire son avenir. Singulier présent. Mais quelle jeune fille ne serait pas intéressée à l'idée de connaître son avenir, surtout quand tout lui laisse penser qu'elle n'est pas destinée à en avoir un différent de celui de sa mère, sur la même machine à coudre ? Autant rêver d'autre chose, le temps d'une séance de voyance, comme au cinéma.

Aurait-elle une chance de sortir de cette misère et de cet ennui ? Après tout, tout le monde a le droit de rêver, il aurait fallu qu'elle soit définitivement désespérée pour ne pas tenter le coup. Or Maman n'était pas désespérée, et c'est dans l'excitation qu'elle s'est préparée à ce voyage.

Arrivée sur place, dans ce petit village au bord du Danube, on lui a expliqué qu'elle devait attendre la pleine lune, dix jours plus tard, et qu'entre-temps, pour que Dieu accepte de lui envoyer son message, Bunica allait observer un jeûne de vingt-quatre heures, à l'issue de quoi, après force ablutions et bains purificateurs, des prières seraient dites au cours de fumigations aux herbes et essences sacrées. La nuit de la pleine lune, elle irait se coucher en glissant sous son oreiller la chemise de nuit d'Aurora. C'est au terme de cette procédure, après avoir sombré dans le sommeil, que l'avenir d'Aurora lui serait révélé, au cours d'un songe.

Ceci une fois exposé, le processus pouvait commencer :

« Tu veux toujours que Dieu te fasse connaître ton avenir ? s'assura la vieille Bunica. Si oui, dis : oui je veux.

— Oui, je veux », dit Aurora en lui tendant sa chemise de nuit.

La vieille Bunica se retira dans sa cabane en bois et en terre battue qui embaumait le basilic, le tilleul et l'encens. Unique éclairage, la petite flamme d'une veilleuse à huile brûlait doucement au milieu de la pièce. La vieille se coucha et s'endormit après avoir glissé la chemise de nuit d'Aurora sous son oreiller.

Aurora, pendant ce temps, restait confinée dans une petite chambre pour jeûner et prier, avec interdiction de recevoir qui que ce soit, ni chien ni chat. Elle dut aussi allumer trois bougies.

Le lendemain, à midi, la vieille femme ouvrit la porte de sa cabane en bois, s'assit sur le seuil, et fit venir Aurora qui l'attendait avec une certaine anxiété.

Le récit de la révélation commença autour d'une tasse de café bien épais dont ma mère avala le jus avant de verser le marc dans la soucoupe. En regardant la gadoue noirâtre au fond de la tasse, tout lui apparut clairement : « Tu vas épouser un homme que tu ne connais pas encore. Il sera plus âgé que toi. Quand tu es née, lui était déjà un homme.

Le jour de votre rencontre, il portera un costume marron à fines rayures et un chapeau de feutre assorti. Il est marié, mais le bonheur viendra. Puis des années de malheur et à la fin encore une fois le bonheur. Il mourra avant toi et tu vieilliras heureuse, en paix et entourée des tiens… Voilà ce que l'Ange me fait dire. »

C'était d'une précision stupéfiante. À peine croyable.

« Comment savez-vous que mon futur époux est marié ?

— Dans mon rêve, il liait une vigne, il a demandé de la corde, une femme est apparue et elle a voulu lui donner un lien que l'homme a refusé, la femme a disparu et tu es arrivée avec le bon lien, il a pris ton bras et vous avez gravi la verte colline ensemble, puis l'homme est passé de l'autre côté du sommet et tu es restée seule assise dans l'herbe au pied d'un bel arbre. »

Le destin d'Aurora semblait bel et bien scellé, mais c'était compter sans l'esprit rebelle qui habitait la jeune fille : un homme marié ? Pas question. Elle était prête à tout pour contredire cet oracle.

De retour chez elle, à Bucarest, en revenant devant sa machine à coudre, Aurora envisagea les moyens d'échapper à son destin. Le plus simple serait de suivre les traces de sa mère en devenant sœur de charité. Mais à la différence de Drina, elle ne céderait pas au premier coiffeur venu.

Deux années passèrent ainsi, dans la chasteté, le travail et la méfiance envers les hommes âgés en costume à fines rayures, jusqu'au jour où elle connut Gheorghe Petrescu, un jeune médecin, qu'elle trouva fort beau, plutôt intelligent et surtout, lui sembla-t-il, très bien élevé. Il lui plaisait vraiment, et elle vit en lui l'occasion de tester la fermeté de sa vocation religieuse, en résistant à ses avances. Tout en se disant que, si par malheur, elle lui cédait, au moins ça ne serait pas le vieux mari adultère annoncé par l'oracle.

Les parents Petrescu connaissaient les parents Zeleanu, ils étaient du même quartier, deux familles honnêtes qui se témoignaient une confiance réciproque. Après deux promenades au parc Cişmigiu, une séance de cinéma et un flirt des plus chaste, le jeune homme déployant tout son savoir-faire pour la séduire, Aurora sentit, ou crut sentir, ce qu'elle avait lu dans les livres : elle était amoureuse.

Son imagination la porta jusqu'au mariage : elle serait la femme d'un grand médecin, elle aurait des enfants, elle abandonnerait la couture pour s'occuper d'eux...

« Jure-moi que tu n'es pas marié, que tu ne porteras jamais de costume à fines rayures et que tu n'as pas vingt ans de plus que moi. »

Elle pouvait maintenant s'amuser des mauvais présages.

Pour se rendre à ses rendez-vous amoureux, Aurora travaillait toujours plus et toujours plus vite, mais avec toujours autant de méticulosité, car l'essentiel des commandes lui venait de Madame Cristu, laquelle ne tarissait pas d'éloges sur le travail d'Aurora : « Votre fille est une bénédiction, Monsieur Zeleanu. Nulle part je n'aurais trouvé une ouvrière aussi douée. Félicitez-la de ma part. »

Ce jour-là, Madame Cristu lui avait apporté un travail de grande importance à réaliser de toute urgence : il fallait recoudre la doublure d'une robe de soirée pour l'important dîner en ville où elle devait accompagner son mari. C'était souvent une question de vie ou de mort, avec elle.

« Il me la faut avant sept heures. Dites à Aurora de me l'apporter, au cas où il faille faire une dernière retouche. »

C'est ainsi qu'à six heures et demie du soir, le bras en l'air pour maintenir la robe droite dans sa housse de lin, Aurora fit pour la première fois la découverte de la maison des Cristu. Une maison de roi. Une maison de rêve. Une maison à se damner.

La robe avait en effet besoin d'une retouche ; Aurora s'y entendit à merveille, donnant à Madame Cristu toute satisfaction comme d'habitude.

« Tu es une perle, Aurora ! Tu devrais venir travailler chez nous à plein temps. Je parle sérieusement. Tu gagnerais plus. Et moi, ça me rassurerait de t'avoir. Je suis tellement paniquée quand il arrive quelque chose comme ça. Ça ne te dirait pas ?

— Je ne sais pas…

— Oh si, tu le sais ! Bien sûr que tu le sais. Mais ne t'inquiète pas, j'irai moi-même en parler à ton père. Et puis, entre nous, ça n'est pas un peu pénible de travailler et vivre toujours chez ses parents, à ton âge ? Quel âge as-tu, ma petite Aurora ?

— Je vais avoir dix-neuf ans, Madame.

— Le bel âge ! Qu'est-ce que tu es jolie, en plus ! On a dû te le dire… Oui ? Non ? Eh bien, moi, je te le dis. Et ne laisserai personne dire le contraire. Je veux avoir la plus jolie couturière de Bucarest à mon service.

— Oh, mais, Madame, je…

— Allez, file, je m'occupe de tout. Elle va être vite réglée, cette affaire, tu peux me faire confiance. »

« Que faites-vous là, mademoiselle ?

— Je suis venue pour la robe de Madame, Monsieur.

— Ah, c'est vous, Aurora, la fille de mon coiffeur ! Comment va-t-il ?

— Pardon…

— Votre père…

— Oui ?

— Il va bien ?

— Qui ?

— Votre papa…

— Je ne sais pas.

— Enfin, vous le saluerez…

— Mon père ?

— Oui…

— Merci, Monsieur.

— Mais non, pourquoi ?

— Alors je vous dis au revoir…

— Eh bien oui… Aurora ? »

Cette scène-là, mes deux parents me l'ont racontée, chacun à leur manière, assez différemment, avec la même émotion : « Tu ne t'imagines pas comme il était beau ! Tellement grand, tellement fort, mais élégant, poli. L'homme le plus séduisant de la terre. »

« Tu ne t'imagines pas comme elle était jolie ! Tellement fine, légère, mais pas fragile, et très douce. La fille la plus émouvante de la terre. »

Bien sûr que si, je me l'imagine même très bien, je me roule dans l'imagination de cette rencontre historique, ce trouble partagé, indéfinissable, auquel ni l'un ni l'autre ne pouvait, ne devait, ne voulait céder.

N'y pensons plus, se disait-il en marchant vers sa maison à pas lents. N'y pense plus, se disait-elle. Ils se le répétaient encore en s'éloignant l'un de l'autre, brûlant d'envie de se retourner pour voir s'ils n'avaient pas rêvé, si ce qu'ils avaient vu dans les yeux de l'autre était réel, existait encore.

Ce qu'Aurora voulait chasser de son esprit, en se répétant « n'y pense plus », c'étaient les paroles de la vieille Bunica. Heureusement, le Maestro ne portait pas de costume marron à fines rayures, ni de chapeau de feutre assorti, c'eût été de la sorcellerie. Mais tout le reste y était, épouvantablement.

Elle écrasait le sol avec ses pieds, elle voulait, avec ses coups de talon, faire éclater le souvenir de l'oracle avec le bonheur, les années, le malheur, la corde, la vigne, tout, elle voulait s'en débarrasser, et revenir à la réalité : elle avait rendez-vous, il y avait deux bons kilomètres de marche, mais elle aurait pu en faire dix de plus, c'eût été encore mieux, car il fallait qu'elle réfléchisse, qu'elle se sorte tout ça de la tête avant d'arriver au café où Gheorghe Petrescu devait déjà l'attendre, son amoureux.

Le beau, le jeune, le futur grand chirurgien lui parut si minuscule quand elle le vit assis à la terrasse du café. Et tellement prévisibles son sourire, sa galanterie grossière consistant à se lever, à lui tendre la chaise, ironiquement. Comment n'avait-elle pas vu qu'il n'était que ça : ironique ?

Et sa façon de profiter du moment où elle s'asseyait pour l'embrasser : il faisait ça à chaque fois ; est-ce qu'il se croyait drôle ? Elle l'observait, n'en revenait pas : c'était donc ça, son fiancé ? Et lui, ce qu'il voyait dans ce regard profond, c'était une sidération d'animal épouvanté, soumis, femelle voyant son heure arrivée. Il voyait ses efforts récompensés, elle allait enfin être à lui, il avait réussi son coup. Oui, elle était prête, mais pas pour ce qu'il croyait, et pour une raison qu'il ne pouvait deviner.

En réalité, c'est elle qui voulait être à lui, elle qui avait décidé de l'être exclusivement, entièrement, pour toujours et tout de suite : « Alors, on va chez toi », lui dit-elle, sur un ton plus empressé qu'interrogatif. Son but était de sceller son destin à ce garçon prometteur qu'elle n'aimait plus, qu'elle n'avait jamais aimé, juste désiré, et sur lequel elle comptait maintenant pour couper court à toute autre possibilité, à celle qui lui était apparue dans l'allée où, à peine une heure plus tôt, elle avait rencontré le Maestro qui rentrait chez lui, dans sa belle maison, au moment où elle sortait. Impossible possibilité. Elle n'en voulait pas, et croyait qu'en offrant sa vertu à l'autre, comme on disait dans les romans qu'elle lisait en cachette de sa mère, ce serait plié, réglé, accompli.

L'opération ne fut pas si désagréable que ça, pas désagréable du tout, même, avec un moment presque merveilleux, en tout cas sensationnel, surprenant, qu'elle aurait volontiers cherché à revivre, là, tout de suite, si Gheorghe ne s'était pas montré soudainement si raplati par l'effort. Le moment paroxysmique et inédit qu'il lui dit avoir vécu semblait l'avoir lessivé. Ce qui la surprit le plus, et qui aurait pu l'alerter, c'est la façon dont il lui expliqua les choses à propos du sang : « C'est toujours comme ça, la première fois, ne t'en fais pas. » Quel cuistre ! Elle le savait que c'était toujours comme ça, la première fois. Mais ce qui lui fit un pincement au cœur, c'est quand elle réalisa qu'il avait glissé une serviette sous elle. Comment, à quel moment avait-il fait ça ? Et maintenant que c'était fini, il repliait sa petite serviette, satisfait de voir que le sang de sa victime n'avait pas traversé et taché le drap. Le professionnalisme du geste ne lui avait pas échappé. Un spécialiste, avait-t-elle pensé.

Le lendemain, Aurora apprenait qu'elle était embauchée à plein temps au service de Madame Cristu. Elle doublait son salaire, qu'elle toucherait intégralement pour la première fois de sa vie. On lui réserva une pièce lumineuse au rez-de-chaussée de la maison, donnant sur le jardin. La machine à coudre était une Singer électrique, un bijou qu'elle ne mit pas plus d'une journée à maîtriser.

Elle prit le déjeuner avec le personnel de maison, les apprentis ne tardant pas à lui faire la cour. En vain, car Aurora était prise, elle avait pour fiancé un futur médecin, elle n'allait pas se compromettre avec un de ces ados aux mains calleuses. Ça ne l'empêchait pas de bien rigoler avec eux. Elle s'est tout de suite sentie bien dans cette ambiance de travail, de confiance, de confort, et même d'affection. Madame était toujours aussi prévenante et admirative de son travail. Elle fit la connaissance de ses trois jeunes enfants, Sabina, Marian et Teo. Tout lui paraissait si harmonieux, dans cette famille. Elle avait l'impression d'entrer dans un roman français. Dans les premières pages du roman, quand il ne s'agit encore que de décrire les apparences. Dès le premier soir, au moment de quitter cette maison, elle eut peur de croiser à nouveau Monsieur dans l'allée. Peur, ou autre chose, car pour être honnête, après avoir passé le portail, sans encombre, en marchant vers son domicile, elle ressentit un manque, comme un chagrin. Elle songea comme il serait bon de se réfugier dans les bras de Gheorghe. Où était-il ? Allait-il se présenter à la boutique de son père pour lui faire sa demande ? Allait-elle recevoir une lettre ? Et que devait-elle faire ? Ça n'était tout de même pas à elle de se présenter chez les parents de son fiancé pour demander la main de leur fils. Alors quoi ? Quoi d'autre qu'attendre ?

Elle l'a attendu le soir, toute la nuit. Et rien. Ce fut un soulagement de devoir se lever le matin pour se rendre à son travail et ne plus l'attendre.

Mme Cristu avait trouvé un modèle qui lui plaisait beaucoup dans un magazine de mode. Une merveille. « Vous sentez-vous capable de me le refaire ? » Le patron de la robe était reproduit dans les pages annexes du magazine. Elle n'avait jamais fait ça. Mais en avait tellement rêvé que ça ne lui parut pas impossible d'y arriver. Elle savait l'essentiel. Le matériel lui fut livré dans l'après-midi, tandis qu'elle accompagnait Madame Cristu en ville pour choisir le tissu. La tête lui tournait, dans la boutique. Toutes ces femmes, ces parfums, ces couleurs, ces rouleaux de velours, comme ceux de la mer, comme une noyade dans le luxe et la volupté. « Vous pourriez habiller toute la famille Cristu ! » lui annonça Madame en faisant voler la cotonnade bleue qu'elle envisageait de prendre pour les chemises de ses fils.

Ça n'était pas seulement une économie substantielle que de ne plus avoir à passer par une maison de couture, c'était pour elle un marqueur mondain qui lui permettait de dire à ses amies : « Ma petite couturière est merveilleuse ! Tellement méticuleuse ! Une perle. C'est tellement mieux d'en avoir une à la maison. »

Quand elle proposa à son mari de se faire faire ses chemises par « la petite Zeleanu », elle eut la surprise d'essuyer un refus immédiat et définitif : « J'ai mon tailleur, c'est le meilleur de la ville, je n'ai pas besoin de faire des économies. » Elle mit sur le compte de l'orgueil incommensurable de son mari ce qui, en réalité, était une prévenance à l'égard de celle qu'il avait croisée dans l'allée et qui avait fait battre son cœur. L'idée de se retrouver en présence d'Aurora dans ces conditions, il ne voulait même pas y songer. Il en voulut à sa femme de lui avoir imposé cette image dégradante. L'avait-elle fait exprès ? Avait-elle deviné quelque chose ? Les aurait-elle vus se parler, dans l'allée, l'autre soir ?

Elle y pensait tout le temps, mais en sourdine, tant le travail chez les Cristu l'avait accaparée. Ça faisait quand même dix jours. Dix jours qu'ils avaient fait l'amour et qu'elle n'avait plus eu de nouvelles de lui.

« Prends ta journée, lui avait dit Madame, tu ne dois pas te tuer au travail. » Alors, la pensée de Gheorghe était comme remontée à la surface et l'inquiétude l'avait prise. Le doute. Aller chez lui ? Lui écrire ? Elle avait un poème en tête. Attendre encore un peu, voilà, c'était le mieux. Et en attendant, essayer de penser à autre chose. Se promener. C'est comme ça qu'elle a laissé le hasard la conduire vers le parc Cişmigiu et, au milieu des petits vieux qui promenaient leur chien et, des nourrices qui poussaient leur landau, il était là, sur le banc où ils s'étaient embrassés, c'était bien lui, avec ses beaux cheveux, en train d'embrasser une fille qui n'était pas elle. Impossible, donc. Il fallait qu'elle s'approche pour en avoir le cœur net.

« Gheorghe ?

— C'est moi... »

C'était lui. Et la fille qu'il embrassait à pleine bouche, Aurora la reconnut tout de suite, c'était Aneta, sa sœur cadette.

L'explication de Gheorghe eut l'avantage de la brièveté et de la clarté. Aurora lui reconnut même le mérite de la franchise qui lui avait donc manqué jusque-là : « Ben oui, quoi, fais pas cette tête. Je l'adore, ta petite sœur, elle est sympa. Elle ne se prend pas la tête comme toi avec les grands sentiments. »

Il n'y avait rien à répondre à ça. Il avait raison. Aurora n'avait plus rien à faire que s'enfuir. Disparaître. Et non plus au sens figuré. Au sens propre. Ça demandait juste un peu de courage. Elle en avait. Et ça réglait tellement de problèmes : sa jalousie, sa colère, son honneur, celui de sa famille, son avenir, l'oracle, l'homme marié, elle reprenait le dessus en décidant de faire ce à quoi elle pensait. Il se trouvait qu'on était à trois jours de son vingtième anniversaire. L'idée qu'on lui fasse la fête, qu'on lui souhaite un joyeux anniversaire, c'était l'ultime argument qui emportait tout. Si rien ne venait se produire d'ici là, un tremblement de terre, une apocalypse, le 5 mars était une bonne date pour en finir.

Au petit matin de ce jour-là, alors qu'il ne faisait pas encore jour, elle décrocha la clé du salon de coiffure où elle s'empara d'un de ces produits de soin capillaire qu'elle savait le plus hautement toxique, avala le flacon entier, et attendit la mort.

Ce qui manqua de la tuer, c'est le temps que son père mit à chercher les clés de son échoppe avant de décider qu'il enfoncerait la porte. Sinon, les secours sont arrivés tout de suite sur les lieux.

Ma mère fut transportée à l'hôpital de l'Assistance publique, celui des pauvres qui ne peuvent pas se payer autre chose. Dans un état de demi-conscience, elle reconnut l'endroit et en fut rassurée : c'était le pire de tous, elle n'avait aucune chance d'en sortir vivante. La souffrance oblitère l'angoisse de la mort, dit-on, elle ne savait plus si c'était vraiment ça qu'elle avait voulu, si elle le voulait encore. Elle tomba dans le coma.

Elle n'y voyait pas très clair. Elle ne comprenait pas du tout où elle était. Ça ne ressemblait pas du tout à l'Enfer promis par l'Église aux filles de son espèce. Même comme Purgatoire, ça lui paraissait bien confortable, tout cet espace, cette lumière, un peu douloureuse. Si ça avait été le Paradis, elle n'aurait pas eu mal aux yeux comme ça. Le bon Dieu ne pouvait-il pas tirer les rideaux ? Ça ne ressemblait pas à une chambre d'hôpital. Une silhouette humaine se déplaçait devant son lit, s'approchant, s'éloignant, et puis se penchant sur elle, souriante, et d'une voix très douce : « Vous êtes hors de danger, Mademoiselle.

— Je suis où ?

— Hors de… à la clinique de la Reine-Marie.

— Qui êtes-vous ?

— Marta, votre infirmière. Je vais prévenir le professeur que vous êtes réveillée. »

L'infirmière sortit de la chambre. De ce qu'Aurora pouvait voir, à travers son éblouissement, il y avait deux énormes bouquets de fleurs posés sur la table, un rideau de tulle était tiré devant la fenêtre, ce qui n'empêchait pas la lumière de lui faire mal. Tout était si vaste, si clair, difficile à distinguer. À côté des fleurs, un panier, sans doute des fruits. Le professeur fit son entrée dans la chambre : « Je suis votre médecin. Tout va bien, Mademoiselle Zeleanu. Vous avez fait une bêtise, mais c'est fini, maintenant. On va vous apporter à manger. Il faut manger un peu et beaucoup vous reposer. Ne vous inquiétez pas pour votre vue, elle va s'améliorer très vite.

— J'ai mal aux yeux.

— On va vous donner des lunettes de soleil. Demain vous ferez une promenade dans le parc avec Marta, votre infirmière. Vous pourrez rentrer chez vous d'ici une semaine.

— Je suis à la clinique de la Reine-Marie ?

— Absolument.

— Mais pourquoi ?

— Ne vous en faites pas. Reposez-vous. Je repasserai dans l'après-midi pour voir si tout va bien. En attendant, si vous avez besoin de quelque chose, il vous suffit de tirer sur cette cordelette, à droite de votre lit. Une infirmière viendra vous voir. Bonne journée, Mademoiselle. »

Maman n'avait jamais entendu dire que la clinique de la Reine-Marie accueillait les filles perdues dans son genre. La réputation de la clinique était tout autre. C'était le meilleur hôpital de Bucarest, le plus moderne pour ses installations, et le plus cher. La reine Marie elle-même venait s'y faire soigner. D'où son nom. Mais elle, la pauvre petite Aurora, la fille du barbier Zeleanu, qu'est-ce qu'elle fichait dans cet endroit réservé aux plus fortunés de la capitale ? Il devait y avoir une erreur sur la personne. La voilà de nouveau prise d'angoisse, parce que c'est bien joli d'être hors de danger, mais quand on va lui demander de payer, elle ne sera plus du tout hors de danger, comment allait-elle y faire ? Devait-elle signaler l'erreur avant que la note ne s'allonge ?

L'infirmière avait deux paires de lunettes de soleil à lui proposer. La première fit tout de suite l'affaire : « Celles-ci vous vont très bien, Mademoiselle. Désirez-vous que je vous lise la carte qui accompagne vos bouquets ?

— Il y a une carte ?

— Bien sûr ! "Chère Mademoiselle, je vous souhaite un prompt rétablissement et je serais très heureux de pouvoir vous rendre visite, dès que vous le pourrez, et si vous le voulez bien. Costa Cristu." »

En apprenant ce qui s'était passé, le Maestro était accouru à l'hôpital où ma mère avait été admise en urgence. Dès que cela avait été possible, il avait fait transporter ma mère à la clinique.

« Y a-t-il une réponse, Mademoiselle ?

— Une réponse ?

— Oui, une réponse à la demande de Monsieur Cristu. Est-ce qu'il peut venir vous voir ?

— Mais... oui... enfin, bien sûr. »

L'infirmière a immédiatement quitté la chambre, toute guillerette. Aurora a fermé les yeux, pour s'endormir, en se disant que, dans quelques heures, tout cela aurait disparu, elle serait morte pour de bon.

Mais Costa Cristu est entré dans la chambre. Il attendait dans le couloir depuis un certain temps, en costume à fines rayures, un bouquet de violettes à la main : « Bonjour, Aurora ! Comment vous sentez-vous ?

— Je ne sais plus…

— Donc, ça va bien. Bon anniversaire ! C'était hier, je sais, mais disons qu'il y a parfois des jours qu'il vaut mieux oublier. Comment allez-vous ?

— Eh bien…

— J'ai préféré venir vous voir avant tout le monde pour vous apporter les premières violettes de l'année. Sentez ce parfum… Vous aimez les violettes ? »

Ce fut le début d'un rituel que mon père allait respecter jusqu'à la fin de sa vie. Tous les 5 mars, il offrirait à ma mère un bouquet de violettes avec un jour de retard, en souvenir de celui où ils avaient failli se perdre à jamais.

Ma grand-mère Drina était pleine de ressentiment à l'égard de sa fille : se laisser courtiser par un homme marié, de vingt ans plus âgé qu'elle, on allait forcément dire que c'était pour l'argent qu'elle lui avait mis le grappin dessus. Quant à cette histoire de suicide, ça, c'était le comble, un scandale qui aurait mérité… « Oui, je le dis, elle aurait mérité d'y rester, tiens ! »

La peur, la colère lui faisaient dire des choses qui dépassaient sa pensée, ses sentiments, c'est certain.

Pour mon grand-père Vlad, ça n'était pas pareil, il avait découvert sa fille à moitié morte, il l'avait sauvée, et il n'arrivait toujours pas à comprendre ce qui était passé par la tête de son enfant chérie. Il n'admettait pas, lui non plus, ce qui s'était passé avec le Maestro, et c'est pour ça qu'il était allé le trouver pour lui demander une explication. Mais au lieu de lui dire : « Ne touchez plus jamais à ma fille », comme il en avait convenu avec Drina, il avait fait mine de vouloir rembourser les frais exorbitants de la clinique de la Reine-Marie. À tempérament, si possible.

Le Maestro s'est retenu de sourire. Le pauvre homme en aurait eu pour vingt ans de mensualités exténuantes. Mais, pour ne pas l'humilier davantage, il lui demanda en échange, comme une bonne affaire pour les deux parties, un abonnement gratuit au salon de coiffure, barbe et poils du nez compris.

Quant à ma mère, la désespérée, elle n'était pas encore sortie d'affaire. Elle devait toujours porter des lunettes de soleil, et pour la couture, il n'en était pas question. Pas non plus question de retourner chez les Cristu. La voilà cloîtrée en attendant que la vue lui revienne et que la honte s'estompe.

Chaque matin, elle recevait la visite de Madame Maria, une Tsigane qui ne lisait pas dans les lignes de la main, mais travaillait pour le Maestro, dont elle était une sorte de mascotte, toujours disponible. Elle prenait des nouvelles d'Aurora, laissant un jour des fleurs, un jour des douceurs comestibles qui finissaient dans le gosier de ses frères et sœurs.

Un jour, le Maestro se présenta en personne pour proposer à Aurora une promenade en voiture, à bord de sa Chrysler Imperial, jaune. Promenade en tout bien tout honneur, grâce à la présence des deux sœurs d'Aurora, Mioara et Aneta qui s'était excusée pour son histoire avec Gheorghe. Aurora lui avait pardonné.

La balade fut inoubliable, d'autant moins oubliable que, la semaine suivante, le Maestro offrait la photo qu'il avait prise des trois sœurs installées dans son cabriolet devant l'entrée du parc Cişmigiu. Aurora tenait le volant comme si elle conduisait, tandis que ses deux sœurs, serrées l'une contre l'autre sur le siège d'à côté, souriaient comme dans un concours de modèles.

Le tirage de la photo était soigné, retouché à certains endroits, mais surtout, il était présenté dans un cadre en bois sculpté, du plus bel effet. Il était l'œuvre de Costa Cristu lui-même, de telle sorte que, malgré les réticences de Drina, l'image fut placée bien en évidence sur le buffet.

Il y eut d'autres promenades en voiture, chaque fois sous l'égide des deux sœurs qui, en réalité, se faisaient déposer au centre-ville avec un peu d'argent sorti de la poche du Maestro pour aller au café, au cinéma, pendant qu'Aurora et Costa, plus romantiques, se promenaient au parc Cişmigiu.

Je les imaginais tous les deux, comme Maman me le racontait, marchant côte à côte dans les allées, sans même se toucher la main ; ils s'arrêtaient à une buvette, achetaient une glace dont ils se faisaient mutuellement goûter le parfum pour connaître leurs pensées respectives ; je les voyais lécher ça comme des gosses, l'air de rien, et repartir en se frôlant le bras au rythme des pas, tout en parlant de choses et d'autres, de leurs sentiments réciproques, sans aller trop loin, avec cet art inné des amoureux de préserver leurs secrets d'un aveu mal compris, d'une vérité énoncée de travers, d'un mot plus haut que l'autre qui aurait tout gâché. Aussi, se taisaient-ils beaucoup, écoutant dans le silence de l'autre le souffle de cette histoire impossible et irrépressible. Ils se taisaient et puis soudain, se tournant d'un même élan pour se regarder, ils pouffaient de rire, comme des ados, sans raison. Ou plutôt si, avec raison, car ils avaient pareillement conscience du charme de cette situation absurde et de l'invulnérabilité que leur conférait cet amour. C'est elle qui fut la première à appeler la chose par son nom.

Plus ça allait, moins ils se souciaient de préserver les apparences. À quoi bon, puisque tout le monde était au courant dans le quartier. Si on en parlait à voix haute, à des degrés variables d'indignation, personne ne l'admettait, c'était un scandale qui n'éclatait pas, donnant lieu, au fil des semaines, à une sorte de légende urbaine, celle des amants platoniques les plus endurants de l'histoire.

En me racontant ça, Maman comptait et recomptait les mois, délicieux : « On est resté comme ça, je ne sais plus très bien combien de temps, plusieurs semaines, plusieurs mois qui ont paru hors du temps. » À croire que c'était beau, doux, naturel, simple. C'est en tout cas ce récit qui a forgé mon idéal amoureux.

Ma grand-mère Drina souffrait beaucoup de cette situation, ce petit manège imposé par le Maestro qui arrivait devant chez eux avec sa grosse voiture décapotée pour y embarquer ses filles, ça lui faisait honte. Dès que la Chrysler Imperial était en vue, comme par enchantement, les voisins avaient quelque chose à faire dans la rue. Les enfants se précipitaient pour entourer l'engin mirifique, le toucher, interroger le Maestro sur les détails de la mécanique, son prix, sa vitesse maximale, ils rêvaient tous de monter dedans, et à la fin c'étaient eux qui appuyaient sur l'avertisseur pour prévenir les filles qu'il était là, à les attendre, et qu'il s'impatientait. Il aurait fallu être aveugle pour ne pas comprendre qu'en réalité, derrière ce subterfuge grossier, il déposait les deux cadettes au cinéma de manière à se retrouver seul avec l'autre. Et Drina n'était pas aveugle. Aurora non plus, d'ailleurs, qui avait totalement recouvré la vue et faisait durer le plaisir, se prélassant toute la sainte journée généreusement payée en « congé maladie » par le Maestro. Cette façon de faire, de croire qu'il pouvait ainsi disposer de qui il voulait avec son argent, tout l'enfonçait dans le déshonneur.

Vlad se montrait plus compréhensif, ça n'était qu'une passade et puis Costa Cristu n'était pas n'importe qui, Drina ne devait pas l'oublier. Mais c'était plus fort qu'elle, elle ne cessait d'attaquer Aurora, trouvant n'importe quel prétexte pour la houspiller, la brusquer, et ça dérivait inévitablement sur la question de son comportement indigne avec cet homme marié : « Mais pour qui il se prend, ce coq ?

— Ce coq-là ne voudrait pas de toi comme poule, c'est certain !

— Quoi ? Répète un peu !

— Je répète ce que je veux. Qu'est-ce que vous voulez, à la fin ? Vous avez honte de moi ? Très bien, alors je vais partir. Mais je vais aller où ? Je ne sais rien faire. Si vous ne m'aviez pas empêchée de faire des études, je serais professeur ou peut-être médecin ! Où est-ce que je trouverai du travail, maintenant ? Alors je vais faire quoi ? Me tuer, c'est ça qui vous arrangerait ? Je vais le faire, si ça continue, et cette fois-ci pour de bon ! Je vous laisserai tranquilles, vous et votre réputation. »

La menace du suicide déclenchait la guerre entre les parents qui s'en accusaient mutuellement. Aurora fondait en larmes, se reprochant d'être la cause du malheur de ses parents. C'était sans fin.

Ça ne se passait pas mieux dans l'autre famille, où Madame Cristu se morfondait, ne trouvant même pas de repos dans son piano. Elle n'osait plus se montrer en ville où il lui était désormais impossible de maintenir les apparences.

Comme toujours avec les gouttes qui font déborder le vase, il était impossible de dire, parmi toutes les libertés que prenait le Maestro avec la fille du barbier, celle qui, d'un seul coup, rendit la situation insupportable. Mais ce soir-là, alors qu'il rentrait chez lui après avoir raccompagné Aurora chez ses parents, Madame Cristu décida de ne plus la supporter. Elle lui sauta dessus, les poings devant.

N'étant pas homme à se laisser violenter, mais pas non plus homme à frapper une femme, fût-ce la sienne, celui qui se vantait de n'avoir jamais tué personne, pas même un poulet, mais qui impressionnait tout le monde par son sang-froid, sa force, son assurance, annonça à sa femme, dont il avait réussi à attraper les poignets, qu'ils allaient divorcer.

C'était pire qu'une gifle, comme un coup de poing dans le ventre. Elle en eut le souffle coupé. Elle n'y avait pas pensé, au divorce. Elle aimait trop son mari, elle le croyait à elle pour toujours, légalement, moralement, religieusement. Elle lui avait quand même sauvé la vie, donné trois enfants, et trois Roumains, s'il vous plaît, pas des Albanais, pas des Macédoniens, de vrais Roumains comme il en désirait tant. Elle s'était chargée de leur éducation scolaire, sociale, artistique, elle en avait fait de bons bourgeois roumains et orthodoxes. Dans ces conditions, de quel droit pouvait-il divorcer ? Certes, la religion orthodoxe n'interdit pas le divorce, mais il vaut mieux l'éviter. Et pour Liana Iordache, il était tout simplement inconcevable. Elle le refuserait jusqu'à ses dernières forces.

La scène dramatique fut connue et commentée dès le lendemain dans tous les cafés, boutiques, sorties d'école du quartier, sans parler du salon de coiffure : « Hier soir, la mère Cristu a failli tuer son mari. Il paraît qu'il a demandé le divorce. Qu'est-ce qu'il en dit, le merlan ? »

Pour Drina, cette histoire de divorce dépassait les bornes : « Qu'est-ce qu'il espère ? Que je vais lui donner ma fille ?

— Parce que tu crois que je suis à toi ? »

Et c'était reparti pour un tour de manège.

Mais l'affaire n'allait pas en rester là, car le dimanche suivant, à la sortie de la messe, Madame Cristu s'en prit directement à Aurora, accablant d'injures, de malédictions et de menaces la « diablesse » qu'elle avait introduite dans sa maison. La pauvre femme semblait au bord de la folie, clamant haut et fort qu'elle n'accepterait jamais de divorcer : « Costa Cristu est mon mari, je n'en aurai qu'un. Je suis une femme honnête, moi ! Personne ne me le prendra ! Il faudra me passer sur le corps, car je ne me laisserai pas faire ! Je n'ai pas peur de finir mes jours en prison ! »

« Elle est bien capable de nous la tuer, s'affolait Drina, c'est une famille de dingues, de détraqués, de pervers ! »

Il était temps, en effet, que Vlad Zeleanu prenne le taureau par les cornes... avant que celles de Madame Cristu ne se plantent dans le ventre de sa fille, car la menace de la prof de piano était sérieuse. Il devait de nouveau aller voir le Maestro, mais lui parler d'homme à homme, cette fois.

Il s'apprêtait à partir quand Aurora se présenta à lui avec une lettre qu'elle venait d'écrire pour son amoureux. Elle s'était souvenue des paroles de Madame Cohen : « Tu seras une grande poétesse. » Si c'était vrai, cette lettre serait la première, et peut-être la dernière de son recueil. Elle n'avait jamais écrit à Costa, jamais trouvé les mots pour dire ses sentiments, et sa première lettre d'amour était celle de leur rupture.

« Donne-lui cette lettre, a-t-elle dit à son père, ça suffira.

— Mais quoi ?

— Va. Je t'en prie. C'est mieux comme ça. »

En donnant la lettre à son père, elle ne porterait pas elle-même ce coup à Costa, et la blessure en serait moins cruelle, moins définitive, moins mortelle. Comme un texte qu'on écrit mais qu'on ne publie pas, et qui paraît à ses dépens. On en est l'auteur, mais à son corps défendant.

Drina était prise d'un doute en voyant de loin le père et la fille se livrer à ce qu'elle imaginait être un complot.

C'est Madame Maria qui reçut mon grand-père Zeleanu. Elle le fit asseoir dans un des fauteuils club du salon d'attente. Le Maestro était en rendez-vous téléphonique. Vlad attendit. Sur un plateau en argent, Maria lui servit un café, un verre d'eau et dans un bol en cristal une cuillerée de *dulceață*, une spécialité de fruit confit des Balkans.

Costa Cristu apparut :

« Bonjour, Monsieur Zeleanu. Je regrette de vous avoir fait attendre, dit-il en serrant chaleureusement la main de son visiteur.

— C'est moi qui vous prie de m'excuser pour cette visite impromptue.

— Rien de grave, j'espère.

— Monsieur Cristu, ma fille Aurora m'a demandé de vous porter cette lettre. »

Zeleanu l'avait posée sur la table basse. Le Maestro la regardait, sans y toucher.

« Ma fille a décidé de ne plus vous voir ! Nous sommes des gens modestes mais respectables. Je vous crois sincère dans l'intérêt que vous lui portez, mais vous comprenez que ma femme et moi ne pouvons plus accepter que la réputation de notre fille soit bafouée… »

En l'écoutant, des larmes étaient montées aux yeux du Maestro, au grand étonnement de Zeleanu qui s'était arrêté de parler. Le Maestro allait-il pleurer ?

Oui, il pleurait. Maman m'a dit un jour qu'elle ne l'avait vu pleurer qu'une seule fois dans sa vie. Je raconterai plus tard à quelle occasion. Là, il pleurait pour elle. Et Zeleanu ne savait plus quoi dire, où se mettre. Un long, très long silence au terme duquel le maestro a relevé la tête, sans prendre soin d'essuyer ses larmes : « Non, dit-il. Ça ne se fera pas. J'aime votre fille, Monsieur Zeleanu, je l'aime plus que tout. Je vous promets qu'elle sera ma femme. Je vous le jure !

— Mais lisez la lettre !

— Je ne la lirai pas. Reprenez-la.

— Je vous en prie, je sais que vous l'aimez. Et je ne doute pas des sentiments d'Aurora à votre égard… Si ça ne tenait qu'à moi… Mais je ne suis pas le seul à porter le nom de Zeleanu. Il y a ma femme, mes enfants. Cette situation leur porte un grand préjudice… Je ne demande qu'à trouver une issue honorable. »

À ce moment-là, apparaît une grande et belle femme de soixante-dix ans, svelte et encore amincie par le deuil de son mari qu'elle porte des pieds au sommet du crâne. Vlad se lève devant « la grande dame », comme on l'appelle. Elle n'aurait pas besoin de se présenter, mais elle le fait quand même, et dans un roumain sommaire, un peu saccadé, avec un accent qui donne à son discours un poids encore plus théâtral, presque tragique :

« Monsieur Zeleanu, je suis la mère de Costa Cristu. Je suis descendue pour vous dire que mon fils épousera votre fille. Il le veut, et je le veux aussi. Il aime votre fille et je l'aime aussi. Faites-nous confiance. Vous ne le regretterez pas. »

Vlad, étourdi, ne trouvant rien d'autre à quoi se raccrocher, attrape la lettre d'Aurora et la lui tend : « Tenez, lisez, c'est elle qui ne veut plus.

— Je comprends vos soucis, Monsieur. Mais je vous demande encore un peu de patience. Dieu est miséricorde. Mon fils vous fera bientôt sa demande, je vous le promets, et nous aurons des noces heureuses. Je vous souhaite le meilleur, Monsieur Zeleanu. »

Sur ce, elle tourne les talons et s'en va comme elle est venue, droite comme un cyprès, laissant son Maestro de fils seul avec le coiffeur. Il ne sait plus quoi dire, Vlad, alors il ne dit rien, et ne sachant pas non plus ce qu'il fait ici, il remet la lettre de sa fille dans sa poche et s'en retourne chez lui.

Une semaine après la visite de Vlad Zeleanu, le Maestro vint, comme à son habitude et comme si de rien n'était, garer sa Chrysler Imperial devant le domicile des Zeleanu pour inviter Aurora en balade. Aurora seule, car il n'avait plus besoin des sœurs. D'ailleurs, il ne l'emmenait pas en balade. Ni au café. Ni au cinéma.

Aurora ne l'attendait pas, mais ne fut pas surprise. Après le récit que son père avait fait de sa visite, et le camouflet qu'il avait essuyé, elle avait repris du poil de la bête. Elle savait qu'il viendrait. Elle s'habilla sans précipitation, profitant de ce moment délicieux où elle le savait dehors, devant la portière ouverte de sa voiture, à l'attendre.

« Comment allez-vous, Mademoiselle ?

— Je suis contente de vous voir.

— Moi aussi.

— Où allons-nous ?

— C'est une surprise. »

Le trajet n'était pas long. Il s'arrêta devant l'entrée d'une des résidences modernes de la rue Romană, non loin de la fabrique Cristu : « L'endroit vous convient ?

— Qu'est-ce qu'il se passe ?

— Descendez et suivez-moi. »

Il la fit entrer dans la cour. Puis dans l'ascenseur pour monter au troisième étage. Elle adorait ça, les ascenseurs. Arrivé devant la porte de droite, il lui donna la clé et la pria d'ouvrir, puis d'entrer : « Vous êtes ici chez vous, Mademoiselle Zeleanu. »

Cet appartement de grand luxe, 150 mètres carrés avec terrasse, possédait aussi une chambre de service avec son propre escalier. Costa l'avait acheté et fait meubler en moins d'une semaine : « Mais que les choses soient claires, Mademoiselle : vous êtes la propriétaire exclusive de ce lieu. J'en assumerai toutes les charges jusqu'à notre mariage. En attendant, Madame Maria s'occupera de tout. Elle logera dans la chambre, au fond du couloir.

— Notre mariage ?

— Oui. Si vous en êtes d'accord.

— C'est un rêve ou une plaisanterie ? »

Le statut de propriétaire n'était pas un détail, pour Maman. Elle devint, du jour au lendemain, une femme respectable. L'acte notarié placé sous le nez des parents devait finir de les convaincre des intentions de Costa Cristu à l'égard de leur fille. C'était peut-être une situation originale, libre à eux de la juger.

Les choses s'organisèrent ainsi : tous les midis, il prenait le repas seul avec ses enfants et sa femme qui, dépressive au dernier degré, n'avait plus la force, plus l'envie de jouer son rôle de harpie. Avait-elle encore l'espoir que Costa se lasse de cette passade et lui revienne, c'est possible, car elle fit tout, avec ses avocats, pour retarder la procédure de divorce. Et en attendant, recluse dans sa maison, n'osant plus se montrer ni dans le grand ni dans le petit monde, elle jouait du piano à longueur de journée. Des airs de plus en plus lugubres au fil des mois, au fur et à mesure que la séparation devenait inéluctable.

Au retour de son travail, il jouait au jacquet avec ses enfants, ou il chantait avec eux, en canon, la *Farandole* de Bizet. Puis il allait rejoindre Aurora dans son appartement. Le premier soir, il avait frappé à la porte, Aurora n'avait pas osé ouvrir, c'était la première fois qu'on frappait à sa porte, une porte à elle, elle en était affolée, paralysée. Il avait fallu qu'il frappe de nouveau, et l'appelle à travers la porte, pour qu'elle se décide à lui ouvrir : « C'est vous ! Vous m'avez fait peur. Vous n'avez pas la clé ?

— Mais je ne suis pas chez moi.

— Si ! Vous êtes chez nous et vous devez avoir une clé. »

Ainsi fut fait. Depuis, il entrait sans sonner, sans prévenir. Et il l'emmenait voir du monde, au restaurant, au théâtre, au cinéma, au cabaret, où ils s'affichaient ensemble.

Aurora mit un certain temps à se faire à ce rythme. La vie mondaine l'effrayait. Sans doute un peu complexée par le niveau intellectuel des amis de son amoureux, elle était aussi une femme d'une grande intelligence instinctive, qui savait repérer la vanité, la superficialité, chez ces beaux parleurs, dandys et courtisanes. Les vrais amis étaient rares, et les flatteries qu'on adressait au Maestro la mettaient mal à l'aise.

Mais au fait, qu'est-ce qu'elle aimait chez ce géant, qu'est-ce qui, jour après jour, la maintenait dans cet état second où ronronnait cette rengaine inusable, « je l'aime, mon Dieu comme je l'aime » ?

Quand je lui ai posé la question, elle a paru étonnée. Après réflexion et différentes expressions passées sur son visage : « Sa voix, m'a-t-elle dit. Pas seulement quand il chantait. Il suffisait qu'il dise un mot, ça me faisait vibrer. » Je l'ai crue d'autant plus facilement que ce charme particulier de mon père agissait sur moi de la même façon.

Mais si elle était plus casanière, moins frivole, plus facilement fatigable que son amant, Aurora n'était pas recluse ; disons qu'elle passait son tour une fois sur deux, sélectionnait les sorties. Par exemple, le cabaret l'intéressait moins, mais elle le suivait toujours au théâtre, au cinéma, et ne manquait aucune comédie musicale, surtout au théâtre yiddish où Aurora retrouvait l'accent de Madame Cohen, ce ton doux-amer, tragi-comique. En sortant de là, Costa fredonnait les airs d'une chanson d'amour qu'ils venaient d'écouter, « Tumbala, tumbala, tumbalalaïca », et ma mère se collait à lui pour entendre sa voix résonner dans ce corps immense. Mon père était un violoncelle, une contrebasse si on préfère.

Il voulait toujours que sa maîtresse soit la plus élégante possible quand ils sortaient. Il lui choisissait ses toilettes dans les plus grandes maisons de mode de Bucarest, celles qui faisaient l'effort, avec plus ou moins de réussite, d'être au goût de Paris. Il était fier de la présenter à tous, de lui faire rencontrer ses amis, ses frères et ses sœurs, ses cousins, ses cousines et toute la tribu des Macédoniens. Elle avait un peu de mal en société bourgeoise, mais elle se métamorphosait auprès d'eux. Elle les aimait, se sentait bien avec eux, n'attendait pas qu'on le lui demande pour donner un coup de main et faire admirer son efficacité. Elle fut rapidement adoptée par cette famille, et pourquoi le cacher : on la préférait à Liana, qui n'était même plus invitée, on l'appelait déjà « l'autre », ou « la première », et bientôt « l'ancienne », mais officiellement, c'était toujours la seule et unique épouse, en attendant la délivrance.

Aurora ne manquait de rien, en nourriture, en habillement ou en distractions, mais toute sa famille en profitait aussi. Comme une dot avant l'heure, le Maestro faisait parvenir aux Zeleanu des cadeaux de confort comme ils n'avaient jamais pu s'en offrir jusque-là. À Pâques, à Noël et aux anniversaires des uns et des autres, il les couvrait de présents et d'argent. Ils en recevaient tellement qu'ils se mettaient à leur tour à faire des cadeaux à Aurora, qui n'en avait jamais reçu autant. À part la machine à coudre.

À côté de cette manne quelque peu futile, Costa s'était proposé de financer les études des deux derniers enfants, Vlad junior et Mioara.

Comment refuser ? Voilà comment le frère et la sœur d'Aurora ont pu bénéficier de ce dont Aurora avait dû faire le sacrifice, à l'âge de douze ans.

À partir de là, même Drina avait bien été obligée d'en convenir : sa fille avait décroché le gros lot. Quant à Aneta, la cadette, elle n'avait plus besoin d'être aidée dans ses études : un jeune acrobate l'avait persuadée de le suivre dans sa tournée à l'étranger. Et pas seulement comme petite amie, mais comme artiste. Elle qui avait toujours voulu danser s'était découvert un talent de trapéziste. Une révélation.

On n'y croyait qu'à moitié, mais la famille recevait déjà des cartes postales et des programmes de Berlin, Rome, Venise, jusqu'à Alexandrie avec son nom en grandes lettres. Comme pour couper court aux doutes de ces parents, un jour de 1935, le couple d'artistes revint à Bucarest pour se produire à l'Alhambra, le cabaret en vogue de l'époque. Et bien sûr toute la famille Zeleanu avait été invitée. De très bonnes places, précisait Maman, avec champagne offert par la direction. Leur numéro d'apaches était plein de sensualité audacieuse. Succès mérité. Avec petit parfum de scandale dans le bulletin paroissial.

Après trois soirées triomphales, la famille Zeleanu au complet avait accompagné les vedettes internationales à l'aéroport. Ça n'était pas à la portée de tout le monde de voyager en avion. Les vols étaient réservés à l'armée, à la poste, aux hommes politiques de haut rang… et aux plus grandes vedettes du spectacle, dont faisait partie Aneta avec son manteau de fourrure qu'elle portait en traversant le tarmac.

Ils ont regardé leur enfant prodigue grimper dans cet appareil à hélices au bras de son amant acrobate, elle s'est retournée vers eux en arrivant en haut des marches pour les saluer une dernière fois, c'était parfait. Mais pour ma mère, ça n'était pas tant la scène hollywoodienne qui la bouleversait, mais le fait que sa sœur allait découvrir Paris.

Chaque fois qu'elle me racontait ce départ, et c'était tous les mois, chaque fois qu'elle recevait une lettre d'Aneta, Maman me parlait de Paris. Sa sœur à Paris.

Après Paris, la tournée glorieuse les a conduits à Marseille, Rome, Madrid et Lisbonne, avant de s'embarquer à bord d'un paquebot de croisière pour le Brésil où ils se sont mariés, ont poursuivi leur carrière d'artistes, une vie heureuse si on en croit les lettres que les deux sœurs se sont écrites pendant plus de vingt ans. Maman a toujours pensé qu'elle reverrait Aneta, mais le « rideau de fer » allait rendre cela impossible, et la dernière image de sa sœur vivante, c'est celle de cette jeune femme radieuse, en haut de l'escalier de cet avion, dans son manteau de fourrure de star.

En 1969, Maman reçut un mot pour l'informer qu'Aneta était morte dans les bras de son danseur, à São Paulo, entourée des photos de sa famille qu'elle avait conservées et qu'à chaque Noël, elle regardait en pensant aux neiges de Bucarest.

Comme je regrette de n'avoir pas connu cette tante dévergondée, libre et voyageuse ! Mais c'est peut-être mieux ainsi, car j'ai l'impression que je n'aurais jamais été aussi courageuse sans le récit que Maman me faisait de la vie de sa sœur. Après tout, c'est le mal de chien qu'elle lui avait fait en lui piquant son amoureux qui avait décidé de son destin.

La situation financière de la fabrique Cristu & Fils était déjà excellente quand elle reçut cette commande de boiseries et de meubles pour le palais royal, détruit par un incendie en 1926.

Le roi avait décidé d'en faire bâtir un nouveau, de style néoclassique. Choisie parmi une trentaine de candidatures, ce fut pour la fabrique une promotion fantastique. Et pour Costa Cristu, fils d'immigré albanais d'origine macédonienne, se retrouver, le jour de l'inauguration du palais, en 1937, parmi la crème de la crème du royaume de Roumanie, et avoir le privilège de s'incliner devant le roi, de serrer la main du Premier ministre, de faire le baisemain à quantité de vieilles aristocrates décavées, ça représentait un triomphe, la soirée de sa reconnaissance, de son adoubement. Ilie Năstase remportant le tournoi de Roland-Garros ne connaîtra pas plus grande fierté que mon père s'inclinant devant le roi de Roumanie. Reconnaissance envers lui-même : il l'avait voulu, il avait tout fait pour, il l'avait obtenu, et quoi qu'il arrive, pour le restant de ses jours, il aurait vécu ce moment de triomphe. Il était roumain. Rien ni personne ne pourrait lui voler le souvenir de ce moment-là, ça lui remontait comme des bulles de champagne, le vrai champagne de France, celui qui avait été servi ce soir-là.

La direction d'entreprise est un sport de combat. Mais à partir de cette soirée mémorable, tout fut plus facile, la fabrique Cristu & Fils devint une institution. Costa en profita pour agrandir ses ateliers.

On se battait pour avoir une formation avec le Maestro. Au bout de cinq années d'apprentissage, l'apprenti passait ouvrier, et trois années plus tard, s'il le méritait, il devenait compagnon. Dès lors, il pouvait voler de ses propres ailes et même ouvrir un atelier à son compte. Costa était fier du fait qu'aucun de ses ouvriers ne voulait le quitter pour aller ailleurs. Il en déduisait qu'ils aimaient leur Maestro, ce qui, pour bien des patrons, quoi qu'on en dise, pose une cerise sentimentale sur leur gâteau.

Ce patron patriarcal exigeait beaucoup de ses employés, mais il connaissait le métier mieux qu'eux, et il leur apprenait tout ce qu'il savait. Il aimait les récompenser, et même les secourir, les consoler quand ils étaient malades ou endeuillés. Il les gratifiait quand ils se mariaient ou déménageaient. Et il n'hésitait pas à les secouer quand ils étaient déprimés. Pour Costa, ses ouvriers étaient des enfants. Il comptait sur eux, et tous savaient qu'en cas de besoin lui aussi était là. C'est cette dimension, certes paternaliste, de l'exploitation de l'homme par l'homme, que le stakhanovisme n'aura jamais réussi à remplacer sur le plan symbolique, et encore moins à concurrencer sur le plan économique. C'est la part humaine qui manquera toujours au système soviétique, et cela quels que soient les visages humains qu'il essaiera d'emprunter.

Je me demande ce que ma mère a fait durant ces années d'amour avec son Costa, à part l'amour avec son Costa.

Elle avait son appartement, ne travaillait plus, n'avait pas d'enfant, pas d'autre souci que de bien s'habiller pour le soir, quand son homme viendrait la rejoindre pour sortir, se distraire si elle le voulait, toujours enjouée, jolie, gentille avec tout le monde. Mais le reste de la journée, à quoi l'occupait-elle ? Lisait-elle, cousait-elle, dormait-elle, avait-elle des amis à elle, des activités caritatives, secrètes ? Ne s'ennuyait-elle pas à mourir ?

Il est trop tard pour lui poser la question. Ce n'est qu'à la fin de sa vie, après m'avoir rejointe à Paris, qu'elle évoqua les aspects les plus sombres de cette période racontée jadis comme des années de douceur et d'insouciance. Il y avait l'adversité sociale, les non-dits familiaux, le poids de la religion, la haine des Juifs qui montait, et surtout, pour elle, les avortements.

Grâce à l'argent, tout se passait dans les meilleures conditions possibles. J'aurais quand même préféré ne jamais connaître le nombre de fois où ma mère a eu recours à ces avortements, le nombre est sidérant, je crois savoir pourquoi elle a tenu à me le dire : « Dix, ma chérie. Dix avortements en dix ans ! » Et à chaque fois forcément plus délicats physiquement, et chaque fois plus blessants psychologiquement. Elle ne s'y habituait pas. D'autant moins que Maman ne voulait que ça, devenir maman, avoir un enfant, deux, trois, des petits Costa, garçons et filles, qu'elle aurait élevés dans l'adoration et la reproduction parfaite de leur père.

Mais des enfants sans un « père légitime », avec une mère « fille-mère », elle n'en voulait pas plus que lui. Les deux comptant sur le temps, le divorce, éternellement repoussé. Chacune de ces opérations sacrificielles marquait un nouvel épisode procédurier que Madame Cristu et ses avocats se plaisaient à inventer.

C'est pour ça qu'elle et lui vivaient « la belle vie », pour oublier la mauvaise vie que Liana leur imposait, sadique vengeance d'une femme trompée.

Le onzième avortement allait être le bon, si je peux dire, égoïstement.

Au début du mois d'août 1938, ma mère comprit qu'elle était de nouveau tombée enceinte. Visite habituelle chez son amie doctoresse qui, après auscultation, estima cette fois l'opération trop délicate pour ses compétences, et dangereuse pour la vie de sa patiente. Trois autres gynécologues consultés eurent la même réaction. Tous refusaient catégoriquement de lui faire ce qu'elle demandait. Et ça n'était pas pour des raisons morales, l'avortement étant devenu tellement fréquent qu'il n'y avait qu'à la campagne, ou dans les Carpates, que l'acte d'interruption faisait encore scandale. Certes, une loi venait d'être votée par le Parlement sous la pression des ligues fascistes, qui punissait l'avortement qu'il soit ou non réalisé avec le consentement de la femme enceinte. Il y avait donc plus de risques légaux, mais avec un peu plus d'argent que d'habitude, et ça n'était pas un problème en l'occurrence, l'obstacle n'eût pas été compliqué à franchir. Le vrai problème, celui qui avait effrayé tous les médecins, c'était l'état de santé d'Aurora.

Profitant d'un voyage d'affaires de Costa, elle se rendit en secret chez une de ces faiseuses d'anges de Colentina, dans les faubourgs de Bucarest, là où sont les Tsiganes, les très pauvres, les voyous. Un mois après cette onzième intervention, Aurora fit une hémorragie si importante qu'elle perdit connaissance. Costa appela d'urgence leur amie doctoresse qui accepta d'accueillir Aurora dans son cabinet, à ses risques et périls, sans en informer les services de santé, car en cas de décès la doctoresse se serait retrouvée en taule pour au moins dix ans.

Après trois jours de soins intensifs, la doctoresse annonça à Costa la bonne et mauvaise nouvelle :

« La mauvaise nouvelle, c'est que l'avortement qu'on lui a pratiqué a échoué. Le fœtus n'a pas été extirpé. Il est toujours là. La bonne nouvelle c'est qu'il s'est développé normalement, et si Dieu continue de le protéger, ce bébé viendra au monde d'ici cinq mois. Il a l'air d'y tenir. »

Le Maestro informa sa mère de la situation. La grande dame en fut ravie, elle avait toujours montré beaucoup de bienveillance envers la maîtresse de son fils. « L'amoureuse de mon fils », disait-elle.

Elle s'empressa d'annoncer la nouvelle à la femme de Costa, elle le fit sans ménagement, elle l'avait toujours détestée. Et pour enfoncer le clou, elle lui précisa que son fils souhaitait voir la future maman venir s'installer et accoucher chez les Cristu.

C'était un peu prématuré, mais efficace, car le jour même, Liana faisait sa valise. Pas question pour elle de partager sa maison après avoir partagé son mari. Ses fils,

Teo et Marian, respectivement âgés de dix-huit et vingt ans, auraient pu choisir de suivre leur mère, ils choisirent de rester dans la maison de leur père. Quant à Sabina, quatorze ans, elle prétexta ne pas pouvoir quitter ses frères. En réalité, ce départ soulageait tout le monde, dans la maison, de Maria à la grande dame, auxquelles Liana avait mené la vie dure pendant des années. Elle s'y était d'ailleurs épuisée, et il n'est pas dit que ce départ ne fût pas pour elle aussi la meilleure des choses.

Le plus compliqué, c'était pour Aurora. L'idée de mettre ses pas dans ceux d'une autre, dormir dans son lit, manger à sa table, et surtout vivre avec les enfants d'une autre, ça n'allait pas de soi. Elle retarda son déménagement le plus longtemps qu'elle put.

Pour l'attirer, Costa fit changer toute la décoration intérieure de la maison, à grands frais, comme tout ce qu'il faisait. Des rideaux à la vaisselle, de la couleur des murs au style du mobilier, il fit en sorte de chasser toute trace visible, jusqu'à la plus petite molécule d'odeur de « l'autre », comme ils appelaient désormais Liana. La prof de piano avait réussi à se mettre tout le monde à dos, même ses enfants, qui n'attendaient qu'une chose et insistaient auprès d'elle pour qu'elle accepte le divorce : « Libère-toi, Maman ! Libère-nous ! »

Aurora finit par débarquer une semaine avant Noël 1938, escortée par l'irremplaçable Madame Maria. Elle trouva un décor méconnaissable, mais somptueux. Leur chambre était toute en bois de rose et en acajou, un côté paquebot transatlantique que le Maestro savait à son goût depuis qu'elle avait reçu une pochette de dix cartes postales que sa sœur lui avait envoyée d'une croisière à Cuba. Du pur Art déco, qui fut pour l'occasion noyé sous des fumées d'encens censées chasser les mauvais esprits.

Pour bénir l'arrivée de l'amoureuse de son fils, la grande dame avait fait venir le pope Chiril. Après la petite cérémonie, l'ecclésiastique et son épouse, toute honte bue, restèrent pour fêter l'événement avec leurs amis.

À peine assise entre la grande dame et Costa, Aurora sentit bouger son enfant plus fort que jamais. Surprise par l'énergie de cette créature intérieure, elle posa les deux mains sur son ventre, baissant les yeux, toute pénétrée du miracle en préparation. Jusque-là perdue au milieu de cette famille qui n'était pas la sienne, dans cette maison où elle avait travaillé comme couturière, soudain, parce que je lui donnais des coups de pied à l'intérieur, elle ne se sentait plus l'usurpatrice. Elle s'est tournée vers mon père : « Il bouge !

— C'est qu'il se sent bien chez lui. Maintenant, tout va aller bien.

— Alléluia ! » commenta le pope Chiril.

On servit le champagne et, considérant le moment sentimental terminé, la grande dame agita sa clochette pour ordonner à Maria de servir les plats.

Les garçons n'ont pas attendu l'arrivée du caviar pour manifester leur hostilité à l'égard de celle qu'ils considéraient comme l'ancienne servante de leur mère. Ce furent d'abord des regards en biais, des réflexions à mi-voix, puis des gestes déplacés. Le champagne aidant, dans l'ambiance survoltée, Marian se leva et, prétextant que « décidément ça sentait trop la cocotte », posa sa serviette sur la table en annonçant qu'il ne pouvait dîner en présence de cette odeur, avant de quitter la pièce, imité par son frère cadet.

Fou de rage, Costa courut après eux pour les ramener par l'oreille, leur ordonnant de partager le repas jusqu'au bout. Ils obéirent, mais il était clair qu'il n'en serait pas toujours ainsi.

Sabina, du haut de ses quatorze ans, crut bon de prendre la défense d'Aurora avec cette déclaration : « Tu aimes Papa, je l'aime moi aussi, nous sommes faites pour nous entendre. » Elle n'avait pas oublié la gentillesse d'Aurora, qui avait été la plus douce des nounous, du temps où elle avait travaillé chez les Cristu comme couturière. Elle lui avait appris à tricoter, avait réparé les habits de sa poupée, c'était resté gravé. Elles avaient continué de se voir, le Maestro les emmenant ensemble au cinéma, au restaurant, en balade. Surtout, Sabina était très intéressée par la grossesse d'Aurora qui lui faisait toucher son ventre pour sentir le bébé, ce qui mettait l'adolescente dans tous ses états. Elle avait hâte de le voir sortir, ce bébé, le prendre dans ses bras, lui donner le biberon. Elle rêvait de s'en occuper, de devenir une grande sœur, et plus la petite sœur de ces grands frères méchants et stupides.

Marian, l'aîné des deux garçons, vingt ans, était un bosseur. Grand, beau et sportif. Brillant en tout, il réussissait aussi bien dans ses études d'architecture qu'au rugby, et par ailleurs il avait un succès fou auprès des femmes.

Moins travailleur, Teo, dix-huit ans, était aussi un beau garçon, mais ses ambitions professionnelles étaient plus modestes que celles de son frère. Il n'aspirait qu'à une chose pour son avenir : laisser son grand frère conquérir le monde et diriger la fabrique avec son père en se la coulant douce. Il aimait la vie facile, le luxe et les filles. Les mauvaises langues le disaient l'amant de femmes riches, et beaucoup plus âgées que lui, qui le couvraient de cadeaux en échange de ses ardeurs.

Un détail m'a toujours sidérée, je n'y ai jamais assisté, mais cela m'a été confirmé par d'autres que ma mère : les deux garçons avaient droit à un salaire hebdomadaire très confortable qu'ils n'oubliaient jamais d'aller chercher le samedi après-midi au bureau du Maestro, en faisant la queue derrière les ouvriers de Cristu & Fils. Et c'est le Maestro lui-même qui distribuait les enveloppes, car il adorait se montrer généreux, à croire qu'il l'était sincèrement. Mais avec les gens riches, c'est difficile de savoir car dans certains cas, et c'était celui de mon père, plus ils en donnent plus ça leur profite. C'était même sa théorie : « Pour recevoir beaucoup, il faut donner beaucoup. »

Son entreprise n'avait jamais été aussi prospère. Il possédait maintenant, en plus de sa fabrique de meubles, rénovée et dotée des machines les plus modernes, deux nouveaux terrains boisés et un deuxième dépôt prévu pour le vieillissement et le traitement du bois. Car, d'après lui, un bon industriel se devait d'assurer aussi bien la fabrication que la production des matières premières, pour garantir la qualité et éviter l'arnaque des intermédiaires. « Des bons à rien, qui vivent sur le dos des artisans comme la nielle sur le blé », prétendait-il. Il envisageait aussi de s'intéresser à la distribution, d'ouvrir des boutiques, il ne mettait aucun frein à son ambition. Ses quatre-vingts ouvriers qualifiés, spécialisés dans la fabrication et la sculpture artisanale des meubles, étaient la cible d'un débauchage permanent de la part de la concurrence. Mais ils restaient fidèles à leur Maestro.

Mon père avait agrandi la maison en faisant construire une cuisine d'été pour déjeuner et dîner dehors. Le confort était moderne, avec l'eau courante à tous les étages, l'électricité, le téléphone, le tout-à-l'égout. Un tel luxe, ça n'était pas donné à tout le monde dans ce faubourg de Bucarest. Le chauffage était au bois, et on savait que l'hiver approchait quand les stères de bois arrivaient. Tout le monde s'y mettait, Costa le premier, et les piles montaient vite, bien serrées, bien alignées contre le mur de la maison.

Il travaillait beaucoup, et voyageait tout autant, quand ça n'était pas pour choisir le bois c'était pour aller négocier avec des clients. Ce qu'il ne voyait pas, c'est que ses fils profitaient de son absence pour se livrer à leur distraction préférée, insulter ma mère. Le plus ordurier des deux étant évidemment Marian. Il se mettait derrière la porte de la chambre conjugale et envoyait des insanités à travers le trou de la serrure. Tout le monde les entendait dans la maison, mais personne ne disait rien, pas même la grande dame, alors âgée de quatre-vingt-dix-huit ans, elle ne disait rien à son fils, craignant sa colère : il aurait été capable de les renvoyer de la maison.

Par moments, c'était trop, la grand-mère sortait de sa chambre et admonestait les jeunes monstres qui repartaient la queue basse. Elle se permettait alors d'entrer dans la chambre. Trouvant Aurora en larmes, elle tentait de la rassurer :

« Ils ne sont pas méchants, ils sont bêtes. Ne te fais pas de mauvais sang, ma fille. Pense au bébé, c'est la seule chose qui compte. Le reste, ce ne sont que des mots. Ils ne les pensent même pas. »

Sauf qu'un soir, Costa était en voyage à l'autre bout du pays, Aurora avait passé la soirée chez ses parents, et Marian a décidé de l'attendre, caché derrière le pilier du portail, armé d'un marteau.

Quand Aurora est entrée, Marian s'apprêtait à lui sauter dessus et lui mettre un coup de marteau sur la tête, lorsque le voisin d'en face, qui avait vu « un voyou » caché derrière le pilier avec son marteau, comprenant de quoi il retournait, s'est mis à hurler :

« Attention ! »

Aurora s'est arrêtée net et en voyant Marian, un marteau à la main, a compris les intentions du fils de Costa, lequel s'est mis à bafouiller :

« Mais non, mais non, c'était pour rigoler. »

N'empêche que le marteau n'était pas en éponge, et Aurora ne trouvait pas ça rigolo.

Par mesure de prudence, elle décida qu'à chaque fois que Costa serait absent, elle irait dormir au rez-de-chaussée, cloîtrée dans le salon.

C'est dans ce contexte pour le moins tendu que, le 5 mars 1939, Aurora fêta son trentième anniversaire. Les deux garçons avaient pris soin de ne pas l'honorer de leur présence. Mais Sabina, la grande dame, la fidèle Maria et toute la famille de Maman étaient là, même Drina qui, mettant de côté ses principes, venait pour la première fois dans la grande maison. Certes, son mari avait dû la forcer à assumer ses devoirs de mère, mais en fait elle était très heureuse d'assouvir sa curiosité et découvrir enfin cette maison du Maestro dont on faisait tellement l'éloge. Le déjeuner fut somptueux.

Avec le traditionnel bouquet de violettes, Costa offrit à Aurora un manteau en vison blond avec le manchon et le foulard assortis. C'était la dernière mode de Paris!

Maman avait du mal à se déplacer. Elle en était à son huitième mois et je lui avais déjà fait endurer tout ce qu'un bébé peut imposer à sa future maman. Elle sortit de cette fête complètement lessivée.

Le lendemain, Costa partit pour Vrăneşti où son cousin voulait lui faire investir de l'argent dans la construction d'un manoir. Aurora s'installa aussitôt dans le salon et, pour plus de tranquillité, elle demanda à Maria de rester dormir avec elle.

La nuit s'annonçait calme, les garçons étant sortis. Mais Aurora avait appris à se méfier des retours de bamboche des deux garçons. Avant de s'endormir, Aurora demanda à Maria de fermer la porte du salon à clé. Sage précaution, car au milieu de la nuit, Marian rentra complètement ivre et tenta d'ouvrir la porte du salon où il savait pouvoir trouver une bouteille de cognac français pour finir de se torcher. Devant la porte close, il comprit qu'Aurora s'y était enfermée, il commença à frapper en lui demandant de lui ouvrir.

« Tu as assez bu, Marian, va dormir.

— Tu vas m'ouvrir, espèce de pute, ou je défonce la porte.

— Calme-toi! »

Il ne s'est pas calmé du tout, au contraire, ce fut un déchaînement d'insultes et de coups dans la porte. Tant et plus que la grande dame finit par être réveillée par le boucan. Elle descendit et, trouvant son petit-fils dans cet état, dut le gifler pour le ramener à la raison.

C'est à ce moment-là que je me suis manifestée. Perte des eaux, contractions, tout y était avec un mois d'avance sur la date prévue : j'allais naître !

Maria appela la doctoresse au téléphone. Elle fut accueillie par des reproches : « Elle fera donc toujours tout le contraire de ce qu'on lui dit de faire ! Je lui avais dit de rester au calme ! Pas de fête, pas de réception !

— Ça n'est pas de sa faute, docteur…

— Peu importe. Préparez des linges propres, faites bouillir de l'eau, le temps que j'arrive. Je ne sais pas comment je vais trouver un taxi à cette heure.

— Pas la peine, Madame, j'ai prévenu Monsieur Trăilă, le gardien de la fabrique, il va venir vous chercher avec sa voiture. Il sera chez vous dans cinq minutes.

— Pour ça, on sait s'organiser, chez les Cristu, mais pour les choses normales… Eh bien je l'attends. »

Un quart d'heure plus tard, en effet, la voiture de Monsieur Trăilă roulait dans l'allée, avec à son bord la doctoresse et sa grande trousse.

Une heure plus tard, ma mère accouchait de ma minuscule personne. On découvrit à l'occasion que j'étais une fille, pas bien grosse, deux kilos et demi mais correctement bâtie, et, d'après la doctoresse, belle comme le jour qui ne s'était pas encore levé. Il était cinq heures du matin. Je ne roulais pas encore les r, mais j'avais déjà de la voix.

La coutume superstitieuse exigeant que l'on ne prépare rien avant la naissance d'un enfant, quand la doctoresse demanda un linge pour couvrir le bébé, Maria, prise au dépourvu, lui donna la première chose qu'elle trouva dans la commode : une chemise en soie de Costa.

La doctoresse m'y enveloppa avant de me placer dans les bras de ma mère : « Elle est parfaite. Elle a des traits fins et un large front, elle sera belle et intelligente. »

Alerté par Maria au téléphone, Costa remonta dans sa voiture et avala en moins d'une heure les cent kilomètres que nous mettrons, cinq ans plus tard, la journée à parcourir. Record non homologué par l'Automobile Club dont il faisait partie.

Débarquant dans le salon : « C'est tout ce que vous avez trouvé pour habiller ma fille ? Maria, allez acheter un trousseau complet aux Galeries Lafayette.

— Mais Monsieur, ça n'est pas encore ouvert…

— Allez-y quand même. Faites ouvrir. Débrouillez-vous. »

N'empêche qu'il voulut garder telle quelle, comme une relique, la chemise de soie dans laquelle j'avais été emmaillotée.

On fit réserver les restes du cordon ombilical dans un mouchoir brodé, avec un brin de basilic béni, serré dans un ruban rose, universelle « couleur des filles ». Rituel en aucune façon orthodoxe mais la grande dame y tenait, pour les mêmes raisons qui lui firent remercier Dieu de m'avoir faite fille et non garçon, sachant ce que l'arrivée d'un mâle aurait suscité de problèmes avec mes deux frères.

J'avais déjà mon berceau en chêne massif avec son système de bascule. On fit brûler de l'encens pour éloigner les mauvais esprits et on accrocha un beau ruban rouge garant d'une protection absolue contre le mauvais œil.

Les deux familles réunies assistèrent à mon premier bain, la grande dame posant dans la petite baignoire une croix en argent pour que Dieu me protège de tous les maux et malheurs, un écu en or pour la fortune, un brin de basilic pour l'amour, et un morceau de sucre garant de *viață dulce*, terme qui n'a que peu à voir avec la dolce vita, car nulle idée de liberté sexuelle dans l'expression roumaine.

Le plus important de cette cérémonie du bain fut la présence de Marian et Teo. Marian avait dessoulé, il avait l'air plus calme et me regardait, attendri, comme s'il se faisait peu à peu à l'idée que celle qu'il avait traitée de tous les noms, traînée dans la boue et failli assassiner, lui avait donné une petite sœur.

Il lui faudra néanmoins un demi-siècle avant qu'il ne vienne me dire, repentant : « J'ai été un imbécile, Lena, envers toi, envers ta mère, pardon. »

« Je viens déclarer la naissance de ma fille Lena.

— La mère n'est pas là ?

— Non.

— Vous êtes le père ?

— Oui.

— Livret de famille, pièce d'identité et acte de naissance du père et de la mère, certificat de mariage. Remplissez le formulaire. On ferme dans un quart d'heure.

— Je n'ai pas de certificat de mariage.

— Revenez quand vous l'aurez.

— C'est-à-dire que je suis marié, mais ma fille n'est pas de ma femme.

— Je comprends. En fait, vous n'êtes pas le père de la fille de la mère.

— Si!

— Non, Monsieur. Divorcez, remariez-vous avec la mère et on pourra peut-être envisager de la reconnaître comme votre fille. En attendant, si vous voulez bien remplir le formulaire, elle sera déclarée de père inconnu.

— Mais je vous dis que c'est ma fille!

— Et moi je vous dis que c'est la loi. »

Il n'y avait rien à faire. L'acte qui lui fut finalement remis certifiait que j'étais née le 7 mars 1939, de religion orthodoxe et à la rubrique Nom, prénom, profession et âge des parents, ne figurait que le nom de la mère: Aurora Zeleanu, femme célibataire, domiciliée au 21 rue Romană, âgée de trente ans. Sans profession. Je m'appelais donc Lena Zeleanu.

Pour Aurora le cauchemar continuait: elle avait donné le jour à une bâtarde, comme le lui avait d'ailleurs promis Marian lors de ses diatribes.

Cependant, l'attitude des garçons changea du tout au tout après ma naissance. Marian se montrait intéressé par moi, demandant de mes nouvelles à Maman qui, cependant, ne le laissait pas approcher de moi. Il tentait de me faire des petites grimaces, de loin, pour me faire rire, il alla jusqu'à proposer de me garder, quand la nécessité s'en ferait sentir. Pour rien au monde Maman ne m'aurait laissée seule avec les fils de Costa. Même Sabina, qui avait été accueillante dès le début, ne pouvait aspirer à cette marque de confiance. Maman craignait tout et soupçonnait tout le monde de vouloir me faire du mal. Quand elle devait s'absenter pour préparer les repas ou servir Costa à table, elle préférait me laisser seule dans mon berceau et fermer la porte à double tour. C'est là que je me mettais à crier de toutes mes forces. Je devais sentir l'angoisse de ma mère ; le danger de mort qu'elle redoutait, elle me le transmettait. La doctoresse a bien tenté de calmer ma mère, l'assurant que tout allait bien, que je grandissais normalement et qu'il ne fallait pas s'inquiéter du fait que je refusais le lait maternel – ce phénomène était courant, il ne fallait voir là aucune malédiction lancée par quelque mauvais œil jeté par quelque méchante personne. J'aurais bientôt rattrapé mon retard de croissance, l'angoisse de ma mère ne disparaissait pas. Elle ne disparaîtrait jamais.

La doctoresse conseilla à mon père d'engager une gouvernante pour soulager ma mère. Il accepta et ce fut une très bonne chose. Je m'entendais très bien avec elle ; elle ne me forçait pas à boire du lait, ce qui ne m'empêchait pas de grandir et de très bien me porter.

Une angoisse chassant l'autre, ma mère se mit à paniquer en réalisant qu'à sept mois je n'étais toujours pas baptisée. Difficile de trouver des parrains qui acceptent de se porter garants devant Dieu d'un enfant né hors mariage. Ce fut paradoxalement plus facile de trouver un pope : il suffisait d'y mettre le prix.

Mon oncle Lazar, le frère de Costa, poussé par sa femme, finit par consentir à « jouer les parrains ». Le couple était d'autant plus sensible à la chose qu'il n'arrivait pas à avoir d'enfant et s'était pris d'affection pour le succédané que je pouvais représenter pour eux.

Je fus baptisée le 24 septembre, dans la petite église de Dichiu, la paroisse de mes parrains située loin de chez nous. Je ne sais pour quelle raison Maman resta dans la voiture en attendant que ce soit fini. Quand on l'appela à la fin de l'office, elle se présenta sur le parvis de ce lieu saint, me prit dans ses bras et me serra à m'étouffer. Moi qui n'avais pas moufté durant toute la cérémonie, pas même quand on m'avait plongée dans l'eau froide, j'éclatai en sanglots : elle devait me serrer trop fort. Je ne m'en souviens évidemment pas, c'est Maman qui m'a rapporté ce détail, je n'ai pas de raison d'en douter.

Son enfant était devenu ce qu'elle avait de plus précieux au monde. Alors qu'elle était censée me protéger, c'est ma présence qui la rassurait, dès qu'elle me prenait dans ses bras, elle n'avait plus peur de rien, j'étais sa bouée de sauvetage, son doudou.

D'avoir été baptisée et de figurer, par faveur spéciale, sur le registre paroissial comme fille de Costa Cristu et d'Aurora Zeleanu ne faisait toujours pas de moi, au regard de la loi civile, la fille du Maestro. Je restais « de père inconnu ». Papa fit donc rédiger, devant le notaire consterné, son premier testament. Il exprimait sa volonté d'accorder à sa « fille naturelle » le quart de la fortune dont il disposait. Il me plaçait ainsi à égalité avec ses trois autres enfants. C'était tout ce qu'il pouvait faire pour me mettre à l'abri tant qu'on m'empêchait d'être reconnue comme sa fille. Le geste était beau et, s'il n'apaisait pas sa rage, au moins j'étais baptisée et je pouvais donc mourir en paix.

Ça tombait bien : la guerre menaçait un peu partout en Europe. Depuis mars 1938, l'Autriche intégrait le nouvel empire proclamé par Hitler. Les Sudètes avaient farouchement, désespérément, refusé d'y être annexées. On sait ce qu'il advint : elles furent englouties quelques mois plus tard. Conformément à son programme auquel peu de responsables politiques des grandes nations avaient voulu croire, Hitler élargissait « l'espace vital » nécessaire à « la race supérieure des Aryens », annonçant ouvertement son projet d'extermination des Juifs et des Tsiganes.

À Bucarest, les journaux s'étaient voulus rassurants, essayant de tranquilliser la population : quelques centaines de kilomètres carrés pris à la Tchécoslovaquie, même riches en minéraux, ne pouvaient pas changer la face du monde. Les accords de Munich, signés le 30 septembre 1938 entre la France, la Grande-Bretagne, l'Italie et l'Allemagne, nous mettaient à l'abri et allaient sauver la paix du monde. C'était le plus urgent. « Après, prévoyait mon père, tout ça finira par s'arranger, puisque c'est dans l'intérêt de chacun. »

Il fallait être aveugle pour se satisfaire de cet accord, tous ou presque tous faisaient semblant de l'être. Est-ce que mon père s'est intéressé au pogrom perpétré contre les Juifs de Munich, et à ce qui a suivi quelques semaines plus tard dans toute l'Allemagne ? Qu'est-ce qu'il a pensé de la Nuit de cristal ? Je ne sais pas. Je n'étais pas encore née. Je voudrais tellement croire qu'il n'en a rien su.

Des antisémites, il y en avait en Roumanie, les plus virulents étaient regroupés depuis dix ans derrière la bannière d'une organisation redoutable : la Garde de fer, dirigée par un certain Corneliu Codreanu, ayant pour maître à penser et stratège politique le futur « grand philosophe des religions » Mircea Eliade.

Les légionnaires de la Garde de fer hantaient les quartiers juifs de Bucarest, la police se montrant incapable de faire cesser leurs exactions envers les Juifs, malgré les interdictions timides du roi. Forte de cette quasi-impunité, la Garde de fer n'avait rien à envier aux sections spéciales hitlériennes. De l'homme de main massacreur de Juifs au professeur d'université, en passant par le maréchal Antonescu, tous vont faire de la Roumanie la fille aînée de l'Allemagne nazie.

J'avais à peine six mois le 23 août 1939 quand l'Allemagne et l'URSS signèrent leur pacte de non-agression qui contenait, en secret, le partage de la Roumanie, de la Pologne, et du reste.

Des ennemis jurés devenus amis ? Le communisme et le fascisme d'accord ? Mais d'accord sur quoi ? Derrière les théories antisémites et anticapitalistes qui leur servaient de paravent, c'était la conquête du monde, le désir de puissance qui motivaient tyrans et peuples : grandir, écraser les autres de leur puissance, avoir raison par la force, dans la joie de la violence extrême.

Le 1er septembre, l'Allemagne envahissait une partie de la Pologne, laissant l'autre partie à la Russie. Mais selon ces accords, les Russes avaient droit aussi à la Bessarabie et à la Bucovine qui avaient été rendues à la Roumanie en 1918.

Consterné et désorienté, le monde comprenait que les accords de Munich signés en septembre 1938 n'avaient pas servi à calmer Hitler, au contraire, ils lui avaient ouvert l'appétit. Il était bien l'ennemi à combattre, et c'est dans la précipitation que les gouvernants français et britanniques se sont vus contraints de déclarer la guerre à un Führer qui n'attendait que ça.

Après quelques mois de préparatifs que les Français qualifièrent de « drôle de guerre », ce fut la vraie guerre. La Wehrmacht traversait la Belgique et entrait en France comme dans du beurre, elle n'était plus qu'à quelques kilomètres de Paris, puis elle est entrée dans Paris ! Comment était-ce possible ? Si la France n'avait même pas été capable de défendre sa propre capitale, il y avait de quoi commencer à s'inquiéter.

Le 5 octobre 1940, j'ai enfin été reconnue « fille naturelle » de Costa Cristu.

C'était un mois funeste, un mois désespérant pour toute l'Europe qu'Hitler avait mise à sa botte. Seul l'Empire britannique lui avait résisté. Quant à notre petit et peu glorieux royaume de Roumanie, ce n'était qu'au prix de l'amputation d'un bon tiers de son territoire et d'une soumission complète à l'immense Allemagne qu'il allait provisoirement échapper aux horreurs de la guerre. La France, la Belgique, la Pologne, toutes s'étaient fait battre, mais elles s'étaient battues, tandis que la Roumanie d'Antonescu, du roi Mihai et de la Garde de fer n'avait pas tiré un coup de feu pour se défendre. Elle avait tout accepté, comme de bon cœur.

Pourquoi ? Il y a nombre d'explications : la haine ancestrale des Russes, la peur du communisme, sans oublier la phobie des Juifs. L'antisémitisme, c'est le poison qui liait la Roumanie d'Antonescu à l'Allemagne d'Hitler et a rendu possible cette situation peu glorieuse, pour ne pas dire odieuse.

En effet, l'histoire de l'antisémitisme roumain est sanglante, tragique, elle n'a rien à envier en abomination et en nombre de victimes à ce qui se passait en Allemagne à la même époque. Il ne lui a manqué que de voir à la tête de l'État le jeune et beau Corneliu Codreanu, le fondateur de la Légion de l'archange Michel, autrement nommée la Garde de fer. Il s'en était d'ailleurs fallu de peu qu'il n'y parvienne en 1938, dans les conditions qui reproduisaient presque à l'identique celles qui avaient conduit le Führer et ses sections d'assaut au pouvoir, en 1933.

Sans doute les conditions socio-politiques n'étaient-elles pas tout à fait réunies, et le manque d'intelligence politique du roi Carol II y a-t-il aidé, mais le fond d'antisémitisme était si solidement établi en Roumanie que l'arrestation de son leader et sa condamnation à dix ans de prison ne firent que jeter de l'huile sur le feu. Cela donna lieu à des manifestations d'une violence extrême et quasi insurrectionnelles. Ajoutant l'erreur stratégique à la faute politique, Carol II ne trouva rien de mieux que de faire assassiner Corneliu Codreanu dans sa prison.

Décapitée, l'hydre antisémite roumaine eut tôt fait de se trouver une nouvelle tête en la personne de Horia Sima, qui n'avait rien à envier à son prédécesseur. Entrée dans la clandestinité, la Garde de fer conduite par Sima se lança dans une vague d'attentats et de persécutions anti-juives qui fragilisèrent encore plus la position du roi, tant et si bien qu'à la suite d'un coup d'État, on vit s'installer au pouvoir un militaire, Ion Antonescu, qui contraignit le roi à abdiquer le 6 septembre 1940. Et Carol II de s'enfuir en Suisse avec sa maîtresse, Elena Lupescu, d'origine juive et convertie au christianisme.

C'est un régime fasciste, clérical et ultra-nationaliste, élégamment qualifié de « national-légionnaire » que le général

Antonescu mit en place, son gouvernement étant d'ailleurs farci de légionnaires de la Garde de fer.

Sur le trône, Carol II fut remplacé par son fils Mihai, âgé d'à peine vingt ans, et manipulable à merci. Derrière cette opération, le sourire d'Hitler qui réalisait une sorte d'Anschluss ou d'occupation, la Wehrmacht installant sur le territoire roumain des divisions qui allaient lui permettre de piller les ressources du pays dans l'impunité que lui conférait le pacte germano-soviétique. La Roumanie, prétendument neutre, servirait à la fois de base militaire et de réserve de pétrole en vue du nouveau Blitzkrieg qu'Hitler projetait de lancer contre la Russie.

En attendant, sous le slogan « La Roumanie aux Roumains », les légionnaires de la Garde de fer étendaient leur influence dans la population, s'en donnant à cœur joie dans la persécution et l'extermination des Juifs de Roumanie. Les massacres prenaient chaque jour des proportions qui apparaissaient excessives aux yeux d'une partie de la population.

Outre les violences systématiques dans le nord du pays, on commençait à déporter des familles entières, pour les envoyer dans des camps.

Quand une loi fut édictée qui obligeaient les Juifs à porter l'étoile jaune, le patriarche Nicodim, soutenu par la reine mère, réussit à faire annuler le décret ségrégationniste. Les étoiles jaunes disparurent, mais derrière cet élan de compassion, la situation empirait pour les Juifs qui perdaient peu à peu les droits civiques et professionnels acquis au début des années 1920, comme l'accès à l'enseignement, le mariage

« mixte » entre Juifs et Roumains « pur-sang ». Le centre de Bucarest était relativement épargné par ces flambées de violence antisémite, afin de ne pas inquiéter la reine mère et la bourgeoisie de la capitale. Les massacres avaient lieu ailleurs, un peu partout dans le pays.

Ion Antonescu se montre incapable ou sans volonté réelle de contenir les agissements des légionnaires de la Garde de fer. Sentant le pouvoir lui échapper, il doit réagir. Le 14 janvier 1941, il rend visite à Hitler, à Berchtesgaden. Il explique au Führer qu'il a le choix, en Roumanie, entre une poignée de jeunes légionnaires incontrôlables qui terrifient la population par des méthodes brutales qui leur valent l'hostilité de l'armée, et une dictature sérieuse comme la sienne, stable, dirigée par l'officier expérimenté qu'il est, ayant le soutien inconditionnel d'une armée de 350 000 soldats aguerris, animés d'une haine ancestrale des Russes. Une armée roumaine sur laquelle l'armée allemande pourra compter à tout moment. Elle est d'ores et déjà la bienvenue.

Ion Antonescu n'aurait pas besoin d'en dire plus, mais il continue :

« Je suis, par ailleurs, comme vous, *mein Führer*, très attaché à ce grand projet d'élimination totale des Juifs. Mais pour être définitive cette tâche doit être accomplie de façon rationnelle, progressive, scientif…

— Stop ! J'ai compris. »

Voilà les mots qu'Hitler voulait entendre. Il est rassuré, convaincu. Une fois n'est pas coutume, il a l'impression d'avoir enfin affaire à un chef de son niveau. Le sort de la Garde de fer est scellé.

De retour à Bucarest, Antonescu ne fait rien. Comme le lui a demandé Hitler, il attend son heure. Elle ne tarde pas à venir.

Le lundi 20 janvier, le commandant Döring, chef du département roumain de l'Abwehr, le service de renseignement allemand, est assassiné. On ne sait toujours pas encore très bien par qui ni pourquoi. Mais Horia Sima va tomber dans le piège. Se croyant toujours sous la protection du Führer, il prend prétexte de cet assassinat pour réclamer la démission d'Antonescu, qu'il accuse d'être incapable de maintenir l'ordre et de toujours protéger les Juifs, qui sont forcément les assassins de Döring.

Sima lance alors ses troupes dans ce qui apparaît très vite comme une tentative de coup d'État. Un groupe de légionnaires de la Garde de fer s'empare du ministère de l'Intérieur et d'autres attaquent des bâtiments administratifs et des commissariats de police où ils saisissent des armes et tentent d'enrôler les policiers. Pas toujours en vain.

Des manifestations éclatent un peu partout dans le pays, sollicitant l'appui de l'armée qui reste fidèle au général Antonescu. Mais le plus grave pour Sima et les siens, c'est la passivité de l'armée allemande, qui observe tout ça de loin, avec indifférence.

Sans son appui, les légionnaires de la Garde de fer doivent renoncer à leur coup d'État. Ils concentrent alors leurs attaques sur ceux qu'ils désignent comme responsables de tous les malheurs de la Roumanie : les Juifs. Commence le plus grand pogrom qu'ait jamais connu Bucarest.

Au premier jour de ce massacre, Aurora était en visite chez ses parents, au 135 de la rue de la Vieille-Foire. Elle m'avait évidemment emmenée avec elle, incapable qu'elle était de me laisser seule cinq minutes. Je n'avais pas deux ans à l'époque, je n'en garde qu'un souvenir confus, en grande partie induit par les récits des uns et des autres.

Tout était calme. La radio n'avait rien annoncé de spécial. Maman était allée rendre visite à la voisine, Madame Herman, pour lui montrer comme j'avais grandi. J'étais dans ses bras quand, tout à coup, des cris, des coups de klaxon, des crissements de pneus. Et puis des cris bizarres, moitié biture moitié manif, joyeux et agressifs, des slogans « À mort les Juifs ! » et des injures, comme pour rire, et soudain, des coups de feu, suivis de hourras... comme une exécution. En regardant par la fenêtre, Maman voit deux jeeps, pleines de légionnaires, reconnaissables à leur uniforme : chemise vert sombre, pantalon noir. Leur commandant agitait son revolver en donnant des ordres à droite à gauche, et puis, montrant l'immeuble du 135 : « Paraît qu'il y en a une dizaine dans l'impasse. Descendez-les tous ! » Et les voilà qui sautent de leur véhicule et se dirigent vers chez nous.

Elle me serre dans ses bras et assiste à cette scène incroyable : son jeune frère Vlad Zeleanu sort de l'immeuble, ouvre la grille et accueille les types de la légion, dont il fait partie, lui aussi porte la chemise verte et le pantalon noir de la Garde de fer. Il va à la rencontre de ses camarades, se plante devant le commandant et, après s'être mis au garde-à-vous avec le claquement de talons et le salut de rigueur, il clame d'une voix ferme : « Mon commandant, ici, le nettoyage a déjà été fait. Vous pouvez continuer. »

Et pour appuyer ses dires, il montre l'arme qu'il porte à la ceinture.

« Bravo, camarade ! C'est bien de prendre des initiatives. Quel est ton nom ?

— Vlad Zeleanu, mon commandant.

— Quel âge ?

— Seize ans et demi, mon commandant !

— Continue comme ça, camarade, et t'auras la Croix de Fer. »

Il éclate d'un rire aussitôt imité par sa troupe, qui remonte aussi sec dans les jeeps. Et ils repartent en trombe, tirant plusieurs coups de feu en l'air.

Tandis que Vlad junior tremblait de tous ses membres en refermant la grille de l'impasse. Ignorant les félicitations et les remerciements des habitants de l'impasse, il a traversé la cour à toute allure pour s'enfermer dans les latrines de la cour. Il y avait urgence. Il y est resté un long, très long moment, à se vider de sueur, de larmes et de chiasse tellement il avait eu peur. Mais il l'avait fait.

À seize ans, comme beaucoup de jeunes désœuvrés, révolté par l'assassinat de Codreanu, Vlad Zeleanu s'était engagé avec les bandes de Horia Sima, prêt à servir la doctrine nationaliste intégriste, chrétienne et antisémite… Mais voilà qu'à l'heure de l'insurrection finale, au moment de passer à l'acte, il réalise que les Juifs de l'impasse, les deux familles qui sont là depuis toujours, qui ont grandi au côté de la famille Zeleanu et qu'il s'agit ce soir-là de lyncher, ce sont les parents, les petits frères et sœurs de ses amis d'enfance.

Après cet exploit, et pour plus de sécurité, il fut envoyé dès le lendemain matin à la campagne, chez une de nos tantes, où il passa les quatre années de guerre à l'abri. Quatre années qui lui ont permis de méditer sur les relations entre l'engagement politique et les sentiments humains.

Grâce à ce geste d'un courage insensé, et auquel personne, Vlad moins que quiconque, ne se serait attendu, il reçut à la libération le titre de « combattant dans l'illégalité », l'équivalent d'une médaille de la Résistance. Fort de cette distinction rare, son adhésion à la Garde de fer classée dans la colonne des faits d'armes d'espionnage, Vlad Zeleanu fut considéré comme un héros. Membre d'office du Parti communiste, il bénéficia d'un poste des plus prestigieux dans le nouveau régime : administrateur de la raffinerie de pétrole d'Ochivri.

J'ai beaucoup pensé à cette histoire de l'oncle Vlad en voyant quelques années après mon arrivée à Paris le film de Louis Malle, *Lacombe Lucien*. Deux jeunes miliciens fascistes, à la différence près que le destin de Vlad fut pour ainsi dire accompli, exemplaire, tandis que le pauvre Lucien n'a pas survécu à la Libération.

Les Français ignorent à peu près tout de ce qui s'est passé chez nous, en Roumanie, avant, pendant et après la guerre. Ils connaissent Tristan Tzara et Eugène Ionesco mais très peu ont lu Mihail Sebastian. Ils savent qui était Nicolae Ceauşescu mais pas Gheorghe Gheorghiu-Dej. Ils ont longtemps admiré Mircea Eliade et Emil Cioran, avant qu'on leur dise que ces deux personnages avaient été les théoriciens de l'antisémitisme au sein de la Garde de fer. Je suis souvent surprise et accablée de constater qu'ils n'ont jamais entendu parler de Horia Sima, ni de Corneliu Codreanu. Et s'ils savent ce que furent Auschwitz, Guernica, ils ignorent tout du massacre de Iaşi et des camps de déportation en Transnistrie où Juifs et Roms ont été exterminés.

Et comment pourrais-je le leur reprocher, moi qui n'ai pris connaissance de la réalité que longtemps après être arrivée en France ?

Le pogrom de Bucarest de janvier 1941 a duré trois jours : boutiques pillées, synagogues incendiées, cimetières profanés, femme violées, 125 morts, des milliers de blessés, des dizaines de milliers de traumatisés à vie. Les cadavres des Juifs assassinés dans la forêt de Jilava furent dépouillés de leurs alliances et de leurs dents en or, avant d'être transférés à la morgue. C'est là que Madame Herman, accompagnée de Maman, est allée reconnaître le cadavre de son mari. Trois jours plus tôt, il avait été arrêté sur son lieu de travail, au grand marché couvert du quartier de la Mitropolie. Comme tant d'autres, il avait été pendu à un crochet de boucher. Atrocement mutilé, il put être identifié par Madame Herman grâce aux grosses varices qu'il avait aux jambes et que sa femme connaissait bien pour les avoir si souvent soignées. Grâce à Dieu, il fut enterré dignement, selon le rituel juif. Mais les victimes du pogrom de Bucarest n'ont eu droit à un monument que soixante-quinze ans plus tard.

Ion Antonescu a eu beau jeu d'envoyer l'armée rétablir l'ordre qu'il aurait pu imposer trois jours plus tôt. Ses soldats n'ont pas mis plus de deux heures pour briser le soulèvement fasciste et récupérer une grande partie du butin pillé par les légionnaires.

Il en a profité pour dissoudre la Garde de fer, emprisonner 9 000 légionnaires et la plupart de ses anciens ministres. Quant à Horia Sima, il eut le temps de fuir en Allemagne où il fut arrêté avec quelques-uns de ses fidèles. Condamné à mort par contumace, évadé de prison, il s'est exilé en Italie avant d'être rattrapé par la Gestapo, et envoyé à Buchenwald, puis transféré à Sachsenhausen d'où il est libéré en août 1944. Après une tentative avortée de reprendre le pouvoir en Roumanie et quelques années d'errance à travers l'Europe dénazifiée, il trouve refuge en Espagne où ce responsable de la déportation et de l'extermination de plusieurs milliers de Juifs roumains poursuivra une belle carrière d'historien, publiant une bonne dizaine d'ouvrages sur la guerre avant de mourir, à Madrid, le 25 mai 1993, à l'âge de quatre-vingt-cinq ans, paisiblement. Lui aussi mériterait son film.

Le jeu d'Hitler dans cette affaire était difficile à comprendre pour les Roumains. Alors qu'il s'était toujours placé en protecteur de Horia Sima, soudain, il l'avait lâché. En fait, pour Hitler, les légionnaires de la Garde de fer étaient trop nationalistes, ingérables. En les abandonnant, il faisait d'Antonescu un vassal fiable, utile et nécessaire pour le jour proche où il entrerait en guerre contre la Russie… Là, il aurait besoin du pétrole et des soldats roumains.

Dans son discours qui sonnait la fin de la partie, Antonescu ne prononça pas une fois le mot Juif, encore moins celui de pogrom. Ça n'avait été officiellement qu'une tentative de coup d'État : « L'insurrection a été organisée par l'ancien ministre de l'Intérieur et l'ancien directeur de la Sûreté générale, et devait débuter par l'assassinat du chef de l'État (…) Mon appel à l'ordre restant vain, je fus obligé de recourir à l'armée, qui, nulle part, n'a tiré la première

(…) Les misérables vagabonds, lie de la périphérie, qui sont tombés, méritent leur sort, mais on déplore également la mort de jeunes idéalistes égarés. Les dirigeants qui les ont induits en erreur et les ont engagés dans une action anarchique pour les lâcher au moment de la lutte méritent un châtiment exemplaire. Par contre, l'armée est digne des plus grands éloges.

Ce m'est aussi un devoir d'honneur de témoigner devant la nation entière qu'au cours de ces journées j'ai senti derrière moi l'ombre loyale du grand Führer. L'honneur du Reich allemand nous garantit nos frontières ; nous saurons à l'avenir faire en sorte que le destin national soit ce qu'enseigne l'exemple de l'Axe. »

Les misérables vagabonds de la périphérie dont parlait Antonescu, c'étaient les Tsiganes, les Juifs, les immigrés de tout poil. Les « jeunes idéalistes égarés », c'étaient les légionnaires de la Garde de fer qu'il espérait bien intégrer à sa police politique.

L'ordre rétabli à Bucarest, les affaires ont repris leur cours normal. Et pour mon père, c'était l'essentiel. Le Maestro disait souvent que l'économie était à la base de tout, et qu'un pays qui fait la guerre est un pays qui s'affaiblit économiquement. Ainsi avait-il la conviction qu'en faisant tourner son usine, travailler ses ouvriers, produire des meubles, il contribuait à la paix universelle.

Sans y voir de relation de cause à effet, c'est peu de temps après le pogrom de Bucarest que la mère de Papa est morte. La grande dame venait tout juste d'atteindre l'âge symbolique de cent ans. La nuit d'avant, son mari lui était apparu en rêve, habillé comme au grand jour de leur mariage, chez eux, dans leur pays d'origine, au pied du mont Olympe, en Macédoine. Il lui avait demandé d'être prête car il allait venir la chercher pour rentrer à la maison. Alors, convaincue que son heure avait sonné, elle fit venir le pope Chiril, se confessa pour se présenter le cœur léger devant l'Éternel, me bénit une dernière fois en m'avouant que j'étais celle qu'elle chérissait le plus au monde ; nous nous signâmes de concert, et elle partit comme elle l'avait annoncé, sereine et confiante d'aller rejoindre son amour, sa jeunesse et tous les Macédoniens, Grecs et Albanais qui lui avaient tant manqué.

On lui fit des funérailles de premier ordre, avec un somptueux corbillard, couvert de couronnes de fleurs fraîches, tiré par des chevaux masqués, drapés de noir. Les pleureuses précédaient le cortège, la famille suivait derrière les trois popes, une petite fanfare entonnant en boucle la *Marche funèbre* de Chopin.

Elle fut enterrée au cimetière de la Résurrection, c'était son nom, où Costa avait déjà acheté un caveau à la mort de son père.

Après qu'elle eut été ensevelie, ceux qui étaient debout ou assis autour de la tombe se partagèrent la *colivă*, le gâteau rituel aux grains de blé, aux noix et au miel. Puis, pour honorer encore une fois la défunte, on versa quelques gouttes de vin sur la sépulture avant de vider son verre cul sec. À partir de là, on pouvait offrir la *pomană*, le don de nourriture et de vins aux pauvres du coin qui avaient, comme il est de coutume, rejoint la cérémonie.

Amis et voisins, réunis pour ce moment grave mais sans drame, se retrouvèrent ensuite à la maison. Les trois popes se lavèrent soigneusement les mains pour se purifier. Tous les convives accomplirent à leur tour le même geste rituel.

« Les vivants avec les vivants, et les morts avec les morts », annonça solennellement un des popes. Cette formule signifiait que la cérémonie religieuse était finie et qu'on pouvait se mettre à table.

La nourriture fut copieuse. Ils mangèrent et burent comme des vivants qu'ils étaient. En souvenir de la défunte, tous chantèrent ses chansons préférées, livrèrent quelques anecdotes qui valorisaient la grande dame et eux-mêmes. Si un voisin particulièrement ému, peut-être un peu éméché, se laissait aller à verser sa larme, il était aussitôt houspillé par les autres qui lui rappelaient que la mort faisait partie de la vie, et ce genre de choses.

Le soir même, ce fut au tour de mon grand-père maternel, Vlad Zeleanu, d'être victime d'une crise d'apoplexie qui allait l'emporter. Mangeur impénitent, il avait, disait-on, profité des agapes plus que de raison.

Ainsi, en l'espace de trois jours, je perdais deux grands-parents et me retrouvais avec une seule grand-mère, Drina, qui ne pouvait me voir en peinture, rejetant sur moi « la faute » de sa fille et le déshonneur dont elle se prétendait la victime. La disparition de son mari ne m'a pas rapprochée d'elle, ce qui, d'après un de mes psychanalystes, m'a attachée à mes parents de façon obsessionnelle.

Notre maison s'est vidée davantage avec le départ de mes deux frères, Marian et Teo, partis s'installer de conserve dans un appartement en ville.

Certes, Sabina restait à la maison mais elle s'était trouvé une passion pour les bals et les beaux garçons, me délaissant, moi qui l'adorais, oubliant aussi ses études qu'elle n'avait jamais beaucoup affectionnées.

Le 22 juin 1941, Adolf Hitler lançait l'opération Barbarossa consistant ni plus ni moins à attaquer la Russie soviétique, l'envahir et l'anéantir. Opération risquée, mais il avait entendu parler d'une forte concentration de Juifs et de judéo-bolcheviks dans ces contrées primitives. Il allait donc les nettoyer et, après ça, il serait suffisamment fort pour attaquer l'Angleterre et cette fois en venir à bout.

S'attaquer au plus grand pays du monde pour devenir l'homme le plus puissant de l'univers. Le risque en valait la chandelle. D'Alexandre le Grand à Napoléon Ier, en passant par Gengis Khan, ils en avaient tous rêvé. Hitler relevait le défi avec une théorie implacable : si ces empires avaient fini par s'effondrer, c'était à cause des Juifs. Il fallait donc régler la question.

Hitler exige de son fantoche, le général Antonescu, qu'il déclare la guerre à la Russie, au côté de l'Allemagne, comme tous les autres États satellites du IIIe Reich.

La chose va de soi, elle ne surprend personne, même si elle consterne tout le monde. Ce qui choque tout de même les Roumains, c'est le fait que le jeune roi Mihai Ier apprenne la nouvelle de la bouche de sa mère qui venait de l'entendre par hasard en écoutant Radio Londres.

On savait que les relations entre le jeune roi et le général Ion Antonescu étaient tendues, de là à ce que la famille royale soit écartée d'une décision aussi grave, c'était un crime de lèse-majesté inimaginable. Mais rien, depuis le départ de cette guerre, n'avait été imaginé.

Deux cent mille conscrits roumains vont se joindre aux Hongrois, aux Italiens, aux Slovaques, aux Finlandais, pour former sous le commandement de la Wehrmacht une formidable armée de quatre millions de soldats.

Il y a cependant quelques rebelles. Ceux qui sont restés fidèles aux Alliés. Des officiers et des soldats fidèles au roi. Quelques membres du Parti communiste roumain, pour lesquels la rupture du pacte germano-soviétique fut un soulagement. Pour ces derniers, c'était comme si l'histoire avançait de nouveau dans le bon sens : les fascistes d'un côté, les communistes de l'autre. Pour savoir de quel côté sont les antisémites, c'est une autre histoire.

Car ce qui réjouissait la plupart des Roumains dans cette opération Barbarossa, c'est le fait qu'Hitler chasse les Russes de la Bessarabie qui allait donc redevenir pleinement roumaine.

Les préparatifs de l'opération Barbarossa ont fait venir plusieurs divisions de soldats allemands, panzers, artillerie lourde, en vue de l'invasion de la Russie. Leur présence a grandement encouragé la pratique du sport national : la persécution des Juifs. Trois jours après le lancement de l'attaque de la Wehrmacht, à la surprise générale, l'aviation russe que l'on croyait détruite, inexistante, pilonne Iaşi en commençant par la raffinerie de pétrole, la gare, mais aussi les hôpitaux et les écoles. On a tôt fait de démontrer que les responsables de cette catastrophe militaire sont les Juifs. Ils auraient renseigné les Russes sur les points à bombarder. Pour les détails de cette infamie, il faut lire le roman de Lionel Duroy, *Eugenia*, qui raconte et démonte le mécanisme ayant conduit les policiers, les soldats et surtout les habitants, les bénévoles, à exterminer en moins d'une semaine plus de 13 000 Juifs. Par balles, par lynchages, sous la torture, le viol et le démembrement, et par ce moyen inaugural : les trains de la mort, fausse déportation consistant à entasser des centaines de Juifs dans des wagons à bestiaux hermétiquement fermés, jusqu'à ce que mort s'ensuive.

Le pogrom de Iaşi du 30 juin 1941 est une tragédie que les manuels d'histoire roumains évoquent à peine. La plupart des Roumains continuant de l'ignorer.

Je ne vais pas raconter ici l'histoire de la Shoah roumaine, pas non plus celle de la résistance des Juifs et des Justes qui compte heureusement quelques exploits remarquables. Mais, en résumé, on estime à 380 000 le nombre de Juifs victimes des différents massacres réalisés sous de multiples formes, soit la moitié de la communauté juive vivant alors en Roumaine. Mais les massacres de Bucarest et de Iaşi furent un point de non-retour entre la communauté juive et le reste de la population roumaine. À cause de tous ces bons chrétiens incapables, indifférents, voire non désireux de stopper ces atrocités commises contre les Juifs.

L'opération Barbarossa a mobilisé 600 000 véhicules, autant de chevaux et les trois quarts du contingent de l'armée allemande. Le terme d'« opération » dissimule mal un projet qui s'apparente plus à une guerre d'anéantissement qu'à une guerre de conquête, Hitler sachant très bien ce qu'il va faire des races dégénérées qui se trouvent dans cette Russie misérable. Sa stratégie est simple : exterminer les citadins par la famine et se servir des paysans comme d'esclaves pour nourrir l'Allemagne triomphante et maîtresse du monde. C'est un programme de longue haleine, mais qui demande des victoires rapides avec des résultats immédiats. Un modèle : le Blitzkrieg de la bataille de France.

Militairement, Hitler avait tout pour lui : la Wehrmacht est mieux organisée, mieux équipée, plus enthousiaste que l'Armée rouge, décapitée par les purges que Staline avait opérées pour conforter son régime miné par la corruption, la misère et l'alcoolisme. Hitler bénéficie également de l'entêtement de Staline qui, prévenu depuis des mois par tous ses services de renseignement des préparatifs allemands, refusait néanmoins d'organiser la défense du pays, faisant fusiller les informateurs qui l'avertissaient avec trop d'insistance d'une attaque imminente ; alors même que les troupes allemandes étaient lancées, le grand stratège mégalomane et paranoïaque Joseph Staline refusait encore de croire qu'Hitler ait pu donner l'ordre d'attaquer, contrevenant au traité germano-soviétique.

C'est donc comme dans du beurre qu'Hitler est entré en Russie.

À Bucarest, on était confiant sur l'issue de la guerre, et même si on ne l'avait pas vraiment choisi, il était rassurant de se savoir dans le bon camp.

Le 9 juillet la Wehrmacht prenait possession d'une ligne allant de Riga, sur la mer Baltique, à Odessa, sur la mer Noire. Le 19 septembre, elle s'emparait de Kiev, « la mère des villes russes », anéantissant près d'un million d'ennemis, parmi lesquels plus de 400 000 tués et 500 000 prisonniers qui seront exécutés ou abandonnés à une mort de faim inéluctable.

Quinze jours plus tard, les Allemands et leurs alliés sont aux portes de Leningrad et de Moscou, ils ont pris Rostov et Minsk.

Le succès de la Wehrmacht était indéniable, même si elle n'avait pas encore atteint ses objectifs. Piller et massacrer prend du temps. Ça avait été plus facile et rapide en France, avec un homme comme Pétain, tellement plus raisonnable. Après deux mois d'offensive, les Allemands tombaient sur un os avec Leningrad. Hitler avait prévu de prendre la ville avant l'hiver. C'était raté. Car l'hiver était là, et avec lui, la boue, la neige, le gel. Les chevaux, ou ce qu'il en restait, ne valaient plus grand-chose dans ces conditions. La Wehrmacht allait avoir besoin de skis, de raquettes et de luges, grandes, petites, larges, étroites, de toutes les dimensions, mais solides au transport, rapides à la glisse, de bonne qualité en somme.

Tous les gouvernements sous la botte du Reich étaient sollicités, Antonescu, qui se faisait désormais appeler le *Conducător*, se montrant le plus empressé à satisfaire les demandes du Führer. Parmi les nombreux services qu'il va rendre à la Wehrmacht, il y en a un qui me touche particulièrement : la fourniture de luges. L'armée allemande allait en avoir besoin pour traverser les immensités glacées de la steppe russe jusqu'à la Sibérie. « Trouvez-moi quelqu'un capable de fabriquer des luges, beaucoup de luges, mais solides, durables, des luges sur lesquelles on puisse compter. Des luges dignes de la Wehrmacht. »

La seule usine réellement irréprochable aux yeux de Monsieur Raureanu, l'administrateur du palais royal, c'était la fabrique Cristu & Fils.

Il y a un proverbe roumain qui dit « Je fais copain avec le diable, le temps de traverser le lac ». C'était l'état d'esprit de mon père, qui n'avait jamais estimé Antonescu.

Papa reçut commande de dix mille luges. Et ce ne devait être qu'un début. Même si les luges n'étaient pas la spécialité de la fabrique, c'était pour son patron une nouvelle occasion de s'enrichir.

Pour faire face aux commandes, Papa dut embaucher de nouveaux ouvriers et les faire travailler à l'américaine : jour et nuit en trois équipes se relayant toutes les huit heures. La chaîne ne s'arrêtait jamais de tourner. Les repas étaient pris sur place et, à la guerre comme à la guerre, c'est Aurora qui assurait l'intendance.

Si certains ouvriers, poussés par Petre, le chef du syndicat, d'obédience communiste, encore en illégalité à l'époque, y ont trouvé à redire, les protestations se sont vite éteintes quand le Maestro a annoncé le montant de la prime proportionnelle aux profits exceptionnels de l'entreprise.

À tous les niveaux, on essayait de faire contre mauvaise fortune bon cœur et, face à l'humiliante présence des Allemands, d'en profiter pour réaliser de jolis profits. Par rapport aux pays voisins, l'économie roumaine se portait plutôt bien. À l'instar des luges de la fabrique Cristu, l'industrie de guerre tournait à plein régime.

D'autre part, avec cette opération Barbarossa, en même temps que s'éloignait le péril rouge, les Roumains entrevoyaient la possibilité de récupérer la Bessarabie abandonnée aux Russes à la faveur de leur pacte avec Hitler.

Quant à la Garde de fer, la plupart de ses menbres, suite aux « incidents » de janvier 1941 à Bucarest, moisissaient en prison, ruminant la farce dont ils avaient été les dindons. Antonescu les ferait libérer petit à petit, en échange d'une promesse d'obéissance au Conducător.

Les seules voix discordantes venaient des communistes qui, dans les mêmes prisons, continuaient à prêcher le paradis de la dictature du prolétariat. Nombre de Juifs rescapés des pogroms les avaient rejoints. Mais l'effondrement de l'Armée rouge était aussi le leur, ils en étaient moralement anéantis. Du coup, Antonescu croyait n'avoir rien à craindre de ce côté-là. Mauvais calcul, car c'est souvent dans les prisons que se préparent les grands bouleversements politiques. C'est en prison qu'Hitler a écrit *Mein Kampf*. Ce qui ne l'a pas empêché, à son tour, de mal calculer les choses.

Car son opération Barbarossa, malgré les premières victoires éclair, les centaines de milliers de morts côté russe, le million de prisonniers, n'a pas réussi à anéantir l'Armée rouge comme il l'avait prévu. En réveillant le nationalisme russe, elle allait même s'avérer une aubaine pour le petit père du peuple russe, toujours prêt à défendre son territoire et à repartir à l'assaut de nouvelles conquêtes.

C'est en tout cas au nom de la patrie, et non plus du communisme, que Staline va envoyer au casse-pipe des millions de soldats qu'il a privés d'équipements, de chefs, et de munitions. En termes de sacrifice patriotique, les Russes vont en remontrer aux Allemands, dressant une muraille de douze millions de cadavres que la Wehrmacht n'arrivera jamais à franchir.

Aidée par une cuisinière et quelques apprentis devenus à tour de rôle éplucheurs, plongeurs ou serveurs, Maman était heureuse de préparer des ciorbe et autres plats copieux aux ouvriers de la fabrique Cristu. Sa *ciulama*, ses *chiftele* et sa moussaka faisaient l'unanimité, ils en avaient l'eau à la bouche rien qu'à les regarder.

Elle retrouvait le bonheur qu'elle avait ressenti quinze ans plus tôt, quand elle venait chez les Cristu en tant que couturière. En fait, ça lui avait manqué de ne pas être ce qu'on appelle « une femme au foyer » et d'être restée trop longtemps une dilettante en tout, bonne à rien, pas même à faire des enfants. Elle en avait un, bientôt deux, et devenait la nourricière d'un régiment d'ouvriers patriotes et bien payés.

Elle aimait faire la cuisine et demeura une cuisinière hors pair jusqu'à la fin de sa vie. Voir les assiettes se vider et entendre les ouvriers en redemander, c'était sa récompense. Avec le temps, elle avait appris à tous les connaître, elle allait en marier plus d'un à ses aide-cuisinières ou à ses femmes de maison, organisant plus d'un banquet de baptême pour les enfants.

« Tu n'imagines pas notre excitation avec cet "effort de guerre", me confiera-t-elle. On ne comprenait rien à ce qui se passait, c'est vrai, on était noyés par la propagande. Mais on vivait dans une atmosphère d'urgence, de passion patriotique, chacun participant à la victoire finale qui allait anéantir le fléau du communisme, cette monstruosité engendrée par des savants fous. C'est comme ça qu'on voyait les choses. Je n'ai pas peur de te le dire, Lena, j'étais heureuse, à cette époque. »

Courte époque, en vérité, dont les jours s'assombrissent avec les perspectives moins glorieuses pour l'armée allemande, arrêtée dans sa progression fulgurante au nord devant Leningrad et, au centre, devant Moscou. La résistance des Russes était de plus en plus efficace, acharnée, populaire, patriotique et jusqu'au-boutiste. L'Armée rouge s'était reprise, causant des pertes considérables aux envahisseurs. Elle n'était pas loin de pouvoir contre-attaquer.

Le destin de la Russie se jouait à Moscou, qu'Hitler avait promis de faire raser pour y créer un lac artificiel. Staline avait fini par écouter ses services de renseignement. Il savait que les Japonais allaient attaquer Pearl Harbor, que les Américains entreraient alors en guerre et qu'il ne serait désormais plus nécessaire de protéger la frontière de la Sibérie contre une éventuelle invasion nipponne. Il demanda donc à Joukov de venir défendre Moscou. Ce furent 400 000 soldats, l'élite de l'Armée rouge, qui vinrent renforcer la défense de la capitale.

Le 5 décembre 1941, l'offensive allemande était bloquée à 30 kilomètres de Moscou, la Wehrmacht paralysée par la boue, la neige, le froid.

Le 7 décembre, comme prévu, les Japonais attaquaient Pearl Harbor, la grande base navale américaine, provoquant la mort de 2400 soldats et civils, et la perte de 14 navires et de près de 200 avions. Ça n'est certes rien en comparaison de ce que les Russes avaient perdu dans les premières heures de l'opération Barbarossa. Mais dès le lendemain, les radios du monde entier interrompaient leurs émissions de variétés musicales pour annoncer l'entrée en guerre des États-Unis contre le Japon.

Depuis la rupture du pacte germano-soviétique, en juin, la Grande-Bretagne soutenait déjà les Russes par l'envoi de matériel et d'armement. Avec l'entrée en guerre de l'Amérique, c'est une véritable manne qui va être distribuée à l'Armée rouge. Les Soviétiques s'empresseront de l'oublier, se prétendant les seuls héros de la guerre contre les nazis.

Pour les Roumains, il s'agissait de savoir si la présence des Américains au côté des Anglais et des Russes allait pouvoir changer un rapport de force qui leur semblait jusque-là si favorable. Un autre phénomène commençait à fissurer la bonne conscience des Roumains : les Allemands, qui avaient été accueillis avec espoir, parfois même avec enthousiasme dans les pays fraîchement libérés du joug soviétique, après quelques semaines d'occupation se révélaient de grands massacreurs, et pas seulement massacreurs de Juifs, tout le monde y passait.

En plus, la Wehrmacht était une grande pilleuse, une affameuse, et dans des proportions qui dépassaient parfois ce que les populations avaient eu à subir des Russes. En fait, ces pays « libérés » comprenaient que les Allemands n'avaient pas lancé une guerre de conquête contre les Russes, mais une guerre d'extermination contre tout ce qui n'était pas germanique. Ils étaient tombés de Charybde en Scylla.

Dans les cafés de Bucarest, les langues se déliaient, les sympathisants communistes prétendant que tout allait changer, que l'opération Barbarossa était déjà un échec, que Moscou ne tomberait jamais : « Les Allemands vont maintenant devoir faire la guerre sur deux fronts. Staline avait tout prévu. Quel génie ! » Ces stratèges de chocolat chaud, comme les appelait mon père, se risquaient même à prédire l'écrasement de l'Allemagne d'ici un an. Et à le souhaiter ouvertement. Outre les bagarres que ces discussions déclenchaient entre les étudiants prosoviétiques et les nostalgiques de la Garde de fer, on parlait de maquis qui se seraient formés dans les montagnes, menés par des résistants auxquels on attribuait certains attentats dans les villes de province. Le plus sérieux, le plus tangible, c'étaient les soldats roumains enrôlés dans l'opération Barbarossa et dont on n'avait plus de nouvelles ou alors très mauvaises : des avis de décès. Combien de ces enfants de la patrie n'auront pas même eu de sépulture ? Combien de mères, de veuves ? Et ce n'était rien par rapport aux pertes qu'allaient subir les bataillons roumains engagés dans la mère des batailles, celle qui se préparait autour de Stalingrad.

En attendant, les rares blessés qui revenaient du front livraient des récits qui n'étaient pas très patriotiques. Si l'Allemagne perdait la guerre, qu'allait-il se passer pour la Roumanie ?

On en était encore loin, mais le 22 janvier 1942, la Wehrmacht était défaite devant Moscou. La contre-offensive de Joukov lui avait fait subir sa plus lourde défaite de la guerre avec 600 000 morts. Les Allemands pouvaient tenter de se consoler en comptant les deux millions de morts qu'ils laissaient du côté russe, n'empêche qu'ils n'avançaient plus et qu'ils devaient désormais se contenter de gérer et défendre les territoires occupés mais pas vraiment conquis : la Roumanie, l'Ukraine, la Pologne, la Biélorussie, et les deux tiers de la Russie d'Europe.

Or, ils n'avaient rien d'autre à offrir à ces territoires-là qu'un modèle de société basé sur le massacre des Juifs et l'esclavage des autochtones. Ça ne mettait pas toutes les chances de leur côté.

Si la guerre n'était pas encore perdue pour Hitler, il ne pouvait plus la gagner. Il remporterait encore quelques batailles, mais en perdrait plus encore car le sens de cette guerre avait changé. Ne pouvant plus espérer vaincre des armées ennemies, il allait devoir se contenter de massacrer des Juifs.

Début juillet 1942, Maman informa Papa qu'elle était de nouveau enceinte. Grande joie et grande inquiétude car, au vu de la façon quasi miraculeuse dont ça s'était passé la première fois, les médecins ne donnaient pas cher de la possibilité pour elle d'avoir un deuxième enfant, du moins pas sans grand risque. Et comme on ne parlait plus d'avortement, le risque était pris.

La nouvelle arriva aux oreilles de Liana Cristu. Du jour au lendemain, celle qui pendant près de dix ans avait pourri la vie de toute sa famille – insultant son mari, montant ses enfants contre lui, contre sa maîtresse, se battant jour et nuit contre cette séparation, cet adultère, cette humiliation, cette injustice – du jour au lendemain lâcha prise, faisant savoir par ses avocats qu'elle acceptait le divorce.

« Tu sais, me dira Maman bien plus tard, au fond ça n'était pas une mauvaise femme. Elle restait éperdument amoureuse de ton père. Elle souffrait beaucoup de la situation. Et comment aurais-je pu ne pas la comprendre ? Comment aurais-je pu lui en vouloir ? Je ne sais pas ce que j'aurais fait à sa place. »

Ma mère s'est retrouvée à cette place de femme trompée par son mari, mais mon père ne lui a jamais annoncé que, parmi ses nombreuses maîtresses, il y en avait une qui attendait un enfant de lui.

Quoi qu'il en soit, le divorce fut prononcé. Rendant le mariage possible et, surtout, la déclaration de paternité de Costa Cristu me concernant, qui faisait de moi non plus une « fille de père inconnu », mais Lena Cristu, fille de Costa Cristu.

Un jour, beaucoup plus tard, je devais avoir neuf ou dix ans, en rentrant de l'école, je fus abordée par une femme d'un certain âge, d'aspect assez misérable : « Tu es la fille de Costa Cristu ?

— Oui, Madame.

— Tu es très mignonne. C'est bien. Je ne t'en veux pas, tu sais. »

Non, je ne savais pas. Je ne savais même pas qui était cette femme, de quoi elle parlait. Je n'ai pas eu le temps de le lui demander, elle avait déjà filé, me laissant stupéfaite, un peu effrayée. On aurait dit une scène de conte pour enfants, quand la sorcière vient jeter un mauvais sort sur le berceau de la princesse. De quoi diable ne m'en voulait-elle pas ? Qu'est-ce que j'avais fait de mal pour mériter son pardon ?

Le souvenir de cette rencontre énigmatique m'a poursuivie pendant des années. Des années durant lesquelles, peu à peu, de morceau de secret en bribe de souvenir attrapé inopinément au cours de conversations que je n'aurais pas dû entendre, j'ai fini par comprendre que cette femme qui était venue me dire qu'elle ne m'en voulait pas, c'était la première femme de mon père. Comme ces évidences que l'on croit découvrir mais dont on se rend compte qu'on les savait depuis le début, j'ai simplement cessé de refuser de voir de quoi il s'agissait derrière ce prétendu pardon. C'était une demande d'échange, un essai d'explication, une tentative de réconciliation.

Mais comment me pardonner une faute que je n'avais pas commise ? Nous étions toutes les deux coincées.

Aujourd'hui, ce que je vois et qui me trouble, c'est que si Madame ex-Cristu avait si soudainement accepté le divorce, et sans rien obtenir du Maestro, c'est grâce à cette nouvelle naissance annoncée. Elle avait réalisé qu'en s'obstinant dans son refus de divorcer, elle allait créer un nouvel enfant « de père inconnu ». C'était le malheur de trop, après le mien. Elle n'a pas voulu en être responsable.

Malgré toutes les luges fournies par la fabrique de meubles d'art Cristu & Fils, le 2 février 1943, la bataille de Stalingrad fut annoncée comme perdue par l'Allemagne. Le *Generalfeldmarschall* Paulus demandait à ses troupes, ou ce qu'il en restait, de se rendre. Le bilan provisoire des morts était ahurissant. Notre pays était plongé dans la consternation, sachant le nombre de soldats roumains en première ligne de cette bataille. Parmi ceux-ci se trouvaient le mari de ma sœur Sabina et celui de ma tante Mioara.

Ce jour-là, pourtant, mon père était enthousiaste : il emmenait Aurora à la clinique de la Reine-Marie où elle devait accoucher de leur deuxième enfant.

L'endroit lui avait porté bonheur, alors Maman était un peu rassurée, on allait bien s'occuper d'elle. Mais la parturiente allait devoir attendre encore plusieurs jours, Papa en profita pour courtiser les jeunes aides-soignantes, histoire de ne pas perdre la main. Dans ce pays et à cette époque, l'infidélité d'un mari n'était pas considérée comme une chose répréhensible, c'était plutôt un devoir : « Un homme ne peut pas avoir toutes les femmes, avait-on coutume de dire, mais son devoir est de toujours essayer. » Et apparemment, cela n'avait pas posé trop de problèmes à Maman, qui se voulait une épouse idéale, fermant les yeux quand il fallait, les ouvrant pour ne voir que son bonheur : un homme heureux auprès d'elle, fier et puissant.

S'il arrivait au Maestro d'éprouver quelque soupçon de remords, la pudeur et l'orgueil lui interdisaient de les manifester.

Maman resta alitée jusqu'à son accouchement pour lequel le médecin dut user des forceps. Au petit matin du 5 février, Maman donna naissance à une fille. Elle était un peu écorchée et sanguinolente suite au traitement qu'elle avait subi, mais elle était vivante et en très bonne santé.

Maman aurait préféré un garçon, mais quand la sage-femme lui a proposé de faire l'échange avec une de ses voisines qui venait d'accoucher d'un garçon alors qu'elle voulait une fille, Aurora s'est accrochée sauvagement à son enfant avant de comprendre qu'il s'agissait d'une blague. Elle prenait tout au sérieux.

Je ne fus autorisée à voir ma petite sœur que le surlendemain. J'appris à cette occasion qu'elle s'appelait Alina. Et je compris aussi qu'une cigogne n'était pas venue la déposer dans les bras de Maman, la fenêtre de la chambre étant bien trop étroite. Je me suis donc approchée de Maman pour l'embrasser et lui demander, le plus sérieusement du monde : « Comment tu as fait ? »

J'entendis alors la voix de ma grand-mère Drina : « Tu n'as pas honte de poser des questions pareilles ? Tu l'apprendras quand tu seras grande. En attendant, au lieu de dire des âneries, regarde plutôt comme elle est jolie. »

Drina, qui ne m'aimait toujours pas, semblait avoir décidé d'apprécier ce bébé-là. Il était légitime, voilà tout. Moi, je pense qu'elle m'aurait volontiers coupée en morceaux si elle avait pu. Elle en avait la force, car elle pesait au moins cent kilos. C'était même une curiosité : Vlad, son mari, du temps où il vivait encore, avait beau manger comme un ogre, il ne prenait pas un gramme, tandis qu'elle, qui mangeait avec des pincettes, ne buvait pas une goutte d'alcool, grossissait, grossissait. Mon père avait l'habitude de dire : « Elle profite de tout ce que son mari avale. » Pourtant, après la mort de son barbier de mari, elle a continué de grossir.

J'ai observé ma petite sœur de plus près pour voir comme elle était jolie, selon les mots de Drina. Quelques secondes m'ont suffi : « Non, j'ai dit, elle n'est pas jolie. Elle est très moche. »

Le cri outragé de Drina m'a percé les tympans. C'est Maman qui m'a remise dans le droit chemin de la sororité : « C'est ta petite sœur, Lena, tu dois l'aimer. »

Je me suis donc mise à l'aimer. Et même à la trouver jolie.

Deux semaines plus tard, dans le grand salon de notre maison, le pope Chiril avait installé le chaudron en cuivre pour immerger le bébé dans l'eau bénite, conformément à la tradition orthodoxe. Alina dut pour ainsi dire passer à cette casserole par trois fois, selon le rite orthodoxe.

Après ça, le banquet ! Les convives ne furent pas déçus. Maria avait bien fait les choses. Ce fut un baptême somptueux, rien à voir avec le mien, célébré en catimini, sous le signe de la honte et du scandale. Drina avait d'ailleurs refusé de s'y rendre.

Il n'y avait pas que la bataille de Stalingrad qui était perdue, les Alliés débarquaient et avançaient un peu partout où la Wehrmacht reculait.

Les chiffres seront connus plus tard, mais ce sont près de 120 000 Roumains qui ont laissé leur peau à Stalingrad. Sur les 80 000 soldats faits prisonniers par les Russes, seuls 28 000 ont revu leur pays. Les autres sont morts en détention, de faim, de froid, de maladie, ou assassinés.

Pendant que ces jeunes hommes tombaient au champ d'honneur, les plus vieux, restés à l'arrière, contribuaient à enfoncer leur pays dans le déshonneur en persécutant les Juifs. Ceux qui échappèrent aux divers pogroms, rafles et déportations, trouvèrent refuge dans les montagnes où, avec les communistes, ils établirent des maquis de résistance, entretenant une foi communiste qui, deux ans plus tard, une fois les Soviétiques installés aux commandes du pays, les ferait accéder au pouvoir et aux délices des illusions marxistes.

En attendant, à Bucarest, le climat n'était pas joyeux. L'économie allait mal, les Allemands réquisitionnaient toujours plus de nourriture, la répression contre les opposants était de plus en plus sévère. On essayait de maintenir une vie normale, mais on sentait l'effritement de tout, de l'économie comme de la politique. La confiance n'était plus qu'une façade d'habitudes et de faux-semblants, à l'image des luges qui continuaient d'être commandées par centaines à la fabrique de meubles d'art Cristu & Fils, et que personne ne venait chercher. Elles s'accumulaient dans le grand hangar.

Dans son malheur, la Roumanie avait encore plus de chance que d'autres. Nazie en 1940, elle avait échappé aux bombardements et n'avait pas servi de champ de bataille aux armées russes et allemandes lors des années suivantes. On sentait pourtant l'étau se resserrer après la défaite de Stalingrad. La peur des Russes s'emparait de toute la population roumaine, Juifs et communistes exceptés, qui les attendaient comme des libérateurs.

Parmi ceux qui ne se laissaient pas aller à la panique, le Maestro. Autant pour conjurer ses propres inquiétudes que pour rassurer sa famille et ses ouvriers, il décida de construire un abri antiaérien sur un terrain qu'il possédait de l'autre côté de la rue.

En prévision de ces temps difficiles, Maman avait persuadé le Maestro d'acheter une vache. Elle fut installée tout au fond de la fabrique, dans l'arrière-cour, où il y avait déjà le poulailler et les deux cochons qu'on engraissait pour Noël. J'allais souvent voir notre vache, Bălaia, je l'aimais beaucoup.

L'année passa au rythme des défaites sanglantes et des replis désastreux de la Wehrmacht jusqu'à ce que, le vendredi 4 avril 1944, à 13 h 45, venus du sud des Carpates, les 215 bombardiers américains apparaissent dans le ciel de Bucarest.

En vérité, la cible principale des bombardements américains n'était pas notre fabrique de luges, ils visaient des lieux plus stratégiques. Ils ne voulaient pas détruire la ville, comme on l'a cru, encore moins tuer des gens. Seulement, le vent s'était levé au début de leur raid, rendant moins précis le largage des bombes, dont beaucoup sont allées s'écraser sur des bâtiments d'habitation, et même sur Calea Victoriei, et les grands hôtels comme le Splendid et l'Athénée Palace. La cathédrale Sfîntul-Iosif fut touchée, ainsi que le quartier chic autour du palais Cotroceni. Ça n'était que des pierres. Le plus grave, c'est le nombre de morts causées par ce bombardement : 5 000, parmi lesquelles aucun soldat. Des dommages collatéraux, c'est le terme. Ça n'était pas Hiroshima, ça n'était pas pour autant anodin. C'était la guerre, dirons-nous. Mais nous allions la passer à la campagne. Tranquilles.

Je m'étais très vite et avec bonheur adaptée au rythme de la campagne, à sa douceur, sa paix illusoire, sa terre nourricière, parfois mensongère… « Il faut se méfier de la terre, me disait Papa, parfois elle tremble, et tout s'effondre, elle peut aussi offrir, entre deux fruits délicieux, des poisons mortels, comme certains champignons. » Il eut à cœur de m'apprendre à les reconnaître. Nous partions tous les deux dans le petit bois derrière la ferme, je portais le panier. Du haut de mon mètre dix, j'avais l'œil pour les repérer sous les feuilles, dans les mousses, entre les racines. Dès que j'en voyais un, sans y toucher, tel un truffier aboyeur, j'appelais Papa qui me rejoignait pour étudier ma découverte, déclarer que c'était bon, ou pas. Je la ramassais et la plaçais délicatement dans mon panier, sinon, je l'écrasais d'un coup de talon. Vilain poison. Je rentrais avec mon panier, heureuse de nourrir ma famille et fière, en ayant écrasé les champignons vénéneux, de nous avoir sauvés d'une mort certaine.

La cueillette des champignons ne suffisait pas à combler le manque d'activité de mon père qui, avant notre exil, menait une vie de chef d'entreprise toujours sur la brèche, à l'affût de toutes les affaires possibles, surveillant chacun de ses quatre-vingts employés, cherchant de nouveaux clients, etc. Sans parler de sa vie sociale et mondaine... Dès son arrivée, Papa s'est consacré au potager dont il a fait un véritable laboratoire agricole, croisant différentes espèces de tomates et de cucurbitacées. C'est là qu'il aura passé le plus clair de son temps.

Papa méritait bien ce titre de Maestro, car à tout moment, en toute circonstance et en tout lieu, il semblait avoir été désigné comme l'organisateur des choses, le directeur des gens et le réalisateur des prodiges.

L'été venu, nous étions tous là à lui demander des nouvelles :

« Elles arrivent quand les tomates de Costa Cristu ? »

Je n'aurais gardé de cet exil que d'excellents souvenirs sans cet événement qui allait me marquer dans tous les sens du terme.

J'étais dans la cour, à jouer avec Negruț, quand soudain, sans que je comprenne pourquoi, le plus gentil des chiens m'a mordue au mollet. J'ai crié de peur plus que de douleur, mais il y avait trois gouttes de sang, et il n'en a pas fallu plus à ma mère pour s'épouvanter, exigeant qu'on me fasse une piqûre et qu'on fasse analyser Negruț, pour savoir s'il avait la rage.

« Mais il a été vacciné il y a six mois, plaida Madame Leana, la fermière d'à côté, à qui appartenait le chien.

— Peu importe. Je veux savoir. Et de toute façon, ce chien est dangereux. On ne peut pas lui faire confiance.

— Madame Cristu, vous n'allez pas me le tuer ? »

Au visage dur que ma mère lui opposa, la pauvre femme comprit que les heures de son Negruţ étaient comptées.

À mon grand désarroi, il fut tué. Après avoir fait analyser son sang, il s'avéra que l'animal était parfaitement sain, ce qui finit de rassurer ma mère : il ne m'avait pas refilé la rage. La honte était sur elle, mais elle voulut malgré tout avoir le dernier mot :

« Voilà ce qui arrive quand on n'écoute pas sa maman. Quelle peur tu m'as faite ! Que cela te serve de leçon. »

La principale leçon que j'en tirai c'est sur le risque que je prenais à m'éloigner de ma mère pour vivre des moments de joie en compagnie de mammifères mâles. J'allais mettre du temps à me sortir de cette phobie, la cicatrice au mollet étant là comme une rougeur indélébile.

Pour la jeune femme que je suis ensuite devenue, aspirant à un corps parfait, cette marque maudite est devenue une obsession. Je la frottais sans cesse pour l'effacer. Ce n'est que des dizaines d'années plus tard, qu'une séance de psychanalyse mémorable me fit cesser cette vilaine manie. La cicatrice, qui n'en était pas une, disparut en quelques jours.

Ma grande sœur Sabina et ma tante Mioara étaient aussi inséparables à la ville qu'à la campagne. C'est ensemble qu'elles s'étaient amusées à la ville et ensemble que désormais elles s'ennuyaient dans ce patelin perdu de Vrăneşti. Elles n'avaient pas grand-chose à dire aux autres jeunes femmes du village qui semblaient ne pas souffrir du manque de bal, de magasin, de cinéma, de parc, et de l'absence d'hommes de leur âge.

Sabina et Mioara ont bien tenté par deux fois d'entrer dans l'unique bistrot à vingt kilomètres à la ronde, elles n'ont pas senti qu'elles étaient les bienvenues parmi ces vieux alcoolos tabagiques. La plupart des jeunes étaient sur le front, certains étaient déjà morts et enterrés, on avait envoyé à la famille une grosse médaille et un ruban que les parents avaient glissés dans le tiroir de leur table de nuit.

Pour les femmes, en dehors du travail dans les champs, la garde des enfants, les travaux ménagers et l'écriture laborieuse des lettres à leur soldat, leur seule distraction c'était aller à l'église le dimanche. On y allait toutes, Papa préférant rester au bistrot à discuter agriculture et politique avec les autres.

Sabina et Mioara aidaient Maman à s'occuper de nous, les enfants. Ma petite sœur Alina exigeait beaucoup d'attention, aussi vive, capricieuse, pleurnicharde et bavarde que j'étais sage, polie et taciturne. Quant à ma cousine Pinți, la fille de ma tante Mioara, elle n'avait qu'un an de plus que moi, on aurait pu s'entendre, mais elle n'arrêtait pas de faire des bêtises et de sortir des blagues que je ne trouvais pas drôles.

Je n'étais pas malheureuse, contrairement à ce que certains croyaient : j'étais avec Maman, perpétuellement accrochée à ses basques. Et quand certains l'interrogeaient, s'inquiétant de mon mutisme, Maman et moi échangions un regard complice : que peuvent-ils comprendre ?

À l'arrivée de l'été, les légumes du Maestro étaient là. Au village, ils n'avaient jamais vu des tomates aussi belles, aussi énormes, et des haricots aussi savoureux.

Papa allait de plus en plus souvent au bistrot du village. Avec ses nouveaux copains, sous prétexte de jouer au backgammon, ils écoutaient la radio de Londres en roumain qui diffusait les nouvelles de la guerre, les vraies, celles qui disaient à quel point ça ne s'arrangeait pas pour la Roumanie. Les Russes continuaient d'avancer, les Allemands de reculer, et les Américains débarquaient aux quatre coins du monde.

Un soir, la radio annonça que les Soviétiques avaient repris la Bessarabie et fonçaient sur Bucarest, soi-disant pour la libérer. La pauvre Bessarabie aura changé trois fois de maître en quatre ans, avec chaque fois des massacres de représailles. Il fallait avoir la boussole bien accrochée pour ne pas perdre le nord dans cette valse guerrière d'Europe centrale.

C'est du poste à galène du bistrot qu'en ce 23 août 1944 les habitants de Vrăneşti ont appris la nouvelle la plus inattendue de cette guerre.

Devant l'arrivée imminente des Russes qui se préparaient à envahir la Roumanie tout entière, le jeune roi Mihai Ier tourna casaque…

Il convoqua au palais Ion Antonescu, son Premier ministre tout-puissant. Il lui reprocha d'avoir profité de son jeune âge pour prendre sa place à la tête de l'État et de l'avoir soumis à Hitler contre les intérêts du pays, il lui annonça que la comédie avait assez duré et qu'il avait l'intention désormais d'exercer son magistère : « Je suis le roi de ce pays, votre roi. J'ai l'intention de sauver le pays et personne ne m'en empêchera ! »

Sur ce, il appela ses gardes et fit procéder, là, devant lui, à l'intérieur même du palais, à l'arrestation de son Premier ministre, sidéré.

Il fallait se le répéter pour y croire : notre roi Mihai Ier avait destitué le maréchal Ion Antonescu, celui-là même qui, trois ans plus tôt, l'avait contraint, un couteau sous la gorge, de le nommer à la tête du gouvernement. Le plus simplement du monde, le jeune homme l'avait fait mettre en prison, annonçant dans la foulée que le royaume de Roumanie renonçait à la tutelle de l'Axe hitlérien pour rejoindre les Alliés !

On savait que l'arrière-petit-fils de la reine Victoria, cousin de la moitié des têtes couronnées d'Europe, ne portait pas Antonescu dans son cœur, mais là, on découvrait qu'à vingt-trois ans, le jeune monarque avait eu le temps d'apprendre à gouverner.

Ce qu'on ne comprenait pas, c'est pourquoi il ouvrait si grand les portes du royaume aux Russes ? Pourquoi faire passer les forces armées roumaines sous commandement soviétique ? Pourquoi et comment pouvait-on demander aux soldats roumains, qui avaient combattu au côté des Allemands pendant quatre ans, de retourner leurs armes contre ces mêmes Allemands et de grossir les rangs de l'Armée rouge ?

À quoi lui servait d'avoir pris de l'assurance et du sens politique, à quoi servait son courage face à Antonescu, si c'était pour trembler devant Staline et commettre la même erreur qu'on lui avait fait commettre en face d'Hitler ?

Grâce à ce magistral retournement de veste, le roi Mihai Ier apparaîtra comme le chef secret d'un prétendu « Conseil de la Résistance ». La légende court encore. Ce qui est sûr, c'est qu'il obtint de Staline la promesse que les soldats roumains engagés auprès de la Wehrmacht ne seraient ni emprisonnés ni même poursuivis, mais au contraire réintégrés dans des bataillons réformés, dénazifiés, et chargés de soutenir l'Armée rouge dans leur combat contre les Allemands.

De nouveau, les soldats roumains se retrouvaient en première ligne. En guise de remerciement, Staline offrit à Mihai Ier la rare médaille de l'ordre de la Victoire, le 7 juillet 1945, avec, à la clé, la possibilité de rester sur le trône… La suite est connue. J'en donnerai plus loin quelques détails.

D'après certains experts, ce renversement spectaculaire, shakespearien, aurait accéléré la chute du IIIe Reich de six mois, permettant aux Russes d'atteindre Berlin avant les Américains, avec les conséquences funestes que l'on sait. En effet, 350 000 soldats roumains qui changent de camp, ça compte dans l'issue d'une bataille. Pour le Führer, ça ne représentait pas seulement un camouflet cinglant, et un échec politique majeur, c'était aussi beaucoup plus grave d'un point de vue militaire, une catastrophe.

N'ayant pas l'habitude de se faire rouler de cette manière, lui qui, pendant dix ans, avait roulé toute l'Europe avec ses traités de paix sans valeur, il ne lui restait plus, dans sa fureur extrême, qu'une seule chose à faire : se venger.

Alors que les généraux de la Wehrmacht lui demandaient l'autorisation de se replier, et vite, avant d'être massacrés, Hitler leur ordonna de reprendre Bucarest quoi qu'il en coûte. Massacre ou pas massacre, ils devaient se battre, libérer le maréchal Antonescu et exécuter le petit roi félon. La « bataille de Bucarest » opposa les soldats roumains fidèles au roi et passés du côté des Russes au reste des fidèles à Hitler, auxquels se sont agrégés les anciens combattants de la Garde de fer, bref, tous ceux qui n'avaient plus d'autre choix que de croire encore en une victoire de la race pure avant d'être arrêtés et fusillés par les « libérateurs » soviétiques. L'issue était connue d'avance.

Le massacre a lieu et Hitler se voit contraint de renoncer à cette tâche impossible, qui n'a d'ailleurs aucun intérêt stratégique, Antonescu ne vaut pas qu'on se batte pour lui. Il ne reste plus à Hitler que la vengeance, bête et brutale, la terre brûlée : « Bombardez, ordonne-t-il. Bombardez-moi cette putain de ville ! Rasez-moi ce Bucarest de merde ! Je ne veux plus qu'il reste un seul de ces Roumains dégénérés. »

Il lui viendra plus tard une idée extravagante : faire sortir de prison Horia Sima, l'ancien chef de la Garde de fer, alors détenu à Sachsenhausen, pour le placer à la tête d'un gouvernement provisoire en exil à Vienne. Là, on est en droit de se demander s'il avait encore toute sa tête. En tout cas, il avait les moyens de semer la mort.

À Vrăneşti, rassemblés autour du poste à galène, les vieux embusqués du bled voudraient pouvoir compter sur des informations solides, fussent-elles mauvaises. Rien n'est pire que l'incertitude. Après le discours de leur roi, ils ne sont pas désolés d'être passés du côté des vainqueurs. Car plus personne, au bistrot comme ailleurs, ne doutait de la défaite d'Hitler.

Comme la plupart des gens de Vrăneşti, Papa tentait de se persuader que le roi avait de bonnes raisons d'accepter cette situation, forcément provisoire. Il ne pouvait avoir agi ainsi que pour le bien de son peuple. Il fallait donc le suivre et attendre que tout rentre dans l'ordre, et alors on comprendrait. Son geste évitait les représailles, les emprisonnements, et il comptait très certainement sur les Américains pour empêcher les Russes d'envahir toute la Roumanie.

Mais au fait, où était-il, le roi ?

On disait qu'il avait quitté Bucarest pour se mettre à l'abri. Sage précaution, qui justifiait opportunément celle que le Maestro avait prise en allant se réfugier à Vrăneşti avec sa famille.

Est-ce qu'on était réellement à l'abri, dans ce village ? Jusque-là préservé des conflits par sa petitesse et l'insignifiance stratégique de sa localisation, Vrăneşti se trouvait malgré tout sur la route nationale reliant Bucarest au nord-ouest du pays. Et si une division de l'armée décidait de bivouaquer en chemin, sachant comment, dans l'histoire ancienne et récente, les Russes vainqueurs s'étaient comportés en Pologne, en Bucovine et en Bessarabie, sans parler des nouvelles de la Moldavie qui étaient atroces, on pouvait craindre le pire.

Les pillages, viols et tortures en tous genres qu'on attribuait aux hordes de soviets n'étaient pas des rumeurs, les récits sur leur comportement seraient tous confirmés, sinon rectifiés dans le sens d'une cruauté encore plus grande. S'ils n'avaient pas le raffinement des Chinois ou des Indochinois dans la gamme des supplices, les Russes surpassaient tout le monde en brutalité, leur sauvagerie particulière étant rendue possible par une absence totale de morale et de compassion.

Dans ces conditions, il ne nous restait plus qu'à espérer qu'ils ne s'arrêtent pas à Vrăneşti, car s'ils apercevaient le manoir, ils n'allaient pas se gêner pour venir nous rendre visite, leurs fameux couteaux toujours entre les dents.

Le plus prudent était quand même de cacher nos liasses de dollars, les napoléons en or, la boîte à bijoux de Maman, la collection de timbres de Papa, et surtout les titres de propriété de la maison, de la fabrique, et autres certificats administratifs attestant de la fortune que mon père avait construite en trente ans, par la seule force de son talent.

Il ne fallait surtout pas que les Russes découvrent ça, sous peine de passer pour des riches. Ce que nous étions. Nous allions devoir nous comporter comme des pauvres, des faibles, aussi démunis que les prolétaires de tous les pays.

Papa s'est mis à imaginer des cachettes. Après quelques fausses pistes, il a eu l'idée géniale de la grosse meule de foin qui se trouvait devant la grange. Ils ne risquaient pas de vouloir nous le voler, ce fourrage, eux qui avançaient avec des chars, des blindés, des avions. Ils n'avaient plus de cavalerie depuis longtemps.

L'opération fut réglée en cinq minutes. On n'avait plus qu'à attendre le passage des Russes. J'étais tellement fière de l'astuce de mon père qu'au fond de moi je me disais : « Qu'ils viennent, qu'ils fouillent. Ils ne trouveront jamais ! Papa est vraiment trop fort. » J'en rigolais d'avance.

Bogdan, le fils de la fermière d'à côté, devait avoir deux ou trois ans de plus que moi, ce qui fait qu'on ne jouait pas souvent ensemble, il préférait descendre au village rejoindre ses copains, parfois en entraînant Pinți. Mais là, coincé qu'il était, interdit de sortir, comme il s'ennuyait, il est venu vers moi et la conversation s'est engagée.

Sans plus tarder, pour lui en mettre plein la vue, je lui demande : « Vous les avez cachés où, vous, vos trésors ?

— On n'a rien caché, il me répond. Maman a dit qu'ils n'ont qu'à prendre les cendres dans l'âtre, car c'est tout ce qu'on a.

— Eh bien, nous, on a tout mis là-dedans. »

Et pour être sûre qu'il avait bien compris, et qu'il réalise le génie de Papa, je lui montre du doigt la meule de foin devant la grange.

Les règles de la clandestinité ne sont pas innées, en attendant qu'elles s'imposent à moi, je venais sans le savoir de commettre l'imprudence de base : se fier à un voisin. Trahir un secret par pure vantardise.

Heureusement, Maman avait tout le temps un œil sur moi et elle a repéré mon geste. Elle a tout de suite déclenché le branle-bas de combat. Il a fallu ressortir de la meule tous nos trésors, en quatrième vitesse, et leur trouver une nouvelle planque, mais ce coup-ci à l'abri du regard des enfants. Ainsi fut fait.

Quelques minutes plus tard, le maire de Vrăneşti arrivait en courant au manoir pour nous avertir que les Russes s'étaient arrêtés au village et que des habitants serviables leur avaient conseillé d'aller là-haut, chez les *bogătaşi*, les riches, autrement dit chez nous, au manoir : « Ils seront là dans dix minutes ! » Il avait pris sa motocyclette pour nous avertir, le brave homme.

Dix minutes, ça laissait le temps de faire sortir les jeunes filles par la petite porte à l'arrière de la propriété. Elles avaient juste à traverser le pré pour s'enfoncer dans le bois, se barricader dans le refuge prévu pour l'occasion, et attendre que les soldats repartent.

Postés à la fenêtre, Bogdan et moi guettions l'arrivée des barbares.

Le spectacle n'était pas tant dans les deux tanks, les camions bourrés de soldats et les jeeps, on en avait vu d'autres, non, l'impressionnant, c'était le capitaine en tête de sa compagnie, à cheval. Ses sous-officiers suivaient derrière, à bord des jeeps.

La colonne s'est arrêtée devant la grille. Le capitaine est descendu de son cheval qu'il a confié à son aide de camp ou quelque chose comme ça, et il s'est approché. C'était un grand type, blond, bel homme, à sa façon de saluer Papa, militairement, à travers la grille, on a compris qu'on avait affaire à un type bien élevé : « Je voudrais parler au maître de maison, il a lancé avec un accent russe de Biélorussie.

— C'est moi, a dit mon père, en lui ouvrant la grille. Costa Cristu. Et voici ma femme Aurora.

— Et la petite ?

— Alina », a dit Maman.

Maman était pieds nus, comme toujours en été, un tablier serré autour de la taille, le foulard qu'elle avait sur la tête laissait échapper ses belles mèches châtain doré. Elle tenait ma petite sœur dans les bras, offrant ainsi une reproduction vivante de l'affiche de l'Emprunt national pour le soutien aux veuves de guerre. Le capitaine s'est incliné devant elle pour lui faire le baisemain, avant de gratifier Alina d'une légère caresse sur sa jolie tête blonde.

« Nous allons loger ici pour la nuit, a-t-il annoncé. Nous repartons demain libérer Bucarest.

— Capitaine, soyez les bienvenus, a lancé Papa d'un ton parfaitement hypocrite. Malheureusement, nous n'aurons pas assez de place pour loger tout le monde.

— Nous ne sommes que trois officiers. Les soldats se débrouilleront, ne vous inquiétez pas. D'ailleurs, je vois que vous avez de la paille, a-t-il dit en visant la meule devant la grange. Ils dormiront là. Vous allez voir. »

Et le voilà qui fonce vers la meule et, d'un seul coup, sortant son schlass de sa ceinture, il tranche la corde et tout le foin s'éparpille au sol.

« Ça sera parfait comme ça », décrète-t-il, pas peu fier de lui.

Là, Maman a failli lâcher Alina. Papa l'a rattrapée en lui disant comme s'il l'engueulait : « Va donc mettre des chaussures, chérie, tu te tords les pieds sur ce gravier. »

Maman ne se l'est pas fait dire deux fois, elle a filé à la cuisine, serrant Alina dans ses bras. Elle a trouvé la force d'ouvrir la porte de la cuisine et, après l'avoir refermée derrière elle, elle s'est effondrée sur la chaise en soupirant : « Lena nous a sauvés ! »

Ma faute de tout à l'heure venait de se changer en exploit, en miracle, et nous voilà bonnes comme la romaine pour une série de Je vous salue Marie, à genoux devant l'icône.

Cette tâche accomplie, Maman nous a chargées, Pinți et moi, d'aller servir de l'eau fraîche à nos visiteurs, ce dont nous nous acquittons avec enthousiasme. Une mauvaise surprise nous attendait de l'autre côté de la cour : Papa et le capitaine étaient en train de faire le tour de la Chrysler. Le capitaine était un amateur de belles voitures, et celle-là lui en imposait, elle lui plaisait énormément.

La discussion était déjà bien engagée entre mon père et l'officier sur les qualités respectives des berlines allemandes, françaises et russes quand nous arrivons avec nos trois verres et la carafe d'eau. C'est Pinți qui verse l'eau et moi qui tends les verres pour lesquels ces trois messieurs ne prennent pas la peine de nous remercier. Ils se sont mis d'accord sur un point : « Aucune voiture européenne n'arrivera jamais à la hauteur des américaines.

— Mais bientôt, les russes…

— Certainement, certainement… Un peu plus tard que bientôt.

— Vous avez bien de la chance, Monsieur, de posséder une voiture pareille. »

Papa s'est vu contraint de soulever le capot de la Chrysler pour étudier le moteur. Le capitaine, excité comme un gosse, n'en revenait pas. Papa l'a invité à se mettre au volant. J'étais malade à l'idée de ce que Papa devait ressentir en voyant cet uniforme poussiéreux se poser sur le cuir précieux du siège de sa Chrysler Imperial. C'est alors que Maman a débarqué. Elle avait enfilé des bottes et une chemise propre. Espérait-elle encore pouvoir faire diversion : « À quelle heure voulez-vous dîner, capitaine ?

— Mais, Madame, vous n'êtes pas obligée.

— Monsieur, vous êtes ici en Roumanie, et chez nous, c'est normal de bien recevoir des gens qui ont fait, comme vous et vos hommes, une si longue route.

— Dans ce cas. Votre heure sera la nôtre.

— Je vais donc prendre le temps qu'il faut, et je vous préviendrai. »

Maman et la jeune paysanne qu'elle avait embauchée à notre arrivée se sont mises aussitôt aux fourneaux, tandis que mon père demandait au fermier de lui trouver des planches et des tréteaux pour fabriquer des tables à installer dans la cour. Il chargea Bogdan de descendre voir le pope pour qu'il nous prête quelques-unes de ses banquettes. Le prélat, très coopératif, allait mettre tout ce qu'il avait de plus chic au service des visiteurs, assiettes, verres, couverts, jusqu'au luxe suprême : des nappes ! Et pas n'importe lesquelles, celles-ci avaient été brodées par les femmes du village au siècle précédent, on ne les sortait que dans les très grandes occasions.

Conviés au festin, les cinquante soldats ne s'étaient plus assis à une table pour manger depuis deux ans. Ils étaient ivres de joie.

Quand la petite bonne apporta la *ciorbă*, une soupe de légumes très épaisse, épicée, enrichie d'une tranche de porc, ça sentait tellement bon, et la petite bonne était tellement jolie, qu'avant même d'y goûter les soldats ont applaudi.

Il lui était déjà arrivé, à Maman, de servir des repas de ce genre aux ouvriers de la fabrique, elle n'en avait jamais tiré un tel succès.

Estimant que la servante ne devait pas récolter tous les lauriers, elle décida que pour le mess des officiers installé dans la salle à manger elle irait servir elle-même ses plats.

Si le capitaine avait interdit le vin à ses soldats, la prohibition ne concernait évidemment pas les officiers. Mis à part ce détail d'importance, tous les soldats ont eu droit au même repas pour ainsi dire démocratique : après la *ciorbă*, arriva la choulama, une sorte de blanquette qui avait nécessité le sacrifice d'une quinzaine de poulets parmi la centaine que Maman élevait avec soin.

Rassasiés, les Russes se préparaient à quitter la table quand ils ont vu arriver le dessert, un roulé à la confiture de cerises. Maman en avait fait sept. Les soldats ont regardé stupéfaits les gâteaux qui arrivaient l'un après l'autre sur la table.

Informées de la bonne tenue des soldats de l'Armée rouge, Sabina et Mioara apparurent, de retour de leur séjour dans le petit bois. Elles produisirent une émotion encore plus considérable que l'arrivée des desserts. Tous les soldats se levèrent, prêts à passer à l'acte. Papa réussit à éviter le pire en lançant un cathartique concours d'organes à travers des chants patriotiques. Pour une fois, le Maestro ne l'emporta pas face aux belles et profondes voix de basse des soldats russes. Les hommes dansaient, chantaient et frappaient des mains jusqu'à épuisement aux alentours de quatre heures du matin, a-t-on raconté aux enfants qui furent envoyés se coucher bien avant minuit.

Pendant ce temps, à Bucarest, Hitler finissait de perdre la face, donnant l'ordre à la Luftwaffe de détruire la ville en commençant par bombarder les bâtiments les plus sacrés, les plus historiques, comme le Théâtre national, le palais royal ; son énième crime de guerre ne fut stoppé que lorsque les Américains se décidèrent à détruire l'aéroport d'Otopeni où était basée la flotte de la Luftwaffe.

Le lendemain de la grande soirée de réception en l'honneur de l'Armée rouge, Sabina et Mioara étaient, comme dans la chanson, souriantes. Ne tarissant pas d'éloges sur ces officiers, des Russes blancs, croyaient-elles savoir, de Minsk probablement, mais pas des bolcheviks, c'est certain. Bref, elles étaient conquises.

Et voilà, justement, le capitaine qui débarquait suivi de ses sous-officiers, le sourire de l'oreille à l'oreille, ravis d'avoir passé une nuit comme ils n'en avaient pas connu depuis Stalingrad ! Une nuit qui donne faim.

Le capitaine honora Maman d'un baisemain. Elle envoya tout de suite la petite bonne chercher du lait à la ferme, et proposa aux soldats une omelette maison au cumin vert, baveuse à souhait. Dix minutes plus tard, en posant le monticule parfumé sur la table, elle découvrait la surprise : deux belles miches de pain fraîchement sorties du four ambulant qui accompagnait la compagnie : « Cadeau de l'Armée rouge ! »

Maman était épatée, très heureuse, ça faisait longtemps qu'on n'avait pas eu de pain. On peut dire qu'avec tout ça on s'entendait bien avec les Russes. À croire que ce que les Allemands nous avaient raconté était des bobards. Mais voilà que Papa revenait du village où il avait été écouter les nouvelles : « Ils ont libéré Paris ! » Je ne savais pas qui était ce Paris, mais ça avait l'air de lui faire tellement plaisir que j'ai crié hourra avec les autres.

« Paris libéré en même temps que Bucarest, annonça de son côté le capitaine. Vive la France ! Vive la Roumanie ! Vive l'Union soviétique ! Vive l'Internationale socialiste ! »

Et tous de lever leur bol de lait pour trinquer aux prolétaires de tous les pays.

« Je dois vous annoncer une autre grande nouvelle, enchaîna le capitaine. Vous serez honoré de l'apprendre, Monsieur Cristu. Votre magnifique Chrysler Imperial a été réquisitionnée par l'Armée rouge. J'ai été personnellement chargé par l'état-major d'en prendre soin, ce qui est aussi un grand honneur pour moi. »

J'ai vu le visage de Papa se défaire. Sourire jaune. Tout ce que Papa pouvait espérer, c'était que, comme dans la chanson « Le Roi a fait battre tambour », sa chère automobile éprouve le même chagrin que la marquise, et rende l'âme pour échapper aux mains de ce sagouin. Est-il possible que les Chrysler Imperial aient une âme ?

Au nom de ses hommes, le capitaine remercia la famille Cristu pour son excellent accueil, digne du grand peuple roumain désormais libéré du joug nazi.

Il conseilla à mon père de rentrer au plus vite chez nous à Bucarest avant que n'arrivent les autres divisions de l'Armée rouge : « Ils ne sont pas du tout comme nous. Eux, ce sont des cosaques tout juste descendus des steppes.

Des rustres sans aucun savoir-vivre. Nous, nous venons de Biélorussie. »

Poussant un peu plus loin ses prévenances, il invitait le Maestro et toute sa famille à voyager avec sa compagnie pour rejoindre Bucarest. Escortés par l'Armée rouge, nous ne pourrions pas être mieux protégés, d'après lui.

La proposition, en réalité, était un ordre, mon père l'a compris, et c'est avec le même sourire chagrin qu'il accepta d'obéir.

Sabina et Mioara, devenues les plus ferventes russophiles du royaume, étaient ravies de l'occasion qui se présentait de prolonger l'amitié nouée avec les officiers de l'Armée rouge. Elles avaient hâte, aussi, de regagner la ville, la vraie vie et, si la guerre touchait véritablement à sa fin, comme on le disait, de retrouver leurs maris respectifs… entiers.

Il nous fallut faire nos bagages en quatrième vitesse, et surtout emballer notre trésor sans éveiller la curiosité des soldats. Toutes les précieuses valises furent placées dans une charrette fixée au cul d'un char. Aucun soldat ne s'avisa de vérifier ce qu'elles contenaient, soit par paresse, soit par connivence. Ou peut-être sur ordre du capitaine.

Je trônais quant à moi sur la valise contenant les dollars et les napoléons : « Et s'il y en a un qui te demande de descendre de là, tu cries, tu pleures, tu lui vomis dessus, mais tu ne bouges pas. Entendu ?

— Oui, Papa. »

L'autre charrette était remplie de fruits et de légumes du potager révolutionnaire de Papa, plus des caisses de poulets vivants, élevés par Maman. Telle était notre colonne de libérateurs : la Chrysler Imperial en tête conduite par un soldat chauffeur, suivie du capitaine sur son cheval, eux-mêmes précédant les camions de soldats ; les tanks en fin de cortège, dans le bruit assourdissant des chenilles roulant sur le bitume.

Tout à coup, sans qu'on sache pourquoi, la colonne s'arrêta.

C'était Sabina. Elle se trouvait trop mal assise sur le canon du char ; ça lui avait plu au début, mais au bout d'une heure, elle avait mal aux fesses.

Qu'à cela ne tienne ! Le capitaine la souleva comme une feuille et la posa sur son cheval. C'était mieux, beaucoup mieux, surtout que le capitaine se tenait derrière elle. Dans ces conditions, elle ne risquait pas de tomber.

Nous arrivâmes aux portes de Bucarest à la tombée de la nuit. Le capitaine fit stopper la colonne. Il était temps de rentrer chez nous.

Deux taxis furent réquisitionnés pour nous raccompagner jusqu'à chez nous, avec « nos effets personnels », entendez par-là que la charrette remplie de victuailles, l'Armée rouge en ferait bon usage. Mais l'essentiel de notre trésor était dans les valises.

Le capitaine descendit de son cheval et, après force saluts militaires, baisemains et diverses effusions, on le vit monter à bord de sa Chrysler Imperial. On l'a regardé s'éloigner et disparaître, avant de monter dans nos misérables taxis.

En traversant la ville de nuit, l'impressionnant c'était le silence qui régnait dans ces rues vides, parcourues de silhouettes fantomatiques, de chiens errants. Plus un seul Allemand. Il y avait quelques feux aux coins des rues, qui ne signifiaient rien. La ville qu'on avait fuie à cause des bombardements des Alliés, on la retrouvait, cinq mois plus tard, dévastée par les bombardements des Allemands, et aux mains des Russes.

Mais où elle était, cette ville qu'on surnommait le « petit Paris de l'Est » ? Où était le roi ? Où étaient les habitants de Bucarest ?

« Ils attendent de voir, répondit le chauffeur de taxi. On ne sait pas ce que tout ça va donner. On a connu l'enfer. Plus rien ne peut être pire. »

Si Bucarest était « libérée », c'est-à-dire entre les mains des Russes, la guerre n'était pas terminée pour autant. Dans leur déroute, les Allemands allaient continuer de brûler tout ce qu'ils avaient adoré conquérir, et les Russes, dans leur marche triomphale vers Berlin, allaient continuer de se venger, incendiant, pillant, assassinant, violant, détruisant des villes entières, des pays entiers, avant de les soumettre, de gré ou de force, à la loi soviétique, et cela pour plus de quatre décennies funestes.

Pourquoi les Alliés ont-ils abandonné les « pays de l'Est » à Staline ? La Roumanie l'avait-elle mérité, pour s'être livrée à Hitler sans combattre ? Pourquoi les « pays de l'Ouest » comme la France, la Belgique, l'Italie, la Suède, la Hollande, ne devaient-ils pas payer eux aussi leur aveuglement d'avant guerre ? Tous ces pays avaient, comme nous, été soumis au nazisme et avaient collaboré avec Hitler par le truchement de divers partis fascistes locaux et gouvernements fantoches mis en place par les Allemands ; ils avaient contribué eux aussi, à des degrés divers, à la déportation et à l'extermination de centaines de milliers de Juifs. Ils avaient abandonné leurs grands principes, trahi leurs promesses de protection mutuelle, oubliant les traités qui liaient pourtant le destin de leurs nations aux « pays de l'Est ». Pourquoi n'étaient-ils pas punis, eux aussi, pour leur coupable faiblesse, leur irresponsable lâcheté devant la Wehrmacht, et leur odieuse compromission sous l'occupation nazie ?

Ces questions sont naïves, je le sais, ce ne sont que des implorations que j'adresse au ciel, sans espoir de réponse, mais à l'heure où je les écris, alors que le régime de Poutine tente, avec la violence que l'on sait, de reconstituer l'Empire soviétique en reprenant les territoires perdus au moment de l'imparfaite, incomplète libération de 1989-1991, ces questions reviennent sur le tapis. La guerre en Ukraine montre que le rêve colonial des potentats russes n'est pas éteint, leur ivresse guerrière est intacte. Chaque jour, l'horreur d'un nouveau crime vient surpasser l'abjection des précédents. Certes, derrière cette soûlographie destructrice, il faut toujours qu'il y ait un tyran, hier Staline et Hitler, aujourd'hui Poutine, demain Xi Jinping, il en faut toujours un pour donner l'ordre de faire feu, mais le peuple russe, le peuple allemand, le peuple chinois demain, ne sont-ils responsables de rien ?

Ces peuples à l'invocation desquels on s'incline respectueusement comme devant des entités divines, au-dessus de tout soupçon, toujours victimes, toujours innocents, toujours purs, est-ce qu'ils existent ailleurs que dans les fantasmes nationalistes, les dossiers des historiens, les calculs des politiciens, les caisses à jouets des démagogues ? Ce concept de peuple dans lequel les êtres humains prétendent se reconnaître, est-il autre chose que le mode d'emploi de la machine à détruire les autres… peuples ?

Par quel miracle notre maison et la fabrique de Papa avaient-elles été épargnées ? De toute évidence, ce sont les prières conjointes de Maman et moi qui ont réalisé ce prodige. Une fois de plus, la Sainte Vierge nous avait accordé ses faveurs. D'autres n'ont pas eu droit au même miracle. Je pense en particulier à l'écrivain Mihail Sebastian, de son vrai nom Iosif Hechter, dont l'immeuble à moitié écroulé n'était plus vivable, mais qui continuait de tenir son *Journal*, commencé en 1935, interrompu fin décembre 1944. Dix années d'amours contrariées et de persécutions endurées avec cette capacité particulière de résistance que la littérature accorde à ses sujets.

L'écrivain français Lionel Duroy s'est largement inspiré du *Journal* de Mihail Sebastian pour son roman *Eugenia*. La lecture de ces deux ouvrages m'a bouleversée, m'a appris beaucoup de choses dont je suis redevable. Elle m'a surtout encouragée à écrire celui-ci.

Le *Journal* de Sebastian s'ouvre le mardi 12 février 1935 par un commentaire sur un concert de musique classique. Il y a beaucoup trop de ces coquetteries de mélomane au fil des jours, elles n'ont guère plus d'intérêt que de consigner les moments de répit, de respiration, qu'il accorde à ses angoisses existentielles. À la date du mardi 29 août 1944, reprenant le récit interrompu pendant une semaine pour cause de « bataille de Bucarest », Mihail Sebastian écrit :

« Comment commencer ? Par où commencer ?

Paris est libre.

Les Russes sont à Bucarest. »

C'est un cri de joie, un soupir de soulagement, alors qu'il écrit ces mots dans un logement où, suite à la destruction de son immeuble, il a trouvé refuge avec sa mère et son jeune frère.

Au milieu du récit de ses peines de cœur et de ses déceptions en amitié, se racontent par bribes, presque sans le vouloir, les dix années de l'histoire de l'antisémitisme roumain.

Il meurt le 29 mai 1945, à trente-sept ans. Les huit carnets de ce *Journal* forment un ensemble de 500 pages qui resteront inédites pendant plus d'un demi-siècle.

Publié en Roumanie en 1996 et traduit en français deux ans plus tard, chez Stock, ce n'est que tout récemment, à la veille de mes quatre-vingts ans, que j'ai découvert ce texte. Comme aucun autre ouvrage traitant de cette époque, le *Journal* de Sebastian jette une lumière cruelle sur la participation du peuple roumain à la Shoah, il montre aussi l'impuissance, la lâcheté, parfois la complicité des élites intellectuelles et artistiques de Bucarest qui ont regardé ce jeune écrivain lutter pour sa survie, sans réellement intervenir.

Outre sa valeur littéraire et documentaire inestimable, sa lecture fut pour moi une expérience bouleversante ; je découvrais ce qui s'était passé à côté de chez nous, alors que j'étais enfant, innocente, inquiète mais surprotégée. Les journées, les heures que nous avions vécues, lui et moi, sa famille et la mienne, à quelques centaines de mètres de distance, ces heures-là n'étaient donc ni tout à fait les mêmes ni tout à fait autres. Ce qui montre, s'il en était encore besoin, qu'il n'y a pas de vérité en histoire, mais des textes qu'il faut prendre pour ce qu'ils sont, sans chercher un au-delà de certitude dans ce qu'ils racontent.

Ainsi, tandis que nous découvrons notre maison désolée, envahie par la poussière, comme endormie, mais intacte, Mihail Sebastian écrit :

« Notre immeuble de la rue Antim, détruit par les bombes.

Je suis fatigué comme un chien. »

Puis il évoque ce qu'il a vécu dans la nuit du mercredi au jeudi, dans la maison de la rue Armeneasca, après que le coup d'État a renversé en cinq minutes Ion Antonescu, le Premier ministre dictateur, autoproclamé « Pétain de la Roumanie », le fidèle vassal d'Hitler, jeté en prison par le jeune roi.

Sebastian s'émerveille de la manière dont le nouveau gouvernement s'est constitué « en cinq minutes » et dont l'armistice a été signé « dans une nuit de délire ». Mais il n'a pas eu le temps d'évoquer les bombardements vengeurs des Allemands qui ont suivi, pour la bonne raison qu'il était dessous. Pendant trois jours et trois nuits, il a peur que les Allemands reviennent, il sait qu'alors il ne restera plus un seul Juif vivant à Bucarest. Mais c'est finalement l'entrée des Russes qui les sauve. Et alors l'écrivain n'a plus la force d'écrire, il a besoin de dormir.

Je me souviens quant à moi de ma joie en retrouvant notre jardin, notre maison, la fabrique de Papa, et de mon indignation devant les plantes mortes, séchées, et les mauvaises herbes dans l'allée, et les carreaux sales.

Mais quelle émotion en embrassant Maria, en pleurs, et même les ouvriers, le contremaître, ils m'attrapaient pour me serrer dans leurs bras. Ils n'étaient qu'une dizaine, là où jadis ils auraient peut-être été une centaine à fêter le retour de leur Maestro. Les grognards de la fabrique Cristu avaient la larme à l'œil, on voyait qu'ils n'étaient pas frais, ils avaient l'air vieilli, sans doute marqués par la peur, l'ennui du désœuvrement, car la fabrique avait continué de tourner, mais tellement au ralenti que le boulot ne ressemblait plus à rien.

« Est-ce que ça va repartir, Maestro ?

— Et comment donc ! On va tous s'y mettre ! »

Ce n'est que le lendemain et les jours suivants qu'il réalisa l'ampleur de ce qui l'attendait. Tout remettre en marche. Les machines étaient là, grâce au ciel. Mais le bois, il était où, dans combien de temps il arriverait, où en étaient les stocks, que restait-il des pillages allemands, est-ce que les réquisitions russes avaient commencé ? Et les ouvriers, où étaient-ils ? Et les clients ? Les bons clients allemands. Qu'est-ce qu'on allait faire des luges ?

À l'arrivée de notre voisin, Camil Pirlogea, grand ami de Papa, d'autres questions se sont posées, mais d'un niveau nettement plus élevé. Camil Pirlogea était un professeur d'histoire retraité, très savant, très vieux. Le seul, à ma connaissance, qui osait contester les théories politiques de mon père sur la situation locale et internationale. Le Maestro avait une opinion sur tout et se trompait presque à chaque fois. Patient, pédagogue, le professeur lui rappelait les faits, les dates, les chiffres, les noms, mais toujours très calmement, avec le sourire. Papa l'aimait bien, il avait confiance en ce puits de science. À aucun moment le professeur ne prenait Papa de haut, ne lui reprochant jamais ses opinions baroques, frappées du sceau d'un optimisme quasi mystique. Le professeur l'écoutait, respectueusement, trouvant toujours quelque chose à tirer des délires de Papa : « Vous avez raison d'avoir tort, Maestro, car c'est grâce à cette conviction, dépourvue de raison, que vous avez pu bâtir tout ça. Si vous aviez été lucide, vous ne l'auriez jamais fait. C'est d'ailleurs bien admis par la faculté : ce sont des gens comme vous qui font l'histoire. »

Aussi rétif qu'il fût à la flatterie, Papa n'était pas mécontent d'entendre des compliments comme celui-là. Du moment que ça sortait de la bouche du professeur, il y croyait.

Le jeudi 31 août 1944, dans la ville de Bucarest, outragée, brisée, martyrisée, mais libérée, ce ne sont pas les chars de la division Leclerc qui défilent dans les avenues, mais ceux de l'Armée rouge.

Dans son *Journal*, Sebastian juge le spectacle grandiose. Il est impressionné par ces soldats russes, soviétiques, pour ne pas dire communistes, couverts de poussière, qui sont en train, d'après lui, de conquérir le monde. Il ne peut pas s'empêcher de trouver une certaine satisfaction à la crainte qu'il lit sur les visages des bourgeois de la ville. Et puis surtout, avec ces soldats, les Juifs seront protégés des pogroms à répétition dont ils ont été victimes « depuis deux mille ans », pour reprendre le titre de son roman.

Sebastian ne connaît pas encore l'ampleur des massacres. Personne ne la connaît, à l'époque, mon père moins que les autres. L'horreur était là, dans les journaux où les pogroms étaient quasiment revendiqués, mais comme beaucoup, mon père ne voulait pas la voir. Et ne cherchait pas à savoir. S'il en entendait parler, peut-être par le professeur, ou d'autres, une voix rassurante lui soufflait : « Nous aussi, les immigrés de Macédoine, avons été persécutés. » Il avait dû se battre pour gagner la place qu'il avait dans la bonne société roumaine. Les Roumains ne lui avaient pas ouvert les bras si généreusement. Alors, chacun son tour. Je pense qu'en se taisant, il comptait préserver ce qu'il y avait de plus précieux à ses yeux : sa famille et son usine.

Qu'il ait été antisémite, c'est certain, comme presque tous les Roumains à l'époque, il obéissait à l'ambiance du moment, à la tradition : on méprisait les Juifs. Mais je sais aussi qu'à la place de mon oncle Vlad, face à la Garde de fer, il aurait agi de la même manière, car mon père détestait la violence. Il se faisait une fierté de n'avoir jamais tué personne pendant la guerre. Et puis, Maman a toujours été là pour l'empêcher de parler des Juifs en termes désobligeants. Elle ne lui laissait rien passer.

Quand je suis retournée en Roumanie la première fois, en 1968, j'ai osé parler de ça avec mon père. Je lui ai raconté tout ce que j'avais appris sur le nazisme et l'extermination des Juifs, et ça n'était pas encore exhaustif, loin de là, je lui ai montré les photos, lui ai donné les chiffres. Il baissait les yeux, comme en face de quelque chose d'irregardable, d'inconcevable. Quant à savoir si c'était la « Shoah roumaine » qui l'horrifiait ou sa méconnaissance qui lui faisait honte, je suis incapable de le dire. Il y a autant de degrés d'antisémitisme qu'il y a d'êtres humains. La question étant de savoir quels degrés méritent quels châtiments, et qui peut bénéficier de circonstances atténuantes.

Je sais en tout cas qu'il m'a écoutée. Et je crois bien lui avoir changé ses idées avec la litanie des crimes antisémites perpétrés par les Allemands, mais aussi par les Roumains, à Iaşi et ailleurs. Je ne sais pas s'il a compris ce qui s'était passé, et à quel point son aveuglement, sa passivité, son indifférence l'accusaient. Je ne sais pas s'il en a pris la mesure. Mais moi, je lui ai dit, j'ai fait mon devoir, et ça n'a pas été facile, je l'aimais tellement.

Mihail Sebastian ne s'explique pas comment il a pu échapper aux rafles, à la déportation, au lynchage, mais, après les brimades endurées tout au long de sa vie, les insultes, les crachats, les coups de bâton, les arrestations arbitraires et après le plus humiliant – les lois d'exception impliquant la perte de ses droits, le retrait de sa carte d'identité – après tout ça, au moment de la libération de Bucarest par les Russes, il ressent envers « les vrais Roumains », « les Roumains de plein droit », c'est-à-dire les non-Juifs, il ressent pour eux un dégoût que l'on peut qualifier de légitime. Il passe de la haine au sarcasme, et du mépris anorexique au festin de la revanche.

Il voudrait ne plus entendre parler de politique, et ne faire qu'écrire des pièces de théâtre. Mais existe-t-il un genre littéraire plus politique et donc plus risqué que le théâtre ?

Derrière la colonne des chars russes, il reconnaît celle des soldats roumains de la division Tudor-Vladimirescu, du nom du grand révolutionnaire roumain, né en 1780 et mort en 1821 après s'être rendu maître de Bucarest au nom de l'Hétairie, société secrète se revendiquant de la Révolution française et américaine. Cette unité était composée de rescapés de Stalingrad, faits prisonniers par les Russes, et convertis, de gré ou de force, au socialisme stalinien. Parmi ceux-là, Corneliu et Pavel, les maris de ma tante Mioara et de ma sœur Sabina.

Sebastian ne trouve aucun charme à la propreté et aux belles couleurs de leurs uniformes de l'armée roumaine, ne ressent aucun soulagement à la vue de leur bonne mine d'enfants heureux de rentrer au pays.

Il note d'ailleurs que parmi les spectateurs du défilé tous ne partagent pas la reconnaissance envers l'Armée rouge qui les libère du nazisme, certains estimant que ce sont « les youpins » qui applaudissent les Russes.

« La Roumanie s'éveillera lorsque le problème des responsabilités sera posé sérieusement, écrit-il. Autrement, ce serait trop facile. »

Il sera vite déçu, sur ce plan-là.

Le vendredi 1er septembre 1944, il note :

« L'incompréhension, la peur, la perplexité. Des soldats russes qui violent les femmes (Dina Cocea la comédienne me l'a raconté hier). Des soldats qui arrêtent des voitures dans la rue, font descendre le conducteur et les passagers, prennent le volant et disparaissent. Des magasins pillés. Cet après-midi, ils ont fait irruption à trois chez Zaharia, ils ont fouillé dans le coffre-fort et se sont emparés des montres (la montre est leur jouet préféré.) Je ne peux pas prendre au tragique ces incidents ou ces accidents. Je les trouve normaux. Et même légitimes. Il ne serait pas juste que la Roumanie s'en tire trop facilement. Au fond, ce Bucarest opulent, insoucieux, frivole, représente une provocation pour une armée qui arrive d'un pays dévasté. »

Il découvre dans l'après-midi un arrêté écrit en russe et en roumain, imprimé sur des tracts de fortune, instituant le couvre-feu à partir de neuf heures et ordonnant le dépôt des postes de radio. Il refuse d'y croire, car c'est aux Juifs qu'on réservait cette brimade, dans la Roumanie d'avant le coup d'État du 23 août.

« Tout cela va sans doute être éclairci très vite », écrit-il, plein d'optimisme.

Chez les Cristu, l'optimisme régnait aussi, mais il était basé sur tout autre chose que celui de l'écrivain. « Les Américains vont venir nous sauver, répétait mon père. Ils ne peuvent pas nous abandonner.

— Si vous le dites, Maestro. Mais vous qui semblez bien les connaître, ironisait le professeur Pirlogea, dites-leur de se dépêcher. »

Dans le *Journal* de Sebastian, il n'est à aucun moment question d'Andreï Vychinski qui, après la guerre, va superviser avec Ana Pauker la mise au pas de la Roumanie. Sebastian n'a pas l'air très au fait des forces politiques de l'heure. Comme s'il ne prenait pas la mesure de ce qui était en train de se passer. Il n'envisage pas une seconde que le Parti communiste puisse prendre le pouvoir en Roumanie. En fait, il n'arrive pas à penser à l'avenir. Il préfère aller au cinéma et se laisser impressionner par les actualités diffusées avant les films. Les images de ces colonnes de prisonniers allemands le réjouissent et le rassurent quant à la victoire des Russes sur les nazis. Pour lui, rien n'est pire que les nazis. Certainement pas les soldats de l'Armée rouge :

« J'ai vu ce matin des Russes pourchasser en chenillette une voiture particulière qu'ils voulaient confisquer, écrit-il. Les incidents continuent dans la rue. Des passants molestés pour qu'ils donnent leur montre. La montre est l'idée fixe du soldat soviétique. »

Il trouverait presque ça drôle.

Un peu plus loin, il commente l'arrêté auquel il ne croyait pas la veille et qui vient pourtant d'être publié dans tous les journaux. Le couvre-feu à neuf heures est décrété, avec l'obligation de déposer les postes de radio.

Je n'ai pas le souvenir que nous ayons été déposer notre poste de radio. Il me semble au contraire que Papa a continué jusqu'au bout d'écouter Radio Londres. Cette histoire de confiscation de poste de radio était peut-être une blague. Tant de choses atroces ont versé dans l'absurde, jusqu'au loufoque le plus diabolique.

Sebastian va beaucoup au cinéma durant ces journées d'incertitude. Il traverse la ville en dilettante, plus ahuri qu'observateur, incapable de comprendre vers où vont les choses, celles qui vont disparaître, celles qui vont rester.

Il assiste à la projection d'un film sur la guerre en Ukraine et les crimes commis par les soldats allemands contre les Russes, et contre les Juifs. Sa réaction est violente et sans mesure : « Une horreur insurmontable. Au-delà des mots, au-delà des gestes (…) Seule l'extermination totale de l'Allemagne pourrait racheter – sur une balance idéale de la Justice – tout, ou au moins une partie, de ce qui s'est passé. »

Pour écrire ça, Sebastian a dû être mis au courant de ce qui s'est passé à Iaşi.

Pour lui, les communistes, décidément, sont les protecteurs des Juifs.

« Vous savez, professeur, les Russes, je les ai vus à Vrăneşti : il y en a des bien, je vous l'assure.

— Vous voilà communiste, Maestro ! C'est vrai que le voleur de votre Chrysler avait du goût et du tact, vous m'avez raconté.

— À la guerre comme à la guerre…

— Maestro ! Les communistes ne font pas la guerre : ils exterminent. Et tous les Russes sont communistes, désormais ! Est-ce que vous les avez vus défiler, avenue de la Victoire ?

— Je les ai ratés. Il faut dire qu'ils étaient si peu que je n'ai pas eu le temps de les voir passer. Ils étaient combien, cent, deux cents ?

— La question n'est pas là. Ils criaient "Vive l'Union soviétique ! Vive Staline !". Ils agitaient des drapeaux rouges !

— Celui d'Hitler aussi était rouge.

— Quelle mauvaise foi !

— Vous savez qui est leur chef ?

— Vous allez me le dire.

— Un ancien cheminot.

— Et donc ?

— Vous voyez un cheminot à la tête de l'État ?

— On en a vu d'autres. Mais on n'en est pas encore là.

— On y sera plus vite que vous ne le croyez. Retenez son nom : Gheorghiu-Dej.

— Professeur ! Les communistes n'existent pas, ici. Tout le monde les déteste.

— Vous avez raison : tout le monde les déteste. D'ailleurs, il y en a beaucoup qui sont juifs. Et ils sont dirigés par une femme !

— Ana Pauker, s'exclame Papa. Celle-là… Vous l'avez rencontrée en vrai ?

— Et je ne suis pas près de l'oublier.

— Elle est comment ?

— Si vous aimez les serpents, elle vous plaira. »

Ana Pauker, de son nom de jeune fille Hannah Rabinsohn, était petite-fille de rabbin. Après avoir renié sa religion et changé son prénom en Ana, elle se marie avec un « Roumain de souche », Marcel Pauker, avec lequel elle était entrée au Parti communiste, au tout début de sa fondation en mai 1921. De grèves en meetings, en passant maintes fois par la prison, le couple de militants professionnels a crapahuté un peu partout en Europe, notamment en France, où Ana fut amenée à confier son enfant à la première femme de Maurice Thorez… avant de se retrouver à Moscou où elle et son mari ont suivi des cours de stalinisme dans les écoles du NKVD. Diplômés en dictature du prolétariat, c'est à elle que Staline va confier la rééducation de ses compatriotes roumains faits prisonniers par l'Armée rouge, du côté de Stalingrad.

Moins sensible que son mari, Ana Pauker va faire le tri entre les irrécupérables, non éducables, à envoyer au goulag ou à exécuter sur-le-champ, et les récupérables, qu'elle va convertir, rééduquer, et sauver. Ce sera le cas de mes deux oncles, Pavel et Corneliu, partis à la guerre pour casser du Russe, et qui sont revenus à Bucarest, communistes à mort, en septembre 1944, défilant en compagnie de la division Tudor-Vladimirescu.

Ana Pauker n'était pas arrivée seule à Bucarest, elle était accompagnée, aidée, chaperonnée ou contrôlée, on ne sait jamais très bien avec ces gens du NKVD, en tout cas elle était en compagnie d'Andreï Vychinski, l'homme de Staline, celui qui avait conduit tous les grands procès à Moscou. Vychinski, qui a purgé les trotskistes lettons, était à la conférence de Yalta au côté de Staline dont il est alors l'homme de confiance. Il arrive à Bucarest en mars 1945, en tant que représentant des « Affaires étrangères de l'URSS auprès du roi », auquel il va imposer un nouveau gouvernement prosoviétique.

Andreï Vychinski et Ana Pauker furent l'alpha et l'omega de la construction du régime communiste en Roumanie. Lui au palais, elle sur le terrain, encadrant et formant ce gros bataillon de ces anciens soldats vaincus devenus militants communistes inconditionnels et qui vénéraient Ana Pauker depuis qu'elle leur avait sauvé la vie. Elle prendra aussi l'ascendant sur les communistes libérés de prison par les Russes à leur arrivée. Elle fut l'œil de Moscou, l'ordonnatrice de la propagande qui se met en place.

Le professeur Pirlogea ne connaissait sans doute pas tous les détails de la carrière d'Ana Pauker, mais il en savait assez, et parfois il enrageait de ne pas réussir à faire comprendre à mon père que le danger venait de cette femme-là. Car le Parti communiste roumain n'avait plus rien à voir avec ce qu'on avait connu avant la guerre. En quelques mois, sous la férule de ces deux agents du Komintern, Andreï Vychinski et Ana Pauker, le groupuscule communiste qui n'avait pas compté plus d'un millier de militants était en passe de devenir l'organisation politique la plus solide du pays, prête à prendre le pouvoir que l'Armée rouge lui offrait. Et les Juifs avaient bien tort de croire que les communistes seraient leurs protecteurs jusqu'à la fin des temps.

Contre vents et marées, le Maestro trouvait de quoi se rassurer avec la perspective des prochaines élections. Elles étaient programmées pour l'année prochaine, et Papa en était certain : elles allaient montrer que le Parti communiste ne représentait pas plus de 2 % des voix.

Mon père ignorait ce que Staline pensait des élections démocratiques : « L'important, ça n'est pas de savoir comment les gens votent, mais comment nous allons compter ces votes. »

Papa prenait pour argent comptant ce que racontaient les « observateurs », à savoir qu'après des années de dictature, la Roumanie avait besoin de démocratie. Après quatre années de guerre, le pays aspirait simplement à la paix civile. Il était d'accord avec cette « analyse ». D'après les politologues les plus avisés, le peuple roumain ne voulait pas des communistes et encore moins des Russes.

« Si les communistes obtiennent quatre députés à l'Assemblée, ce sera le bout du monde. Ils ne s'en relèveront pas.

— Dieu vous entende, Maestro, soupirait le professeur qui ne croyait pas en Dieu.

— Mais oui, il va m'entendre. Déjà, tout sera plus clair quand on aura signé l'armistice. »

Car pour l'instant, en effet, la Roumanie avait fait la paix avec les Alliés, mais elle était toujours officiellement en guerre avec l'URSS. Il s'agissait donc de mettre au point les conditions de cette paix. Le Maestro, en homme d'affaires diplomate, était déjà d'accord : « La Roumanie paiera des dommages de guerre, puisqu'il le faut. C'est normal. On était du mauvais côté. Mais nous ne serons jamais envahis par les Russes ! »

Il m'impressionnait tellement quand il frappait du poing sur la table pour appuyer ses dires. Quel Staline, quel Hitler aurait pu lui résister ? Le professeur préférait se taire et attendre le résultat de la rencontre organisée entre les autorités russes et roumaines pour mettre au point cet accord.

Le 15 septembre 1944, comme tous les matins, le professeur nous apporta son exemplaire de *La Vérité*, en roumain *Adevărul*, en russe *Pravda*… Journal de gauche créé en 1871 où Hannah Rabinsohn avait été embauchée au début des années 1920 comme femme de ménage. Devenue Ana Pauker, elle fera interdire le journal en 1951, peu de temps avant d'être à son tour déchue de ses fonctions pour « cosmopolitisme ». Arrêtée en 1953, puis exclue du Parti des ouvriers, elle continuera de travailler comme traductrice jusqu'à sa mort en 1960.

La Vérité publiait le texte intégral et définitif de l'armistice signé la veille à Moscou, avec ses 300 millions de dollars à verser à l'Union soviétique pour dommages de guerre. Ça n'était plus un traité de paix, mais un certificat de décès pour la Roumanie.

« Dieu nous a oubliés, lâcha Maman dans un soupir.

— La Roumanie n'est plus qu'une colonie de l'Empire soviétique, interpréta doctement le professeur.

— Arrêtez, le chœur des pleureuses ! Les Américains ne nous laisseront pas tomber. Jamais.

— Il faut que vous regardiez la réalité en face, Maestro. Vous qui êtes doué en affaires, expliquez-moi comment nous allons rembourser 300 millions de dollars aux bolcheviks ?

— Payables en six ans…

— Six siècles ne suffiraient pas ! C'est de la folie ! Ils ne s'arrêteront plus, croyez-moi. Ils ont déjà construit leur pipe-line pour transporter notre pétrole. Ils le pompent dans la vallée de la Prahova, et ça part directement chez eux, sans douane, sans taxe, sans compteur, rien ! Ils ne vont rien nous laisser. Ils veulent nous réduire en esclavage, comme ils l'ont fait avec les Polonais et les Ukrainiens.

— Et le roi ! Qu'est-ce qui se passe avec le roi ? Où il est ?

— Il n'est nulle part. Ça n'a plus d'importance. Il n'a plus aucun pouvoir ! »

Et ça parlait, ça parlait, jusqu'au moment où la vie reprenait ses droits, et Papa coupait court : « C'est pas le tout, j'ai du boulot, moi. »

De son côté, Mihail Sebastian commentait l'événement dans son *Journal* par ces mots :

« Je ne suis pas disposé à me laisser décevoir. Je ne me reconnais pas ce droit. Les Allemands et le nazisme ont crevé. C'est suffisant.

Ensuite commence la vie.

Il y a des combines, des simulacres, des impostures (…) Mais au-dessus de tout cela, subsiste la seule chose vraie, la seule à avoir de la valeur, et qui recouvre le reste : les Allemands ont crevé. »

Le journal intime est un lieu d'expérimentation : on y écrit les choses qu'on a sur le cœur pour savoir si on les pense vraiment.

Cinq jours après la publication de l'armistice, Sebastian évoque son entretien avec son ami Costa Visoianu. Avocat, publiciste, diplomate, Costa Visoianu, né en 1897 à Bucarest, participe, à Moscou, à la « négociation » et à la signature de l'armistice entre la Russie et la Roumanie :

« Encore une longue conversation avec Vivi entre quatre yeux, cette fois-ci. Il me dit qu'il n'ose pas s'avouer toute l'amertume que lui a laissée son séjour à Moscou. Il croit à la liberté, lui, mais là-bas elle n'existe pas. Les gens ont peur de parler, d'avoir une opinion, de dire clairement oui ou non. »

Sebastian incline d'abord à le croire, mais quelques lignes plus loin, il se reprend, accuse « Vivi » d'être un Occidental qui ne pense qu'au confort et regarde la Russie comme un pays d'ouvriers et de paysans qui ne savent ni lire ni se laver ni manger. Je ne sais plus qui a relevé cette manie des utopistes de tous poils de faire la leçon à plus savants qu'eux. Sebastian faisait exactement ça, en parlant avec aplomb d'une Russie qu'il ne connaissait pas à celui qui en revenait.

Le même jour, le diariste pousse la mauvaise foi jusqu'à trouver du charme à un spectacle soviétique auquel il a assisté et qu'il décrit pourtant comme minable. En fait, ce qui l'intéresse et qu'il trouve miraculeux, c'est la présence dans la salle de soldats russes « avec leur sauvagerie candide ».

Son journal s'arrête le dimanche 31 décembre, la dernière phrase est pour son frère aîné, Pierre, qui exerce la médecine à Sceaux, près de Paris. Il pense à lui avec tristesse et songe avec nostalgie à « la Ville Lumière » où il aimait tellement se rendre, et qu'il ne reverra plus.

J'ignore pourquoi le *Journal* de Sebastian s'arrête si abruptement. Les communistes ont-ils détruit les derniers carnets relatant les progrès de leur terreur ?

Dans la version publiée en français par Stock, une note du traducteur en fin de volume précise que ce *Journal* n'est pas complet : « Nous avons coupé par endroits des passages qui n'auraient pas été compréhensibles pour le lecteur français sans de longues notes sur les circonstances ou des personnages roumains de l'époque. » Mais pas un mot sur ce que Mihail Sebastian a écrit ou fait entre le 1er janvier 1945 et le matin du 29 mai de la même année, quand il est renversé par un camion militaire russe au milieu de la rue. Il se rendait à l'université ouvrière libre de Bucarest où il venait d'être nommé maître de conférences. L'enquête a conclu que les freins du camion avaient lâché, des témoins ont dit que Sebastian aurait pu, en trois pas, échapper au camion lancé sur lui, ce qui revient à suggérer qu'il se serait suicidé. Un suicide spontané, improvisé, dont on pouvait facilement retrouver les intentions dans les coups de déprime relatés dans son *Journal*. À ceci près que se mettre au milieu de la rue et attendre que les freins d'un camion militaire russe lâchent, cela relève tout de même du « suicide accidentel ».

La plupart des gens n'ont vu dans cet accident de la circulation qu'un assassinat camouflé. Et dans ce cas précis, je me range à l'opinion silencieuse de « la plupart des gens », car je ferai toujours plus confiance à une légende urbaine qu'à un rapport de la Securitate.

Elle était bien en place, cette « sécurité de l'État ». Fabriquée sur le modèle du NKVD, elle avait à sa tête un bolchevik de la première heure, un certain Gheorghe Pintilie, de son vrai nom Panteley Timofiy Bodnarenko, un Russe né en Ukraine en 1902, ancien serrurier, très proche du chef du Parti, Gheorghe Gheorghiu-Dej. Les deux faisaient la paire, entre le serrurier et l'ancien cheminot, ils s'entendaient bien pour mettre le pays sous la botte de Staline.

Je n'ai pas connu les nazis, c'est vrai. Je ne peux même pas dire que j'ai connu les légionnaires de la Garde de fer qui ont massacré les Juifs de Roumanie. Mais les agents de la Securitate, les *securisti,* je les ai bien connus. Ils ne valaient pas mieux que ceux de la *Siguranța statului* de l'ancien régime fasciste d'Antonescu.

D'ailleurs, s'il y a bien eu une épuration dans la police quand les communistes ont pris le pouvoir, ça n'a été qu'un écrémage. À 80 %, c'étaient les mêmes salauds qui vous arrêtaient et vous torturaient. La philosophie était différente, le discours paraissait dire le contraire, mais la haine, la violence, l'abus de pouvoir, c'étaient les mêmes. Quant au nombre de morts, si c'est un concours, le régime communiste a exterminé, en quarante-cinq ans, plus de deux millions de Roumains. Il l'a fait au nom d'un principe établissant les paysans, les prêtres, les propriétaires, les patrons, les aristocrates et leur famille, comme une race de nuisibles, des ennemis du peuple à éliminer afin de construire l'homme nouveau. Cette société communiste radieuse, sans classe, elle s'est construite, si l'on peut dire, sur l'élimination de l'ancienne classe des nantis, des privilégiés, des riches, celle dont nous faisions partie.

Il n'a pas fallu attendre longtemps pour que le régime voie en nous des ennemis du peuple. Les Juifs les mieux intégrés au système communiste ont fini par se sentir menacés à leur tour. À croire qu'on ne les traitait de sionistes que pour les inciter à rejoindre Israël. Ils allaient être troqués contre du bétail européen, par Dej, avant d'être échangés contre des dollars américains par les époux Ceauşescu.

La mort de Mihail Sebastian, le 29 mai 1945, ne fit qu'allonger la liste des assassinats par accident de la circulation, suicide ou crise cardiaque dont seront victimes des centaines d'opposants au régime, intellectuels ou pas, Juifs ou pas, trop communistes ou pas assez communistes. Un an plus tôt, Ana Pauker avait fait paraître dans la *Scânteia, L'Étincelle*, le journal officiel du Parti communiste roumain, une liste d'intellectuels et d'artistes antipatriotes. De tous ces noms, il n'en resterait bientôt plus un seul en liberté, et nombre d'entre eux étaient morts de mort violente, souvent « accidentelle ».

On se raconte encore aujourd'hui l'histoire de ce suicidé, jeté de la fenêtre du troisième étage… un couteau planté dans le dos. Une forme d'humour qui n'a rien de roumain, ni de juif, pas même british, ses origines se trouvent dans les vastes contrées du Désespoir.

Sebastian n'aura pas connu le sort de son ennemi principal, l'ancien Premier ministre dictateur Ion Antonescu, responsable à ce titre de la mort de plus de 300 000 Juifs roumains durant la guerre. Le maréchal Antonescu ne sera pas jugé au procès de Nuremberg, comme le roi Mihai Ier l'avait souhaité, mais accusé de crimes de guerre, il sera fusillé le 17 mai 1946 par les communistes au pouvoir, en compagnie de quelques autres de son clan. N'ayant pas été attaché au poteau, il aurait soulevé son chapeau en criant « Vive la Roumanie ! », ce qui n'est pas très original. Plus croustillant, mais sujet à caution, après la mitraille, il aurait crié : « Vous ne m'avez pas tué, Messieurs, tirez encore ! », ce que les messieurs en question n'ont pas manqué de faire.

Quand on se souvient de la manière dont les époux Ceaușescu ont été exécutés, on se demande ce qui domine chez les communistes roumains entre le sens du tragique et du grotesque, l'un n'étant pas exclusif de l'autre.

Le 11 février 1945, trois vieillards cyniques, vainqueurs, confirment ce qu'ils ont décidé quatre mois plus tôt, à Moscou : le partage du monde. Au cours de cette pseudo-conférence, à Yalta, Roosevelt et Churchill abandonnaient à Staline « 90 % d'influence » sur la Roumanie, qui allait donc connaître 90 % des joies de la dictature du prolétariat.

Quinze jours plus tard, en application de ces 90 % d'influence, Andreï Vychinski rencontrait le roi Mihai Ier pour lui demander gentiment de nommer un gouvernement plus démocratique, c'est-à-dire avec plus de communistes. Se croyant encore le roi, comme lorsqu'il avait fait face à Ion Antonescu, Mihai Ier refusa d'abord d'obtempérer. Vychinski se fâcha, exigeant sans ambages qu'un nouveau gouvernement soit nommé dans les deux heures, avec 90 % de communistes, sinon, « le gouvernement soviétique ne répond plus de l'existence du peuple roumain ».

Costa Visoianu, l'ami de Sebastian, ministre des Affaires étrangères pour deux heures encore, était présent lors de cette rencontre à teneur hautement démocratique, il confirmera ces propos, tout comme les diverses sténographies enregistrées par les secrétaires. Il s'agit bien d'un coup d'État, qui instaure une dictature communiste sur la Roumanie abasourdie.

Fin septembre, un peu partout dans le pays, des manifestations et des meetings sont organisés par le Parti communiste roumain à la gloire des « libérateurs ». En tête de ces cortèges et derrière les tribunes de leurs meetings, d'immenses portraits de Marx, Lénine, Staline et bientôt de Gheorghiu-Dej.

Pour leur répondre, un rassemblement d'étudiants, aussi spontané que pacifique, eut lieu dans les rues de Bucarest. La population se mêlait à eux en criant des slogans comme « Vive la patrie et vive le roi », « Vive la Roumanie libre ». Le cortège fut violemment dispersé. Un millier de manifestants furent emprisonnés, frappés, condamnés en vitesse, et les tanks soviétiques n'ont plus cessé de sillonner la ville à toute heure du jour et de la nuit, pour dissuader la population de recommencer.

La russification du pays s'insinuait dans tous les domaines : « Imaginez-vous qu'on sert maintenant de la vodka dans les restaurants de Bucarest. Vous voyez ce que c'est que la vodka, Maestro ? Un alcool de pommes de terre ! Quelle misère.

— Allons, professeur, il y en a de bonnes.

— De l'alcool pur ! Une boisson d'ivrogne.

— Quand les Turcs sont arrivés chez nous, on a bu leur café pour leur faire plaisir. Puis on les a fichus dehors, mais en gardant leur café. Nous ferons pareil avec la vodka.

— Pouah ! »

Le professeur connaissait les chiffres, il n'en avait d'ailleurs pas besoin pour comprendre. À cette époque, dans ce pays qui comptait 18,5 millions d'habitants, l'Armée rouge avait installé 615 000 soldats. Sans compter les membres du NKVD qui était partout. Les services du « Commissariat du peuple aux Affaires intérieures » traçaient la voie par laquelle les militants du jeune Parti communiste roumain devaient s'engager. Leurs années de prison étaient validées comme autant d'années de faculté, les grèves qu'ils avaient lancées équivalaient à des diplômes de fin d'études. Placés à la tête des principaux organismes administratifs et de toutes les grandes entreprises nationalisées, la plupart allaient déployer toute l'étendue de leur incompétence avant de sombrer dans l'alcool, la corruption et l'autoritarisme le plus brutal.

Je suis entrée chez les bonnes sœurs de Notre-Dame-de-Sion le 2 septembre 1945, la guerre était finie, le Japon avait capitulé. Hiroshima, Nagasaki, je ne crois pas l'avoir su, à l'époque. Maman me trouvait trop fragile.

J'aurais pu aller à l'école primaire puisque j'avais six ans et demi, mais elle avait peur de je ne sais quoi pour moi, que je me fasse manger par les institutrices de l'école publique ou quelque chose comme ça. Bientôt, ce genre d'école religieuse n'existerait plus. C'était une tolérance du nouveau régime, mais très provisoire.

Très vite, je suis devenue la chouchoute de toutes les bonnes sœurs. Elles trouvaient que j'avais « le don de la foi ». Et en effet, j'avais acquis une expertise sans égale dans la prière et les génuflexions. Je m'y suis plu d'autant plus que tous les prie-Dieu de cette institution sortaient de la fabrique Cristu & Fils. Papa avait aussi offert le grand portail en bois sculpté de la chapelle. Bref, j'étais chez moi. Je me donnais à fond dans la religion, m'en écorchant les genoux. J'avalais les paroles de la sœur supérieure comme de l'ambroisie. Je ne comprenais rien à ses prêches, mais le ton tragique qu'elle prenait me faisait monter les larmes aux yeux. Je connaissais par cœur des pages entières de la liturgie, sans les avoir apprises, me semblait-il, en tout cas, j'étais capable de les réciter sans me tromper après les avoir entendues une seule fois. J'étais un phénomène de foi, une kermesse dominicale à moi toute seule.

« Cette enfant n'est pas comme les autres », disaient les religieuses, certaines d'assister à travers moi à l'élévation d'une sainte.

À la maison, je ne me séparais plus de mon rosaire et je marmonnais toute seule dans mon coin les Ave Maria et les Pater Noster censés m'ouvrir la voie de la lévitation.

Un jour, entendant Maman s'inquiéter du manque de commandes pour la fabrique qui commençait à tourner à vide, je lui pris la main et d'une petite voix douce, rassurante, confite de componction, je lui dis : « Aie confiance, Maman chérie, je vais prier pour la fabrique de Papa et tout va s'arranger. »

Maman avait beau être pieuse, elle a pris peur. Croyante, certes, pratiquante, encore mieux, mais elle n'aurait pas voulu que je tombe dans le mysticisme et pire que je devienne nonne. Elle décida de me retirer de Notre-Dame-de-Sion l'année suivante. Tant pis pour le standing. Je fus inscrite à l'école communale, là où tout le monde allait. De toute façon, les écoles confessionnelles furent suspendues l'année suivante par les communistes.

L'hiver 1945-1946 fut rude à tous égards. Mais pour ce qui est du froid, les gens du quartier purent bénéficier d'un bois de chauffage inespéré : les luges. Comme elles encombraient son entrepôt, Papa a organisé une sorte de distribution gratuite, mais discrète, pour les gens du quartier. À la fin de l'hiver, il n'y avait plus une seule luge. Ça évitait aussi de rendre des comptes aux communistes qui chassaient les anciens « collaborateurs du régime nazi ».

Je ne garde pas un mauvais souvenir de cet après-guerre. Je ne me posais d'ailleurs pas la question du bonheur, ayant pris l'habitude que la Sainte Vierge nous préserve du malheur, ce qu'elle avait fait jusqu'à présent.

Je ne voulais pas qu'il y ait des bombes, des morts, et à ma connaissance, il n'y en avait plus, la guerre était finie, on l'avait gagnée, mes parents faisant tout leur possible pour nous épargner à ma sœur et à moi les informations qui auraient pu contredire cette version officielle. Elles m'arrivaient tout de même, par la force des choses : laïque ou religieuse, l'école est une plateforme incontrôlable. À travers ce canal-là, j'avais parfois l'impression d'en savoir plus que mes parents. Par exemple, les avions qui passaient au-dessus de nous, c'étaient les Américains qui nous regardaient avant de venir nous sauver. Nous sauver de quoi ? Qu'est-ce qui n'allait pas et nécessitait un sauvetage ? Je ne comprenais pas, mais je voulais bien être sauvée par ces grands oiseaux gris. La vie était comme ça, je la vivais allègrement.

J'étais jolie, tout le monde s'accordait là-dessus, ça ne me dérangeait pas qu'on me le dise, au contraire, je savais que c'était grâce à mes cheveux blonds, à mes yeux verts que je me faisais si facilement offrir des bonbons par Monsieur Banica. Son épicerie embaumait les senteurs d'épices venues des quatre coins du monde. Je connaissais mon quartier par cœur. Au coin de la rue, la boulangerie du Four d'or sentait bon, elle aussi, surtout le matin quand le pain chaud sortait du four avec les bretzels et les croissants. Chez Olteanu, on trouvait des fruits, des légumes, des yaourts de brebis que je regrette encore aujourd'hui. Au grand carrefour, il y avait Florea, la Tsigane qui vendait des fleurs et des épis de maïs grillés. On ne pouvait lui échapper. D'autant qu'elle nous offrait parfois un petit supplément : elle nous lisait l'avenir dans les lignes de la main en nous regardant dans les yeux, bien profond. Aux meilleurs clients, l'avenir le plus radieux.

Les marchands ambulants arpentaient les rues du quartier. Il y en avait plus qu'avant, ce que je prenais instinctivement pour un signe de prospérité et d'abondance. Ils proposaient des graines de tournesol grillées, bien croquantes, et des popcorns salés ou sucrés, de la barbe à papa rose pour les filles, bleue pour les garçons, des sucres d'orge torsadés au goût de miel et, au milieu de tous, la star des camelots, c'était notre vieux barbu boiteux qui proposait de la musique avec son orgue de Barbarie.

Pendant qu'il tournait sa manivelle, Gogo le perroquet se mettait à cancaner. On posait alors une pièce dans le gobelet en fer et aussitôt, avec son bec, il tirait une petite enveloppe de la boîte de son maître. Le vieux ouvrait l'enveloppe et lisait le message qu'elle contenait. C'étaient des proverbes, ou alors des énigmes du genre : « Fourchette à cinq dents, héritée des parents ? »

S'il n'était pas trop bête ou simplement s'il se souvenait de la réponse, le candidat répondait : « La main !

— Bonne réponse », admettait le joueur d'orgue, comme si ça lui arrachait le cœur de récompenser le vainqueur d'un bonbon.

Ça durait le temps que les enfants aient vidé leurs poches. Alors nous repartions la bouche pleine de sucre.

Il y avait aussi Bocica, la mendiante qui pleurait sans cesse. Veuve, sans emploi, moitié aveugle, c'est du moins ce qu'elle disait, elle était la mère d'un petit garçon avec lequel elle allait frapper d'une porte à l'autre. La plupart des gens lui ouvraient pour lui donner de la nourriture, des vêtements, parfois même un peu d'argent.

Elle prenait ce que l'on voulait bien lui offrir, et remerciait en sanglotant, baisant la main de ses bienfaiteurs ou bienfaitrices. Maman lui donnait toujours. Bocica faisait partie du décor, il fallait une mendiante, c'était la nôtre, voilà tout. La vie était réglée comme ça. Après Bocica, c'est le professeur Pirlogea qui nous rendait visite presque chaque matin, avec le journal, *La Vérité*.

Maman lui proposait du café qu'il trouvait excellent, incomparable. Dès qu'elle retournait à la cuisine, il passait aux choses sérieuses : « Comment vont les affaires, Maestro ?

— Écoutez, professeur, je n'ai jamais fait de politique…

— Continuez comme ça, Maestro, car vous n'y entendez rien.

— Mais la politique m'empêche de travailler.

— Et voilà !

— J'ai cru que tout allait repartir, après la guerre.

— Ça n'est pas faute de vous avoir alerté.

— J'ai voulu embaucher des ouvriers, mais fabriquer des meubles pour qui ? Plus personne ne me passe commande. Au ministère de l'Éducation, l'autre jour, je suis tombé sur un type qui m'a dit qu'ils n'avaient plus besoin de meubles.

— Nous sommes gouvernés par des malades. Ou alors ils sont fous.

— Je lui ai demandé sur quoi allaient travailler les enfants, où ils allaient s'asseoir, vous savez ce qu'il m'a répondu ?

— Je préfère ne pas le savoir.

— Il m'a répondu que les meubles Cristu étaient trop chers, qu'ils étaient faits pour les bourgeois.

— En voilà une bonne nouvelle : il n'y a donc plus de bourgeois à Bucarest !

— Expliquez-moi ça, professeur.

— Il n'y a rien à comprendre, Maestro. Sinon que les choses vont mal, et elles vont aller de plus en plus mal. Je vous le redis encore une fois : partez ! Partez à l'étranger pendant qu'il en est encore temps.

— Mais c'est chez moi, ici !

— Vous trouvez ? Vous reconnaissez votre pays ? Non, c'est fini. Nous ne sommes plus chez nous ! Ils sont en train de tout casser. Plus rien ne fonctionne et, d'ici peu, tout sera bloqué, on ne pourra plus rien faire. Écoutez-moi : vous êtes encore jeune, alors partez !

— J'abandonne ma maison, mon usine, mes ouvriers ?

— Vendez tout ça, vite, à n'importe quel prix, avant qu'ils vous le confisquent. C'est comme ça qu'ils ont fait en Russie. »

Papa ne voulait rien entendre. Il ne démordait pas de son optimisme : « L'histoire nous rendra justice, professeur. Vous verrez. Les Turcs sont venus, les Turcs sont repartis. Les Allemands sont venus et ils sont repartis. Les Russes sont là, ils repartiront comme les autres. L'eau passe et les pierres demeurent.

— J'aime beaucoup ce proverbe. Mais ce sont eux, les pierres, et nous sommes l'eau qui coule.

— Qu'est-ce que vous chuchotez encore ? »

Quand Maman revenait de la cuisine, ils changeaient de conversation. Maman n'était pas dupe. Elle posait le café sur la table, avec les douceurs. Et c'était le silence du sucre.

Je suis donc entrée à l'école communale Silvestru, celle que Maman avait fréquentée, trente ans auparavant, quand l'établissement était entièrement religieux. En septembre 1946, elle n'était pas encore tout à fait convertie à la laïcité puisque le pope Chiril continuait, une fois par semaine, de prêcher la bonne parole aux élèves encore inscrits au catéchisme. J'étais très contente d'y retrouver ma cousine Pinți qui était dans la classe au-dessus de moi.

J'adorais l'uniforme que nous portions, je trouvais qu'il était fait pour moi : tablier noir, collerette blanche et nœud rouge. Une sobriété très élégante dans laquelle je me sentais importante.

Papa m'avait acheté un cartable en cuir de première qualité, avec des sangles pour le porter sur le dos, une nouveauté. Il avait tenu à m'accompagner à la porte de l'école. Accompagner à pied car il n'avait pas trouvé de voiture convenable à acheter : « Je ne vais pas acheter une poubelle au prix d'une Rolls ! » Il concentrait désormais son standing dans ses costumes. En l'occurrence un alpaga bleu, et un panama du plus bel effet. On aurait dit Clark Gable. Les mamans se retournaient toutes sur lui. D'autant que les papas n'étaient pas nombreux à accompagner leurs enfants à l'école.

Remarquant sa présence, Madame Roibu, la directrice de l'école, vint à sa rencontre : « Monsieur Cristu ! Quel honneur !

— C'est moi qui suis votre obligé, Madame Roibu. Je viens vous confier ma fille Lena, et vous supplier d'en faire une savante, une athlète, une artiste, tout ce que vous voulez, mais qu'elle soit heureuse, c'est tout ce que je demande. Pas de coups.

— Jamais !

— Pas de cris.

— À quoi bon ?

— Pas de bonbons non plus.

— Des bons points et des images.

— Elle va vider votre stock, croyez-moi. »

Je le regardais faire, fascinée, il savait s'y prendre avec les femmes, il exerçait sur elles une fascination, pas de doute. Ils y seraient encore, tous les deux, à roucouler, si la cloche de l'école n'avait pas sonné pour les rappeler à l'ordre.

Je me lançais dans le bain sans crainte, ni timidité, loin des filles qui pleuraient en s'accrochant à leur maman, désespérées, ce qui me semblait une bizarrerie.

Cette rentrée des classes 1946 a respecté, pour la dernière fois, un cérémonial établi depuis près d'un siècle ; d'abord le discours de bienvenue de la directrice, suivi de la bénédiction du pope Chiril, suivi de l'hymne national en l'honneur du roi. Chanté par la chorale très approximative formée par l'ensemble des élèves, des profs, du personnel de l'école et des parents présents, parmi lesquels, vous y pensez bien, la voix de Papa fit sensation, écrasant les fausses notes de son organe vibratoire. Il était magnifique, et j'aimais tellement ça. À la fin, on applaudissait le roi qui, lui aussi, sans le savoir, vivait sa dernière année de règne.

Madame Roibu fit ensuite visiter l'école aux nouvelles recrues, puis Madame Tobescu, ma future institutrice, fit l'appel de ma classe.

Le pope Chiril, que je connaissais bien, revint pour bénir tout et tout le monde, à commencer par la grande croix accrochée au mur au-dessus du portrait du roi. Il dut le faire en tremblant, quand j'y pense, car cette rentrée des classes était une cérémonie d'adieux. Mais j'étais tellement heureuse que pas une seconde je n'ai senti chez les enseignants et le personnel de l'école la tristesse qui devait les étreindre.

Dans ma classe, nous étions 24 élèves. J'étais étourdie de rencontrer tant de filles de mon âge, étourdie d'avidité de les connaître et de me faire connaître d'elles. Curieuse, insatiable, bavarde, envahissante, j'étais tout ça, mais aussi intéressante puisque je me rendais intéressante, et au fond irrésistible.

De retour à la maison en fin d'après-midi, je n'en finissais plus de raconter ma journée, concluant mon récit par cette déclaration solennelle : « Pour mon premier jour d'école, j'ai obtenu mon premier succès ! » J'entendais par succès la simple joie de connaître toutes ces filles et qu'elles se souviennent toutes de moi.

Ma cousine Pinți, qui était déjà en deuxième année, ne partageait pas, mais alors pas du tout, mon enthousiasme social. La seule chose qui l'intéressait à l'école, c'étaient les vacances, les grandes par-dessus tout. Elle m'avait toujours trouvée barbante avec mon côté sage, réservée, mutique. En me découvrant ce jour-là expansive, enthousiaste et volubile au contact de mes semblables, elle m'a considérée comme une maboule.

J'aimais l'école. Toute l'école. Avoir des bonnes notes, apprendre des récitations, sauter à la corde, écrire, compter, faire des prières, avoir des copines, montrer mes cheveux blonds, être jolie, tout ça faisait partie d'un même ensemble cohérent consistant à « aller à l'école » et être tout naturellement la première de la classe, c'était ma place naturelle, les autres ayant la leur, acquise selon la même procédure divine : si j'étais donnée en exemple de ce qu'il fallait faire, d'autres l'étaient pour ce qu'il ne fallait pas faire, nous étions ainsi chacune à notre place.

Cette illusion dura un certain temps, et quand bien même elle s'est étiolée au fil des mois, ça n'est que beaucoup plus tard, devant les murs d'injustices qui allait successivement m'être imposés, que je comprendrais qu'il n'y avait rien de naturel là-dedans, que la part de prédestination était minime dans la hiérarchie des valeurs humaines, scolaires, et que les premières de la classe n'étaient pas automatiquement les plus aimées, ni les plus belles, ni forcément moi.

L'important n'était pas là, mais dans la fierté que mon père tirait de mes bonnes notes à l'école, de mes cahiers soignés, il y voyait une sorte de revanche sur les épreuves qu'ils avaient dû subir, Maman et lui, et ça calmait ses angoisses d'alors, dues à la situation financière de la fabrique.

De jour en jour, l'étau soviétique se resserrait sur lui. Les mois passaient et le pays tardait à recouvrer sa prospérité d'avant. Les communistes bloquaient tout. Il fallait bien vivre, pourtant, et puisque le gouvernement roumain ne voulait plus de ses meubles « bourgeois », il se débrouilla, il leur proposa des meubles à bas prix. Des meubles pour ouvriers. Solides, de bonne qualité, mais sans grâce, sans finition. Ça n'allait pas non plus. Ils ne voulaient tout simplement pas de ses meubles.

Alors, à contrecœur, la mort dans l'âme, les poings serrés dans ses poches, il se décida à prendre contact avec les autorités russes. La fabrique de meubles Cristu & Fils avait tout pour meubler élégamment l'ambassade de l'Union soviétique à Bucarest.

L'administrateur des lieux se montra courtois et le Maestro convaincant, comme à son habitude. Ainsi fut fait. Après tout, un client est un client. « Et puis, chez les Russes, c'est comme dans tout, il y a du bon et du mauvais ! N'est-ce pas, professeur ?

— Je suis bien d'accord, Maestro. Du bon et du mauvais.

— De toute façon, nous n'avons plus le choix. »

En effet, dès lors qu'il n'était pas parti en Amérique, il n'avait plus le choix. Durant les vingt années qui allaient suivre, j'allais souvent entendre cette formule : on n'a pas le choix.

Les ouvriers ont compris que leur Maestro faisait ça pour sauver sa famille, sa fabrique, mais aussi leurs salaires à tous. Eux non plus n'avaient plus le choix.

Le jour tant promis des élections, 19 novembre 1946, les tanks prenaient position dans les lieux stratégiques de Bucarest et de toutes les grandes villes du pays. À Timişoara, Cluj, Braşov, partout, devant chaque bureau de vote, un soldat, kalachnikov en bandoulière, se tenait prêt à tirer.

De fait, il ne sera signalé aucun incident, et le soir même, la radio pouvait annoncer la victoire des communistes avec 80 % des voix.

Ils étaient maintenant légalement et démocratiquement installés au pouvoir.

Ils l'étaient déjà dans les faits, mais avec cette élection c'était la fin de l'espoir, la mort des illusions. Cette consultation évidemment truquée de A à Z avait été faite pour ça, pour que les gens n'en mènent pas large, qu'ils se sentent tout petits, en danger. Qu'ils aient peur. La peur était le chien de berger du peuple roumain, elle ramenait toujours les brebis égarées au troupeau.

Pour en arriver à ce score de 80 %, il avait fallu que les fraudes soient massives, mais que faire, quoi dire ? Il n'y a plus de députés libres, plus de journaux indépendants, plus aucune contestation possible. Le Premier ministre Petre Groza n'était qu'un pantin du Parti communiste. Avec lui, à la moindre manif, c'était la prison, ou la mort par suicide, ou par accident, ou par déportation dans les camps de travail forcé, il avait le choix, preuve qu'on était donc bien dans une société démocratique.

Dans ces goulags à la roumaine, on ne tuait plus les Juifs, le gouvernement avait aboli toutes les lois discriminatoires au lendemain de la « libération » de Bucarest. Il arrivait même que les persécutés d'hier occupassent de très hautes fonctions dans la hiérarchie du Parti, à commencer par Ana Pauker : il leur suffisait d'avoir été communistes avant la guerre, et s'ils avaient fait de la résistance, ils étaient intouchables, des vaches sacrées.

Les pogroms de la Garde de fer n'avaient pas eu droit d'être cités au procès de Nuremberg. Encore une humiliation, une punition de la part des vrais vainqueurs. Il y eut des procès organisés par les autorités communistes, d'où il résultait généralement que tout était de la faute des nazis. Les assassins ayant agi sous influence de la propagande hitlérienne, ils n'étaient pas conscients de ce qu'ils faisaient, les pauvres petits canards, les communistes étaient là pour les guérir de leur antisémitisme, et les Russes pour surveiller que la rééducation se passait démocratiquement. Il y avait 615 000 soldats russes en Roumanie. Il fallait les nourrir ; et comme ils avaient gagné la guerre, ils méritaient de bien manger, de bien dormir.

Le beau principe de la collectivisation des terres devait commencer par l'expropriation des grands propriétaires. Au début, ça faisait plaisir aux petits paysans de se retrouver avec des lopins de terre de cinq hectares, sauf qu'ils n'étaient pas vraiment à eux, ces lopins, mais ils ne le savaient pas encore. Ce qu'ils ont très vite compris, c'est que leurs petits lopins n'étaient pas rentables, vu que la moitié de leur production était confisquée pour le remboursement de la colossale dette de guerre envers le grand frère russe, principale victime de la guerre avec ses 20 millions de morts.

Au milieu des années 1920, quand il a fallu renoncer à l'Internationale prolétarienne, Staline a inventé « le socialisme dans un seul pays, la Russie». Vingt-cinq ans plus tard, il a dû inventer pour nous «le socialisme au service d'un seul pays» et c'était toujours le même, la Russie. Cette économie coloniale faisait des Russes des assistés et des Roumains des esclaves. Plutôt que de trouver un moyen d'employer ces masses de paysans ruinés, en organisant un exode rural, comme dans les pays capitalistes, les communistes locaux ont adopté une autre solution : l'élimination par le goulag et la famine. En pillant un peu plus que de raison, ils ont créé des foyers de famine dans les régions où les terres étaient les plus riches. C'était à rendre fou. Mais l'armée était là pour réprimer les fous révoltés. On ne le savait pas encore, à l'époque, mais tout ça procédait d'une stratégie éprouvée consistant à remplacer une masse de paysans analphabètes, royalistes, réactionnaires, par des fonctionnaires, chefs de kolkhoze chargés du pillage et de l'organisation sociale qui allait, en quelques mois, réduire cette masse, en en faisant disparaître une partie, par un génocide sans coups de feu. C'est ce qui a été expérimenté en Ukraine au début des années 1930. Cinq millions de morts. Un crime d'État à grande échelle, connu en langue ukrainienne sous le nom de Holodomor (extermination par la faim). Andreï Vychinski et Anna Pauker se contenteront d'un million de morts.

Pour calmer les ardeurs protestataires, comme une piqûre de rappel, chaque petit matin livrait sur le trottoir de Bucarest le cadavre d'un ancien politicien, d'un journaliste, d'un syndicaliste, et même d'un simple citoyen ayant tenu en privé des propos jugés trop critiques envers Staline ou Gheorghiu-Dej, le chef du Parti communiste roumain.

La carte du territoire roumain allait être criblée de points, de carrés, de triangles rouges ou bleus représentant des pénitenciers de diverse nature : camps de rééducation « ordinaire » ou « à régime sévère », jusqu'à cette « zone de travail forcé » qui s'étendait, au sud-est de Bucarest, sur plusieurs centaines de kilomètres carrés. C'était le chantier du canal Danube-mer Noire, dont la construction de 1947 à 1987 a coûté la vie à un grand nombre de prisonniers politiques. Ce que les nazis de la Garde de fer n'avaient pas réussi à faire avec les Juifs, les communistes le réaliseront avec « les ennemis du peuple ».

Le royaume de Roumanie ne tenait plus qu'à son rempart le plus fragile : le roi Mihai Ier. Celui-ci accueillit le jour de sa destitution avec une forme de soulagement : quitte à tout perdre, autant y ajouter son honneur.

Le 31 décembre 1947, j'avais huit ans, bientôt neuf, je me souviens, on avait été prévenus par des voitures équipées de haut-parleurs qui circulaient dans les rues pour annoncer que le roi allait parler. Il était trois heures de l'après-midi. C'était plus tôt que d'habitude, ça nous a mis en alerte. On s'est installés devant le poste de radio. Confirmation que quelque chose n'allait pas : l'absence de l'hymne national roumain au début de la retransmission. Or chaque fois que le roi allait parler à la radio, il y avait l'hymne et tout le monde se levait pour chanter. Là, silence total. Il faut dire que ce chant, tombé en désuétude, se termine par « Vive le roi en paix et en dignité, lui qui aime et défend notre pays ». On n'avait pas eu droit à ça. Et pourtant, c'était bien le roi qui parlait :

« Je laisse au pays la liberté de choisir la forme de gouvernement qui lui conviendra le mieux…

Constatant également qu'un changement fondamental de la situation s'est produit sur les plans économique et social en accord avec les dirigeants responsables du pays et puisque le régime monarchique ne correspond plus aux conditions actuelles de l'État, ce régime constituant un obstacle sérieux au développement du pays, en pleine conscience de mes responsabilités, et dans l'intérêt du pays, je renonce aux prérogatives royales et j'abdique pour moi et pour tous mes héritiers. »

J'ai vu, au fur et à mesure du discours de Mihai Ier, le visage de Papa se durcir. Son corps restait debout mais à l'intérieur c'était de la pierre, et de la pierre qui menaçait de s'écrouler. Tout ce qu'il avait construit, ce à quoi il avait cru, ce pourquoi il s'était battu, avait risqué sa vie, tout vacillait.

La déclaration du roi fut aussitôt suivie d'une intervention de Petre Groza, le chef du gouvernement, censée préciser les choses :

« À partir d'aujourd'hui, la République populaire roumaine sera la patrie de tous ceux qui travaillent avec leur intelligence ou avec leurs bras, dans les villes et dans les villages. »

Comme si, jusqu'à présent, les Roumains avaient travaillé avec leurs pieds ou avec leur bêtise.

Si Papa s'effondrait, qu'allais-je devenir ?

Il y avait une tradition le soir du réveillon : on prenait un verre, on mettait au fond un peu de cendre dans laquelle on plaçait une alliance, on regardait attentivement et on faisait son vœu. In petto. Pour la première fois, j'ai fait le vœu de pouvoir partir. Quitter ce pays. Pour aller où ? La question ne se posait pas encore.

Paris n'était pas une destination très originale pour les Roumains, c'était même un rêve commun à tous. Mais moi, pour l'instant, en cette soirée lugubre de l'effondrement de notre royaume, dans le vœu que j'ai formulé, le nom de Paris n'apparaissait pas, ni dans ma tête ni dans les cendres au fond du verre magique. Le seul mot, le seul désir : partir. Partir pour une seule raison, partir dans un seul but : quitter la Roumanie. Ça n'était déjà plus un vœu, mais un serment, un défi.

L'idée de Paris m'est venue quand notre médecin de famille, le docteur Georgescu, est entré dans notre vie. Il avait fait ses études à Paris et ma mère m'avait envoyée chez lui pour que j'apprenne le français et les bonnes manières, ce qui de son point de vue était la même chose, on ne pouvait pas apprendre le français sans les bonnes manières qui allaient avec. Inversement, personne ne pouvait prétendre avoir de bonnes manières s'il ne parlait pas français.

La femme du docteur Georgescu, Angela, était très belle, intelligente, sensuelle, pleine de vie, je l'admirais. Elle avait connu une vie aventureuse avant que ce jeune docteur, diplômé de la faculté de médecine de Paris, ne tombe amoureux d'elle. Il l'avait épousée contre la volonté de sa famille, des riches propriétaires terriens qui aspiraient à un bon parti, celui d'une famille au moins aussi riche et honorable qu'eux. C'est que la belle et intelligente Angela, ancienne petite lingère à domicile, avait tourné la tête à bien des messieurs de la haute société de Bucarest, avant de rencontrer son docteur. Pour dire les choses dans un français d'époque, elle avait eu une carrière de demi-mondaine. Il n'empêche qu'elle est devenue la meilleure amie de Maman.

Souvent, le dimanche, j'allais déjeuner chez les Georgescu. J'apportais toujours un bon dessert préparé par Maman et repartais avec un livre que le médecin me prêtait pour le lire et pouvoir en discuter la prochaine fois. J'attendais avec impatience ces repas dominicaux. J'aimais surtout retrouver l'ambiance chaleureuse et élégante qu'Angela savait créer. C'était une femme merveilleusement raffinée. Et elle parlait français. C'est elle qui m'a expliqué que je devais garder mon accent roumain, qu'il n'y avait rien de plus chic, en France, pour les Français, que cet accent-là. Car les Français, d'après elle, détestaient les étrangers sans accent. Une théorie dont j'attends toujours la confirmation. Je n'ai pas dû fréquenter les mêmes Français qu'elle.

Pour les bonnes manières, je préférais de loin son enseignement à celui de cette ancienne comtesse russe famélique qui venait chez nous une fois par semaine pour nous donner, à ma sœur et moi, des cours de maintien.

C'était une obsession, pour Maman, que nous ayons de bonnes manières à la française. Elle rêvait pour nous d'un avenir plein de réceptions mondaines où nous serions entourées de jeunes gens élégants et courtois, étalant leur culture et leur savoir-vivre pour nous séduire, nous épouser.

Chez le docteur, après le déjeuner, on prenait le café dans le bureau tapissé de livres et de revues d'antan. Féru d'histoire et de littérature françaises, il me racontait Paris, la France, Verlaine, Victor Hugo, Lamartine… Sans bien comprendre le sens de ces mots, je scandais avec lui :

Les sanglots longs
Des violons
De l'automne
Blessent mon cœur
D'une langueur
Monotone…

J'aimais le son de cette langue, sa tonalité tellement romantique et… occidentale. Je n'avais pas besoin de connaître d'autres langues pour savoir que le français était la plus belle langue du monde. Angela n'avait de cesse de me confirmer dans cette passion encore inabordable : « Lena ma chérie, tu n'es pas faite pour rester parmi ces *golani* », un mot qui désignait tout à la fois les rustres, les vauriens, les goujats et les parvenus. Les communistes étaient les *golani* types.

Quant aux Russes, elle m'avait appris qu'ils se parfumaient avec de l'*Odekolon Trojnoï*, une « eau de Cologne triple » qui tenait son nom du produit que Napoléon avait fourni aux soldats de ses armées, lors de la campagne de Russie, et qui avait trois effets : il faisait passer les nausées, désinfectait les plaies et chassait les mauvaises odeurs. Et Dieu sait si les soldats sentent mauvais. Les grognards de l'Empereur en avaient abandonné quelques bonbonnes dans leur retraite, les Russes les ont ramassées pour en faire leur parfum favori. Même Staline, ce *derbedeu* (cette crapule), s'asperge d'*Odekolon Trojnoï* : « Si tu sentais ça : une épouvante ! »

Avec les photos qu'il avait prises à Paris, et son vieux *Larousse illustré* des années 1930, le docteur me racontait les splendeurs de la Ville Lumière : « La nuit la rivière des réverbères s'allume sur l'avenue de l'Opéra, entre la Comédie-Française, la maison de Molière, temple du théâtre et l'Opéra, palais de la musique et du ballet, on voit ses statues et sa coupole dorée, illuminée par ses cariatides… »

Je n'avais alors qu'à fermer les yeux et l'avenue de l'Opéra m'apparaissait, étincelant de ses augustes lampadaires, et le palais Garnier, les jours de gala, les robes, les chapeaux, les calèches, les Cadillac, toutes les époques se mélangeaient dans ma fantasmagorie, Balzac et Ronsard, Louis XIV et la Mimi de *La Bohème*. Il me décrivait les cafés et restaurants des Grands Boulevards, la Comédie-Française, encore elle, et Molière, toujours lui, la place de la Concorde illuminée au bout de la plus grande et plus belle avenue du monde, les bals du 14 Juillet… Quand il arrivait à la Seine, ses îles, le Pont-Neuf, j'avais droit à Apollinaire :

Sous le pont Mirabeau coule la Seine
Et nos amours
Faut-il qu'il m'en souvienne
La joie venait toujours après la peine

Quelle promesse !

Le docteur avait passé sa jeunesse à Paris, dans les années 1920, ses parents fortunés ayant financé ses études. Et trente ans plus tard, il se retrouvait dans ce Bucarest qui avait cru un moment devenir le Paris des Balkans, et qui n'était plus, depuis la guerre, que triste, captif, sans espoir.

« Ta place est à Paris, Lena. Tu es trop fine, trop sensible pour la vie d'ici ! » Les dimanches parisiens chez les Georgescu ont donné une destination à mon désir de fuite. Je voulais voir Paris, et rien d'autre.

Mon maître en rêveries parisiennes m'affirmait que c'était réellement comme ça qu'on vivait là-bas : dans la liberté, l'égalité et la fraternité. Un paradis de beauté, d'amour, où il n'y avait ni communisme ni dictature du prolétariat. « Les communistes imposeront peut-être le communisme partout dans le monde, sauf à Paris qu'ils ne toucheront jamais, sinon où iront-ils faire la fête ? » C'était une des blagues de l'époque. Car il y avait ça, aussi, à Paris : la fête comme nulle part ailleurs.

C'était déjà vrai, puisque les apparatchiks ne rataient pas une occasion d'aller s'aérer à Pigalle. Ils faisaient même venir leur champagne de France et envoyaient leurs femmes se faire coiffer à Paris. Ça n'était pas une blague, Radio Europa Liberă le confirmait tous les jours.

Le premier à partir fut mon frère Marian.

Grâce à ses études brillantes, il avait évité la guerre et était devenu architecte, sa vie professionnelle se présentait sous les meilleurs auspices.

Au départ du roi, les choses se sont gâtées, et précipitées, la soviétisation du pays, lancée à marche forcée, allait tout mettre sens dessus dessous.

Pour bien se rendre compte à quel point l'État avait pris en charge l'économie du pays, toutes les grandes entreprises avaient été nationalisées. Et tout passait par elles. Les autres, privées de commande et d'autorisation, étaient vouées à la faillite à brève échéance. Plus aucun domaine ne devait échapper à l'État, que ce soient les banques, les assurances, l'industrie, le commerce, mais aussi les cliniques, les écoles, les théâtres, les journaux, la radio, les maisons d'édition. Ce qui était vrai pour les grandes entreprises le serait bientôt pour les petites ou les moyennes, comme la nôtre. Ça nous pendait au nez. Comment pourrions-nous y échapper ?

Le plus grave concernait la collectivisation de l'agriculture : betterave collectivisée, blé collectivisé, viande collectivisée… même les camelots des rues, nos chers vendeurs de popcorn et joueurs d'orgue allaient être nationalisés : la barbe à papa et Gogo le perroquet, nationalisés. Avec obligation pour le moindre camelot de posséder une carte, une autorisation de l'État.

À quand le tour de la fabrique Cristu & Fils ? Papa n'avait plus la force de paraître optimiste. Il s'y attendait. Si ça n'était pas encore arrivé, d'après lui, c'était grâce aux bonnes relations qu'il entretenait avec le régisseur de l'ambassade de l'URSS qui continuait de lui passer des commandes.

Un jour, tout le pays serait entre les mains du Parti communiste roumain. La langue elle-même deviendrait communiste. Les noms changeaient déjà : on ne disait plus « un patron », mais « un exploiteur de la classe ouvrière », « un ennemi du peuple ».

Quand les communistes ont décidé de s'attaquer aux entreprises moyennes, comme celle de mon père, ils se sont livrés à des coups tordus. C'est ainsi que tout à coup, alors que mon père était un obsédé de la sécurité – dans une fabrique de meubles en bois, le feu est l'obsession d'un patron responsable –, eh bien, comme par hasard, un incendie s'est déclaré en pleine nuit. Vite maîtrisé, d'ailleurs, car il y avait des extincteurs dans tous les coins. Mais c'était suffisant pour accuser Papa d'avoir mis le feu. Pas publiquement, personne ne les aurait crus. Mais c'est ce qui était inscrit dans le dossier de la Securitate. Sous un régime policier il faut toujours justifier les crimes par d'autres crimes, fussent-ils imaginaires. Il faut qu'à la fin, on ne sache plus ce qui s'est réellement passé et qui est à l'origine de quoi. Cela demeure vrai aujourd'hui ! Ainsi, le Kremlin finira par affirmer que c'est l'Ukraine qui a envahi la Russie le 24 février 2022, et la majorité des Russes le croira.

Quand les patrons étaient chassés de leurs entreprises, emprisonnés, rééduqués ou, pour faire plus rapide assassinés, c'étaient aussi leurs proches, leurs parents qui se retrouvaient dans le collimateur de la police. Il ne faisait pas bon avoir un cousin, un frère, et encore moins un père « exploiteur de la classe ouvrière » ou « ennemi du peuple », selon les caprices de la novlangue. Même ceux que leurs convictions avaient poussés à adhérer au Parti communiste, même les Juifs victimes du régime fasciste de Ion Antonescu, pour peu qu'un membre de leur famille ait eu, un jour, la mauvaise idée d'exercer des responsabilités dans l'ancienne économie capitaliste, les voilà suspectés, et donc privés de toute espèce d'avenir professionnel. Ces faits-là sont bien connus, je ne vais rien apprendre aux lecteurs, des centaines d'ouvrages ont été consacrés aux différents régimes communistes soumis à la dictature russe, d'autres dizaines d'ouvrages ont raconté et expliqué comment les informations contenues dans ces premiers ouvrages sur le communisme ont été niées, leurs auteurs vilipendés, raillés, ostracisés sinon exclus des universités et des médias, en France par le Parti communiste français avec la complicité de ses compagnons de route. Une complicité, un aveuglement que j'ai découverts avec effarement en arrivant à Paris, en 1967, et plus encore lors des événements de l'année suivante quand, au milieu de ces joyeuses manifestations de la jeunesse, j'ai vu apparaître des portraits de Marx, de Lénine, de Trotski, de Staline, de Mao, de Fidel Castro, et ces slogans à vous glacer le sang, et ces chants à vomir. J'avais envie de leur crier : « Mais de quoi parlez-vous ? Que savez-vous de ces gens-là, de ce qu'ils ont fait, ou plutôt détruit ? » Mais que pouvais-je contre leur enthousiasme, leur euphorie, leurs certitudes ? Le pire, pour moi, c'était en dehors de la rue, dans les appartements, les cafés, les salles de professeurs où je travaillais, quand je me risquais à leur expliquer, à ces cocos à peine sortis du nid, ce qu'était le communisme en pays communiste, je passais pour une réactionnaire, une idiote, une espionne américaine. Et eux, dans leur suffisance, parfois en toute connaissance de cause, revendiquaient la nécessité, au nom de l'histoire en marche, dans le cynisme le plus pervers, et narguait la pauvre petite Roumaine qui n'y comprenait rien, justifiaient, applaudissaient en riant à l'évocation des crimes perpétrés par l'Armée rouge et le KGB, de Holodomor aux goulags de Sibérie, en passant par le massacre de Katyń. « Tais-toi, Lena ! Va faire de la broderie. » Car tout se mêlait, machisme, arrivisme, narcissisme, racisme. Mais mon Dieu, je me disais, quelle confusion intellectuelle, quelle ignorance, et quelle violence dans le fourvoiement.

Les maisons dont mon frère Marian avait rêvé durant ses études d'architecture, ça n'était pas ces blocs de dix étages avec plein de gens dedans qu'on lui demandait de construire. Pour réaliser ses rêves, il devait aller voir ailleurs. En France, au Mexique, en Amérique, au Brésil, n'importe où ailleurs qu'ici. Il en discutait avec son ami Marcel Schiller, avec lequel il avait fait toutes ses études. Et Marcel était d'accord, et même pressé d'agir. Ils sentaient qu'ils devaient faire vite avant qu'on les enferme, car on les avait déjà à l'œil avec leur façon d'intervenir, à l'université.

À deux, se disaient-ils, c'est plus facile, ils étaient d'accord là-dessus, sauf qu'au moment de franchir le pas, il y en a toujours un qui hésitait, qui avait rencontré une fille, qui avait vu sa mère pleurer, qui pensait que ça pouvait peut-être s'arranger, qui avait entendu dire que les Américains…

Une nuit d'avril 1948, il devait être deux heures du matin, Marian sortait d'un bar où il avait cherché auprès d'une fille la consolation, l'oubli, mais avait un peu trop bu pour qu'elle accepte de le suive. Et le voilà marchant le long du boulevard Magheru, plongé dans l'obscurité du couvre-feu. Mais je m'en fous du couvre-feu, se disait-il, un peu bourré, qu'ils me tirent dessus, c'est très bien.

« *Tovaritch ! Stoï !* »

C'était une voix de flic, un ordre. L'occasion ou jamais de se faire descendre : il n'avait qu'à fuir pour se faire tirer dans le dos. Au lieu de ça, il s'arrête, se retourne, ça n'est pas un flic, c'est un soldat russe.

Il n'a pas l'air frais non plus, le pouilleux. Parmi eux, les ivrognes sont les plus dangereux, se dit Marian, qui n'a plus du tout envie de mourir et que la vue du soldat a dégrisé d'un coup. Il va tenter de s'en tirer en lui donnant sa montre, c'est toujours comme ça avec les Russes : « Donne-moi ta montre », ils disent. Marian commence à défaire celle qu'il a au poignet. Mais alors que le soldat s'approche de lui, Marian se rend compte qu'il a affaire à une femme. Elle a compris son geste avec la montre : « *Niet ! Niet !* Pas la montre, elle fait en sortant son revolver. любовь (Amour), мой дорогой (mon chéri), мне не нужны твои чертовы часы (je ne veux pas de ta putain de montre), elle dit en roulant des épaules et des hanches qui sont aussi énormes que ses seins. любовь ! мой дорогой ! (L'amour ! Mon chéri !) »

Marian avait appris suffisamment de russe pour comprendre. Elle veut baiser, cette grosse vache ! se dit-il. Ça l'aurait fait mourir de rire s'il n'avait pas eu ce flingue braqué sur lui. Pour bien montrer qu'elle ne plaisante pas, pan ! elle tire un coup en l'air, et voilà que de l'autre main, elle attrape mon pauvre frangin par le col de la chemise et se colle à lui. Elle était dotée d'une force incroyable. Il n'en menait pas large, mon Marian, il n'était plus celui qui voulait attaquer au marteau la maîtresse de son père. Le macho dragueur connu pour ne jamais rater une occasion de baiser, là, il a affaire à du gros calibre.

Par quel instinct de préservation, au lieu de protester, de se débattre, de fuir et de recevoir une balle dans le dos, a-t-il l'idée de prendre doucement la main de la soldate, la porter à ses lèvres pour le baisemain, en lui murmurant gentiment : « Madame, quand vous faites comme ça, avec votre arme, mon engin, il fait comme ça », dit-il en montrant sa braguette, avec l'air penaud du garçon en débandade.

La walkyrie avinée de l'Armée rouge éclate de rire, frappant son talon contre le pavé en guise d'applaudissement tellement ce gros minet impuissant l'amuse et l'attendrit. Et de lui envoyer une grosse tape sur l'épaule avant de repartir à la recherche d'un дорогой ("chéri") plus vaillant.

Mon frère venait d'échapper à la mort, au viol, il en avait des sueurs froides et se demandait où il était, dans quel pays il vivait. Ça n'était plus possible. Il fallait qu'il fiche le camp de là.

Au milieu de la nuit, il se rend chez son copain Marcel Schiller pour lui raconter ce qui vient de lui arriver et lui annoncer que sa décision est prise : « Tu avais raison, gars, on se casse. Va chercher tes affaires. »

Marian est repassé par la maison pour piquer l'album des timbres que Papa collectionnait depuis son enfance. Des timbres de grande valeur, paraît-il. Allez savoir. Il est parti sans nous dire au revoir, avant qu'on se réveille. Juste un mot sur la table de la cuisine : « Don't worry. »

Il a retrouvé Marcel à la gare. Il était avec Anton, un autre ami architecte qui voulait les suivre. OK. Plus on est de fous… Ils sont montés dans le premier train pour Oradea, ville voisine de la Hongrie, leur plan étant de passer ensuite en Autriche. Plus rapide à imaginer qu'à faire, les frontières étant surveillées très sévèrement par les Russes depuis que le rideau de fer était tombé.

Je n'ai jamais su comment ils s'y étaient pris, mais ça ne s'est pas passé comme prévu car le troisième copain s'est fait descendre par les gardes-frontières en tentant de traverser le Danube.

Une semaine après leur départ, ils étaient à Vienne, épuisés, terrorisés, mais libres. Marian nous a fait savoir, par l'intermédiaire d'une petite annonce passée dans le journal, qu'il était vivant : « Don't worry. » Ça nous a soulagés, mais ça n'a pas calmé la colère de Papa. Non pas à cause de son album de timbres, quoique ça ne lui avait pas fait plaisir d'apprendre qu'il avait disparu dans le Danube, mais pour les conséquences que sa fuite à l'étranger allait avoir sur notre vie : la famille Cristu comptait un fils passé chez les capitalistes. Autant dire un traître à la patrie. C'était comme une épée de Damoclès au-dessus de nos têtes.

À la différence de l'épée mythologique qui ne s'est jamais abattue sur Damoclès, l'épée de la Securitate allait bel et bien s'abattre sur nous.

Nous sommes le 24 décembre 1951. J'ai douze ans.

Ce soir-là, toute la famille est à table, réunie autour du repas de Noël. Il y a aussi le docteur Georgescu, notre médecin de famille, avec sa femme Angela et le professeur Pirlogea, on est une petite dizaine.

Au milieu d'une discussion animée et joyeuse, on entend frapper fort à la porte. On a laissé la grille ouverte, parce que c'est la nuit de Noël. Mais ça n'est pas de cette façon que les mendiants frappent à la porte.

Ça n'est pas non plus le père Noël, il n'y a plus d'enfants assez jeunes pour ce genre de comédie. Qui ça peut bien être, à cette heure-ci, en cette nuit-là ?

« Il y a quelqu'un à la porte », signale Papa. Maman se signe avant de se lever pour aller ouvrir.

Silence autour de la table sur laquelle les victuailles semblent s'être figées dans leur graisse.

Maman ouvre la porte.

Les trois costauds en manteau de cuir lui font comprendre tout de suite que notre tour est arrivé.

Comme toujours dans les situations difficiles, devant le drame qui se prépare, elle fait preuve d'un sang-froid impressionnant. Son frère aussi, quand j'y pense, Vlad Zeleanu, devant la Garde de fer, c'était pareil. Un truc de famille. En tout cas, elle va tout faire pour retenir l'épée de la Securitate, déployant des trésors d'astuce pour retarder sa chute.

Ils l'écartent d'un violent coup de crosse et entrent dans notre maison : « Costa Cristu, tu es en état d'arrestation ! » C'est le chef qui a prononcé l'arrêt. Tandis que les deux autres pointent sur nous leur arme, probablement des kalachnikovs : « Messieurs, je vous en supplie, laissez-le finir son repas de Noël. Revenez demain. Il sera là, je vous le jure.

— Alors, lance le chef en montrant les victuailles, on se régale ? » Maman ordonne à ma petite sœur de filer dans sa chambre. Alina ne se fait pas prier.

Après la supplique, la séduction : « Allons, Messieurs, vous allez bien prendre le temps de partager un peu de nourriture. C'est Noël pour tout le monde, Messieurs. Asseyez-vous. Je vais vous servir des *sarmale.* »

Les deux subordonnés se tournent vers leur chef qui, au grand soulagement de Maman, accepte de s'asseoir. Tout en gardant leur trench-coat boutonné jusqu'au cou, ils posent leur arme sur leurs genoux. Ils n'enlèvent que leur képi.

« Allez donc chercher trois assiettes, des couverts et trois verres, ordonne Maman à ma cousine Pinți et moi. Et ne cassez rien ! »

Nous nous exécutons en quatrième vitesse.

« Ne courez pas ! »

On ralentit. À la cuisine, on se regarde, on chuchote, tout en sortant trois assiettes, trois fourchettes, trois couteaux qui nous donnent des idées… et on retourne à table.

Maman a cru bon d'engager la conversation avec les salopards. Elle leur a demandé d'où ils venaient, ils ont chacun donné le nom du bled où ils étaient nés. Et Maman a fait mine de connaître et maintenant elle leur demande s'ils sont mariés, s'ils ont des enfants, qu'est-ce que ça peut lui faire, elle n'en a rien à fiche, elle a juste besoin de parler, de les faire parler, et ils répondent à tout, la bouche pleine. Ils ont faim, ces salopards.

Moi, je n'arrive pas à avaler mes *sarmale*, je dois me concentrer pour ne pas pleurer. Je regarde Papa. Je m'imprègne de son visage, tendu, pâle, il ne desserre pas les dents. Sauf à un moment, quand Maman les interroge sur ce qu'on pourrait appeler leur parcours professionnel, comment ils en sont arrivés à entrer dans la police. « Laisse donc manger ces messieurs, chérie. »

Non, ça ne les gêne pas de répondre, ils sont tous les trois communistes, c'est l'explication. Ils voulaient défendre la République populaire de Roumanie et nettoyer le pays de toute la racaille nazie et des ennemis du peuple.

Je me souviens qu'à partir de là, plus personne n'a parlé. On les a regardés manger. En silence. On a dû supporter les mastications de nos bourreaux, leurs déglutitions. Ils ont sifflé toute la bouteille de fetească en un rien de temps. Ils en auraient commandé une autre si Papa, estimant que la comédie avait assez duré, ne s'était pas levé en disant : « Allons-y, maintenant. »

Et curieusement, comme un seul homme, les trois flics lui ont obéi. Ils savaient faire ça, obéir, ils avaient ça dans le sang, dans la tête, je ne sais pas, en tout cas ils avaient reconnu en Costa Cristu un chef. Un Maestro.

« Ouais, a confirmé le chef, va falloir qu'on y aille, maintenant. »

Mais il a jeté un regard sur la marmite de *sarmale* qui en disait long sur sa conscience professionnelle. Il en aurait bien repris. C'est ça que Papa voulait éviter, qu'ils en reprennent. Qu'ils ne nous laissent rien.

Ils ont saisi leur kalachnikov à pleines mains. L'un d'eux s'est cru obligé de faire des compliments à la maîtresse de maison ; je ne sais pas où il avait appris ça. Lui non plus, sans doute. Il l'avait fait d'instinct, avant de se tourner vers Papa : « Prenez un manteau chaud, Monsieur Cristu. Vous en aurez besoin. »

Dans d'autres temps, ces trois-là auraient pu être de braves gars, agriculteurs, ouvriers, éboueurs, qui, au lieu de monter à la capitale pour échapper à la misère, à la famine, seraient restés dans leur village pour retourner la terre gentiment. Mais la dictature communiste, avec l'attrait du fric, du bon salaire, de l'uniforme, tous ces petits avantages, avait fait d'eux des salopards, corruptibles à merci. Violents si l'occasion se présentait. Mais pas ce soir. Maman avait réussi ça, et parfois je le lui reprocherai. N'aurait-il pas mieux valu que cette arrestation se passe avec des cris, des pleurs, des coups de crosse dans la gueule ?

Maman est allée chercher le manteau en fourrure que Papa a enfilé en regardant sa femme au fond des yeux. Et elle aussi l'a regardé au fond des yeux. Il lui a murmuré quelque chose que je n'ai pas entendu.

C'est quand ils lui ont passé les menottes que je me suis précipitée sur Papa, je voulais l'embrasser, le libérer, le retenir, je ne sais pas ce que je voulais. Maman m'a crié dessus. Les deux sbires avaient prévu le coup, ils avaient l'habitude, ils ont fait barrage et ont braqué leur arme sur moi. Ils m'auraient peut-être tiré dessus tellement je leur faisais peur avec mon désespoir.

Sabina m'a attrapée, puis Maman, et on s'est retrouvées toutes les trois accrochées l'une à l'autre. Et j'ai entendu la voix de Papa qui me disait : « Tiens-toi bien, Lena. Et arrête de pleurer. »

Ce que j'ai fait immédiatement. Et c'est sans rien faire, sans rien dire que nous avons regardé le chef des flics emmener mon père, menotté comme un bandit, tandis que les deux autres protégeaient leur sortie comme ça, à reculons, à la manière des casseurs qui sortent de la banque avec le magot, en emportant un otage.

Je n'aurais pas pu concevoir un plus grand malheur. Rien ne m'aura marquée plus que ça dans ma vie. Les mots me manquent, les détails se précipitent, comme s'ils voulaient tous entrer en même temps dans le récit de cette scène.

Je dois me résoudre à ce que le récit de ce cauchemar ne dise qu'une fraction approximative de ce qui s'est passé.

J'ai pleuré une bonne partie de la nuit. Le sommeil ayant raison de mes larmes. À mon réveil, j'ai été prise d'angoisse. C'était forcément ma faute si on avait arrêté Papa. J'avais dû dire quelque chose dans la cour du collège, les filles m'avaient fait parler, je m'étais vantée. Mais de quoi ?

J'essayais de me souvenir. La richesse de Papa ? Sa force, sa supériorité en tout ? Est-ce que j'avais dit, avec orgueil, que nous n'étions pas des Roumains mais des Macédoniens, comparant Papa à Alexandre le Grand ? Est-ce qu'ils l'avaient arrêté parce qu'il n'était pas un vrai Roumain ?

Maintenant, j'étais punie pour mes bavardages de gamine. Et si ce n'était pas au collège, c'était à la sortie de l'église ou dans les vestiaires du gymnase, le lieu le plus propice aux vantardises. J'allais une fois par semaine au gymnase pour m'entraîner à la danse acrobatique, j'adorais ça, et là aussi j'étais bonne, et ramenarde. Est-ce que c'était là que j'en avais trop dit ? Qu'est-ce que j'avais dit de trop ? Je me suis confiée à Maman, en lui demandant, en pleurs, comment je pouvais rattraper ça.

Elle m'a expliqué que l'arrestation de Papa n'avait rien à voir avec moi, c'était très probablement à cause de l'évasion de Marian, dès lors considéré comme un traître. À cause de lui, toute la famille était soupçonnée. Ils allaient certainement interroger mon père mais ils finiraient par comprendre qu'il n'y était pour rien et ils le relâcheraient, faisait-elle semblant de croire.

Est-ce qu'elle a réussi à me tranquilliser avec ce mensonge ? J'en doute.

Je sais aujourd'hui que nous n'étions, pas plus Marian que moi, la cause de son arrestation. Ils l'auraient arrêté de toute façon. Simplement parce que c'était son tour. Que tous, absolument tous les patrons de toutes les usines, de quelque taille qu'elles soient, devaient y passer. Ils ont tous été arrêtés, interrogés, certains torturés, certains déportés, certains assassinés, ou alors rançonnés, utilisés.

Trente ans avant le film d'Emir Kusturica, *Papa est en voyage d'affaires*, j'ai vécu ce que le petit Malik du film a vécu en attendant le retour de son père arrêté par la police de Tito. Attendre. Ne rien dire. À personne. Ne pas poser de questions. Rêver. Imaginer. Pleurer. Et dans mes cauchemars, voir le manteau de fourrure en sang, et ses mains coupées dans les menottes.

Le plus terrible, c'était le supplice chinois de ne rien savoir. Chaque matin : il est là ? Chaque soir : il est rentré ? Comme d'avancer dans le noir, en se cognant à toutes les possibilités.

Une semaine, un mois, deux mois à regarder la porte d'entrée de la maison, au bout du couloir. Je lui faisais de la télépathie pour qu'elle s'ouvre enfin sur mon père. Mais rien. J'avais fini par la détester cette porte, jusqu'à la rendre responsable de l'absence de mon père et donner des coups de pied dedans.

Je priais, bien sûr, je priais beaucoup. Et puis tout à coup, je ne voulais plus prier. Je faisais la grève des prières, refusant de parler à la Sainte Vierge. Maman en était navrée, mais inutile d'insister, elle le savait. Une grève n'est pas une révolution.

Ma grève n'obtenant pas les effets escomptés, je me suis remise à prier, comme une forcenée. En prenant garde néanmoins de ne pas fatiguer mes genoux, afin de rester souple pour la gymnastique.

En attendant que la Vierge intervienne, c'est la gymnastique qui m'a sauvée, les pirouettes et les grands écarts m'ont empêchée de devenir complètement dingue. Certains enfants d'ennemis du peuple emprisonnés sont devenus fous. Ils tombaient dans la dépression, se punissaient, jusqu'à se scarifier, s'empêcher de manger, et dépérir. Ils n'avaient que le mensonge et l'espoir, moi, j'avais la gymnastique.

Ça s'est décidé deux mois après l'arrestation de Papa.

Mademoiselle Paula Pleşoianu était notre prof de gymnastique, et notre prof principale. Elle est venue me parler pour me confier une mission. Elle était douce, Mademoiselle Paula Pleşoianu, je crois qu'elle avait fait ses études pédagogiques en Allemagne. C'est ce qu'on disait. En tout cas, c'était une bonne personne et très efficace. Ma prof préférée. Elle avait institué une règle, dans sa classe, qui consistait à demander aux meilleures élèves d'aider celles qui n'arrivaient pas à suivre le programme. Mademoiselle Pleşoianu m'a demandé, comme un service personnel, de m'occuper de Silvia, qui venait d'arriver en classe, complètement perdue. C'était une petite paysanne qui avait été abandonnée par ses parents. Elle ne parlait à personne, n'osait pas jouer avec les autres qui la considéraient comme une débile. Elle n'était ni bête ni paresseuse mais, confinée dans son chagrin, elle n'avait pas la force ni l'envie de travailler.

La première fois qu'elle est venue chez nous pour faire ses devoirs, Maman lui a apporté des gâteaux et lui a parlé gentiment. Silvia l'a regardée et a éclaté en sanglots. Maman l'a prise dans ses bras : « Ma chérie, ne pleure pas. Ici, tu es la bienvenue. Avec ton amie Lena, tu ne seras plus seule. » En effet, j'étais là, à ses côtés et, en un temps record, j'ai réussi à la mettre au niveau. Encore un miracle au crédit de la Sainte Vierge ! Silvia a même obtenu la mention

« assez bien » à l'examen de fin d'année. Et moi, bien sûr, le premier prix.

Pour me récompenser, Mademoiselle Pleşoianu m'a offert *L'Enfant*, un roman de Jules Vallès. Je l'ai toujours, avec la dédicace : « À Lena, en lui souhaitant de rester toujours travailleuse, sage et altruiste comme je l'ai toujours connue. » Signé : Paula Pleşoianu. Daté : juin 1952.

En me remettant ce livre, elle m'a soufflé à l'oreille : « Maintenant que tu as si bien accompli ta tâche envers Silvia, tu auras le temps de faire plus de sport. Demain je t'attends au club de gymnastique artistique. »

C'est comme ça que ça a commencé. J'y allais tous les samedis après-midi. Voyant que ça me faisait du bien, Maman me laissait faire, ignorant complètement en quoi consistait ce sport. Elle devait m'imaginer en train de faire des gestes anodins, le bras en l'air, un peu de pirouettes, des trucs comme ça. En réalité, je prenais tous les risques. Je m'entraînais comme une forcenée.

Beaucoup de jeunes des pays communistes se sont engagés dans le sport de cette manière, pour échapper au manque de liberté, pour ne plus penser à la situation, devenir des champions. Le régime s'en servait pour sa propagande. Il y avait toujours des concours entre les villes pour savoir qui étaient les meilleurs.

Le jour de ma première compétition, Maman est venue me voir pour assister à mon triomphe. Je l'avais prévenue : « Je suis la meilleure, Maman, tu vas être très fière ! »

Je monte sur le tapis. Je devais faire cette figure, couchée sur le ventre, on redresse le torse, on plie les jambes, on se cambre très fort, jusqu'à ce que la pointe des pieds vienne toucher le sommet du crâne, c'est spectaculaire, c'est vrai, il faut vraiment se casser en deux. Quand Maman m'a vue faire ça, elle a poussé un cri d'horreur qui a résonné dans le gymnase. Tout le monde a ri. J'ai eu honte. J'ai raté mon concours. Mais c'était charmant.

Si j'étais si bonne en gymnastique, ce n'est pas seulement parce que j'étais souple, mais parce que j'avais un plan magique : si j'arrivais à faire ceci, à faire cela, la porte sur laquelle je ne donnais plus de coups de pied allait s'ouvrir, Papa serait là.

J'ai été marquée à vie par l'arrestation de mon père, je crois même que cette épreuve a fait de moi ce que je suis aujourd'hui : une dame de quatre-vingt-trois ans qui parle encore de son Papa qu'elle aime.

Je doutais de tout ce qu'on essayait de me faire croire : qu'il était bien, avec des gens corrects, qu'il mangeait à sa faim, n'était pas battu, pas du tout maltraité. Tu parles.

Un jour, on a appris par l'ami du cousin d'un type qui connaissait un des salopards de la Securitate que Papa avait réussi à mettre tout son baraquement sous ses ordres, il était là-bas comme partout : un Maestro.

Cette nouvelle nous a rendues folles de bonheur… cinq minutes, avant que les vraies questions se posent à nouveau : c'est quoi un baraquement ? C'est où ? Et pourquoi ? La joie suscitée par cette pseudo-information se transforma vite en fausse joie. Plus de nouvelles, s'il vous plaît, terminé, les nouvelles. On veut le voir, c'est tout.

Il y avait, en revanche, de vraies consolations.

Je me souviens par exemple de Petre Roiu, un ouvrier qui avait commencé comme apprenti dans la fabrique de mon père. Il était communiste et syndicaliste et, dans les discussions, il tenait tête au Maestro, mais le Maestro le respectait parce qu'il était très doué et qu'il savait parler aux ouvriers. Et Petre respectait le Maestro qui lui avait tout appris. Il leur arrivait d'ailleurs de faire la fête ensemble quand une commande avait été bouclée et que « la prime pour le travail bien accompli » avait été négociée et versée en bonne et due forme.

C'est lui qui a dirigé la fabrique après « la disparition » de Papa. Car officiellement, il n'avait pas été arrêté, encore moins mis en prison, il avait disparu. Ils étaient tellement hypocrites et menteurs qu'on n'aurait pas été étonnés qu'ils nous parlent des recherches qu'ils faisaient pour le retrouver.

Tous les mois, deux types de la Securitate venaient à la fabrique pour cuisiner Petre. Ils tentaient de lui faire dire des trucs sur Papa, comment il traitait mal ses ouvriers, comment il les frappait, les humiliait, les payait mal, leur parlait mal, bref, tout ce qu'il avait fait de travers, ils cherchaient de quoi remplir le dossier d'accusation pour le procès qui ne manquerait pas de se tenir, le jour où ils l'auraient « retrouvé ».

Personne, aucun des ouvriers, et surtout pas Petre qui avait pourtant eu des prises de bec sévères avec le Maestro, personne n'a témoigné contre lui. C'était même sur ordre de Petre que les ouvriers se taisaient. Chaque fois, les agents de la Securitate repartaient bredouilles.

Je me souviens aussi d'avoir vu les ouvriers pleurer quand des envoyés du ministère de l'Intérieur, chargés de la triste besogne, sont venus démonter les machines allemandes ultra-modernes que Papa avait achetées à grands frais. Ils les ont embarquées, en route pour la Russie. Que des trucs comme ça. Cette forme démocratique de banditisme économique, ils l'appelaient « coopération économique ».

Heureusement que le Maestro n'a pas assisté à ce scandale, on se disait.

J'aurais voulu lui raconter tout ça dans mes lettres, car je lui écrivais, il ne me répondait jamais, évidemment, ce qui fait que je n'avais aucune preuve qu'il était encore en vie, mais je lui écrivais presque tous les jours. Je devais faire lire à Maman ce que j'écrivais et, comme dès le début elle m'a défendu de dire ceci, de dire cela, j'ai fini par raconter que tout allait bien, que j'avais de bonnes notes, que tout le monde était gentil avec nous, ne nous traitait pas en ennemis du peuple. Je ne disais rien de nos malheurs, je n'avais même pas le droit de dire qu'on avait hâte qu'il revienne.

Un an. C'est beaucoup, un an, dans la vie d'une fille de douze ans.

À l'école, s'il est vrai que j'étais toujours la première, comme je le disais dans mes lettres, ça n'était plus pour ça qu'on me regardait de travers : j'étais devenue la fille d'un ennemi du peuple, ce qui me valait quelques crachats, quelques insultes, et beaucoup d'amitiés disparues.

Ce qui me faisait le plus mal c'était de ne pas avoir le droit de porter la cravate rouge des pionnières – l'équivalent communiste des jeunesses hitlériennes –, car je rêvais d'entrer dans cette organisation, en partie à cause de leur uniforme et surtout de cette cravate rouge avec son insigne doré frappé de la faucille et du marteau. Pratiquement toutes mes camarades de classe l'avaient. Même les cancres. Parce qu'elles avaient de bonnes origines : paysans pauvres, ouvriers pauvres. Pauvre, il fallait être pauvre, et fière de l'être, et donc le rester. Mais ça n'était pas dit comme ça. On ne serait pas pauvre puisqu'il n'y aurait plus ni riche ni pauvre. On serait communiste.

Sur les questionnaires-interrogatoires que tous les élèves étaient tenus de remplir chaque mois, à la rubrique profession du père, j'écrivais, comme Maman me l'avait appris : ébéniste. Moi qui étais si fière d'avoir un père chef d'entreprise, un Maestro ! Eh bien non, il fallait en rabattre. Ébéniste. Maman avait beau me dire que l'ébénisterie était l'aristocratie de la menuiserie, ça ne me consolait nullement.

J'étais première de ma classe en questionnaires remplis de mensonges : « Parmi les membres de votre famille ou entourage proche, qui a été emprisonné depuis 1944 ? Où et pourquoi ? » Réponse : personne. « Y a-t-il eu des "disparus" dans votre famille, pendant la Seconde Guerre mondiale ? » Réponse : Non. « Avez-vous de la famille ou des relations à l'étranger ? Où ? » Ça, c'était la question la plus importante. Réponse : Non. « Vos proches possèdent-ils des devises étrangères ? Réponse : Non. « Quelle station de radio écoutent vos proches ? Réponse : Radio România. « Y a-t-il une machine à écrire chez vous ? » Réponse : Non.

Le but n'était pas de nous faire dire la vérité, c'était de remplir un dossier sur nous dans la perspective inévitable qu'un jour, ils l'ouvriraient et nous feraient avouer nos mensonges.

Pour moi, ce questionnaire était une belle façon de recréer ma vie, une vie de fiction, sans problème, une vie pure, propre, une vie de communiste. Si bien qu'à la fin du questionnaire, à la question : « Désirez-vous entrer dans l'organisation des pionniers et pourquoi ? » Réponse : Oui ! Parce que c'est le plus grand honneur accordé aux enfants de Roumanie, l'idéal auquel tout jeune Roumain doit aspirer.

Tous les lundis matin, une cérémonie avait lieu dans la cour du collège. On hissait le drapeau, on chantait l'hymne, et à la fin on poussait le cri de ralliement des pionnières: « Pour défendre la cause de Lénine et de Staline, en avant pionnières. Soyez prêtes ! »

Seulement voilà, je restais au fond de la cour, près des toilettes, en compagnie de quelques réprouvées dans mon genre. Ce qui ne nous empêchait pas de crier avec les autres : « Toujours prêtes ! » Parce que ça nous faisait du bien de voler ce cri à l'unisson, contre la ségrégation et l'injustice ? Un peu comme, toutes choses égales par ailleurs, les résistants du FTP-MOI qui, au moment de se faire fusiller par la police française, criaient encore : « Vive la France ! »

C'est au cours de cette première année de collège, correspondant à la disparition de Papa, que j'ai vraiment appris à mentir. Le mensonge est un des piliers communs à tous les régimes communistes. Je crois que ce sont les communistes qui ont inventé le mensonge, avec toutes ses variantes, de la mauvaise foi à l'hypocrisie, les rois de l'enfumage rhétorique à coups de néologismes. En pays communiste, il faut apprendre à mentir comme ailleurs on apprend à dire bonjour Monsieur, bonjour Madame.

Mentir pour sauver sa peau, celle de mon père, je le faisais avec application, et un sentiment de rébellion qui me réconfortait, l'impression d'agir comme une grande personne. Du coup, j'y prenais du plaisir, devenant dans cette discipline une championne quasi olympique.

Un jour, le pope Chiril, de retour de sa cure de rééducation forcée, s'était comme confié à moi au cours de ce qui était pourtant censé être ma confession : « Le mensonge,

Lena, le vrai mensonge, pas le mensonge des romans, des circonstances, des stratégies amoureuses ou des combines politiques, mais le mensonge de Lena à Lena, celui-là est impardonnable.

— Le mensonge scolaire, père Chiril ?

— Puff ! À ce degré de foutaise, ça ne chatouille même pas les orteils du Seigneur. Et puis il y a des mensonges qui sauvent la vie. Ne te laisse pas abuser par les mots. En chacun d'eux, il y a un autre sens. Si je te dis : “Cette nuit, j'ai vu la lune, elle était noire”, il y a une vérité qui se cache dans ce mensonge.

— Laquelle, pope Chiril ?

— “Cette nuit, j'ai vu la lune.”

— Et pour signer le formulaire, comment je fais ?

— Dieu sait ce qu'il y a en toi. Il éprouve ton courage, il le met à l'épreuve du mal.

— Mais alors ?

— J'ai une astuce, mon enfant : au moment de signer, tu fais une croix avec ta langue, en gardant bien la bouche fermée, comme si tu suçais un sucre d'orge. »

C'est l'arrêt brutal de tout ce qui faisait notre aisance, à commencer par la nourriture, les voyages, les cadeaux, les habits, les sorties au cinéma, au théâtre, Maman est obligée de vendre ses bijoux, ça commence par là. Et ça finit en préparant des repas pour les gens riches. Parce qu'il y a encore des gens riches, ce ne sont plus les mêmes, un terme russe sert désormais à qualifier l'élite de la nation : la nomenklatura. C'est Danel, le frère aîné de Rachel, son amie de jeunesse, qui la met sur cette piste. En souvenir de leur enfance, quand ils habitaient la même impasse de la rue de la Vieille-Foire et fêtaient ensemble Pessah, Pâques, Kippour. Danel avait miraculeusement survécu au camp d'Auschwitz-Birkenau, libéré par l'Armée rouge le 27 janvier 1945. Reconnaissant envers les soviets et le Parti, il était devenu communiste et travaillait à la Securitate. C'est lui qui s'est porté garant en leur faisant déguster quelques gourmandises préparées par Aurora.

Maman a eu vite fait de se monter une clientèle d'apparatchiks en mal d'excellence gastronomique et de marqueur social. Rien de tel que la bouffe pour épater leurs coreligionnaires : « Reprenez un *sarmale*, c'est la femme d'un ennemi du peuple qui nous les prépare. Son mari est un "disparu", c'est encore moins cher.

— Ha ha. »

Aurora pouvait préparer des repas entiers, pâtisseries comprises. Un chauffeur lui apportait en douce les matières premières, vu qu'elle n'avait aucun moyen et pas le droit d'acheter les meilleurs produits, tous réservés à l'élite du Parti, et hors commerce. Une fois les mets élaborés, après en avoir mis un peu de côté pour nous, le chauffeur venait les chercher. Voilà comment elle est arrivée à nourrir très convenablement ses enfants. Tout le monde était content. Les riches étaient servis, les pauvres étaient sauvés.

« Fraternise avec le diable tant que tu n'as point passé le pont », enseigne le proverbe. En fait de fraternisation, c'était plutôt de la servilité. Mais Maman l'avait déjà vécue, elle connaissait le principe. Ce retour aux sources était probablement voulu par Dieu.

Un soir, la porte s'est ouverte. « Me voilà, il a dit, comme s'il rentrait du boulot un peu tard pour le dîner et qu'on l'attendait, impatients de commencer à manger. Me voilà. » Simplement ça. Et il s'est avancé dans la pièce.

Avant toute chose je me suis dit : « Il n'a plus son manteau de fourrure. » Et j'ai pensé à la manière dont ça s'était passé, comment ils l'avaient dépouillé de ce manteau qui devait coûter une fortune. J'ai compris pourquoi ils lui avaient dit de s'habiller chaudement : non pas pour qu'il ait chaud, mais pour lui voler son manteau. J'ai visualisé le moment où ils avaient dû lui retirer les menottes pour lui prendre son manteau, avant de l'interroger, le frapper, et toute la suite…

Je n'ai pas eu besoin de demander aux autres à quoi ils pensaient, à ce moment-là, nous avons tous pensé à la même chose. Le manteau. C'était le symbole.

La soupe était encore chaude. Nous n'osions même pas sourire, de peur de je ne sais quoi. On n'y croyait qu'à moitié. C'était peut-être un autre. Un acteur. Bien sûr que non, c'était lui, mais peut-être qu'il ne nous reconnaissait pas, qu'il n'était pas sûr, lui non plus, de ne pas rêver. La porte s'était ouverte comme je l'avais imaginé, alors que nous étions à table et que la soupe, en effet, était encore chaude. Son assiette à sa place de Maestro où personne, depuis un an, ne s'était assis.

Il avait pris dix ans. Il boitait, il avait rasé sa moustache, ses cheveux étaient coupés très très court. Il avait dû avoir la tête rasée deux mois plus tôt.

« Me voilà, a-t-il répété, car c'est ce qu'il disait depuis toujours pour faire savoir que le repas pouvait être servi. Me voilà. »

Deux mots anodins qui prétendaient nous informer que tout allait recommencer comme avant, que rien n'avait changé, que rien ne s'était passé. Et qu'il se souvenait de tout.

Il a tiré la chaise et s'est assis à sa place de toujours.

Ce silence contredisait les furieuses effusions que nous avions rêvées. C'était probablement une façon d'atterrir en douceur, pour ne pas se faire du mal, dérailler, dire des bêtises. On se guettait, à la fois spectateurs et acteurs de ces retrouvailles privées de mots, juste des regards, mais très courts, car interdiction de pleurer, surtout ne pas sombrer là-dedans, et aussi, à travers ce jeu quasi théâtral, improvisé, immédiatement adopté par nous quatre à l'unisson, dans la complicité de la rage, le devoir de rester dignes, raides, secs, haineux, mais victorieux, plus forts que ceux qui nous avaient salis, humiliés, un an plus tôt, et contre l'injustice de ce qui s'était passé ici, lors de cette soirée de Noël, quand ces flics abjects et profiteurs, ces salopards sans vergogne ni décence, avaient fait irruption ici pour le menotter et nous l'arracher.

On a mangé la soupe, en silence, et je me demande encore qui aurait brisé ce silence si le professeur n'avait pas débarqué, tonitruant : « Excusez-moi, Maestro, mais je n'ai pas tenu ! J'avais du mal à y croire…

— Comme d'habitude, mécréant que vous êtes !

— Alors vous êtes là !

— Je leur coûtais trop cher, professeur, alors ils m'ont laissé partir. »

Et tous de rire. Enfin un son qui sortait de nos bouches. Merci, professeur. « Je leur coûtait trop cher », ce sera l'unique explication qu'il donnera sur son année passée au bagne. Quel bagne ? Où, comment, pourquoi ? Rien, on n'en saura jamais rien. On n'avait pas envie de savoir, la soirée était trop heureuse, pleine d'embrassades, de câlins, des larmes évidemment, et des livrets scolaires à montrer, des petites nouvelles du quartier, les plus petites possible, les plus anodines, comme s'il fallait se bercer pour quelques heures encore de l'illusion que rien n'avait changé, que demain tout allait recommencer comme avant. Mais tout avait changé. Son retour nous obligeait à l'admettre, rien ne reviendrait comme avant, il allait tout de suite falloir nous y faire.

Le Maestro allait devoir accepter que sa femme travaille pour survivre. Ça n'était encore jamais arrivé dans sa famille. Que ses enfants soient considérées comme des parias, marquées au fer rouge comme les filles d'un ennemi du peuple. Nous n'étions plus que ça.

L'autre chose : la fabrique. On lui avait expliqué qu'elle avait été nationalisée, en conformité avec la loi 119 de juillet 1948 mais il n'avait pas encore vu en quoi ça consistait. La gestion de l'entreprise avait été confiée à une SovRom. Société mixte soviéto-roumaine. Il ne l'avait peut-être pas remarqué en entrant, mais il y avait une nouvelle enseigne au-dessus de la grille d'entrée, une enseigne en bois, grossièrement gravée en ces termes : « SovRom n° 23 ».

Pourquoi 23 ? Mystère.

Maman avait eu le temps de récupérer l'ancienne plaque émaillée grand style « Fabrique de meubles d'art Costa Cristu & Fils ».

Les mauvaises nouvelles allaient s'accumuler les jours suivants. Notre maison était réquisitionnée, c'est-à-dire transformée en « habitation communautaire ». Dès la fin de la semaine, nous allions devoir la partager avec un couple de Grecs et leur fils, eux aussi expulsés de leur maison après la nationalisation de leur commerce. Ils allaient occuper la chambre à coucher de mes parents, au premier étage.

Lors de l'inspection des services de la répartition sociale, Maman aura la présence d'esprit de déclarer que les deux autres chambres du deuxième étage étaient déjà occupées par deux anciens apprentis de la fabrique qu'elle avait fait installer là dès le lendemain matin, en catastrophe, sur les conseils exprès d'un voisin à qui la mésaventure était arrivée. Le but, c'était d'éviter qu'ils nous mettent encore des inconnus, car si nous n'étions pas trop mal tombés avec les Grecs, il valait mieux se méfier de la suite : ils pouvaient nous imposer des Russes. Avec les deux apprentis, on était rassuré.

Au bout du compte, il ne nous restait plus que le salon du bas, devenu la chambre à coucher des parents et des enfants, seulement séparés par un magnifique paravent de la fabrique Cristu. La salle à manger était, elle aussi, déclarée espace communautaire, ainsi que les toilettes, la véranda, la salle de bains, le grand hall. Très vite, ces espaces communs allaient être encombrés de quantité d'objets et de provisions qui dégageaient une odeur de plus en plus bizarre, comme un mauvais mélange d'épices éventées, de poussière et de cartons moisis. Le coin de paradis, c'était le jardin. Par miracle nous avions obtenu que la cuisine ne devienne pas commune, car à partir de ce jour, c'est là que nous allions devoir à la fois vivre la majorité du temps, pour manger, pour nous laver dans la grosse bassine en cuivre destinée auparavant à la préparation des conserves pour l'hiver, pour faire nos devoirs pendant que Maman confectionnait les repas d'apparatchiks.

Pour calmer Papa que cette situation rendait malade, Maman devait s'employer à lui rappeler l'essentiel : « Nous sommes de nouveau réunis et en bonne santé, c'est le plus important. Tu as été riche, Maestro, tu ne l'es plus. Si Dieu le veut, tu le seras de nouveau. Et cesse de penser aux Américains. Ils ne viendront plus. » C'était son bréviaire. Et le nôtre.

La conséquence de tout ça, c'est que les mots qui flottaient dans mon esprit, des mots fleuris, nimbés de lumière, étaient maintenant gravés en lettres de feu : partir, fuir vers l'Occident, à Paris.

Tous ceux qui avaient pu atteindre Paris vivaient en liberté. Ils avaient fait fortune du jour au lendemain puisqu'ils envoyaient à leurs parents malchanceux restés au pays des colis pleins de Nescafé, de bas nylon, de lames Gillette, de savonnettes Camay et d'autres produits qualifiés de luxe qu'ils vendaient au marché noir et qui transformaient les destinataires en princes. On reconnaissait les familles chanceuses à leurs vêtements venus d'ailleurs, de l'Occident. On disait qu'ils étaient « habillés de paquets », parce qu'ils avaient reçu des paquets de la poste.

Le goût du luxe chez les Roumains était exacerbé par la prohibition. Moins on y avait droit, plus on en voulait. Certains auraient vendu leur âme, ou leur corps, pour avoir accès à ce monde. Généralement, c'étaient plutôt les femmes qui vendaient leur corps et plutôt les hommes qui vendaient leur âme. Les deux constituant une caste de privilégiés vivant complètement repliés sur eux-mêmes, à part du reste de la population privée de tout et de paquets.

Un marché quasi officiel s'était créé, des magasins d'État vendant des articles de luxe introuvables à des prix exorbitants. Whiskies, parfums, Nescafé, chewing-gums, tous classés « produits nocifs du capitalisme cosmopolite », étaient vendus dans les magasins spéciaux auxquels seuls les membres de la nomenklatura communiste avaient accès. Dissimulées derrière des façades anonymes, ces cavernes d'Ali Baba étaient tout sauf discrètes puisqu'elles étaient gardées jour et nuit par des flics qui nous obligeaient à changer de trottoir pour qu'on ne passe pas devant. Des fois que la folie nous prenne de nous précipiter à l'intérieur, juste pour voir.

On y accédait quand même, virtuellement, à travers des revues comme *Paris Match*, *Vogue*, qui circulaient sous le manteau. On ne les ramenait pas à la maison. On vivait dans la crainte permanente d'une perquisition, et c'étaient des preuves accablantes qui pouvaient du jour au lendemain vous renvoyer au bagne. C'est ce qu'ils avaient réussi à nous faire croire.

Le mot *fosti,* qui désignait les anciens riches d'avant la guerre, est devenu une des pires injures sous le régime communiste. Même ruiné comme on l'était, on est resté des *fosti.* Preuve s'il le fallait que la prétendue lutte des classes imaginée par Marx n'était rien d'autre qu'une lutte des races ripolinée de science sociale.

Après la guerre, et avant son arrestation, Papa avait réussi à nous faire vivre dans une certaine aisance, grâce à la vente des meubles de collection, des bijoux et autres objets de luxe qu'il était devenu inutile et dangereux de posséder et que Maman avait continué de vendre pendant son absence. À présent, il ne nous restait plus grand-chose à vendre. Maman continuait son commerce de traiteur à domicile, mais ça n'était pas régulier. On vivait au jour le jour. L'espoir de la famille, je ne vais pas le cacher, c'était moi. À cause de mes bonnes notes à l'école, j'allais certainement être reçue au Lycée central, le meilleur lycée de la ville, récemment rebaptisé lycée Zoïa-Kosmodemianskaïa, du nom de cette jeune martyre de la guerre, résistante, qui avait accompli maints exploits retentissants comme l'incendie des maisons d'habitation d'un village prétendument occupées par les Allemands. Faite prisonnière, elle avait été torturée sans livrer aucun nom, avant d'être brûlée vive sur la place du village. Elle occupait la première place dans le martyrologe des Soviétiques. Régulièrement, des romans, des pièces de théâtre, des films étaient réalisés sur sa vie et ses exploits. Chaque élève du lycée Zoïa-Kosmodemianskaïa était tenue de connaître par cœur sa biographie, afin de peut-être un jour suivre son exemple. C'était la carrière qui s'offrait à moi : sauver ma famille, et laver mon honneur comme Zoïa Kosmodemianskaïa avait sauvé celui de l'URSS.

Sauf qu'on est venu m'annoncer qu'en l'état actuel de mon dossier, je ne pouvais pas être reçue dans cet établissement. J'étais la fille d'un ennemi du peuple. Une *fostă*, la fille d'un ancien riche. Et en tant que telle, je n'avais droit qu'à une école de la périphérie, médiocre sinon mauvaise, ou à une école professionnelle où je pourrais éventuellement obtenir un diplôme me permettant de travailler à l'usine.

Une fois de plus, c'est le professeur qui a expliqué au Maestro comment s'y prendre. Ça n'était pas glorieux, mais la seule solution, c'était qu'il intègre le « champ du travail ». Qu'il devienne ouvrier.

La pilule a été dure à avaler, mais un beau matin, il s'est habillé dans son costume que Maman avait retaillé car il était devenu trop grand pour lui tellement il avait maigri, et il est allé trouver Petre, le dirigeant du SovRom 23, notre fabrique, pour lui demander du travail comme « ouvrier non qualifié ». Grouillot, en fait. Avec un salaire de grouillot et des tâches de grouillot. Le brave Petre, qui n'était pas dupe, a accepté.

Eh bien, ça lui a plu, à Papa, le boulot de grouillot ! Et même ça l'amusait beaucoup, parce que les ouvriers continuaient de l'appeler Maestro, et lui demandaient sans arrêt conseil sur une pièce de bois à réaliser, une machine qui déraillait. Il faisait son boulot de grouillot expert, se rendant vite indispensable. Il travaillait à la fabrique, pardon au SovRom 23, dès sept heures. À midi, il rentrait à la maison pour déjeuner, faisait la sieste une demi-heure et retournait travailler, et personne ne mouftait. À seize heures, c'était fini, il quittait le boulot en sifflotant comme un prolétaire de base, heureux d'aller rejoindre sa femme et ses enfants. Il n'avait pas loin à marcher.

« J'ai raté ma vocation de prolétaire », disait-il au professeur à qui il racontait toutes les bourdes commises par le pauvre Petre, qui se perdait complètement dans la gestion des stocks.

Mais l'avantage, c'était qu'à présent, sur le formulaire du dossier d'inscription au lycée Zoïa-Kosmodemianskaïa, à côté de mes 5/5 partout, je pouvais inscrire à la rubrique profession du père : « ouvrier ». Et à la rubrique profession de la mère : « femme au foyer ». Le communisme n'en demandait pas plus, avoir des parents pauvres.

J'ai même pu intégrer les pionniers. J'en rêvais moins qu'avant, mais je n'allais quand même pas cracher dessus, ne fût-ce que pour la cravate rouge !

Maman étant née le 5 mars et moi le 7, on avait tout de suite pris l'habitude de fêter nos anniversaires ensemble. Une année c'était le 5, l'année suivante, le 7. Il arrivait même que ce soit le 6. En 1953, Maman allait avoir quarante-quatre ans, et moi quatorze, mais je ne sais pas pourquoi il fut décidé cette année-là que ce serait le 5, un jeudi. Quoi qu'il en soit, qu'on le célèbre le 5, le 6 ou le 7, l'anniversaire d'Aurora consistait surtout à la préparation de la fête de sa fille Lena. Et le repas : l'oie rôtie, la choucroute, et en dessert son fameux, son irrésistible *doboş torta*. En cadeau, elle n'espérait qu'une chose, le 5, le 6 ou le 7 : son bouquet de violettes. Il ne lui avait manqué qu'une seule fois : en 1952. Le Maestro lui en offrit deux.

Nous avions eu droit à des anniversaires autrement somptueux, avant la guerre, le Maestro dépensant sans compter, faisant même venir des *lăutari,* des musiciens. Le champagne coulait à flot et le caviar était servi à la louche et mangé à la petite cuillère. Il n'y avait jamais moins de quarante personnes. Si ce temps-là était révolu, pas question de l'oublier, mais sans se laisser aller à la nostalgie. On n'allait pas leur offrir le plaisir d'une déprime. Si on ne devait vivre qu'un jour par an « à la grande », c'était ce jour-là.

On avait réduit le nombre d'invités et remplacé le caviar par des radis noirs, l'important étant de respecter la couleur. Ainsi, entre mon frère Teo, sa femme, mes sœurs, ma cousine, mes tantes et leurs maris, le docteur et son épouse, mes parents, sans oublier le professeur avec sa femme et son fils, nous étions bien une quinzaine autour de la table. Nous avions prévenu nos voisins : on allait faire un peu de bruit, on allait chanter, etc. Ils pourraient venir partager le dessert, si l'appétit leur en disait.

En dépit des circonstances alimentaires peu favorables, Maman avait réussi à confectionner un repas sensationnel : « C'est toujours ça que les *choloveks* n'auront pas ! »

Papa savait quoi offrir à sa femme pour son anniversaire : des violettes. Pour moi, il aurait voulu pouvoir m'offrir, je ne sais pas, une robe, un bijou, un parfum de Paris à sa fille adorée, mais il avait épuisé ses réserves. Les napoléons, les dollars, tout était parti. Avec le temps que lui laissait son emploi de simple ouvrier dans sa propre usine, à raison de trois heures par jour pendant trois mois, il réussit à sculpter le cadre en bois de rose d'un miroir dans lequel j'étais censée me voir, belle comme la Marguerite du *Faust* de Gounod, mais sans les bijoux. Une reine, voilà comment il me voyait.

C'était une fête joyeuse et triste à la fois. J'étais gênée en voyant toutes ces dépenses, ce travail, ces sacrifices, comme s'il avait besoin de me prouver son amour ! C'était plus fort que lui, et ne pas sauter de joie, ne pas jouer la surprise, la coquette et l'insouciante, eût été lui faire offense.

Alors je riais, je souriais, je m'émerveillais : « Comme c'est joli ! Comme c'est original ! J'en rêvais !

— Tu le mérites, Leniora. »

Voilà que mes aptitudes au mensonge me servaient à gruger ma propre famille, chacun de leurs cadeaux me faisait sentir mal, de plus en plus mal, j'ai vu le moment où j'allais une fois de plus tomber dans les vapes. C'était devenu une habitude, je collapsais comme une diva. Sans doute étais-je une diva. Une vraie diva, de celles qui poussent le chic jusqu'à se sentir mal dans leur rôle de diva.

Pourtant, il s'est passé quelque chose qui m'a fouetté les sangs. Vico, le vieux compagnon de Papa, a fait son entrée et sans faire de manières il a annoncé : « Staline est mort !

— C'est sûr ? a demandé Teo.

— Staline est mort ! » a répété Vico en détachant bien toutes les syllabes.

On s'est regardé, comme on se regarde après la première secousse d'un tremblement de terre, en s'interrogeant du regard : « Tu as senti, toi aussi ? C'est la terre qui a bougé ou c'est moi qui divague ?

— Non, tu ne divagues pas. Staline est mort. »

Certains se sont signés, comme Maman, d'autres ont seulement fermé les yeux, et poussé un long soupir, chacun y est allé de son soulagement avant que les sourires, comme des friselis sur la berge, viennent animer les lèvres, les faire trembler. C'était pour moi le plus beau de tous mes cadeaux d'anniversaire. À la fois tant espéré et inattendu. Et partagé, surtout !

Papa s'est levé. Allait-il faire un discours ? Pour dire quoi ? Rien. Il a respiré un grand coup et il s'est mis à chanter une lente et puissante *rizitika*, le chant des racines et des guerres anciennes de la Grèce. Une lamentation plus qu'un chant. Nous ne l'avions jamais entendu chanter ça. Il n'avait pas chanté depuis son retour du bagne. Ce n'était plus un chant, c'était une libération.

À la fin, et bien que ce chant n'eût strictement rien à voir avec Staline, ni avec le communisme, on aurait pu croire que Costa le Macédonien s'adressait au dictateur défunt, son tortionnaire, à travers ce *De profundis*.

Le chant fut applaudi comme il le méritait. Il nous avait encore une fois émerveillés avec sa voix. Et ce fut un brouhaha de commentaires, d'étreintes, Staline, Staline est mort : que va-t-on devenir ? Qui va le remplacer ? Les Russes vont-ils partir ? Les Américains vont-ils débarquer ? On trinquait à la mort, à la libération, le ton montait avec le taux d'alcoolémie, et il montait dans les aigus des opinions politiques plus ou moins unanimes, tout ce qui ne s'était encore jamais dit avec nos voisins grecs qui en avaient gros sur la patate, eux aussi, ça sortait, on ne s'entendait plus refaire le monde. C'était un moment merveilleux, comme les prémices de quelque chose d'enfin possible qui allait se passer... C'est moi qui, la première, ai vu apparaître ce visage au carreau de la cuisine, je l'ai reconnu, mon sang s'est figé.

« Madame Veta ! » j'ai hurlé.

Madame Veta, c'était la camarade chargée du contrôle des habitations de la rue Episcopul-Radu, entre les numéros 1 et 31. Sa mission hautement patriotique consistait à nous surveiller. Elle notait nos agissements et les rumeurs, parfois les paroles qu'elle arrivait à surprendre malgré la méfiance dont elle était l'objet de la part des habitants. C'était une personne redoutable qui avait déjà fait envoyer plusieurs personnes au bagne, et une famille entière, pour trois fois rien, pour se faire bien voir de sa hiérarchie, comme ça se passe toujours : la plupart des indics ne sont pas foncièrement méchants, ils ne feraient eux-mêmes pas de mal à une mouche, mais il faut bien qu'ils justifient leur salaire vis-à-vis de leur supérieur hiérarchique, lequel avait lui aussi un quantum d'arrestations à fournir.

Madame Veta avait le droit de débarquer chez les gens à n'importe quelle heure du jour et de la nuit. Et c'était un petit plaisir que cette ancienne domestique s'accordait au moins une fois par semaine.

Papa est allé ouvrir la porte : « M'am Veta ! Quel bon vent vous amène ? Entrez donc ! Asseyez-vous et prenez un verre avec nous. »

Il lui parlait sur le même ton paternaliste qu'il employait jadis, quand elle faisait la bonne chez les Coman, une famille d'à côté dont elle avait réussi à faire déporter la moitié des membres.

« Alors comme ça, on fait la fête chez les Cristu ?

— Eh oui, M'am Veta, c'est la fête. Asseyez-vous donc. Vous allez goûter au gâteau d'anniversaire. Quand il y en a pour quinze, il y en a pour seize.

— Un gâteau d'anniversaire ? Et c'est l'anniversaire de qui ?

— De moi, avons-nous crié, Maman et moi, d'un seul élan.

— Ma fille Lena et mon épouse Aurora sont nées respectivement le 5 et le 7 du mois de mars. Pour des raisons de commodité, et d'économie, on regroupe : une année le 5 mars, l'année suivante le 7. Je vois que vous avez du mal à me croire, M'am Veta. Je vais vous montrer leurs cartes…

— Non non, ça va, je vous crois sur parole. Alors, comme ça, vous ne savez vraiment pas ce qui se passe ?

— Quoi ? Les voisins protestent ? On les a bien prévenus, pourtant.

— C'est pas ça.

— C'est quoi, ma p'tite dame ?

— Arrrhh ! Je ne suis pas votre petite dame, Maes… Monsieur Cristu ! Pas votre p'tite dame. Je ferai mon rapport !…

— Certainement, Madame Veta. Mais un rapport sur quoi ?

— Il n'y a véritablement personne, parmi vous, qui sache ce qui se passe ? »

Nous nous sommes tous regardés les uns les autres, feignant de nous interroger du regard pour savoir si l'un d'entre nous savait ce que nous étions censés savoir mais que nous ne savions pas. En même temps, elle parlait au présent, alors qu'elle aurait dû parler de quelque chose qui s'était passé. Est-ce qu'il était réellement en train de se passer quelque chose qu'on ignorait, à la suite de la mort de Staline ? Une révolution partout dans le monde communiste ? Ou alors elle considérait que la mort de Staline était encore en train de se passer, qu'il n'en finissait pas de mourir, qu'il serait toujours, éternellement en train de mourir ?

« Allez-vous enfin nous dire ce qui se passe, M'am Veta ? »

Non. Elle ne pouvait pas. Les mots ne pouvaient sortir de sa bouche. C'était trop douloureux. Alors, en guise de réponse, elle s'est dirigée de son pas d'adjudant vers notre gros poste de radio Philips qui trônait sur la commode et que, dans notre joie débordante, nous n'avions pas pensé à allumer. Et pour cause : pourquoi aurions-nous gâché ce précieux moment de liesse familiale en écoutant les mensonges officiels de la propagande nationale ? Staline était mort, nous le savions, nous savions très bien quoi faire de cette nouvelle. Et cette peste bubonique ambulante était en train de gâcher notre joie.

Théâtrale jusqu'au bout, elle a posé la main sur le bouton de la radio, et s'est tournée vers nous pour poser encore une fois la question :

« Vous ne savez pas le grand malheur qui vient de frapper les peuples du monde ? »

Et tous comme dans un chœur à l'unisson :

« Mais non !

— Je ferai une enquête, vous savez, je finirai par le savoir. Vous feriez mieux de me le dire maintenant. Le mensonge ajoute au crime de la préméditation.

— De quoi parlez-vous, Madame ? dit mon père en changeant de ton. Ça suffit, maintenant, dites-nous de quoi il s'agit au lieu de nous accuser d'un crime qu'on ignore !

— Que vous ignorez… que vous ignorez… Je n'en suis pas si sûre. Mais bon… »

Sans nous quitter des yeux, pour observer notre réaction, d'un geste solennel et plein de responsabilité, elle tourna le bouton de la radio.

La musique, c'était la *Marche funèbre* de Chopin, mais dans sa version orchestrale, celle qui vous met la chair de poule à tous les coups. Et d'une lenteur ! D'une lenteur ! Les cors marquaient le drame sur un tempo de pachydermes, bam.. bam.. babam… un quadrige d'hippopotames flemmards montant vers le cimetière, traînant le plus lourd des catafalques de l'histoire.

« Quelqu'un est mort ? s'inquiéta Papa.

— Taisez-vous, Maestr… Silence ! Recueillement ! Profonde tristesse ! Profonde, profonde tristesse, Monsieur Cristu ! »

On s'est donc tu. On a profité de ce requiem à contresens, prenant des mines défaites, tragiques. Jamais une grande joie n'aura été accompagnée d'une mélodie aussi lugubre.

On a attendu la fin. La dernière note fut suivie d'un long, très long silence, un silence comme on n'en entend pas à la radio, un silence qui n'en finissait pas. C'était vraiment la version orchestrale du silence radio, avec ses minuscules craquements de chaise, imperceptibles soupirs, inaudibles froissements de tissu, une symphonie du silence, on sentait l'immensité du studio, car c'était en direct, aucun doute, ça s'entendait, tout l'orchestre était là, attendant comme nous, comme le monde communiste dans son entier… Est-ce que quelqu'un allait parler ?

Madame Veta se tenait près du poste, raide, immobile. Recueillie jusqu'à la transe, les yeux fermés, elle était entrée en elle-même, en son mensonge mystique, mon Dieu comme elle jouait bien, elle incarnait à mort, ses lèvres en frémissaient, allait-elle prendre la parole, la fliquesse de la rue Episcopul-Radu, cette petite kapo maléfique ?

« Vous avez compris ? a-t-elle fini par dire.

— C'est impossible, a gémi Papa.

— Le camarade Staline, a-t-elle lâché dans un souffle d'agonie qui tenait du chuintement de vesse-de-loup crevée… le camarade Staline nous a quittés.

— Oh, mon Dieu, a surjoué Maman en se signant.

— Mince alors, a persiflé le professeur.

— Si on s'attendait, a failli pouffer de rire Alina.

— Quel malheur, j'ai dit en me tournant vers Maman, le jour de notre anniversaire ! »

C'est alors que la musique a repris depuis le début : bam… bam… babam… Ils n'avaient que ça à dire, bam… bam… babam… Chopin en boucle. Et par-dessus la *Marche funèbre*, le speaker encore plus funèbre, car c'était possible, a pris la parole pour informer ceux qui n'auraient pris l'antenne que maintenant : « Le camarade Staline est mort. » Je ne pourrais pas relater les termes de son dithyrambe, je ne me souviens que des pauses qu'il mettait entre chacune de ses phrases, des pauses d'une longueur démente, des pauses staliniennes, du communisme à l'état pur.

« Noyons notre chagrin », a dit Papa en tendant un verre de murfatlar à M'am Veta la fliquesse, dont il savait qu'elle n'attendait que ça, en réalité.

Le gorgeon l'amadoua : « On était venu m'informer qu'on chantait chez vous. J'étais obligée de venir.

— Vous avez bien fait.

— Bon anniversaire à vous deux.

— Quel triste jour !

— Faut que j'y aille », elle a dit.

Mais aussitôt sortie, Maman l'a rattrapée dans l'allée : « Je ne voulais pas que les autres me voient. Mais tenez, c'est pour vous. C'est du meilleur, a précisé Maman en lui collant deux bouteilles de notre meilleur murfatlar.

— Fallait pas, Madame Cristu. »

N'empêche qu'elle a vite glissé son bakchich en liquide sous son manteau. De telle sorte que Maman a pu lui demander, pour le rapport, ce qu'il en serait.

« Il n'y avait rien de suspect. Et pour le chant, je vais dire à Belu que ça ne venait pas de chez vous. L'histoire de l'anniversaire, il ne va pas la gober. Vous en faites pas.

— Merci, M'am Veta, que Dieu vous protège.

— Arrêtez donc avec vos bigoteries ou je vous colle un signalement ! »

Et les deux femmes de rire de bon cœur.

Pendant trois jours, le monde communiste a gémi et sangloté sur la mort de Staline. « Deuil pour tous les peuples qui expriment, dans le recueillement, leur immense amour pour le grand Staline », titrait *L'Humanité*. Comme si, après avoir sali le nom de Jaurès, son fondateur, il avait fallu qu'ils poussent l'ignominie jusqu'à faire l'éloge du plus grand criminel de l'humanité.

À la mort de Staline, les communistes du monde entier étaient sonnés, désorientés, comme s'ils se retrouvaient soudain à la rue, à la recherche d'un nouveau foyer, d'un nouveau guide, d'une nouvelle ligne. En Roumanie, Gheorghiu-Dej sut saisir cette occasion pour se débarrasser d'Ana Pauker, s'émanciper de l'influence de Vychinski et prendre le pouvoir en l'exerçant seul, à la stalinienne.

Quant à moi, je ne sais pourquoi cette mort rendait la possibilité d'un départ plus accessible et impérieuse. Je savais maintenant que je voulais aller à Paris et nulle part ailleurs ; mais enfin, si se présentait l'opportunité de m'enfuir dans un autre pays libre, Angleterre, Italie, et pourquoi pas l'Amérique, je n'allais pas laisser passer ma chance. Une fois là-bas, il serait plus simple, alors, de gagner la France. Et Paris.

J'avais peut-être un moyen d'y arriver, grâce au sport. Au moment de l'arrestation de mon père, Mademoiselle Pleşoianu, ma prof de gym, m'avait encouragée à venir plus souvent au gymnase afin de m'entraîner « sérieusement ». Je m'étais mise à pratiquer la gymnastique avec la même obstination que jadis la prière et la dévotion à la Sainte Vierge. Ce qui était plus enrichissant physiquement, mais aussi plus sain intellectuellement.

Le retour de mon père après une année de prison ne m'a pas détournée de cette nouvelle passion, au contraire, j'en ai fait encore plus. Deux fois, trois fois par semaine et jusqu'à quatre heures d'entraînement d'affilée pour préparer les concours. Sans la présence de Maman, de préférence. J'aimais ça, c'était dur, et je trouvais ça facile d'être dure envers moi. Plus c'était dur, plus je voulais que ce le soit. Une drogue, ai-je appris plus tard, mais sans aucune substance autre que celle produite par mon cerveau obsédé. En moins de deux ans, je suis passée de bonne gymnaste à excellente gymnaste. Et l'idée a pris corps que je pourrais, à la faveur d'un championnat international de gymnastique, voyager dans un pays libre, et y rester.

J'ai tout fait pour taper dans l'œil des responsables de la sélection des équipes nationales. Et j'ai réussi, avec mes performances, rien d'autre, je le jure. Ma motivation était immense. Je remportais tous les concours régionaux de ma discipline, la gymnastique au sol, et pourtant, je n'étais jamais sélectionnée pour représenter mon pays, pas plus en Russie qu'en Allemagne. Et ne parlons pas de la France. Je voyais des filles que je savais moins bonnes que moi revenir des championnats avec des médailles, je ne comprenais pas. Ou trop bien.

Un jour, prenant mon courage à deux mains, je suis allée trouver Mademoiselle Pleşoianu pour lui demander ce qui se passait.

Elle m'a confirmé ce que j'avais deviné : c'était à cause de mon père, ancien chef d'entreprise, incarcéré, et à cause de mon frère évadé à l'étranger, je ne pouvais pas représenter mon pays à l'étranger. J'avais voulu entendre Mademoiselle Pleşoianu me le dire, eh bien voilà, elle me le disait, inutile de pleurer. Mais à ce moment-là, pour la première fois de ma vie, je me suis surprise à en vouloir à mon père et à mon frère qui étaient en train, me disais-je, de gâcher ma vie.

« Qu'est-ce que je peux faire ? » j'ai demandé à Mademoiselle Pleşoianu.

C'était vingt ans avant l'épopée de Nadia Comăneci. La gymnastique n'était pas encore ce sport national qu'il est devenu grâce à elle. Mais les autorités avaient déjà ce projet de soumettre les jeunes sportifs les plus prometteurs à des expérimentations pharmaceutiques poussées jusqu'à la manipulation hormonale. Ils ne reculaient devant rien pour flatter le nationalisme des populations communistes. Il leur fallait juste trouver les bons cobayes.

À ma question désespérée, Mademoiselle Pleşoianu a répondu très calmement par une alternative : « Lena, ma chérie, tu es une excellente gymnaste, tu y prends plaisir, ce que tu fais est beau, élégant, tu es parfaite.

— Alors ?

— Alors… La question est simple : est-ce que tu veux devenir une super championne, remporter des médailles olympiques, être célèbre dans le monde entier… ou devenir une jolie femme, avec un beau corps comme le tien, harmonieux, avec un esprit sain comme tu l'as ?

— Je ne peux pas avoir les deux ?

— Non, Lena. »

Elle ne pouvait pas m'en dire plus, et ça me suffisait, j'avais compris.

De la salubrité de mon esprit ou de l'intégrité de mon corps, je ne sais pas ce qui m'est apparu le plus précieux, mais en décidant de préserver l'un et l'autre, j'ai vu la voie sportive censée me conduire à Paris se fermer avant même d'avoir été ouverte.

Entre la gloire et la santé, j'avais donc fait mon choix, grâce à Mademoiselle Pleşoianu. Tant pis pour les médailles, je resterais une vraie et jolie jeune fille en bonne santé.

Ce qui m'épargnait l'enquête minutieuse et impitoyable sur mes origines. J'aurais certainement eu du mal à passer à travers les mailles du filet.

Les lycées mixtes n'existaient pas, en Roumanie, à cette époque. Kosmodemianskaïa était un établissement de filles, exclusivement de filles. Les garçons et les filles ne se rencontraient jamais, et si par malheur un professeur ou un instructeur de la Jeunesse communiste apprenait qu'une élève flirtait avec un garçon à la sortie des classes, elle passait tout de suite en conseil de discipline. À l'issue du procès, s'il s'avérait que oui, le garçon avait embrassé la fille dans le cou, le Parti s'en mêlait, et la sanction pouvait aller jusqu'à l'exclusion de l'établissement pour la malheureuse qui finirait ses jours à l'usine: plus question de poursuivre ses études.

Cette règle était certainement la seule que ma mère approuvait sans réserve. Cette règle était très stricte, sévère, mais juste… et impossible à faire respecter, évidemment.

Les filles du pensionnat escaladaient le mur du lycée au niveau du garage à vélos, et se laissaient tomber de l'autre côté, dans les bras des garçons. Le reste se passait dans les bosquets du parc qui entouraient opportunément le lycée. Le lendemain, en échange d'un devoir de maths ou d'un paquet de bonbons, l'aventurière pouvait monnayer le récit de ses frasques nocturnes auprès des moins audacieuses. Elle devenait une vraie star. Elle savait pouvoir compter sur la discrétion de ses camarades. Rien de ce qui était bon n'était autorisé, ce qui se faisait malgré tout revêtait une saveur particulière, le sel de l'interdit, du clandestin. Les transgressives n'étaient pas toujours attrapées, et les prudentes, celles qui respectaient toutes les lois, n'étaient pas forcément épargnées par la répression, surtout si leurs origines étaient douteuses. C'était le règne de l'arbitraire.

Avec des moments de grâce…

Un matin, notre nouvelle professeure principale, la camarade Ilie, remplaçante de ma chère Mademoiselle Pleşoianu, entra dans la classe en compagnie de Zu-Ghe-Chun, une fille qui avait sans doute notre âge, mais très différente. Une Coréenne. La camarade Ilie de nous la présenter : « Nous recevons parmi nous Zu-Ghe-Chun qui a perdu tous les siens sous les bombes des impérialistes américains. Notre Parti l'a prise sous son aile protectrice. Le devoir de chacune d'entre vous est de l'aider pour qu'elle retrouve dans notre famille socialiste le goût de vivre et de travailler. À tour de rôle, chaque dimanche, vous l'inviterez à déjeuner chez vous. Elle ne doit pas rester seule à l'internat alors que toutes les autres élèves partent dans leurs familles. Vive le Parti communiste. Vive l'Union soviétique. Vive l'amitié entre les peuples frères ! »

On ne disait plus « Vive Joseph Staline ! » C'était un progrès.

La camarade Ilie prenait sa mission très au sérieux et nous a invitées à applaudir cette nouvelle recrue, ce que nous avons fait avec enthousiasme car nous trouvions passionnant de nous occuper d'une petite Coréenne martyrisée par les impérialistes américains.

Depuis 1950 la guerre de Corée aiguisait le conflit Est-Ouest. Alors que la presse se déchaînait contre l'agression américaine, à la maison, cette guerre du bout du monde nous était passée complètement au-dessus de la tête. Nous ne nous sommes rendu compte de l'affaire qu'après la fin des combats. Les deux Corée, séparées par le 38e parallèle, ruinées par trois années de guerre civile, s'étaient retrouvées avec une multitude d'orphelins. La Corée du Nord, tombée dans la « zone d'influence soviétique », fit cadeau aux autres pays frères d'un grand nombre de ces petits malheureux. Les Russes adorent déplacer les populations, toujours au nom de la solidarité socialiste entre les pays frères, sous tutelle du grand frère russe.

Zu-Ghe-Chun venait d'arriver en Roumanie et ne parlait pas un mot de roumain, ni d'anglais, rien. Un mur linguistique nous séparait. Quand la classe s'est mise à applaudir, elle a suivi le mouvement, ne semblant pas comprendre que c'était elle qu'on applaudissait. Nous nous sommes toutes précipitées pour la serrer dans nos bras, la consoler de tous ses malheurs et lui assurer qu'on serait toujours là pour elle. Sans que ses traits n'expriment quoi que ce soit, de petites larmes ont perlé à ses paupières, ça nous a fait penser qu'elle était émue.

Comme première de la classe, j'ai été désignée pour l'inviter à la maison. « Toujours la même ! » râlaient certaines. Ben oui, grosse flemmarde, t'as qu'à mieux faire tes devoirs.

Donc, le dimanche suivant, comme convenu, Papa et moi sommes allés chercher Zu-Ghe-Chun au lycée Zoïa-Kosmodemianskaïa. C'est Monsieur Goga, l'administrateur de l'établissement, qui nous a ouvert le portail : « La petite Coréenne vous attend depuis ce matin, elle est prête, je vais vous la chercher. »

Zu-Ghe-Chun arrive, très heureuse de nous voir : « Bonjour, *camarades* ! » Elle avait eu le temps d'apprendre ça, sans savoir exactement ce que ça voulait dire.

C'est là que Papa a demandé à Monsieur Goga : « La salle des professeurs… elle est toujours là ?

— Vous voulez la voir ? »

Il nous a fait entrer. Depuis deux ans que j'étudiais dans cette école, je n'étais jamais entrée dans la salle des profs. Seules les élèves qui passaient en conseil de discipline avaient droit à cet honneur. C'était extraordinaire : les murs étaient entièrement recouverts de boiseries, tout le mobilier, sièges, bibliothèque. Et la table : la même que celle qu'il avait dans son bureau, avec les pieds en forme d'atlante. « Leniora, ma chérie, baisse-toi, m'a demandé Papa. Regarde, là, sous la table. » Je me suis accroupie. J'ai regardé sous la table. « Tout en haut du pied. Tu vois la gravure ?

— Oui.

— Qu'est-ce que tu lis ? »

Il était écrit, gravé au feu, sculpté dans le bois : *Fabrique de meubles Cristu & Fils 1928*. Tout sortait de la fabrique Cristu.

Maman ne se gênait pas pour me dire combien elle me trouvait belle. Elle était fière de moi. J'étais parfaite, son miroir enchanté. Et j'étais heureuse de réaliser tout ce qu'elle n'avait pas pu faire. Heureuse pour moi, heureuse pour elle, et insouciante de celle qui vivait de plus en plus mal tout ce bonheur : ma petite sœur Alina. Je ne voyais pas le problème, nous étions chacune à notre place. Là où notre destin respectif nous avait placées.

Soucieuse de la santé de ses filles, Maman nous cuisinait des plats diététiques. Maman veillait aussi sur mes cheveux « blond vénitien » qu'elle lavait avec toutes sortes de décoctions savantes, mais économiques.

Elle économisait aussi les bons de rationnement pour les textiles, au besoin elle les rachetait aux voisins afin de pouvoir se procurer les tissus nécessaires à la confection de robes pour ses filles, au goût du jour et à la hauteur de nos précieuses personnes.

Ma mère me regardait enfiler cette robe et s'émerveillait chaque fois de voir avec quelle grâce je la portais.

« Tu es bénie de Dieu », résumait-elle.

Alina protestait contre ce favoritisme. Je lui fis un jour la démonstration qu'elle se trompait en lui cédant le tissu qu'elle croyait supérieur. La robe faite, c'était encore moi la plus élégante. Pourquoi ? Parce que la vie est injuste, probablement.

Soixante-dix ans plus tard, j'ai l'impression que ma sœur cherche encore à me faire payer le mal que je n'ai jamais cherché à lui faire. Je comprends aujourd'hui sa jalousie, j'ai conscience de lui avoir pourri la vie, mais je ne vois pas comment j'aurais pu l'éviter. Avec le temps, j'ai fini par comprendre et par accepter que ma sœur m'en voudra toujours d'avoir été, pendant notre enfance, la préférée de notre mère.

Le plus difficile pour Alina, ça devait être le dimanche, quand elle me voyait, toute fringante au bras de mon père qui m'emmenait promener, à pied, jusqu'aux lacs, dans les quartiers chics de Bucarest. Nos promenades étaient devenues une tradition depuis l'époque de notre exil à Vrăneşti. Pour moi, qu'il s'agisse de ramasser des champignons, apprendre le nom des oiseaux ou le nom des architectes qui avaient construit les immeubles des beaux quartiers, ça ne faisait aucune différence, j'étais au bras de mon père. Place Romană, nous passions sous les « peupliers en nombre impair » rendus célèbres par le poète Eminescu :

Souvent je suis passé amer
Devant les peupliers en nombre impair
Tous tes voisins m'ont aperçu
Toi, tu ne m'as même pas vu...

Ce poème avait été repris dans une chanson très populaire à l'époque, et Papa la fredonnait à l'approche de ces arbres mythiques. J'en avais les larmes aux yeux.

« Ne pleure pas, petite princesse, ce n'est que de la poésie. L'amour doit rendre les gens heureux. Regarde, nous on s'aime et on est heureux. »

« Nous on s'aime », voilà les mots sans lesquels notre promenade eût été imparfaite. Ses récits du temps passé étaient parfois interminables. Cependant, à un certain moment, il se taisait, et là je savais de quoi il ne parlait pas et quel souvenir interdit le hantait. Je n'osais pas l'interroger, j'aurais voulu et en même temps je ne voulais surtout pas savoir, il me suffisait de respecter le tabou de son année de bagne. Sans doute craignait-il, de son côté, d'apprendre combien cette absence m'avait coûté.

En vérité, il nous suffisait de continuer de marcher du même pas, dans ce silence complice, avant qu'un autre sujet de conversation surgisse pour refermer la plaie.

Le passage obligé, c'était l'école, mes études. Il ne manquait jamais de me féliciter pour mes bonnes notes, me complimentait pour mes petits exploits sportifs, ma coiffure, ma robe. Il trouvait que je me tenais très bien, insistant sur l'importance de l'élégance, pour la jeune femme que j'allais bientôt devenir. Quand il m'interrogeait sur la carrière que j'envisageais, je croyais lui faire plaisir en disant médecin. Il n'y avait rien de plus prestigieux. Mais rien de moins envisageable pour la fille d'un ennemi du peuple.

« C'est très dur, tu sais, la vie de médecin. Pas seulement le travail, les études, mais d'être perpétuellement en contact avec le malheur, la mort. »

Ce à quoi Maman ajoutait : « Ça n'est pas un métier de femme. » La boucle était bouclée comme le sac où on enferme les chatons avant de les jeter à l'eau. Le chagrin les emporte.

« Maman, est-ce que vous savez l'âge que j'ai ?

— Je crois m'en souvenir, oui.

— Bientôt seize ans !

— Qu'est-ce que tu veux me dire ?

— Arrêtez de vous faire du souci pour moi, je peux me débrouiller toute seule. »

Elle m'empêchait de prendre le tramway toute seule, de peur que je me fasse bousculer par la foule.

« Vous ne pouvez pas continuer de me couver comme si j'étais toujours un bébé.

— Tu verras quand tu seras mère, combien c'est dur. Même à cent ans, ton enfant restera toujours ton enfant.

— Maman, je trouve que vous m'aimez trop.

— On n'aime jamais assez une fille exceptionnelle comme toi. »

Elle avait toujours le dernier mot. J'étais consciente des efforts qu'elle faisait pour m'épargner le plus possible les misères de la vie de tous les jours. Je lui en étais reconnaissante. Mais ses craintes injustifiées m'agaçaient. Ce qui n'empêchait pas la complicité et la confiance entre nous.

Nous n'étions plus riches comme avant, l'avenir était bouché, mais elle tenait contre vents et marées à élever ses filles comme des princesses.

Elle ne pouvait pas concevoir que j'aie la vie de toutes ces malheureuses qui couraient du matin au soir, épuisées par des horaires de travail insensés, des réunions inutiles et des queues interminables pour se procurer le moindre morceau de pain. Je devais continuer mes études, apprendre les bonnes manières, comme ça quand l'occasion se présenterait, je serais prête.

Je ne cherchais pas à savoir quelle forme pouvait prendre l'« occasion » dont elle parlait, je me doutais quand même que ce devait être un homme, si possible beau, intelligent et riche.

J'allais enfin la décevoir sur un point.

Pour une fois, Maman avait accepté de m'envoyer seule en vacances, chez son frère Vlad, à Ochiuri. C'était une ancienne concession américaine à proximité des puits de pétrole, bâtie avant la guerre pour accueillir les cadres supérieurs de cette industrie si prospère à l'époque. Ce petit havre de paix, épargné par la guerre, était devenu une sorte de cité idéale pour les privilégiés du régime. Ils étaient logés dans des villas qui bénéficiaient de tout le « confort capitaliste » : terrains de tennis, patinoire, golf, gymnase, stade, piscine, on passait même des anciens films américains dans les salles de cinéma. Le plus surprenant étant que tous ces équipements étaient en parfait état de marche, propres et bien entretenus. Dans ce pays où tout avait tendance à tomber en ruine, faute d'entretien. Je n'avais jamais vu autant de luxe de ma vie, c'était proprement féerique.

Après ses exploits face à la Garde de fer, Vlad junior poursuivait sa belle carrière dans la nomenklatura locale.

Directeur administratif de ce paradis cosmopolite, il logeait dans une luxueuse villa entourée d'un immense jardin.

Je me suis demandé ce qui m'avait valu cette invitation, moi qui n'étais plus que la fille d'un ennemi du peuple. Une déclassée. Je n'avais jamais eu ni de bonnes ni de mauvaises relations avec lui. Tout nous séparait.

Plus tard, j'ai appris que pendant la guerre, à une époque où mes parents étaient riches, ils avaient sorti Vlad junior de l'embarras dans lequel il s'était mis en jouant au poker, toutes les actions de son entreprise y étaient passées. La roue avait tourné, c'était maintenant lui qui avait les moyens et nous qui étions dans la mouise. Sauf que Papa n'avait pas joué au poker avec les types de la Securitate.

Toujours à l'affût d'une bonne « occasion », Maman avait accepté pour moi l'invitation de son frère à passer des vacances dans son paradis artificiel, essayant de me faire croire qu'il tenait ainsi à montrer sa reconnaissance.

Dès mon arrivée, j'ai compris que les vacanciers du lieu ne partageaient pas que des idéaux marxistes-léninistes. Les heureux élus semblaient sortir d'une sélection génétique : ils étaient tous beaux, sveltes, blancs, en très bonne santé, et de bonne origine.

J'étais parmi les plus jeunes, mais certains avaient vingt-cinq ans. Le plus déroutant, c'était leur complicité. Ils avaient l'air de tous se connaître, ce qui était vrai en partie, ils parlaient la moitié du temps en anglais, par snobisme, et leur conversation se résumait à des propos de connivence, ponctués de blagues convenues. Ils venaient d'un autre monde, et ce n'était pas une apparence, la plupart ayant fait des séjours ou carrément vécu à l'étranger en tant qu'enfants de diplomates, de scientifiques, d'artistes ou de fonctionnaires du régime.

Je me sentais intruse, inutile de le préciser, mais aussi fermement décidée à n'en rien laisser paraître, et à profiter à mort de la superbe piscine, du tennis, des promenades à bicyclette, et des invitations que les uns et les autres se lançaient dans leurs villas respectives, étrangement abandonnées par les parents, et toutes équipées d'un *mag*, un magnétophone, appareil rarissime à Bucarest. Les bandes enregistrées offraient des musiques totalement inouïes à mes oreilles. Je ne savais pas qu'elles étaient interdites, mais je l'ai compris très vite tant ils s'amusaient de cette transgression, en toute impunité. Ils rivalisaient d'érudition en matière de rock'n'roll et de be-bop.

Ça ressemblait à Paris, ce Paris imaginaire où je me préparais toujours plus intensément à partir un jour. J'en arrivais à considérer ce séjour comme un stage préparatoire à ma vie parisienne. Ça ressemblait tellement à la liberté. En tout cas, on dansait. Be-bop, charleston, boogie-woogie, c'étaient comme des parodies de danse, des transgressions stupéfiantes. Mais grâce à mes capacités corporelles, que j'avais continué d'entretenir, je m'y suis mise rapidement, causant même une certaine sensation. J'étais invitée à toutes les soirées. La gymnastique ne m'avait pas permis de remporter des médailles à l'étranger, mais pourquoi ne pas devenir la reine du rock'n'roll ?

Je ne me suis pas évanouie le soir où j'ai goûté pour la première fois du chewing-gum, mais je dois à la vérité de dire que j'en ai eu les larmes aux yeux.

Les premiers flirts aperçus ici et là, dans les couloirs, entre deux portes, ne m'ont pas trop surprise, je m'y attendais : ils s'embrassaient, se serraient, se pelotaient, leurs mains avaient des audaces insensées, j'en fus tellement affolée que je préférai m'enfuir, la première fois, les joues en feu. La deuxième fois, je restai pour regarder. La troisième, je m'approchai, la quatrième fut la bonne : à mon tour d'être non pas embrassée, pas si vite ! mais abordée, touchée, et regardée avec cette expression de désir, de malice, encore un peu trop forte pour moi ; l'idée d'un baiser était devenue possible.

Il s'appelait Valentin. Il m'avait invitée au cinéma et de toute la séance ne m'a lâché la main que pour me caresser doucement le bras, à plusieurs reprises, sept fois, je les ai comptées. Sept fois comme les sept péchés capitaux. Je ne me souviens plus du film en lui-même, mais je l'ai trouvé excellent. Et même « génial », comme le déclara Valentin en sortant du cinéma. Je ne savais pas qu'un film pouvait être « génial », mais j'étais d'accord, c'était ça : génial !

À l'entracte, il me prit dans ses bras, avec une sorte de brutalité exquise, maladroite, puis il m'a embrassée sur la joue ! J'avais toujours beaucoup aimé le cinéma, mais là, c'était une révélation, je comprenais enfin pour quel usage, en réalité, avaient été inventées les salles obscures.

Le second film était encore plus génial, plein de cris, de coups de feu, d'explosions en tous genres, un film de guerre, russe, dont je n'ai pas vu une seule image, sinon en reflet agité sur le doux visage de Valentin quand nous reprenions notre souffle avant de nous embrasser de nouveau.

De retour à Bucarest, j'ai continué d'aller avec des garçons, notamment avec Basil Tomos, le cousin de mon amie Isa. Il se trouvait que Basil était le fils de Madame Tomos, l'institutrice de ma sœur. Or ma mère admirait cette enseignante qui élevait toute seule son fils et sa fille, son mari ayant été emprisonné au même moment que Papa. Pour des raisons similaires.

La différence, c'est que Monsieur Tomos n'était pas revenu. Il était déclaré « disparu » depuis bientôt six ans. Manière de dire qu'il était mort. Ils l'avaient tué.

Basil avait quatre ans de plus que moi, c'était un étudiant brillant, un exemple de maturité et de sérieux. Il finissait ses études à l'école polytechnique. Grand sportif, il jouait dans une équipe de rugby comme « trois-quarts aile ». Rien que ces mots, « trois-quarts aile », ça me faisait rêver. À l'époque, en Roumanie, rugbyman c'était le top. Beaucoup mieux que footballeur. Ces aristocrates du sport étaient tous diplômés, et se retrouvaient ingénieurs, médecins, professeurs, alors que les gymnastes et les footballeurs finissaient dans l'armée, dans la police ou à la Securitate.

Après quelques hésitations, Maman avait accepté que j'aille me promener avec le fils de l'institutrice d'Alina. Sous certaines conditions : je devais impérativement être de retour avant huit heures du soir, c'est-à-dire avant que mon père n'arrive pour le dîner.

Basil devait venir me chercher à la maison vers quatre heures. On traversait le quartier en se tenant loin l'un de l'autre, comme si nous n'étions pas ensemble, pour éviter que les vieilles du coin, toujours en poste devant leurs portails, n'aient quelque chose à se mettre sous la dent.

Aussitôt tourné le coin de la rue Romană, on se prenait par la main, mais sans plus, car nous n'étions pas encore sortis du quartier. C'est à partir de l'église Dichiu que nous commencions à nous sentir en sécurité. Alors seulement, on s'embrassait gentiment. On choisissait des itinéraires loin des moyens de transport en commun. Il n'y avait encore pratiquement pas de voitures individuelles. À la belle saison, ces quartiers sentaient bon le chèvrefeuille ou le lilas, car ces jolies maisons bourgeoises étaient entourées de jardins. Avant la guerre, elles avaient abrité des artisans, des commerçants, des industriels, des riches comme nous, de respectables bourgeois, des propriétaires, cette race honnie.

Depuis la « libération », les communistes avaient chassé tous les bourgeois de ces maisons pour en faire des logements communautaires. Faute d'entretien, elles commençaient à se détériorer.

La rue Romană, comme celle de la Vieille-Foire, conservait encore son charme d'antan, on avait raison d'en profiter. Nous partagions la même nostalgie d'une époque que nous n'avions pas eu le temps de connaître. Mais nos racines étaient là.

Arrivés au parc Staline, on s'asseyait sur un banc dans l'allée des Rosiers. C'était le but de notre promenade. À l'ombre des regards, en prenant soin de tourner le dos à la statue de Staline, on s'embrassait. C'était agréable. J'étais bien avec lui, mais ça n'a jamais été plus loin que le banc du parc. Il ne fallait pas. J'étais heureuse d'avoir un petit ami et d'obéir à mon devoir, c'est-à-dire à ma mère, et au précepte « jamais de sexe avant le mariage ». Et puis j'étais

« dans l'année du bac », l'année de tous les dangers, de toutes les angoisses quant à mon avenir : est-ce que j'arriverais à passer entre les mailles du filet ? Je ne doutais pas de réussir l'examen, mais il fallait que j'obtienne les meilleures notes en tout pour avoir accès à l'université. Je m'y suis donc consacrée à fond. Rien ne devait me distraire. L'épreuve avait été modifiée pour la conformer à ce qu'elle était en URSS. Ça ne s'appelait plus le bac mais « l'examen de maturité ». En tant que fille d'ennemi du peuple, ça n'est qu'en obtenant partout les meilleures notes que je pouvais espérer entrer à l'université. Ça décourageait beaucoup de candidats.

Reçue en juin 1956 avec toutes les mentions nécessaires, j'entre à la faculté de philologie, section langue et littérature anglaise, le 1er octobre.

Trois semaines plus tard, à Budapest, 20 000 étudiants manifestent dans les rues pour demander la réhabilitation de leur syndicat interdit par le pouvoir.

L'ambiance est festive, ça fait déjà plusieurs mois que l'atmosphère du pays est à la revendication, aussi bien chez les paysans que chez les ouvriers. À dix-huit heures, ce sont plus de 200 000 personnes qui traversent le Danube pour manifester devant le parlement de Hongrie. Deux heures plus tard, la police tire sur les manifestants. Un étudiant est tué. La manifestation tourne à l'émeute. La statue monumentale de Staline est déboulonnée. Il ne reste que les bottes, ce qui donne lieu à cette photo célèbre des bottes de Staline servant de pots de fleurs.

Les gaz lacrymogènes n'empêchent pas la situation de dégénérer. On compte plusieurs morts, des manifestations éclatent partout en ville. Les émeutiers brûlent des voitures de police, attaquent des commissariats, pour s'emparer des armes.

Le secrétaire général du Parti, Ernö Gerö, en appelle à l'armée russe. À deux heures du matin, les chars font leur entrée dans Budapest. Ils n'étaient pas stationnés très loin. Ils sont accueillis par des cocktails Molotov. Les insurgés dressent des barricades. Les affrontements vont durer toute la nuit, faisant plusieurs dizaines de morts.

Au matin du 24 octobre, le monde entier est au courant. Les journaux parlent de « l'insurrection de Budapest ». L'Occident se prend à rêver que les peuples sous le joug soviétique se révoltent enfin. Chez nous, c'est l'euphorie, mais on ne bouge pas. On attend l'intervention des Américains qui vont nous libérer. Ils ne viendront jamais, pas plus à Budapest qu'à Varsovie qu'à Leipzig, pas plus à Prague qu'à Kiev, les peuples sous occupation soviétique ne se soulèvent pas. En créant de toutes pièces ces démocraties populaires, les Russes ont réussi à diviser les peuples européens pour mieux les contrôler. L'une après l'autre, les démocraties populaires se révolteront, mais jamais ensemble. Jusqu'au jour où…

En attendant le grand soir de la chute du mur de Berlin, en 1989, cette révolte hongroise aura causé la mort de 2 500 personnes. 700 du côté de l'Armée rouge. Les insurgés n'auront évidemment obtenu aucune de leurs revendications. 200 000 Hongrois en profitèrent pour fuir le pays et se réfugier à l'Ouest.

Les timides mouvements de soutien à cette révolution qui ont pu avoir lieu dans nos universités, à Cluj, à Timişoara ou à Bucarest, vont servir de prétexte à une nouvelle purge, comme les régimes communistes en pratiquaient régulièrement. Les perturbateurs repérés sont arrêtés et tenus de faire leur autocritique au cours de vastes procès publics, sinistres parodies des grands procès staliniens. Les rivalités de pouvoir à l'intérieur des organisations de jeunesse sont exacerbées. Les jaloux, les ambitieux, s'en donnent à cœur joie, accusant leurs copains de la veille d'être des contre-révolutionnaires, des traîtres à la solde des capitalistes, des cosmopolites, des ennemis du peuple, des suppôts de l'impérialisme américain, des adeptes de l'idéologie bourgeoise, des renégats déviationnistes, et j'en passe. Pour qu'ils ne contaminent pas les masses étudiantes saines, le seul moyen était de les éliminer.

Dans notre faculté de lettres, tous les étudiants assistaient aux procès, c'était obligatoire. Et on devait tous voter à main levée la condamnation des traîtres à la cause du peuple.

Parmi eux, il y avait un jeune poète, Sirel, étudiant en littérature, il était amoureux de moi. Il m'écrivait des vers drôles et tendres pendant les cours de socialisme scientifique. Nous avions inventé un jeu pour nous épater réciproquement : l'un envoyait à l'autre le début d'une citation célèbre pour la compléter.

Grâce à ses bonnes origines prolétariennes, on lui avait proposé d'entrer à l'École de littérature calquée sur le modèle de l'Institut Maxime-Gorki de Moscou. C'est dans cette usine à rimes que le Parti formait ses bardes. Il ne s'agissait pas d'étudier la poésie ou la littérature, mais de se former à la poésie et à la littérature marxiste-léniniste.

On obtenait un diplôme qui faisait de vous un poète national, un écrivain roumain labellisé, autorisé à produire des œuvres respectant les canons du réalisme-socialiste à la roumaine. Sirel, qui avait déja publié dans des revues de poésie, avait décliné l'invitation qui lui avait été faite d'entrer en faculté de poésie. Il prétendait que la sensibilité poétique ne s'apprenait ni à l'école ni à l'université. Pour cet affront à l'institution, il savait qu'il risquait l'« exmatriculation ». Il n'y avait pas plus grave que de perdre son matricule : vous n'étiez plus rien. Dans le viseur de la Securitate, ça n'a pas manqué : lors d'une réunion plénière organisée contre les fascistes hongrois, un « camarade de confiance » est intervenu pour dénoncer l'attitude du renégat Sirel pendant les événements de Budapest, l'accusant en outre d'écouter Radio Europa Liberă, cette radio étrangère que tout le monde écoutait.

Sirel n'a même pas cherché à se défendre. Il connaissait son sort. Mais il n'a pas faibli. J'y ai assisté, j'ai levé la main avec les autres. En faisant le signe de croix avec ma langue à l'intérieur de ma bouche, certes, mais j'ai levé la main.

La sentence tomba rapidement : déportation en colonie de rééducation par le travail. Sirel n'en est pas revenu.

En revanche, quinze ans plus tard, j'ai retrouvé par hasard la trace de son accusateur, à Paris. Sentant le vent tourner, il avait émigré en France, profitant de l'origine française de sa mère. Arrivé au Quartier latin, il n'avait pas honte de se présenter comme un « dissident roumain » et fit une jolie carrière dans l'édition parisienne. Son nom n'a plus guère d'importance.

De temps à autre, j'ouvre la boîte où j'ai placé les vers que Sirel m'avait offerts :

Je veux te prendre dans mes bras
Avec tes joies et tes chagrins.
Et puis, doucement, me fondre en toi
Tu es ma déesse pure et diaphane
Je suis perdu dans le brouillard
Ton regard gris-vert est le soleil
Qui illumine ma détresse
Prends mon âme par la main
Sois ma muse ma maîtresse
Et je t'offrirai l'éternelle aube de l'amour…

Sirel a rejoint la longue liste des innocents emprisonnés, morts ou disparus, condamnés à main levée par une masse docile de matriculés. Des lâches, des réalistes, des humains.

Aujourd'hui, mes amis français me font part de leur indignation devant la situation en Ukraine, ils ne comprennent pas que le peuple russe ne réagisse pas plus que ça contre cette guerre d'invasion. Pas même les jeunes, les étudiants. Ça les étonne. Pas moi. Pour les Russes lucides, pacifiques, anticolonialistes, il n'y a jamais eu d'autre alternative que la prison ou l'exil.

La vie a repris après les purges, une vie morne, angoissante.

La faculté d'anglais où j'étudiais était particulièrement surveillée, ses étudiants étant suspectés de rêver d'Amérique et d'être perméables aux messages nocifs de l'ennemi. Les cours d'endoctrinement politique furent renforcés : économie politique socialiste, socialisme et communisme scientifique, esthétique socialiste, matérialisme dialectique et historique, réalisme socialiste et bien sûr la langue russe plus obligatoire que jamais.

Dans les librairies on trouvait bien des livres en anglais… mais c'étaient des traductions des romans russes écrits dans un volapuk soviétique indéchiffrable. À la bibliothèque universitaire il y avait quelques livres en anglais, d'avant la guerre, mais comme pour tout le reste il fallait faire la queue pour avoir un roman ou un volume de poèmes anglais du XVIIe ou encore plus ancien. Apprendre à parler l'anglais dans la langue de Shakespeare, pourquoi pas, mais ça n'était pas comme ça qu'on arriverait à comprendre les chansons d'Ella Fitzgerald.

Pour apprendre l'anglais, le vrai, impensable d'envisager un voyage en Angleterre, nous étions obligés de nous payer des cours particuliers avec des anglophones, il fallait les trouver. Et une fois trouvés, les convaincre d'accepter.

Le 7 mars 1957, j'ai eu dix-huit ans.

La cohabitation avec les autres occupants de notre maison devenue communautaire se passait bien. Les trois Grecs étaient maintenant six, une bru et deux fillettes avaient agrandi la famille qui se partageait deux des trois pièces au premier étage grâce au départ pour le service militaire des deux anciens apprentis de mon père. C'est sans difficulté que mes parents obtinrent l'accord des Grecs pour fêter cet anniversaire dans les espaces communs. Une trentaine d'invités. Profusion de nourriture. Chants admirables de Papa. Danses effrénées. La soirée, quoique très joyeuse et pleine d'affection, ne semblait rien offrir de très original… jusqu'à l'arrivée de ma sœur, Sabina, et de son mari. Ils étaient en retard à cause de leur boulot, mais Sabina avait un cadeau : un recueil des plus beaux poèmes de Dylan Thomas. Après m'avoir embrassée, elle se tourna vers Maman dans un mouvement plein de détermination : « Bon anniversaire à toi aussi, Aurora. Vois ta fille comme elle est belle et intelligente. Tu as bien fait de la garder ! »

Un froid. Un silence. Maman était toute pâle. Le regard de mon père, plein de fureur contre sa fille et Sabina d'enchaîner, toujours aussi décidée et souriante : « Allons, Aurora, tu ne lui as toujours pas dit ?... Quand même, à dix-huit ans, elle a le droit de savoir. »

Silence de Maman, de plus en plus livide.

« Bon, si tu ne veux pas le faire, je vais m'en charger. »

Sur un ton des plus calme, devant un auditoire pétrifié, ma grande sœur récapitula l'histoire que le lecteur connaît. La plupart la connaissait, pas moi. Je savais l'amour caché de la petite couturière et du Maestro, le divorce impossible, mais des avortements successifs, rien. Encore moins le dernier, le raté, mon héroïque résistance aux aiguilles de la faiseuse d'anges qui donna lieu à ma naissance.

Maman s'était assise, le poids de ces révélations étant trop lourd. Papa serrait les dents. Ni l'un ni l'autre ne me regardait. Pourquoi ? Je ne sais pas. Moi, je n'ai rien fait pour arrêter le récit de ma grande sœur, qui n'a jamais aussi bien mérité ce titre de grande sœur. C'était un moment incroyable, quand j'y repense. On aurait dit que tout s'éclairait, se purifiait. Le soleil après la pluie. « Voilà comment tu es née, a conclu Sabina. On peut dire que tu l'as échappé belle. »

J'ai foncé sur Maman : « Ne pleure pas, Maman, c'est une histoire magnifique ! Un roman ! Je vous aime encore plus, tous les deux. Si seulement je pouvais connaître un amour aussi grand que le vôtre.

— Je ne te le souhaite pas, ma Lena, c'est beaucoup trop de souffrances !

— Je sais, je sais. Mais moi je suis fière d'être l'enfant d'un amour pareil ! Et toi, Sabina, merci : c'est le plus beau cadeau que je pouvais espérer pour mes dix-huit ans. Le plus inattendu. Merci beaucoup, Sabina. »

Et tout le monde de s'embrasser et de s'inonder de larmes.

À la fin de la première année de fac, nous devions passer un examen sélectif pour accéder à la deuxième année. La première épreuve était la plus redoutée car elle était éliminatoire : c'était le cours de socialisme scientifique.

Comme tous mes camarades, j'apprenais les textes par cœur. Personne n'y comprenait rien, ce n'était pas la peine d'essayer. Il était même recommandé de ne pas essayer de comprendre, car ça pouvait mener à la folie.

On répétait comme des perroquets la litanie des congrès du Parti communiste soviétique, du Parti communiste roumain, la liste des décisions prises, le nom des héros de l'Union soviétique, des *komsomol* martyrs, des stakhanovistes et des grands hommes de science qui avaient tout découvert, tout inventé bien longtemps avant leurs homologues capitalistes lesquels, dans le meilleur des cas, s'étaient contentés de les copier.

Je devais me présenter devant le bureau de l'examinateur à midi.

On m'avait avertie du déroulement de l'épreuve : on tirait un sujet au hasard en piochant un bout de papier dans une boîte. Je n'étais pas trop inquiète puisque je connaissais tous les cours par cœur. Mais, à la première seconde, j'ai su que c'était fichu, car au lieu de m'appeler

« camarade Cristu », comme c'était la règle, il m'interpella d'une voix agressive par un : « Lena Cristu.

— Présente…

— Tu as menti au Parti. Tu as fait des déclarations fausses dans ton curriculum vitae.

— Camarade professeur…

— Tu expliqueras tes actes devant l'organisation de base. En septembre. En attendant, tire un sujet. Je t'écoute. »

Évidemment, bien qu'ayant répondu correctement au sujet, je fus recalée. C'était la première fois de ma vie que je ratais un examen. J'en étais étourdie, même si je savais que mes capacités de mémorisation marxistes-léninistes n'étaient pas en cause.

La question qui m'angoissait, c'était de savoir ce qu'ils avaient découvert. De quelle nature étaient « les déclarations fausses » ?

L'emprisonnement de mon père, la fuite de Marian, et peut-être l'existence d'Aneta, ma tante acrobate internationale ?

Au bord de la crise d'angoisse, prise de tremblements, j'arrive à la maison. Il fallut que je raconte tout à ma mère pour qu'elle intervienne auprès de la Sainte Vierge. Il ne me restait plus que ça pour me sauver : un miracle. J'y croyais sans y croire, par désespoir. Maman, elle, était remontée comme une pendule. C'est à ça qu'on reconnaît les croyantes authentiques :

« Ma Leniora, écoute-moi : Dieu est grand. Nous allons prier du fond de notre âme, toutes les deux. Devant ton icône. Il faut croire dans le pouvoir et la bonté de la petite mère de Jésus. Ton icône t'a toujours protégée. Là encore, elle va te porter secours. Viens. »

Maman m'entraîna devant l'icône de la Vierge et nous commençâmes à prier. Je retrouvai soudain la sensation du temps où nous étions sous les bombes, sur la route de Vrăneşti : comme une douce paix qui m'envahissait.

« Tu n'en diras pas un mot à ton père, Lena. Pas la peine qu'il se fasse du mauvais sang pour rien. Entendu ?

— Promis. »

Huit semaines durant, nous sommes allées à l'église tous les jours. Plus exactement « aux églises », car nous les avons toutes faites : Silvestru, Icoanei, Dichiu, Olari, Dârvari, Antim, Stavropoleos, toutes les églises orthodoxes sauf la russe. Mais nous sommes entrées aussi chez les protestants, et même chez les catholiques, très discrètement, il est vrai.

Et on a prié, prié, prié. Dépensant une petite fortune en bougies et offrandes diverses et variées.

Le 3 septembre, je fus convoquée pour repasser mon examen. Je fus d'abord très étonnée de ne pas retrouver mon ancien bourreau, mais un jeune homme qui se leva pour me serrer la main et qui m'encouragea : « Asseyez-vous, camarade Lena Cristu, prenez votre temps, tout va très bien se passer. Je vois votre bulletin : que d'excellentes notes ! »

Il m'interrogea brièvement et m'attribua un 5/5. Pas un mot sur mes mensonges. Je rentrai chez moi comme sur un petit nuage, ne comprenant pas ce qui s'était passé. La Vierge était-elle intervenue une fois de plus ?

« Un miracle », m'a confirmé Maman, levant au ciel des yeux pleins de reconnaissance pour la Sainte Vierge qu'elle semblait voir, là-haut, lui adresser un clin d'œil.

Je n'ai pas tardé à recevoir un coup de fil d'une de mes camarades de fac, pressée de m'annoncer une nouvelle censée me faire plaisir : « Ton examinateur, Lena, le salopard qui t'a recalée, la dernière fois.

— Eh bien, quoi ?

— Il est mort !

— Mais quand ?

— Cette nuit, dans un accident de voiture. Bien fait pour sa tronche, à celui-là. Il n'avait qu'à pas te faire chier, ce connard.

— Mais... je ne voulais pas, c'est horrible !

— Arrête, Lena ! C'est pas toi qui l'as tué. Remercie plutôt le bon Dieu.

— La Sainte Vierge...

— Qui tu veux. En tout cas, tu peux aller passer ton examen tranquille.

— Je viens de le passer. J'ai été reçue. Le prof était très sympa.

— Tu as couché avec lui ?

— Même pas.

— Avec qui, alors ?

— Personne. Toujours pas.

— Il va falloir t'y mettre Lena. Et sérieusement. »

J'ai raccroché pour ne pas repartir dans cette discussion récurrente qui m'agaçait, et je suis allée demander des explications à Maman : « Qu'est-ce que tu as demandé à la Sainte Vierge, Maman ?

— Pourquoi tu me demandes ça ?

— Parce que l'examinateur est mort cette nuit dans un accident de voiture.

— Si tu crois que j'ai prié pour qu'il meure, tu te trompes, ma fille. C'est Dieu qui a jugé bon de couper le fil de sa vie. J'irai cet après-midi à l'église demander au pope Chiril de prier pour l'âme de ce méchant homme. Maintenant qu'il ne peut plus te faire du mal, je vais poser une bougie à ce malheureux et donner une offrande pour qu'il trouve la paix là où il est et surtout qu'il ne nous embête plus jamais. »

Au fond de moi, je me disais qu'elle avait fait un peu plus que prier.

Basil m'avait invitée à venir passer la soirée du réveillon chez Marie-Jeanne, une de ses amies. Elle occupait une chambre dans un ancien hôtel particulier, du côté de Calea Victoriei, la plus vieille avenue de Bucarest. Un bâtiment magnifique, un des plus beaux témoignages du passé architectural de la ville. Mais alors là, en pleine « décrépitude communautaire », comme on dit.

Me voilà donc en compagnie de Basil, mon éternel soupirant, après avoir traversé la ville sous une tempête de neige, devant l'entrée de cette demeure d'un autre temps. Marie-Jeanne avait obtenu de ses dix colocataires l'autorisation d'occuper le grand hall d'entrée pour y organiser la fête. Il y avait déjà une bonne ambiance à l'intérieur si on en jugeait par la musique qui s'entendait jusque dans la rue, un genre de cha-cha-cha, mais à fond, à faire trembler les fenêtres.

Marie-Jeanne nous ouvre la porte et nous fait entrer. Elle avait invité une quinzaine de personnes, ils étaient déjà plus de quarante. « Mais dis-moi, Basil, c'est elle, ta Lena ?

— Oui, pardon : je te présente Lena Cristu, étudiante en lettres modernes…

— On s'en fout de ça ! Mais quelle merveille ! Elle ne va pas refroidir l'ambiance ! Moi, c'est Marie-Jeanne.

— Enchantée.

— Moi surtout ! Basil nous parle de toi depuis des mois. Je comprends, maintenant. Tu sais danser, belle Lena ?

— Je commence.

— Entrez ! Entrez ! »

Elle envoie Basil à la cuisine pour aider sa mère et elle prend mon manteau, un gros loden gris sous lequel je porte une robe en taffetas verte, celle que j'ai reçue pour mes dix-huit ans. Ma seule et unique « robe de soirée ». Je me retrouve, les épaules nues, la taille serrée, et trois volants qui froufroutent à chacun de mes mouvements. « Quel chic, s'écrie Marie-Jeanne en se marrant. C'est d'un démodé, j'adore ! »

Un peu vexée quand même, j'enlève mes bottes pleines de neige avant de sortir de mon sac ma paire d'escarpins à talons hauts. Ce ne sont pas les talons aiguilles de dix centimètres que je rêverais de porter, mais ça me grandit de cinq bons centimètres, c'est déjà ça, et de toute façon, je n'ai rien d'autre. Mais c'est surtout quand je retire mon bonnet que Marie-Jeanne s'avoue vaincue : « Une vision ! La Madone ! Ce blond vénitien ! Mais quels cheveux ! Tu vas être l'attraction de la soirée, crois-moi. J'espère que tu aimes danser…

— Ça dépend avec qui.

— Bravo ! Ne te laisse pas trimballer par des vieux. Il y en a trop à mon goût, mais bon, ils dansent bien… Allez, entre ! Je n'ai pas besoin de te présenter, ils vont bien voir. »

Marie-Jeanne me pousse à travers le rideau, et me voilà dans un autre monde, une autre époque. Ça danse le tango, ça picole et ça discute, ça fume… Je ne produis pas sur l'assistance l'effet prévu par Marie-Jeanne, du moins pas immédiatement. À l'inverse, les gens qui sont là provoquent sur moi un effet de stupéfaction, car je reconnais tout de suite plusieurs célébrités, des acteurs de cinéma, des écrivains, des artistes, des sportifs, il y a aussi un prof de la fac… Je ne m'attendais vraiment pas à ça. En fait, Marie-Jeanne travaillait au ministère de la Culture. C'est vrai qu'il y a pas mal de types âgés, certains ont passé la quarantaine, tandis que les filles ont plutôt mon âge, elles sont plus à la mode que moi, ce qui n'est pas un exploit.

Perdue dans cette fosse aux lions, je cherche mon soupirant, mais Basil n'est décidément jamais là quand j'en ai besoin !

Du coup, je me dirige vers « le bar », une table où sont posés les verres et les bouteilles de vin. D'ailleurs je n'ai pas le temps d'atteindre mon objectif que je suis bousculée par un couple de danseurs de tango. L'homme se tourne vers moi, me sourit, il a l'air un peu éméché, mais il glisse un mot à l'oreille de sa partenaire, qui s'éloigne aussitôt, le laissant libre de venir me prendre par la main pour m'emmener danser.

« Vous êtes une amie de Marie-Jeanne ?

— Je viens de faire sa connaissance. Et vous ?

— Je connais Marie-Jeanne depuis longtemps. Mais comment vous appelez-vous ?

— Lena Cristu. Et vous ?

— Là, vous exagérez. »

En effet, j'exagère, car je l'ai parfaitement reconnu. Qui ne connaît pas Milo Dragu ? Tout le monde a lu son livre, *Pas loin du château de la princesse*. Peu de gens l'ont adoré comme je l'ai adoré. Il publie aussi des nouvelles dans une revue de science-fiction. À l'époque, en Roumanie, la science-fiction est le repaire des écrivains dissidents, autrement dit des vrais écrivains, le seul endroit où, au prix de savantes métaphores, ils peuvent exprimer leur dégoût de la société, leur révolte contre le régime, leur passion pour l'Occident et la liberté.

« C'est que je suis intimidée de rencontrer pour la première fois en vrai mon écrivain préféré.

— Vous ne le rencontrez pas, Lena, vous dansez avec lui. Appelez-moi Milo, la timidité va disparaître. »

En fait, comme je l'apprendrai plus tard, son vrai nom est Camil Singler. Il est juif, il a changé son nom après la guerre, quand les communistes ont pris le pouvoir. Il a pris un nom qui faisait plus roumain, plus communiste. Car il était communiste, à l'époque. Il l'est encore le soir où il m'invite à danser. Si on peut appeler ça « inviter ».

« Lena Cristu, j'ai besoin de savoir si je risque de me retrouver en prison pour détournement de mineure.

— Ne vous en faites pas, j'ai l'âge. J'ai même l'autorisation de mes parents. »

C'est alors que la musique s'arrête. On aura à peine eu le temps d'esquisser trois pas de tango.

« Pas de chance, sourit-il, ça sera pour l'année prochaine. »

Et il me fait un baisemain avant de disparaître. Mais un baisemain magique, après quoi plus rien de ce qui se passe n'a d'importance, les verres avalés, les bavardages avec les amis de Basil, même les danses avec les uns et les autres, je suis ailleurs ; je me revois lisant *Pas loin du château de la princesse*, et je suis la princesse. Je ne sais pas combien de temps ça dure, mi-ivre mi-absente, jusqu'à ce que tout à coup, les lumières s'éteignent, la musique s'arrête, tous se mettent alors à crier : « Cinq, quatre, trois... » Ah c'est vrai, c'est la nouvelle année, je l'avais complètement oubliée, celle-là. « Deux, un... zéro ! » Et hop, je suis soudain soulevée de terre, emportée dans les bras d'un géant qui me chuchote à l'oreille : « Bonne année, Mademoiselle... » C'est lui ! La voix de Milo Dragu qui coule dans mon cou.

Nous sommes le 1er janvier 1959, il est zéro heure, zéro minute, et quelques secondes, et l'année commence pour moi dans les bras de l'écrivain, exactement comme il l'avait calculé.

Autour de nous, tout le monde s'embrasse à qui mieux mieux. Je n'ai pas le temps de penser que je vais peut-être y avoir droit, moi aussi, qu'il m'embrasse, mais pas sur la joue, là, sur la bouche ! Et quand les lumières se rallument, elles nous surprennent dans cette position très compromettante. Pour moi. Pas pour lui qui lance à la cantonnade : « Chers amis, je viens d'embrasser la plus belle fille du monde ! Vive l'année 1959 ! »

Je suis au-delà de la gêne, étourdie, et pour clore son numéro de clown, mon séducteur recule de trois pas, offre une athlétique révérence d'un coup de chapeau virtuel, théâtral, à moi d'abord, à toute l'assistance ensuite, avant de disparaître, mais ce coup-ci pour de bon, en quittant la soirée, sous les huées, les rires et les applaudissements.

Et moi, de quoi j'ai l'air ? La cruche de service ? La dinde de la farce ? Marie-Jeanne croit utile de se porter à mon secours : « Ne t'inquiète pas, Lena, tu vas le revoir, mais il doit faire sa tournée électorale.

— Pardon ?

— Milo a besoin de succès, de conquêtes. Ça n'est pas pour te décourager, mais il va falloir être forte, il y a de la concurrence. En tout cas, je peux te dire que tu lui as vraiment tapé dans l'œil. Ça fait longtemps que je ne l'avais pas vu dans une telle forme. Tu as de la chance, ma belle, beaucoup de chance, car il en vaut la peine, c'est un sacré type. Tu ne vas pas t'ennuyer avec lui. »

Je n'ai pas besoin de ses conseils, ni de ses encouragements, je suis sur un petit nuage, amoureuse comme jamais je ne l'ai été et comme je ne le serai jamais plus. Et je me fiche du reste. Je ne retiens de son discours que la fin : « avec lui ». C'est pour moi une promesse que je me répète à l'infini, une rengaine que le retour de Basil à mes côtés ne parvient pas à chasser de mon esprit… « avec lui… avec lui… »

Je danse avec Basil, avec l'un, avec l'autre, je re-danse avec Basil, mais les deux mots magiques continuent de tourner dans ma tête.

À cinq heures du matin, le bruit des premiers tramways nous a ramenés à la vraie vie. Il est temps de rentrer. La fête s'est délitée avec son lot de fatigue, d'ivresse, de promesses, de larmes, de mélancolie. Le froid du dehors nous a saisis. Le vent soufflait en trombe, il avait formé des congères que les chasse-neige avaient du mal à briser. Dans le tramway, je tremblais dans les bras de Basil, mais rien ne pouvait refroidir la certitude que ce que je ressentais, c'était là, bien au chaud, l'amour quoi. Il faisait encore nuit quand j'arrivai à la maison, épuisée et surexcitée tout à la fois.

À l'époque, nous dormions tous les quatre dans la même chambre et cela nous était devenu naturel. Nous avons toujours fait en sorte que cette promiscuité ne nous atteigne pas, ne nous humilie pas. Je me suis couchée sans faire de bruit pour ne pas réveiller les autres.

En écrivant cela, je réalise l'importance que cela avait pour nous de garder notre fierté, et ça me bouleverse.

Le jour même, à trois heures de l'après-midi, le téléphone sonne. Alina se précipite pour décrocher, elle adore ça, parler au téléphone, elle voudrait que ce soit elle qu'on appelle, on se dispute souvent parce que c'est toujours moi qu'on appelle et je ne veux pas qu'elle sache qui c'est. Mais là, je suis trop crevée pour réagir. Je l'entends jouer à la standardiste des établissements Cristu.

« Allô ?... Oui... Non, c'est sa sœur... Je vais voir... Lena ! C'est une dame qui veut te parler.

— Qui c'est ?

— Je ne sais pas.

— Demande !

— C'est de la part de qui, s'il vous plaît ?... Marie-Jeanne !... Marie-Jeanne comment, s'il vous plaît ? »

J'ai déjà bondi hors de mon lit et j'arrache le combiné des mains de ma sœur. « Allô ! Marie-Jeanne ! Comment ça va ?

— Très bien, fait Milo à l'autre bout du fil. J'ai quelque chose à te montrer, princesse. Viens me retrouver au Capşa, dans une heure... D'accord ?

— Oui… d'accord.
— Ta sœur est toujours là ?
— Oui.
— Bon, alors c'est d'accord ?
— Oui.
— Avec plaisir ?
— Oui, avec plaisir… Marie-Jeanne !
— Bravo ! Alors à tout de suite, princesse.
— Oui, à tout à l'heure, Marie-Jeanne. »

Je raccroche. Je croise le regard de ma sœur qui me demande ce qui m'arrive, pourquoi je suis toute rouge. Et j'entends ma mère qui, ayant suivi la conversation depuis la cuisine, me demande qui est cette Marie-Jeanne. Je n'ai pas l'habitude de mentir à ma mère, mais là, dans l'urgence, il me vient un gros bobard :

« C'est Marie-Jeanne Stern, la copine de Basil, chez qui on était hier. Elle me demande de la retrouver chez elle pour l'aider à faire le ménage. »

Maman trouve ça très gentil de ma part, contrairement à ma petite sœur qui estime que cette Marie-Jeanne Stern ne manque pas d'air, de me demander d'aller faire le ménage chez elle : « Je ne comprends pas comment tu as pu accepter ça.

— Tu comprendras quand tu seras grande. »

En fait, je crois qu'elle a très bien compris. Et Maman aussi, d'ailleurs. Mais elle a une histoire à raconter à Papa. Maman me fait promettre d'être de retour pour le dîner, afin de ne pas le fâcher.

Mon problème, à présent, c'est comment m'habiller. Je ne peux pas remettre ma robe d'hier, alors que je suis censée aller faire le ménage. Et je ne peux pas non plus entrer au Café Capşa habillée en boniche, c'est l'endroit le plus select de la ville, l'équivalent du Flore, du Slavia, du Florian... Je n'y ai encore jamais mis les pieds, mais je suis passée souvent devant, avec Papa, lors de nos promenades. La nostalgie du temps perdu, glorieux, lui faisait remonter de beaux souvenirs de sa splendeur, quand il y avait ses habitudes :

À Capşa où le beau monde se réunit,
Deux salles se partagent le lieu.
Dans l'une on mange des pâtisseries,
Dans l'autre les écrivains se mangent entre eux.

Le Capşa était resté le fief des écrivains, mais des écrivains du nouveau régime, et quand bien même, par miracle, mon père en aurait eu les moyens, il se serait refusé à entrer dans ce qu'il considérait comme le quartier général de la crapulerie communiste. On disait pourtant qu'on y dégustait le meilleur des chocolats chauds, et un strudel à se damner.

Milo Dragu n'aurait pas pu choisir pire endroit pour me donner rendez-vous. Le seul fait d'entrer là, c'était la transgression d'un tabou. L'avait-il deviné ? Était-il génial à ce point ? Dans ce cas, n'était-ce pas du sadisme de sa part ?

En repensant à son comportement de la veille, tellement théâtral, provocateur, il m'est venu soudain une solution pour m'habiller : je vais y aller déguisée en boniche ! On va bien voir si, avec une blouse et des gros souliers de neige, je suis toujours « la plus belle fille du monde ».

Je me présente devant le Café Capşa avec près d'une demi-heure de retard, couverte de neige.

Après m'être ébrouée, j'accroche mon manteau, et j'entre, aussitôt enveloppée par l'atmosphère du lieu : ça sent le café, le chocolat chaud et le cigare de La Havane. Le décor est somptueux, l'éclairage, les tables, les banquettes, tout est ancien, beau comme dans un film. Dans le « quartier général de la crapulerie communiste » je ne vois que des gens élégants, divers, et tout au fond de la salle, gentiment assis sur la banquette, il est là, seul à sa table, il m'a vue arriver, et il ne me quitte pas des yeux. Je prends mon temps, le souffle court, je me dirige vers lui. Un témoin me dira plus tard que ma traversée de la salle avait fait sensation : « Il y avait ceux qui regardaient tes chaussures et ceux qui regardaient tes cheveux. » Je n'ai rien remarqué de tel, focalisée que je suis sur le regard de Milo et sur la signification de ce petit sourire ; il est encore plus beau qu'hier soir. Son expression change au fur et à mesure que je m'approche, l'ironie laissant place à quelque chose d'enfantin, de bouleversé, de reconnaissant. Il se lève pour me faire un baisemain : « J'ai cru que tu n'arriverais jamais, princesse.

— La neige, je réponds, tellement de neige…

— Tu es magnifique, fait-il en visant mon accoutrement. Christian Dior ? »

Par miracle, je sais depuis trois jours qui est Christian Dior, et je réponds du tac au tac : « Collection automne-hiver.

— Modèle Retour de Sibérie ? »

Et c'est parti ! La complicité, le jeu, le ping-pong amoureux. C'est doux comme le chocolat chaud qu'il me fait servir. Ouaté et lumineux comme la neige qui continue de tomber, dehors, interminable tempête. Tout m'étourdit, le ballet des serveurs, les éclats de voix lointains, les amis et les amies qui viennent saluer Milo et qu'il me présente, et qui s'éclipsent avec des airs entendus, bienveillants, comme si j'étais déjà admise, adoubée, et en effet, s'il y a un moment précis où je suis devenue quelqu'un d'autre, une grande personne, c'est celui-là. Mais ça n'est pas une mutation, plutôt une révélation. En fait, ça fait longtemps que je suis une grande personne, il fallait juste qu'un homme m'autorise à l'admettre : j'aurai vingt ans dans deux mois, il est temps que la petite Lena sorte de ce corps de femme.

On parle, on se sourit, on partage un strudel, et soudain, je vois passer une ombre sur son visage. Est-ce qu'il est fatigué ? Est-ce que je l'ennuie ? Que se passe-t-il ?

« On dirait que vous êtes triste, Milo ?

— C'est plus grave que ça.

— Quoi donc ?

— Je suis vieux, Lena. »

Allons donc ! Je crois à une plaisanterie, ou plutôt une coquetterie, un coup de blues, je sais que les hommes font ça pour se faire cajoler… Si c'est ce qu'il cherche, il va être servi, je ne demande pas mieux.

« Vous n'êtes pas vieux du tout, Milo.

— J'ai trente-deux ans, l'âge d'Edmond Rostand quand il a écrit *L'Aiglon*.

— Mais vous n'êtes pas Edmond Rostand, heureusement !

— Ce qui me rajeunirait, c'est que tu arrêtes de me vouvoyer.

— À tes ordres !

— Commençons par foutre le camp d'ici. Il n'y a que des vieux. Allons chez moi, je vais te lire *L'Aiglon*. Qu'est-ce qu'il y a, Lena, tu as peur ?

— C'est plus grave que ça…

— Quoi donc ?

— Je suis heureuse.

— C'est bien. Allons-y. »

Milo habite au septième étage d'un bel immeuble qui donne sur la place Romană. Il ne faut pas faire de bruit en traversant l'appartement. Sa chambre est au bout du couloir. Milo m'explique que l'appartement appartenait jadis à Madame Cornea, « une bourgeoise », me dit-il, avec un certain mépris. En fait j'apprendrai plus tard que cette Madame Cornea est la veuve d'un grand éditeur d'avant guerre. Son appartement a été réquisitionné, elle a été obligée de louer son ancien bureau, qui représente aujourd'hui son seul revenu.

La chambre de Milo n'est pas immense. Ça me surprend : Milo Dragu est un grand reporter, un écrivain reconnu, si je ne l'imaginais pas dans le grand luxe, je ne le voyais pas vivre dans une chambre d'appartement communautaire. Ça me déçoit et me rassure en même temps : s'il est logé à la même enseigne que nous tous, c'est qu'il ne doit pas être si communiste que ça, du moins pas aussi corrompu qu'on pourrait le craindre. Mais je dois rester prudente sur la question politique, on me l'a assez répété à la maison, mon père, ma mère, Sabina et le docteur Georgescu, c'est une litanie : « Fais attention, Lena ! On a assez perdu comme ça. Ne te fie à personne. Même ta meilleure amie n'est pas fiable. Et ne raconte rien sur ton père. Ni aux filles, ni aux garçons ! À ta meilleure amie : rien ! À ton amoureux : encore moins. »

On s'installe donc sans faire de bruit. On parle à voix basse, et pas de politique. On s'embrasse, et on fait l'amour en silence, comme sur un nuage, comme dans un film muet, j'ai mal, j'ai chaud, je pleure, je suis heureuse, je pleure de rire à cause de cette pensée saugrenue qui me vient : l'hymen déchiré, c'est le rideau de fer qui s'effondre et avec lui les lois, les peurs, tous les interdits sont abolis. Je voudrais ne plus bouger de ce lit, rester là encore et pour toujours. Mourir, pourquoi pas. Mais il est déjà quatre heures, trop tard pour la lecture de *L'Aiglon*, je dois rentrer chez moi. Milo m'a raccompagnée en taxi, grand seigneur.

Je trouve Maman épouvantée, comme si elle avait trompé son mari toute la nuit avec un inconnu. Elle m'informe vite fait du bobard qu'elle a inventé pour mon père : « Tu es restée dormir chez Marie-Jeanne, une étudiante de la fac. Tu étais coincée à cause de la neige. » Je l'écoute à peine, je suis encore dans les bras de Milo : « Tu le verrais, Maman, il est tellement beau…

— Tais-toi donc ! Et dépêche-toi. »

J'ai juste le temps de prendre mes affaires avant de repartir pour accomplir mon obligatoire « jour de travail patriotique volontaire ». Ça se passe à Floreasca, le nouveau quartier pour les élus du Parti, nous devons nettoyer leurs nouveaux appartements, c'est notre façon à nous, étudiants, de marquer notre gratitude envers nos chefs éclairés et leur famille méritante.

Je rentre à la maison le soir, ivre de fatigue. Je suis tellement pressée d'aller dormir que je préfère régler les choses tout de suite : « Maman chérie, il est extraordinaire, cultivé, drôle. Et beau ! Et tu sais quoi ?… Il est écrivain et je l'aime ! Je l'aime comme on ne peut pas aimer plus. C'est un génie…

— Ma pauvre petite chérie ! Dis-toi bien que les hommes n'ont d'autre génie que de profiter de nous.

— Pas lui ! Tu verras quand tu vas le rencontrer…

— Certainement pas !

— Mais puisqu'il m'aime ! Il me l'a dit. Et puis il est grand reporter.

— Qu'est-ce que c'est ?

— Il fait des reportages. C'est comme journaliste, mais en mieux.

— Ah oui ? Et où ça ?

— À la revue *La Flamme*.

— C'est un communiste ? Mais tu es folle !

— Maman, je te promets que tout va bien se passer. Je n'ai jamais été aussi heureuse de ma vie.

— C'est bien ce qui m'inquiète. On fait n'importe quoi quand on est heureux.

— On n'a droit qu'au malheur, alors ! Tout le temps, et pour l'éternité ? Autant mourir tout de suite… »

Pas la peine d'insister. Je vais me coucher, sans me laver, je ne me laverai plus jamais, je garderai son odeur, ses marques, ses baisers, pour continuer de les sentir partout sur mon corps, je ne suis qu'une empreinte ambulante, un totem scarifié, mon *extase* est inépuisable.

Un jour passe. Deux jours. Pas de nouvelles de l'amour de ma vie. Plusieurs possibilités : soit il est mort, soit il a été arrêté par la police, soit il est en train d'écrire un livre sur notre idylle et n'arrive pas à s'en détacher.

Le quatrième jour m'est pénible, je me force à ne rien laisser paraître, toujours aussi heureuse, mais je sens la boule se former dans mon ventre.

Quand ma sœur me provoque sur le sujet, je ne lui réponds même pas, je la joue très calme, au-dessus des vieilles disputes, tout ça est fini pour moi.

Le lendemain, cinquième jour sans nouvelles, je vois Maman penchée au-dessus d'une tasse, en train de lire dans le marc de café. « Je ne crois pas à ces trucs, me dit-elle, mais…

— Mais quoi ?

— Il est en voyage, mais il pense à toi.

— Ah. C'est tout ?

— Je ne suis pas une professionnelle. Va plutôt voir Gherghina. »

Gherghina, notre ancienne domestique, ne travaillait plus pour nous car nous n'avions plus les moyens de la payer, mais par fidélité, elle continuait de nous donner des coups de main, de temps en temps, en échange d'un repas.

Elle va me faire une séance de voyance en échange de rien du tout, elle m'adore, elle m'a vue naître.

« Il arrive, me dit-elle en retournant ses cartes, posées sur la table de la cuisine. Il t'aime, mais il est entouré de femmes. Tu es sûre, Lena, qu'il n'est pas marié, ton amoureux ?

— Tu racontes n'importe quoi, Gherghina ! Je déteste tous ces trucs ! »

Au milieu de la nuit du sixième au septième jour, je me réveille en pleurant. Le lendemain, comme par hasard ou par télépathie, dring, coup de fil. « Salut, Lena, tu vas bien ? » Comme si de rien n'était, comme si la terre ne s'était pas arrêtée de tourner pendant une semaine.

Monsieur rentre d'un reportage en Olténie et a très envie de me revoir et de me présenter des amis. « Oh oui, je m'entends lui répondre.

— Eh bien, rapplique, on t'attend.

— Tout de suite ?

— Et oui, tout de suite, Lena, pas demain, pas dans un an ! »

Un an ! Pourquoi il dit ça ? Je suis perdue. Maman a débarqué, elle a tout entendu et elle agite les mains pour me dire : « Non, pas tout de suite, plus tard, plus tard ! Montre-lui que tu n'es pas à sa disposition, fais-toi désirer… » Elle me dit tout ça avec les mains, dans le langage des mères. À l'autre bout du fil, Milo s'impatiente :

« D'accord ? Oho ! Tu es là ?

— Mais ce soir, c'est… demain, ça serait mieux. »

Ça me fend le cœur de dire ça. Maman me fait signe que non, pas demain, plus tard, la semaine prochaine. Et Milo non plus n'est pas d'accord avec demain : « Demain, je serai reparti, princesse ! Il faut que je te voie aujourd'hui, j'ai tellement envie de te serrer dans mes bras, de t'embrasser, tu m'as tellement manqué…

— Je vais essayer…

— Non non, tu n'essaies pas. Tu viens, c'est tout !

— Oui. »

Je raccroche, épuisée, écartelée entre ma mère, mon amour, la vérité de mon désir, la cruauté de mon devoir… Si j'écoutais mon amour, je serais déjà habillée pour sortir. Maman l'a compris, elle me regarde, consternée : « Au moins, promets-moi de me téléphoner si tu rentres en retard.

— Promis !

— Allez, va !

— Tu es la maman la plus merveilleuse du monde ! Je t'aime. »

J'entends ma sœur qui pouffe de rire derrière moi. Depuis le début, elle s'amuse de mon histoire, ça l'excite, ça l'intéresse de savoir ce qui lui arrivera, à elle aussi, un jour…

Je sonne à la porte de l'appartement de Milo. C'est Madame Cornea qui m'ouvre. Comme c'est la première fois qu'elle me voit, je dois lui expliquer que je suis une amie de « Monsieur Dragu » et qu'il m'attend.

Madame Cornea apprécie beaucoup Milo. Tout ce beau monde artistique qu'il fait passer par chez elle, même si ça n'est plus « chez elle », ça lui rappelle l'ancien temps, avant la guerre, quand elle recevait le Tout-Bucarest... Dans son malheur, elle a eu de la chance avec cet écrivain, très cultivé et si bien élevé. Le bureau locatif aurait pu lui imposer n'importe quel moujik, sale, vulgaire, alcoolique, un étudiant en sciences sociales ou en économie politique.

Milo l'aime bien, il a de belles conversations avec elle. Elle l'invite à des *five o'clock*, comme elle dit, autour d'un thé noir servi dans ses dernières tasses en porcelaine de Limoges qu'elle pose sur des napperons effilochés, désolants. Elle veut tout savoir, parfois avec un peu trop d'insistance.

« Vous êtes bien jeune, elle me dit. Vous avez quel âge ?

— Elle n'est pas jeune, intervient Milo en débarquant dans le vestibule, elle est jolie. Madame Cornea, je vous présente mon amie Lena. »

Elle sait bien à quoi s'en tenir et hausse une épaule jalouse.

Sans plus attendre, Milo m'entraîne dans sa chambre. Grosse surprise, mauvaise surprise : il y a du monde. Du beau, certes, et même du très beau monde, mais moi qui pensais qu'on allait faire l'amour, juste faire l'amour, et tout de suite, me voilà au milieu du gratin de l'intelligentsia roumaine. Milo me présente : « Voici Lena Cristu, la plus belle linguiste de la République populaire roumaine. » Je ne sais pas comment je dois prendre la chose, mais comme tout le monde rigole, je salue, bonne fille. Le canapé-lit sur lequel j'ai perdu ma virginité une semaine plus tôt est occupé par deux poètes célèbres, un cinéaste et une grappe de filles excitées, les unes perchées sur les accoudoirs, les autres assises par terre. Milo me présente ses amis à sa manière, une petite vacherie pour chacun. Trois d'entre eux sont vraiment ses amis : Stefan Negru, Iordan Chimet et Gheorghe Ursu qu'on appelle Babu, qui finira sous la torture de la Securitate en 1985. Tous les trois sont comme Milo natifs de Galați, et à peu près du même âge. Ils étaient comme des frères. Stefan, Babu et Milo sont entrés au Parti communiste ensemble, à la différence de Iordan Chimet qui s'est toujours méfié de ça. Ce qui lui a coûté cher et qui l'a sauvé.

La vedette de la bande, c'est Ion Popescu-Gopo, qui vient de remporter la Palme d'or du court-métrage pour son dessin animé *Courte histoire*. Il croit se faire modeste en prétendant que le plus important pour lui, à Cannes, c'est d'avoir vu Brigitte Bardot en vrai. Et pas de trophée plus précieux que l'almanach de *Cinémonde* dont BB fait la couverture. « Lena Cristu, déclare Milo, piqué au vif, est plus belle que Brigitte Bardot, surtout quand elle se déshabille. » Là, je n'apprécie pas vraiment la blague, mais elle fait rire tout le monde, alors je souris. Qu'est-ce que je peux faire d'autre ? Lui flanquer une gifle ? Je ne suis pas comme ça. J'ai conscience aussi de ne pas être comme les filles qui sont là, étudiantes en droit, en arts plastiques, arts du spectacle, toutes de bonnes familles communistes, quand ça n'est pas la nièce d'un académicien, c'est la fille d'un ambassadeur qui aspire à devenir actrice et qui s'apprête à accompagner son papounet en Amérique, elles sont déjà sur le tarmac, leur petite valise Vuitton à la main, et pleines de morgue, incapables de faire une phrase sans y glisser deux gros mots prétendument new-yorkais. Leur point commun : elles sont toutes dingues de Milo et vont me détester encore plus quand Milo, pour montrer que je suis mieux faite que Brigitte Bardot, me prendra par la main, me faisant tourner au milieu de la chambre, comme au marché aux esclaves. Jusqu'à ce que Iordan intervienne : « Arrête tes conneries, Milo !

— Quoi ?

— Tu n'es pas drôle, laisse-la tranquille ! Lena, venez vous asseoir près de moi. »

Paroles rares, mais de poids, Milo n'insiste pas. Et pour sanctionner sa vulgarité, je vais m'asseoir sur le tabouret que Iordan m'a offert.

« Merci, Monsieur.

— Appelez-moi Iordan, s'il vous plaît, ça me rajeunira un peu.

— Mais qu'est-ce que vous avez tous avec vos âges ? Vous n'êtes pas vieux !

— En tout cas, vous êtes gentille, Lena. C'est rare quand on est belle. Mais "le beau est toujours bizarre", n'est-ce pas ?

— Vous me demandez si je connais Baudelaire ? »

Et pour finir de l'épater, les quelques vers que le docteur Georgescu m'a enseignés :

… Sois sage, ô ma Douleur
Et tiens-toi plus tranquille…

Là, je l'impressionne. Ils sont marrants, ces mecs : vous leur sortez deux vers, parmi les plus connus du patrimoine mondial de la poésie et ils vous regardent comme si vous veniez de pondre des œufs en or.

« Sommes-nous amis ? me demande-t-il en me serrant la main.

— Nous le sommes.

— Alors oui, décidément, "le beau est toujours bizarre". »

Milo rapplique dare-dare : « Lena, j'espère que tu n'es pas fâchée d'être plus belle que Brigitte Bardot… Je suis un con vaniteux, pardonne-moi. Je vais mettre tout ce monde dehors. J'ai envie d'être seul avec toi. »

Iordan lui cédait déjà la place, beau joueur. Il l'aimait bien, son Milo, il l'amusait, l'épatait par son talent, ses coups de folie, et parfois l'exaspérait avec son besoin quasi maladif, en tout cas inexpugnable, de conquêtes féminines.

C'est lui qui sonne le rappel : « On s'en va, Messieurs-Dames, l'ami Milo doit téléphoner à Brigitte Bardotescu. »

Et chacun d'enchaîner sur la blague en enfilant son manteau et ses protège-bottes.

Le lendemain matin, je me suis rendue à la faculté sans passer par la maison. Mais en prévenant Maman que j'étais encore en vie. Il y a des limites au dévergondage.

« On dira à ton père que tu es restée dormir chez Isa.

— C'est exactement ce qui s'est passé, Maman. Pourquoi te compliquer la vie avec des mensonges ? »

Ma vie avec Milo m'enthousiasmait. Elle était pleine de nouveaux amis, de nuits longues et belles, de livres fous que Milo me faisait découvrir. On allait au théâtre presque tous les soirs, au cinéma, et on continuait avec des soirées intensément philosophiques qui me faisaient sentir adulte, avec des opinions pas toujours très bien construites, mais qui étonnaient la compagnie. Et on s'aimait. Beaucoup et souvent. Au même moment, Fellini était en train de réaliser son chef-d'œuvre dans la piscine du studio 5 de Cinecittà, à défaut de Rome, c'était la dolce vita à la roumaine.

Ne maîtrisant pas encore tout à fait les codes du snobisme intellectuel du milieu, je passais parfois pour une provinciale. Je me servais alors de mes talents d'acrobate pour retomber sur mes pieds avec une citation de lord Byron, en anglais de préférence, qui déstabilisait les plus moqueurs.

On riait beaucoup, Milo et moi, il nous arrivait quand même de nous prendre au sérieux en allant assister à des concerts de musique classique à l'Athénée roumain, où mon père m'amenait le dimanche matin quand le concert était gratuit. J'aimais bien me souvenir de mon père.

Les vieux copains de Milo m'avaient tous adoptée. Les célibataires me faisaient la cour, les couples nous invitaient chez eux. J'arrivais même à avaler le fait qu'ils soient communistes, et presque tous membres du Parti. Excepté Iordan, qui ne croyait qu'en la poésie. Des communistes comme eux, je n'imaginais pas que ça puisse exister. Les premières et timides approches sur la question politique me les montraient à la fois sincères, pleins d'espérance dans l'idéal marxiste, et critiques envers le régime et les pratiques scandaleuses de ses dirigeants, mais leur foi et leur expertise marxistes-léninistes ne leur permettaient aucune réelle remise en question sérieuse. Ou alors ils les gardaient pour eux.

Parmi tous ceux que j'ai connus à cette époque, c'est Babu qui restera l'être le plus précieux, l'inoubliable perte. Nous nous aimions d'une façon singulière, platonique et poétique. Dès le premier soir, il m'avait choisie pour muse. Quelques jours avant mon départ pour Paris, il m'écrivait :

Quand tu ne seras plus ma jeune et belle,
Quand sur ton tendre corps et sur ton doux visage
Profondes, visibles et cruelles,
Les nombreuses années auront laissé leurs traces,
Si par hasard, un jour, tu entends parler de moi,
Mon amour, tu diras « Il m'a aimée, il m'a adorée ».
Notre émoi d'antan s'emparera de toi,
Et sa magie illuminera ton regard gris-vert doré…

Il m'avait écrit ce poème, parmi d'autres, mais celui-là je l'ai appris par cœur. Les « nombreuses années » ont passé et je n'ai jamais oublié qu'il m'aimait. Un jour, il finit par obtenir lui aussi, enfin, son visa pour sortir du pays, à peine arrivé à Paris, il m'a donné rendez-vous au Café de Flore. Là, il m'a offert son dernier volume de poésies, *Toujours deux*. Je n'ai pas oublié sa dédicace : « À Lena, dont les blonds éclairs ont traversé mon existence. Avec la nostalgie du goût du Paradis perdu. » Et nous voilà tous les deux, dans ce lieu mythique, pleurant d'être ce que nous étions, en vie, abandonnés, mais au fond du Café de Flore, l'Éden des poètes, deux immigrés, deux déracinés, perdus au milieu de leur rêve parisien, et pour ne pas sombrer dans la déception, à se rappeler le temps passé, les années maudites qui nous étaient soudain si chères.

De Paris, il était parti en Italie. À son retour à Bucarest, il n'arrêtait pas de raconter son voyage à tout le monde. Sa tournée dans les capitales du monde libre. Il disait avoir vécu un rêve. On ne sait pas qui a informé la Securitate qu'il notait des choses dans un carnet dissimulé dans un vieux classeur. Des notes prétendument subversives, selon eux. Ils le lui ont confisqué au moment où ils l'ont arrêté et interrogé sur les noms qui figuraient dans son carnet, notamment celui d'un certain Léonard qui revenait souvent : « Mon ami Léonard m'a enfin tout dévoilé, écrivait-il… Je suis entré dans son monde secret… Je ramènerai avec moi toutes ses lumières… Léonard, viens nous sortir des ténèbres… » Après avoir découvert ça, ils l'ont torturé pour savoir qui était ce Léonard. « Da Vinci ! » avait beau leur dire Babu, ils le frappaient en reposant la question : « Qui est ce Léonard ? Son adresse ! Pour qui il travaille ? Et toi, pour qui tu travailles ? » Babu, mon poète, le rhapsode de l'Amour, Babu a fini par tomber dans les pommes. Il est mort à l'hôpital, le 17 novembre 1985, après plusieurs semaines d'interrogatoires. Mort d'une péritonite due aux coups reçus, selon les uns, d'un arrêt cardiaque selon la police, assassiné par un détenu, d'après d'autres sources.

Mes deux mois de fête avec Milo se sont arrêtés net, le jour où je me suis rendu compte que j'étais enceinte.

Après les premiers moments de panique, la joie m'a envahie. Je me disais que Milo allait s'engager maintenant qu'il allait avoir un enfant. On allait vivre complètement ensemble. Nous marier, avoir cet enfant ensemble.

C'est à Maman que j'en ai parlé en premier. Elle m'a aussitôt emmenée, en grand secret, chez la doctoresse, qui a confirmé mon diagnostic. Maman est restée très calme, en apparence, parce qu'en réalité, je sais bien que tout son passé lui revenait à la figure. Elle ne pouvait pas s'empêcher de penser que Dieu faisait payer à sa fille ses propres péchés de jeunesse. J'avais forcément hérité de sa malédiction puisque, comme elle, je portais un bébé sans être mariée. Alors que l'idée d'un avortement ne m'avait même pas traversé l'esprit, sa terreur était que, dans un moment de désespoir, j'aille commettre l'irréparable, comme elle-même l'avait fait jadis.

« Ma Lena, ce qui est fait est fait. Je suis là et tout ira bien. Quand tu auras cet enfant, tu pourras compter sur moi.

— Merci, Maman, mais il ne faut pas t'inquiéter. Milo et moi nous allons nous marier.

— Il te l'a dit ?

— Je le sais.

— Il est au courant, pour le bébé ?

— Pas encore.

— Ah bon… »

Sur le chemin du retour, nous nous sommes arrêtées pour prendre une glace chez Guguianu. Nous méritions bien ça, après une telle émotion.

On a commencé à lécher nos glaces à la rose. Profitant du silence extatique provoqué par la saveur ineffable de la rose : « Maman, j'ai quelque chose d'important à te confier.

— Dis-moi, ma chérie. Tu sais que je suis capable de tout entendre.

— Milo est juif. »

Ça y est, je l'avais dit. La bouche pleine de glace à la rose, et sans la regarder. C'était fait. Connaissant les préjugés de Papa en la matière, je savais que ce passage obligé allait être douloureux. Comment qualifier l'antisémitisme de mon père ? Plus que de haine, de détestation, de désir de meurtre ou d'expulsion, il entrait dans son sentiment envers les Juifs surtout du mépris, de la peur, le tout basé sur une ignorance absolue et un catalogue de blagues lui tenant lieu de vade-mecum. Si ma mère éprouvait envers les Juifs une grande compassion, et même de l'affection, en souvenir de sa grande amie, la vieille Madame Herman qui lui avait appris tant de choses, mon père en revanche n'avait pas eu cette expérience, et se contentait de baigner dans cet air ambiant, chargé des pestilences que la libération de la

Roumanie n'avait pas encore, loin de là, chassées. Il s'en tenait à son principe de non-violence et de tolérance. Car « ce sont tout de même des êtres humains », comme le lui rappelait Maman. Il en convenait. Par complaisance envers sa femme. De là à ce que sa fille épouse un Juif, c'était pousser un peu loin.

« Ma Lena ! Un jour tu m'apprends qu'il est communiste, un autre jour qu'il t'a mise enceinte et que tu veux l'épouser, et maintenant tu m'annonces qu'il est juif ! Tu en as encore beaucoup comme ça, des révélations ?

— Pas toi, Maman !

— Tu te rends compte que tu ne pourras pas te marier à l'église ! Et qu'est-ce qu'on va dire à ton père ?

— On ne lui dira rien, Maman, comme d'habitude ! »

En rentrant à la maison, j'ai téléphoné à Milo, ça faisait quatre jours qu'on ne s'était pas vus. Il m'avait avertie qu'il travaillait beaucoup et que je devais profiter de cette « petite pause » pour préparer mes examens. Mais là, il y avait un cas de force majeure : il allait être père, je ne pouvais pas garder plus longtemps cette nouvelle. Je devais le voir.

Pas de réponse au téléphone. Madame Cornea devait être sortie. Milo aussi. Alors, au bout d'un certain nombre d'appels, n'y tenant plus, j'ai décidé d'aller chez lui.

C'est encore Madame Cornea qui m'a ouvert la porte. Elle avait l'air embarrassé : « Attendez, ma petite, je vais voir s'il est là », m'a-t-elle dit avant de me refermer la porte au nez.

Quelques instants plus tard, j'entends des bruits, toute une agitation, et puis Madame Cornea qui me dit à travers la porte que Milo est au téléphone, et qu'il arrive tout de suite.

Pourquoi elle ne me laisse pas entrer ? J'ai des doutes. J'attends cinq longues minutes avant que Milo vienne m'ouvrir. Derrière lui, au moment d'entrer, j'aperçois une femme qui sort par la porte de la cuisine et disparaît par l'escalier de service. Je n'ai plus de doutes. J'ai tout compris.

« Tu prends des risques, Lena, en venant sans me prévenir.

— Des risques de quoi, Milo ?

— De repartir bredouille.

— Excuse-moi, mais j'ai quelque chose de très important à t'annoncer. »

Je lui ai parlé sur un ton grave qu'il ne me connaissait pas, et il m'a écoutée, sans m'interrompre. Quand j'ai eu fini, il s'est levé, m'a regardée au fond des yeux comme s'il voulait voir à l'intérieur, et après un moment qui me sembla infini, il m'a fait un long discours sur le ton de l'homme sérieux, sensé, raisonnable, paternaliste, m'expliquant que j'étais trop jeune pour avoir un enfant, que je devais d'abord finir mes études, que le mariage ne faisait pas partie de ses projets à lui et que, si un jour il se mariait, il devrait impérativement épouser une certaine femme, autre que moi, une femme qui l'aimait au point d'avoir voulu se suicider pour lui.

Une douche glacée, interminable, me tombait sur la tête. J'éclatai en sanglots, anéantie. Croyant me consoler, il en rajouta : « Ne t'inquiète pas, je m'occuperai de tout. J'ai un ami médecin spécialisé dans ce genre d'embarras. Il n'y a pas longtemps, il s'est occupé de ma cousine Gherti, que tu connais, et tout s'est très bien passé. »

Dans mon entourage, beaucoup d'amies, même mariées, avaient pris cette décision. C'était le cas de ma cousine Pinți qui avait déjà eu recours deux fois à ce « remède ». Enceinte de nouveau, elle venait d'épouser en hâte Dorel, un jeune ingénieur chimiste. Ils attendaient leur bébé avec résignation. Crise du logement oblige, ils habitaient dans la même pièce que la vieille Drina qui, à quatre-vingts ans passés, ne comprenait plus pourquoi Maman n'arrêtait pas de lui dire de laisser les jeunes mariés seuls de temps en temps.

Il fallait être fou pour s'aventurer à fonder une famille dans ces conditions. On n'explique pas autrement que par la crise immobilière la baisse vertigineuse de la natalité au cours de ces années-là.

Je me fichais complètement de la crise de l'immobilier. J'étais effondrée. Le prince charmant, les enfants, le foyer familial, l'amour éternel, il ne restait de tous mes rêves que cette réalité nauséabonde : Milo ne m'aimait pas comme je me l'étais imaginé.

En sortant dans la rue, j'ai senti que j'étais passée d'un monde à l'autre. La jeune fille enthousiaste et romantique, croyant encore aux contes de fées, était devenue une femme descendue de son nuage, qui n'était plus tout à fait moi.

Mes larmes faisaient fondre mes idoles de sucre.

J'étais à la fois détruite et déterminée. Je devais travailler. Travailler pour réussir mes examens et partir, partir loin de ce pays gangréné à tous les niveaux par le mensonge institutionnel, et de ces hommes infectés par le communisme, qu'ils soient juifs, protestants, orthodoxes, bouddhistes, ouvriers ou intellectuels, tous corrompus, rompus à l'art de la trahison, devenue leur seconde nature.

La gentille petite Lena avait pris un coup, mais elle n'était pas morte. J'acceptais mon sort. Aucune révolte en moi. Et quand Milo m'a appelée au téléphone pour me dire « ça marche, la personne est d'accord », j'étais heureuse d'entendre sa voix enjouée au téléphone. J'étais amoureuse.

Milo est venu me chercher le lendemain de son coup de fil pour m'emmener chez son ami gynécologue qui m'anesthésia complètement. Trou noir.

Le toubib m'apprit en me réveillant que j'avais fait un malaise pendant l'intervention, et qu'il avait été obligé de me réveiller plus tôt pour ne pas risquer de mettre ma vie en danger. Bref, j'avais failli mourir, et il était possible que l'opération n'ait pas complètement réussi. Je n'étais pas fraîche, mais quand j'ai expliqué ça à Milo, il a trouvé que son copain gynécologue était un type bien parce qu'il avait eu l'honnêteté de me le dire.

Trois jours après cette opération à moitié réussie, j'ai dû partir pour deux semaines de travail patriotique : cueillir des pommes de terre dans une ferme collective aux environs de Bucarest. C'était obligatoire. Morte ou vivante, il fallait y aller, sous peine d'être blâmée en assemblée générale avec les conséquences qu'on sait.

Dès la première journée de travail dans les champs, j'ai eu une hémorragie, ça coulait abondamment et je me suis évanouie au milieu des sacs de patates « semées en carré sur le modèle de l'agriculture soviétique, la plus avancée du monde».

C'est Papa qui est venu me chercher et qui m'a ramenée à la maison en taxi. Quand elle m'a vue dans cet état, Maman a aussitôt téléphoné à Milo pour lui demander l'adresse du docteur qui avait opéré sa fille.

«Mais pourquoi? Elle ne va pas bien?

— Non, ma fille ne va pas bien du tout. Il n'y a pas de temps à perdre. Donnez-moi son adresse.

— J'arrive, je vais m'en occuper.

— Certainement pas! Restez où vous êtes! Vous avez fait assez de mal comme ça. Donnez-moi l'adresse, c'est tout!»

Il a donné l'adresse du gynécologue, on y est allé, il m'a auscultée et il a aussitôt décidé de m'opérer, cette fois sans anesthésie puisque je ne tenais pas le coup. Ce fut un vrai cauchemar. Mais j'ai tenu le coup.

La convalescence fut pénible et longue. Maman avait tout repris en main. Hélas, elle n'était d'aucun secours pour moi. Ce n'était pas d'elle que j'avais besoin. Ma mère ne comprenait pas que sa fille ait tant de mal à se remettre. Il ne lui venait pas à l'esprit que je puisse encore aimer ce type qui m'avait tant fait souffrir et qui apparemment ne voulait pas de moi, pas de notre enfant. Milo fut banni de la maison. Quand il téléphonait, ma sœur lui répondait en respectant les consignes: «Lena n'est pas là pour vous, Monsieur. Pas la peine de la rappeler.»

Elle pouvait me passer toutes les autres communications. Et il y en avait! Bela, Isa, Carina, Laura, Asia et plein d'autres copines, toutes voulaient prendre de mes nouvelles, me voir si possible et me donner des conseils. Il y avait une solidarité incroyable entre celles qui étaient passées par là et celles qui savaient qu'un jour elles auraient à en passer par là. Milo était devenu le salaud universel.

Après les filles, ce fut au tour des garçons de se manifester. Maman les laissait venir, gageant qu'ils allaient me remonter le moral et me faire oublier l'autre. Du coup, on ne savait plus où mettre les bouquets de fleurs. Alina regardait ce défilé de soupirants avec intérêt.

Iordan était le plus présent. Dès le premier soir, dans la chambre de Milo, quand on avait fait connaissance, il s'était posé en protecteur, me défendant contre les vulgarités machistes de son ami. Il n'a pas laissé passer trois jours sans venir me voir, me parlant de mille choses passionnantes et surtout distrayantes, et sans en avoir l'air, m'encourageant, me redonnant confiance. Mais sa présence suffisait, c'était un homme calme, le contraire de ses trois amis communistes qui étaient toujours à protester, à calculer comment changer le monde. Iordan n'avait pas cette ambition. Il se contentait d'inventer des histoires drôles pour railler les aspects les plus absurdes de notre dictature. Il était mon meilleur remède. Mes parents l'avaient vite adopté, mon père l'invitait souvent à rester déjeuner ou dîner, il était persuadé que « ce garçon » ne mangeait pas à sa faim. Maman l'appelait « le gentil poète », elle louait sa politesse, sa délicatesse, quand elle remarqua qu'il se signait avant de prendre ses couverts, elle en fut tout émue, étonnée et émerveillée que cela puisse encore exister : « Monsieur Iordan, où avez-vous appris ça ?

— Madame Cristu, ne le dites à personne, sinon vous viendrez m'apporter des pommes au bagne, mais je suis le petit-fils d'un prêtre. »

Voilà qui expliquait tout. Maintenant, il faisait vraiment partie de la famille.

Le temps a fait son travail, j'ai repris des forces. J'ai pu me lever, sortir, reprendre les cours. Apparemment, j'étais tirée d'affaire, mais dans la tête, ça n'allait pas complètement bien, loin de là. Quand je me regardais dans le miroir, au-delà de ma maigreur, je ne voyais que de la tristesse.

Je finis tout de même par sortir et retourner à l'université. L'ambiance de l'amphi m'avait manqué, je la retrouvais avec bonheur.

Un matin, en me rendant à pied à l'université, j'ai senti que j'étais suivie. Un homme. Je ne voulais plus avoir affaire à un homme, encore moins à un vicieux qui se permettait de suivre les filles dans la rue. Je suis entrée dans l'église Silvestru. J'ai prié, un peu pour passer le temps, un peu pour demander à la Sainte Vierge de me débarrasser de mon suiveur.

Quand je suis ressortie, au bout de dix minutes, il était là ! « Mademoiselle, permettez-moi de me présenter : Septimiu Topaian, réalisateur de cinéma. Je cherche pour mon prochain film une jeune fille comme vous. Je vous laisse mes coordonnées aux studios Buftea.

— J'ai vu tous vos films, Monsieur, j'ai aimé le dernier, mais je ne suis pas comédienne, et n'envisage pas de le devenir. Excusez-moi, mais avec votre filature, vous m'avez mise suffisamment en retard à mon cours. Je dois filer. Bonne chance pour votre actrice. »

J'ai quand même pris sa carte de visite, par politesse, en me disant quelque chose comme « on ne sait jamais ».

Arrivée à la fac, j'ai raconté ça à Carina qui ne me croyait pas, j'ai été obligée de lui montrer la carte, elle me l'a carrément arrachée des mains pour aller téléphoner au réalisateur et prendre rendez-vous en mon nom.

« Mais tu es folle, ou quoi ! Ça ne m'intéresse pas, je te dis.

— Moi, ça m'intéresse d'avoir ma copine au cinéma. Et tu vas y aller, c'est moi qui te le dis ! »

Le lendemain, comme ils en étaient convenus, Septimiu m'attendait à la sortie des cours pour m'emmener déjeuner au restaurant Cina. Je l'ai écouté me raconter le scénario du film qu'il comptait réaliser, mais j'étais mal à l'aise parce qu'il n'arrêtait pas de me dévisager tout en parlant. Le sujet m'intéressait, c'était la chronique d'une jeune provinciale, sage et idéaliste, séduite par un homme de la grande ville, qu'elle suit à Bucarest où elle va perdre toutes ses illusions jusqu'à vouloir mettre fin à ses jours. Un panorama des mœurs et des conditions de vie qui se voulait à la fois romanesque et critique.

« Dès que je vous ai vue, j'ai su que vous étiez mon personnage. S'il vous plaît, venez faire les essais.

— C'est promis, je viendrai. »

C'était sorti de ma bouche, malgré moi.

Septimiu Topaian m'a alors pris la main qu'il a longuement embrassée. Tout le restaurant nous regardait. Je n'ai jamais autant rougi de ma vie.

Au studio, il m'a photographiée et filmée sous tous les angles et dans les positions les plus diverses, mais toujours convenables, au regard de la morale. C'étaient surtout mes expressions, ma démarche, ça n'était pas difficile pour moi, j'étais à l'aise, il en était ivre de bonheur. Il tournait autour de moi comme un moustique. J'ai failli attraper un fou rire à plusieurs reprises. Et même ça, ça lui a plu.

La séance était ponctuée de « tu es magnifique, tu es parfaite, tu es belle », c'était un mode de séduction à l'arme lourde, et je n'y ai pas résisté. Il avait l'âge de Milo, mais bien qu'il n'en ait pas eu le charisme une seconde, ni la fougue, encore moins la beauté, je me suis jetée dans ses bras, puis dans son lit, avec une sorte d'abandon tranquille, confiant.

Rien à voir avec ce que j'avais ressenti dans les bras de Milo, mais justement, j'étais dans l'idée de l'oublier, celui-là, et pour ça, je pensais qu'il n'y avait rien de mieux que de le remplacer par un autre homme. Moins drôle, mais beaucoup plus prometteur. Sérieusement, que vaut un poète reporter à côté d'un cinéaste ? Je ne voulais pas comprendre qu'en réalité je faisais ça pour rendre Milo jaloux.

Au visionnage du résultat du tournage de ces bouts d'essai, il s'est avéré que j'étais photogénique : j'incarnais idéalement l'héroïne du film, selon son réalisateur.

Pour ma part, je ne m'étais pas reconnue, et me suis détestée, me trouvant d'une arrogance qui gâchait tout. Je ne supportais pas de me voir à l'écran. Heureusement, il y avait d'autres filles sur les rangs, elles allaient certainement emporter le morceau, je me disais, mais Topaian ne cachait pas sa préférence pour moi.

Miracle, la censure s'en est mêlée. Du jour au lendemain, elle lui a retiré l'autorisation de tournage. *La Lutte des classes*, une revue culturelle qui faisait office d'organe central de l'inquisition au service du Parti communiste, accusait le scénario de dénigrement et d'atteinte à la « morale prolétaire ».

Pour se racheter de son inconséquence et se remettre dans le droit chemin, Septimiu Topaian fut contraint de filmer le défilé du 23 août. Les cinéastes n'étaient pas les seuls à risquer cette sanction, les écrivains, les peintres, les musiciens, tous risquaient un jour de devoir mettre leur art au service de ce grand événement national, sous peine d'exclusion de la Société des artistes, ce qui aurait signé la fin de leur carrière.

Ce contretemps ne fit aucun mal à notre relation. Au contraire, c'était une déception commune, une brève épreuve partagée qui nous rapprochait. Et décidément, cet homme me semblait un choix sérieux, sage. C'était aussi l'avis de Maman…

Penser à Milo me pinçait encore le cœur, mais le souvenir de ce qu'il m'avait fait m'interdisait de le revoir. Avec le temps, me promettait Maman, je finirais par l'oublier.

Les semaines ont passé, belles, douces, je me sentais revivre, heureuse, guérie de Milo. Maman était ravie de me voir à nouveau épanouie, radieuse. Elle calculait que Septimiu devait bien gagner sa vie avec ses films, car il se montrait généreux envers moi, et attentionné, il m'offrirait donc une vie agréable. Il en avait fait la demande en bonne et due forme à mes parents, émettant même le souhait de m'épouser à l'église. En cachette bien sûr, mais avec le pope Chiril, il y avait moyen de s'arranger.

Il ne restait plus qu'à décider la date. Elle fut vite fixée. Tout était prêt. Tout allait se faire. C'était compter sans l'amitié du trio que formaient Babu et Iordan avec Milo.

« Pas un mot à Milo », avait demandé Maman à Iordan. Elle aurait peut-être dû préciser pas un mot à Milo à propos du mariage. Mais je ne crois pas que Iordan aurait tenu sa promesse. Il était le meilleur ami de Milo. Ils avaient passé leur enfance et leur adolescence ensemble, à Galați, et c'est en même temps qu'ils étaient montés à la capitale, juste après la guerre. Malgré leurs divergences politiques, ils n'avaient aucun secret l'un pour l'autre. Continuant de voir régulièrement Milo, s'il se refusait à me donner des nouvelles de lui, il ne pouvait pas ne pas parler de moi à Milo.

Est-ce que Iordan avait eu des doutes sur la réalité de mon amour pour Septimiu ? Est-ce qu'il était jaloux ? Est-ce qu'il avait compris que mon amour pour Milo ne s'était pas éteint ? A-t-il voulu tester celui de Milo pour moi ?

Toujours est-il qu'il n'a pas pu garder longtemps le secret du mariage en préparation. Il y est allé carrément : « Tu sais que la petite Lena va se marier ?

— Qu'est-ce que tu racontes ?

— Je raconte qu'elle sera bientôt Madame Septimiu Topaian.

— Non ! Ce con snobinard ? Elle est devenue folle ou quoi ?

— Ils se marient dans trois semaines. Et à l'église, avec ça.

— C'est pas vrai.

— C'est pourtant ce qui va se passer, mon gars.

— Oh non, ça ne va pas du tout se passer comme ça. Je l'aime, cette fille. Et elle m'aime aussi. Je ne veux pas la perdre.

— Tiens donc !

— Tu ne vas pas me faire la morale, Iordan ! Pas toi. »

Depuis deux mois, Milo s'affichait avec une fille différente tous les trois jours, et parfois avec sa fameuse et vieille amie suicidaire qu'il se sentait obligé de rassurer entre deux conquêtes. Moi aussi, j'avais mes informatrices. Et pour dire les choses honnêtement, mon amie Isa l'avait suivi à la trace pendant que j'étais malade, elle me faisait un rapport, de telle sorte qu'il n'était jamais sorti de ma tête. Pas plus que je n'étais sortie de la tête de Milo, apparemment. En réponse à Iordan qui lui rappelait ses aventures, il se justifiait :

« C'était pour oublier Lena. Je l'ai dans la peau. Ce n'est pas une fille comme les autres. Les autres, ça n'a rien à voir. Elle, c'est…

— "La plus belle linguiste de la République populaire roumaine" ?

— Pas seulement. Je te jure que je l'aime. Je n'ai pas arrêté de penser à elle. Mais je lui ai fait du mal et je ne peux plus lui parler au téléphone. C'est sa petite sœur qui m'envoie promener chaque fois que j'appelle. Je ne sais pas si Lena ne veut plus me parler ou si ses parents et sa sœur font barrage. Mais toi, elle t'écoutera. Je t'en supplie, va lui expliquer.

— Milo, je ne vais pas te faire la morale, mais entre nous, je peux juste te traiter d'enfoiré. Tu l'as fait souffrir comme c'est pas possible.

— Je n'aurais pas dû, je sais ! Je suis un salaud.

— Alors laisse-la tranquille. Elle a trouvé un type honnête, tu ne vas pas de nouveau la briser pour un de tes caprices.

— Tu n'y comprends rien. Tu ne peux pas comprendre ce qu'il y a entre nous. Tu ne peux pas me laisser tomber. Rends-moi service : va lui dire que je veux l'épouser. Tout de suite. Pas l'année prochaine. Là, maintenant.

— Vas-y toi-même. Si j'avais su que tu réagirais comme ça, je ne t'aurais rien dit. C'est n'importe quoi.

— Tu as raison, je vais y aller. Un peu de courage, quoi ! Je vais aller demander sa main à ses parents. Comme chez les bourgeois. Et même à l'église, s'il le faut. J'ai fait une connerie, je vais la payer. Mais je ne veux pas la perdre. »

Une vraie pénitence pour lui que de se plier à cette scène ridicule : lui à genoux, prononçant les mots : « Veux-tu devenir ma femme ? »

Du jour au lendemain, exit Septimiu Topaian. Le célèbre metteur en scène qui devait faire de moi une star internationale, avec des films magnifiques, cet homme sérieux avec lequel j'avais accepté de me marier, je lui ai simplement fait dire que c'était fini. L'amour est impoli.

C'est donc à Milo qu'allait revenir la gloire de se présenter à la maison pour demander à mon père la main de sa fille.

L'événement eut lieu un dimanche après-midi, dans notre salle à manger communautaire.

Suivant mes conseils, Maman n'avait rien dit à Papa sur les origines juives de « ce Monsieur Milo Dragu ».

« J'ai connu un Dragu avant la guerre, se souvenait-il, il était préfet de Braşov. Ça ne serait pas quelqu'un de votre famille, par hasard ?

— Je suis de Galați, répondit Camil Singler, alias Milo Dragu, mais c'est possible que des cousins se soient éloignés du côté de Braşov. »

Au duel des hypocrites, difficile de savoir qui l'emportait entre l'antisémite offrant sa fille à un Juif et le Juif se trouvant une descendance aryenne pour faire plaisir à son futur beau-père.

« Donc, comme ça, vous voulez épouser ma fille ?

— Oui, Monsieur, je le veux.

— Ma femme m'a dit que vous gagnez bien votre vie. Tant mieux, parce que pour le moment mes moyens financiers sont limités. »

Il fit un geste de la main comme pour envoyer au diable ceux qui lui avaient tout pris.

« Sa dot, ce sont ses diplômes, et son intelligence. »

Milo ne se retint pas de rire, montrant qu'il appréciait l'humour de Papa. À soixante-dix ans, mon père avait encore fière allure. En pleine santé, grand, imposant autant par sa stature que par sa voix de Maestro. Depuis son retour de prison, il s'était peu à peu détaché du monde, il y était maintenant tout à fait étranger. La demande en mariage de Milo le ramenait à ce monde d'avant, quand ça se faisait comme ça. Tout ce qui se passait aujourd'hui lui paraissait absurde, hors des réalités, et donc voué à se perdre. Mais quelle prise avait-il pour empêcher ça ? Aucune.

Pensant que tout était dit, Milo voulut se lever. Papa le retint par le bras : « Attendez, jeune homme. J'ai encore un petit mot à vous dire. Savez-vous qui je suis ?

— Monsieur Costa Cristu, le père de Lena, mon futur beau-père, répondit Milo en souriant.

— Monsieur, je suis un Macédonien d'Albanie.

— Ah, oui ? balbutia Milo.

— Savez-vous comment chez nous on traite ceux qui trompent notre confiance ?

— Bah non.

— Pan ! Pan ! fit mon père en visant la poitrine de Milo avec sa main en revolver. Oui, Monsieur, c'est comme ça. Je voulais que vous le sachiez. »

Et de la même main il a serré celle de Milo, comme pour conclure l'affaire dont j'étais l'objet.

Pour ma plus grande joie, Papa envisagea très favorablement cette union. S'étant pris d'affection pour Milo, il avait reconnu en lui un homme authentique, un dur, un Maestro.

J'épousai donc Milo Dragu, mon cher tortionnaire, que j'avais tant voulu oublier, mais en vain, car je l'aimais d'amour, encore et toujours.

Mariage à la mairie, suivi d'une petite réception chez mes parents.

Et nous voilà partis pour rejoindre notre foyer conjugal légalisé : la chambre de Milo.

Arrivés devant la porte d'entrée, Milo déposa ma petite valise et, suivant la coutume, me souleva et me fit passer le seuil de la porte dans ses bras, comme dans les films. J'étais heureuse, triomphante, j'allais vivre avec mon amoureux.

Le soir même, mon père nous faisait livrer une malle-banquette remplie de draps et autres linges brodés sortis du coffre caché sous l'escalier depuis la fin de la guerre. C'était un superbe meuble en chêne massif que Papa avait réalisé du temps de ses études aux Arts et métiers. Les deux panneaux du dossier étaient magnifiquement sculptés. Il l'avait nettoyée, revernie pour qu'elle soit prête ce jour-là. Il me fit savoir qu'il était par ailleurs en train de nous construire une armoire et deux fauteuils. Le tout remplirait largement les vingt mètres carrés de notre nid d'amour.

Voilà toute l'histoire. Elle peut paraître folle : voir Milo débarquer à la maison après m'avoir dépucelée, puis jetée comme la dernière des marie-couche-toi-là en apprenant que j'étais enceinte de lui, et foncer vers mon père en lui disant, avec un toupet inouï : « Bonjour, Monsieur Cristu, je viens demander la main de votre fille. » Oui, insensé. Mais c'est comme ça que ça s'est passé. Et moi, j'ai assisté à cette demande en mariage, sans moufter. J'étais d'accord, j'étais enchantée, j'étais esclave de l'amour !

En guise de voyage de noces, nous sommes partis dans le sud-est du pays où Milo devait réaliser un reportage. Et on en a profité pour s'arrêter chez ses parents qui habitaient toujours à Galați, au bord du Danube, dans la maison où il était né.

Son père s'appelait Moïché. Il m'a regardée l'air de dire : « Mais d'où est-ce qu'elle vient, celle-là ? » Il travaillait dans une petite boutique, comme employé. Elle, elle s'appelait Betka, elle ne travaillait pas. Ils vivaient tous les deux dans un endroit minuscule : pas de cuisine ni de salle de bains. Encore moins question de salon. C'était la pauvreté comme je ne l'avais jamais vue. À côté du lit, il y avait une table, avec une lampe à pétrole, c'est là-dessus qu'ils cuisinaient. L'été, ils pouvaient profiter du petit jardin communautaire qui leur servait de cuisine, de buanderie et de salon.

Betka avait préparé tout ce que Milo aimait : des harengs gras aux oignons, du *meigele* (du cou de poulet farci), du *gehakte leber* (terrine de foie) et un *apfel strudel*. On a partagé ce repas, serrés les uns contre les autres, assis sur le bord du lit qui avait vu naître Milo.

Le père n'arrêtait pas de me regarder, avec ses yeux bleus, comme ceux de son fils et le même regard d'enfant. Betka a fini par poser la question qui lui brûlait les lèvres : « C'est une *yid*, n'est-ce pas ?

— Non, a répondu Milo qui s'attendait à ça. C'est une goy. »

Les parents de Milo n'étaient pas spécialement pratiquants mais ils auraient quand même préféré que leur fils épouse une Juive. Faisant contre mauvaise fortune bon cœur : « *Mazel tov !* a dit Moïché. Que Dieu vous bénisse toi et ta *Rumeiniche*.

— Sauf qu'elle n'est pas non plus tout à fait roumaine, a cru bon de préciser Milo, son père est macédonien.

— Macédonien ?

— Et alors, a dit Betka, le cousin Levy a bien épousé une Américaine et ils se portent à merveille tous les deux. Ils nous ont envoyé un colis pour Pâques, avec la photo de la bar-mitsvah du gosse. Vous allez avoir combien d'enfants, vous ?

— On va commencer par un, a dit Milo.

— Mais si c'est un garçon, ai-je cru bon d'ajouter, il sera circoncis, comme son père. »

Milo m'a regardée, interloqué. C'était vraiment un coup de théâtre. Communiste et athée, Milo était résolument anticlérical. J'étais surprise moi-même de cette déclaration, mais, je ne sais pas, il m'avait semblé sur le coup qu'il fallait leur offrir quelque chose. On arrivait comme ça, les mains vides, les ayant prévenus la veille, leur annonçant notre mariage une fois accompli, en offrant le prépuce de mon futur enfant, je leur montrais qui j'étais, de quoi j'étais capable, et la force de mes sentiments. Et en effet, je crois bien que rien n'aurait pu leur faire plus plaisir. En tout cas, ils ont accueilli la nouvelle par de grandes effusions, des *Mazel tov* et des *Meine shine maidele* à n'en plus finir, heureux et émus d'avoir comme bru goy une fille aussi gentille et respectueuse.

Ce qui a fini de séduire Moïché c'est qu'à la fin du repas, je me suis levée pour aider sa femme à faire la vaisselle. Il n'en revenait pas. Là, vraiment, j'ai senti un regard de tendresse se poser sur moi, et ça m'a plu.

La vaisselle, Betka la faisait dans une cuvette installée au milieu de la cour. Aux voisins qui passaient, elle disait : « C'est ma bru ! » Je me souviens de ça.

On a dormi dans le lit des parents, eux-mêmes allant de leur côté dormir chez des amis.

Nous sommes partis le lendemain pour le delta du Danube. Milo devait fournir une série d'articles sur la marche triomphale de la collectivisation de l'agriculture.

Commencé tambour battant en 1949 sur le modèle soviétique, ce projet, comme la plupart des planifications soviétiques, ne correspondait pas du tout à un pays comme la Roumanie, avec ses millions de petits et moyens propriétaires attachés à leurs terres. De fait, l'entreprise battait de l'aile, et la région était dans le viseur du Parti qui exigeait toujours plus durement que les paysans roumains suivent le programme, quoi qu'il en coûte, à l'exemple de leurs grands frères russes, devenus tous des kolkhoziens modèles.

Un bateau nous amena jusqu'à Sulina, ville portuaire à l'embouchure du Danube, ouvrant sur la mer Noire. De là, nous prîmes la navette pour Mila 23, puis une minuscule embarcation pour nous enfoncer dans le delta par les bras et les canaux du fleuve.

Le temps était doux et ensoleillé. Le passage étroit à travers les roseaux donnait à ce périple un parfum de descente aux origines du monde. À midi, notre guide, un pêcheur du coin, tira la barque le long de la berge. Il fit un feu de bois pour cuire l'esturgeon fraîchement pêché, mit un peu de sel sur le caviar frais qu'il venait de sortir du ventre du poisson et jeta le reste dans l'eau. Milo ouvrit la bouteille de vodka et sortit le pain qu'on lui avait conseillé d'apporter. Un festin à la fois primitif et paradisiaque. Nous découvrions, Milo et moi, une Roumanie totalement ignorée de nous.

Émus par cette ambiance, on a commencé à s'embrasser furieusement et notre guide s'est éloigné pour nous laisser tout loisir de faire l'amour. Et c'était comme jamais. De ces moments où l'amour se confond vraiment avec le désir physique.

Nous sommes arrivés le soir à Lipoveni. Un village dont la peuplade était réputée pour son hospitalité et son attachement aux coutumes religieuses orthodoxes. L'accueil fut pour le moins inattendu. Les villageois étaient tous là, braquant sur nous leurs fusils de chasse, leurs fourches et leurs haches. « Un pas de plus et on tire, menaça celui qui semblait être le chef.

— Ils sont venus pour faire un reportage sur la région, s'empressa de les rassurer le guide.

— Si c'est Ceauşescu qui les envoie, ils feraient mieux de repartir.

— Quel Ceauşescu ? » demanda Milo.

En 1961, comme la plupart des Roumains, Milo ignorait encore l'existence de ce personnage, responsable de la mise en route du Plan de collectivisation des terres. Une mise en route exécutée d'abord à la baguette, puis, devant les réticences des paysans, à la kalachnikov.

Après quelques explications entre notre guide et le chef du village, nous fûmes autorisés à débarquer. Les gens n'ont pas tardé à nous raconter comment à Vadu Rosca, petite commune d'à côté qui s'était entêtée à refuser les bienfaits de la vie de kolkhoze, le camarade Ceauşescu avait donné l'ordre à ses soldats de tirer dans la foule qui l'empêchait d'entrer dans le village.

« Il y a eu beaucoup de morts... Quand mon beau-frère a été obligé de signer pour le kolkhoze, il avait un revolver pointé dans son dos !... Mais nous, ils ne nous auront pas. Ni nos terres. Pas tant qu'on est vivants. On patrouille jour et nuit. »

C'était la première fois que Milo rencontrait des gens à ce point en colère contre le régime. Des pauvres gens prêts à mourir pour défendre leur terre.

Pour le reportage de Milo à la gloire de la collectivisation, c'était mal barré.

« Camarade Milo, toi qui es membre du Parti depuis les glorieuses années de la clandestinité, comment as-tu pu te laisser égarer à ce point ?

— De quoi parles-tu, camarade ?

— C'est bien toi qui as épousé cette Lena Cristu ?

— Absolument.

— Tu savais que c'était la fille d'un ennemi du peuple!

— Je te la présenterai, camarade, tu verras qu'elle n'a rien d'une ennemie du peuple. Je suis sûr que tu vas l'adorer.

— Arrête de plaisanter! Nous avons fait notre enquête. Les faits sont là, accablants pour elle. Et pour toi!

— Quels faits? De quoi tu parles?

— Tu doutes de la compétence de nos agents? Tu es en train d'aggraver ton cas. Je te conseille de prendre tout ça au sérieux, Milo Dragu.

— C'est-à-dire?

— Commence par divorcer. Et au plus vite.»

Milo s'attendait à ce qu'un jour ou l'autre on lui pose des questions sur son mariage. Mais de là à traiter cette petite étudiante en langues d'ennemie du peuple et, surtout, lui demander de divorcer, ça ne lui était pas venu à l'esprit.

«Je pensais plutôt que tu allais me féliciter, du genre, "Bravo, camarade Dragu, tu t'es enfin casé!"»

Milo pensait s'en sortir en blaguant, comme d'habitude. Mais une semaine plus tard, ayant refusé de divorcer, il fut traîné devant un de ces tribunaux populaires que la direction du journal fut tenue d'organiser pour statuer sur son cas.

Il fallait une accusation, un témoin, il fut vite trouvé parmi la meute de ses collègues jaloux de son talent: «Devant le drapeau du Parti, je jure que j'ai entendu Milo Dragu raconter en public une blague anti-soviétique.

— Raconte-la, camarade.

— Je n'oserais pas.

— C'est un ordre.

— C'est une blague ignoble, je ne peux pas la répéter, mais je vous jure qu'il l'a dite.

— Tu veux le protéger ?... Non, alors raconte-nous cette histoire drôle.

— Elle n'est pas drôle. C'est une histoire de nains...

— Parle, ou tu seras accusé de complicité !

— Ça commence comme ça : "Au Congrès international des nains, à l'arrivée de la délégation des Soviétiques, les nains du monde entier ont scandé longtemps : Vive les nains soviétiques, les plus grands nains du monde !" Ce sont les propres mots de Milo Dragu, pas les miens.

— On avait compris. Merci de ce témoignage édifiant. »

L'ensemble de la rédaction avait eu du mal à contenir son fou rire. La blague de Milo avait en fait réjoui tout le monde. Mais il fallait maintenant passer au vote unanime pour exclure du Parti leur meilleur rédacteur. Le motif ? « Propos injurieux envers l'URSS ». Tous ont levé la main.

Une heure plus tard, un agent de la Securitate remettait à Milo sa lettre de licenciement du journal.

J'ai alors découvert un autre Milo. Plus exactement, j'ai compris que l'ironie dont faisait preuve Milo, sa façon de se moquer de tout le monde, en permanence, c'était aussi une démonstration d'orgueil, de courage. Une question morale.

« Ma petite fée, dis-moi que tu m'aimes, que tout ira bien, dis-moi que tu m'aimes et alors je n'aurai pas fait ça pour rien.

— Je t'aime et t'admire comme jamais, Milo. Tu es le plus beau ! »

Et c'était vrai, je l'admirais parce qu'il n'avait pas eu un seul moment d'hésitation entre son amour pour moi et son métier de journaliste, qui était toute sa vie !

Il y avait aussi de la vanité de sa part, car il est devenu, du jour au lendemain, un héros, une vedette de la dissidence au milieu du petit monde de l'intelligentsia de Bucarest. Même si quelques « amis » ont disparu du jour au lendemain, les vrais sont restés, encore plus fidèles.

Mais ces brefs moments de gloire ont laissé place à la réalité plus compliquée de notre situation. Il allait falloir survivre. Et Milo ne savait rien faire d'autre qu'écrire.

Heureusement, quelques éditeurs bienveillants lui ont proposé de travailler comme rédacteur de « mémoires » des ministres et autres hauts technocrates. À l'époque, tout responsable du Parti désireux de monter en grade se devait de rédiger ses mémoires, forcément à la gloire du Parti. C'était presque devenu un genre littéraire en soi, au même titre que le polar ou le roman à l'eau de rose. Chacune de ces hagiographies étant censée éclairer la voie du peuple vers l'avenir radieux du communisme. Ces ambitieux avaient tous des origines prolétariennes irréprochables, mais une syntaxe et un vocabulaire très faibles. S'ils étaient capables de débiter quelques concepts marxistes basiques, sans réellement les comprendre, leur capacité à en tirer des applications nouvelles était nulle. Et je ne parle pas du passage à l'écrit. Milo l'a d'abord fait par nécessité, et les types en étaient tellement satisfaits qu'ils se sont passé le mot et à la fin, Milo le tricard, l'exclu, le répudié, l'anti-soviétique est devenu le nègre des apparatchiks analphabètes de la nomenklatura roumaine.

C'était surtout pour nous une protection, par rapport à la Securitate. C'est du moins ce qu'on croyait.

Je vivais encore aux crochets de mes parents, j'étais encore étudiante. Je donnais des cours d'anglais à des enfants, tout en préparant mon diplôme.

Quant à Milo, ses copains l'aidaient un peu en le faisant bosser pour des journaux, sous pseudonyme, bien sûr. On ne mourait pas de faim.

Après l'intervention russe à Budapest, la désillusion était profonde pour Milo. Forcé de constater l'échec de la méthode soviétique qu'il avait crue géniale, il en rejetait la faute sur les apparatchiks malhonnêtes et incompétents, sans remettre en cause la justesse des théories marxistes auxquelles il restait obstinément attaché, en apparence. En apparence seulement parce qu'au fond de lui tout s'était effondré. Il a commencé à devenir agressif, se querellant avec tout le monde, moi comprise. Orgueilleux comme il l'était, il lui était impossible d'admettre qu'il s'était trompé sur toute la ligne. Que c'était Iordan qui avait eu raison. Tandis que lui et Babu s'étaient fourvoyés en se mêlant de politique, jusqu'à entrer au Parti. Et le Parti leur avait coupé les jambes à la première occasion.

Je culpabilisais d'avoir été à l'origine de cet effondrement et lui pardonnais toutes ses humeurs, ses escapades. Parce qu'il continuait ses coucheries, évidemment. Ça ne me plaisait pas, mais c'était comme ça. J'étais plus affligée par sa dépression que par ses tromperies. Il n'arrivait plus à dormir. Il allait de plus en plus mal.

Jusqu'au jour où, le sentant véritablement en danger, Danel, son ami psychiatre, le fit hospitaliser dans le service de maladies nerveuses qu'il dirigeait. Il lui fit subir plusieurs électrochocs suivis de séances de sommeil thérapeutique. C'était le traitement en vogue dans les années 1960. Beaucoup d'amis étaient passés par là. Ces traitements étaient censés les aider à encaisser la dure réalité de la vie qui avait broyé leurs rêves. Application du réalisme socialisme dans le domaine psychiatrique.

Le fait d'être reconnu comme malade le mettait aussi à l'abri d'éventuelles sanctions que le Parti aurait pu lui infliger suite à son refus de divorcer d'une fille d'ennemi du peuple, ou au fait de raconter des histoire anti-soviétiques, on ne savait pas exactement ce qui avait motivé son bannissement.

Pour beaucoup de membres du Parti dans son cas, la dépression nerveuse était la bonne excuse pour éviter la déportation en camp de redressement.

Je me souviens d'une blague, que Milo avait inventée. Deux types se rencontrent : « Comment ça va, toi, avec tes problèmes de travail, de logement, d'argent…

— C'est réglé ! Je n'ai plus de travail, toujours pas de logement, et pas un sou dans la poche, mais je m'en fous, j'ai mieux que tout : je suis passé aux tranquillisants. »

Notre groupe d'amis était toujours là, vaillant, même si les soirées se faisaient plus rares, elles parvenaient à certains moments à ressembler aux soirées d'avant, avec ces plaisanteries, ces bouteilles de vin et ces boulettes préparées par ma mère. Mais les discussions tournaient vite au vinaigre, aux lamentations désespérantes et, dans les engueulades, exercice favori des hommes, on sentait plus d'amertume que de ferveur, plus de lassitude que de conviction. Il était fini le temps des grandes idées abstraites, si belles, si enthousiasmantes. On pesait le pour et le contre. On se rassurait. En vain. Toutes les théories se mordaient la queue.

Dans ce climat délétère est apparu un mot que je ne connaissais pas, et je n'étais évidemment pas la seule à l'ignorer : sioniste.

Nous avons mis peu de temps à comprendre que derrière ce jugement sans appel à ranger au côté de capitaliste, impérialiste, bourgeois, révisionniste, renégat, social-traître, fasciste, cosmopolite et j'en passe, derrière ce mot sioniste se dissimulait en fait une insulte antisémite.

Sioniste venait prendre le relais de cosmopolite, un peu passé de mode.

À l'époque, Gheorghiu-Dej, toujours président de la République, s'était mis en tête de fournir aux fermes collectives, des kolkhozes à la roumaine dont il voulait améliorer la production, du bétail de qualité supérieure. Vaches, moutons, porcs, volaille, la Roumanie devait fournir les meilleures viandes du bloc communiste. N'ayant pas assez de devises à sa disposition, il eut l'idée de faire du troc avec les pays européens : bestiaux d'excellence contre familles juives. Au vu de la bonne affaire il a élargi le troc aux Allemands de Transylvanie et du Banat, les Saşi et les *Şvabi*, les Souabes, descendants de vieilles communautés germaniques, arrivés en Roumanie des centaines d'années plus tôt.

Quand Ceauşescu est arrivé au pouvoir, il a mis fin à cette pratique qu'il trouvait scandaleuse, au sens où il ne touchait aucun pourcentage dessus. Deux ans plus tard, probablement poussé par sa femme toujours plus avide de dollars, il rétablit ce juteux commerce, mais directement avec Israël et, à la place du bétail qui n'avait plus besoin d'amélioration génétique, il demandait des « devises étrangères », autrement dit des dollars. Les prix variaient entre 2 000 et 10 000 dollars par personne, un jeune scientifique juif valant cinq fois le prix d'un vieux Juif vendeur de chaussures.

Longtemps tenue secrète, la chose finit par se savoir dans le pays. Le bon peuple s'étonna alors, et s'indigna du prix de ces « sionistes ». De plus, le gouvernement dut faire face à un phénomène qu'il n'avait pas prévu : de nombreuses personnalités, communistes de haut vol, et dont on ignorait parfois qu'ils fussent Juifs, ayant changé de nom après la guerre, se précipitaient pour remplir les formulaires de départ pour Israël.

Du coup, ces Juifs communistes, et bientôt tous les Juifs, sont devenus l'objet d'une jalousie parfois agressive de la part des Roumains goys, qui auraient voulu eux aussi pouvoir sortir de Roumanie pour mener la belle vie occidentale dont tous rêvaient. Pourquoi seuls les Juifs avaient-ils le droit à ce privilège ? Et c'était reparti pour un tour d'antisémitisme à la petite semaine.

Les inscriptions furent rapidement fermées. Pas totalement. Les Juifs ne partaient plus qu'au compte-goutte. Le sadisme étant la discipline olympique dans laquelle les communistes obtenaient toujours la médaille d'or, certaines familles juives comme celle de Gherti et Fredi, en demande d'exil, attendront dix ans pour être enfin autorisés à émigrer en Israël.

Toutes les combines étaient bonnes pour tenter sa chance. C'est ainsi qu'on vit les « mariages mixtes entre Roumains et Juifs » fleurir comme le muguet au 1er Mai. Sans parler des parents juifs en Israël, en Europe ou aux États-Unis dont personne n'avait jamais entendu parler et qui apparaissaient comme par enchantement, appelant au regroupement familial.

« Vous avez la chance d'avoir épousé un Juif, Lena, il faut en profiter. Vous êtes jeunes, insistait Madame Cornea, notre logeuse, il faut convaincre Monsieur Milo de déposer sa demande ! Vous avez la vie devant vous ! »

Elle prêchait une convaincue. J'étais prête à me convertir, à apprendre l'hébreu, à devenir une vraie sioniste pour quitter ce pays de fous.

Et Madame Cornea aussi était prête à tout. Serait-elle allée jusqu'à épouser un Juif ? Pourquoi pas. Elle avait certes moins d'arguments que moi, à soixante ans, mais c'est bien chez Bela, notre amie juive, anesthésiste au service de chirurgie réparatrice de l'hôpital Colțea, qu'elle était allée se faire refaire le visage. Si ça n'était pas pour trouver plus facilement un mari juif, c'était en tout cas pour affronter plus armée « le monde occidental », au cas où la providence viendrait à lui offrir ce cadeau : partir, quitter la Roumanie. La providence, c'était sa sœur établie à Nice et devenue citoyenne française.

J'étais fascinée par son nouveau visage, lisse et figé dans un sourire poupin.

Rien ne pouvait la décourager. Pas même le mur qu'on venait de construire en travers de Berlin, « pour empêcher les Allemands affamés de l'Ouest d'envahir la prospère RDA », comme il était dit et répété à la radio. Pas plus que la déroute de l'armée américaine sur l'île de Cuba.

Les aspirants à l'exil, comme Madame Cornea, se moquaient bien de toutes ces annonces qui proclamaient la « marche en avant du socialisme et son triomphe imminent, inéluctable ». Ils étaient pour ainsi dire vaccinés depuis longtemps contre la propagande officielle. Ils n'avaient qu'une seule idée en tête : s'échapper de l'enfer communiste, pour rejoindre l'Occident et sa liberté légendaire. Le pays était contaminé par ce rêve. Des histoires invraisemblables circulaient à propos de familles entières qui s'embarquaient au milieu de la nuit sur des petits bateaux pneumatiques pour traverser la mer Noire, espérant atteindre la Turquie. D'autres, encore plus folles, qui se jetaient dans les eaux déchaînées du Danube, aux Portes-de-Fer, pour gagner à la nage la Yougoslavie de Tito.

Tito, notre héros, celui qui, en rupture avec les pays frères, permettait aux fuyards d'atteindre l'eldorado, c'est du moins ce qu'on croyait. Très peu y arrivaient, hélas. Mais peu importe, Tito nous permettait de garder espoir.

La Securitate faisait de son mieux pour nous décourager. Il fallait surtout empêcher les élites de quitter le pays. C'est pour ça que pour tout voyage à l'étranger, même officiel, la Securitate ne laissait partir que les pères ou les mères de famille, tout en gardant leurs enfants en otage. Ça ne fonctionnait pas toujours. Les transfuges, une fois installés de l'autre côté, devaient alors dépenser toute leur énergie, leur temps et leur fortune à faire passer leurs enfants de l'autre côté du rideau de fer.

En mai 1961, j'arrivai au terme de ma cinquième année de faculté, apte à passer l'examen d'État qui allait faire de moi une agrégée. Nous avions été deux mille candidats au premier concours d'entrée, cinq ans plus tôt. Vingt seulement arrivaient sur la ligne d'arrivée où nous ne serions que douze à être admis. Cette agrégation d'anglais devait nous ouvrir la porte du « champ du travail » qu'il nous restait à labourer. Ici, en France, on dit « le monde du travail ». Je fus admise.

Une fois le diplôme en poche, il ne me restait plus qu'à connaître le lieu où le Conseil politique universitaire allait m'envoyer enseigner. Je savais que cette répartition était en grande partie fonction des bonnes ou mauvaises origines des impétrants, sans parler des corruptions secrètes qui devaient avoir lieu. Bref, les enfants d'apparatchiks haut placés auraient les meilleures places : à Bucarest. Sans compter sur un poste à Timişoara, j'espérais quand même, au vu de mes résultats, ne pas être envoyée au fin fond des Carpates.

C'est exactement là, à Coţuşca, en Moldavie, au nord de la Roumanie, à vingt kilomètres de la frontière avec l'Ukraine, que j'ai été affectée. Un bled qui ne connaissait ni l'électricité ni l'eau courante et encore moins l'anglais. Y avait-il une école ? Pas sûr. Qu'est-ce que j'allais bien pouvoir faire en tant que jeune diplômée en langue et littérature anglaises dans cette zone inculte et arriérée ? Le Parti comptait sans doute me rééduquer par le travail, m'ouvrir les yeux sur le joyeux monde rural en marche vers la collectivisation ?

Pourquoi ne pas directement m'enterrer vivante avec tous les autres ennemis du peuple de mon espèce ?

De nouveau, Maman se mit à courir les églises pour implorer une fois encore un miracle en faveur de sa fille aînée.

Milo, épouvanté par les conséquences de cette nomination qui avait tout d'un exil vexatoire, fit part de mon problème à Monsieur Hermanescu, un haut fonctionnaire dont Milo avait rédigé la notice hagiographique, ce qui lui avait permis d'accéder au poste de ministre.

Ce Hermanescu avait commencé comme ouvrier dans une usine de fabrication d'allumettes, il avait donc de « bonnes origines », comme on disait, assez bonnes pour pallier son illettrisme.

« Désolé, camarade, impossible de changer son affectation, regretta le ministre. Mais j'ai peut-être une solution.

— Oui ?

— Je pourrais, en tant que ministre, créer un poste de documentaliste et rédactrice attachée au ministère. Elle ne va pas beaucoup manquer aux trois vieilles brebis de Coţuşca, et elle pourrait rendre de grands services, ici, à Bucarest. Je vais voir comment on peut goupiller ça. Il faut que je la voie. Tu peux me l'envoyer, disons, demain matin neuf heures, à mon bureau ?

— Elle y sera. Elle y sera.

— Avec son curriculum vitae, bien sûr.

— Elle ne l'oubliera pas, vous pouvez compter là-dessus.

— Je te fais confiance, camarade écrivain. Je suis heureux de te rendre ce grand service. L'amour… c'est merveilleux ! Il déplace les montagnes. »

En écoutant Milo me raconter son entretien avec le ministre, je n'ai pas pu m'empêcher de penser à Maman : où avait-elle été puiser son énergie supplicatoire ? Auprès de quel saint ?

Je me croyais déjà sauvée. Mais quand j'interrogeai plus précisément Milo sur la nature de l'entretien que j'allais avoir avec le ministre, il ne sut quoi me dire, sinon que je devais être à l'heure, impérativement, c'est tout... un voile d'appréhension s'est posé sur mon enthousiasme.

« Tu ne veux pas venir avec moi, mon chéri ?

— Mais non ! À quoi bon ? C'est une formalité, je te dis.

— C'est que je ne le connais pas.

— Tu ne vas pas devenir timide, maintenant. Qu'est-ce que tu risques ?

— Parce que tu crois qu'il est possible que je risque quelque chose ?

— Je ne vois pas quoi.

— Mon dossier. Il va demander mon dossier...

— Attends qu'il te le demande, on avisera. »

Je passai une partie de la nuit à convaincre Milo de venir avec moi à ce rendez-vous, et il finit par céder.

Nous voilà donc tous les deux, entrant dans le bureau du ministre.

« Ah, camarade Dragu ! Tu es venu, toi aussi ! Quelle bonne surprise. »

À sa façon de dire « quelle bonne surprise », j'ai tout compris.

Mais comprendre qu'on est tombé dans un piège et savoir comment s'en tirer sont deux choses bien différentes.

Rassemblant tout mon courage, et ma technique acquise au cours de ces années de comédie en face des hommes de pouvoir, j'ai tenté de rester le plus naturelle possible, sans trop en faire dans la naïveté : « Je vous remercie de vouloir m'aider. J'aurais eu du mal à vivre loin de mes parents et de mon mari. La chance vous a mis sur mon chemin. »

Il en a rougi tellement ma reconnaissance paraissait sincère. Et elle l'était.

J'ai répondu à chacune de ses questions formelles sur mon curriculum en le regardant droit dans les yeux. Je pouvais mesurer l'effet que lui causaient mes regards à l'intensité de son érubescence. De telle sorte que je cessai de le regarder.

« Madame, je suis sûr que vous serez une excellente documentaliste et rédactrice. Vous commencez la semaine prochaine.

— Je vous remercie et je vous promets de ne pas vous décevoir, camarade ministre de l'Agriculture forestière, je lui fais en le gratifiant de mon plus beau sourire.

— Je suis ravi d'avoir fait votre connaissance », me dit-il à voix basse, en se penchant pour me faire le baisemain.

On ne lui avait pas appris qu'il s'agit d'effleurer le dos de la main, et pas de poser un gros bécot humide sur la main de la dame comme il le fit.

Voyant qu'il ne lâchait pas la main qu'il venait de mouiller et qu'il semblait littéralement se perdre dans la contemplation de mes yeux, Milo se crut forcé d'intervenir, toujours sur le ton ironique qui était sa marque de fabrique : « Monsieur le ministre, permettez-moi de vous signaler que votre documentaliste est déjà prise, et que son mari n'est pas prêt à la céder. »

En entendant Milo parler de « votre documentaliste », j'ai compris à qui j'appartenais, le piège se refermait sur moi. J'allais devoir en prendre mon parti.

« Camarade Dragu, vous transmettrez au mari de ma chère documentaliste qu'il a bien de la chance. Une chance qui frise le privilège. Chère Madame, je vous prie de recevoir mes hommages, pour votre intelligence, pour votre jeunesse, pour votre beauté, pour votre gentillesse. »

La morale prolétaire avait imposé jusque-là aux apparatchiks de haut rang de montrer l'exemple en n'épousant que des bonnes soldates du communisme, de toute confiance et de bonne origine, aussi sérieuses et travailleuses que dépourvues de sex-appeal. Les mœurs à l'intérieur de la nomenklatura se relâchaient après deux décennies de pouvoir, j'en avais la preuve. Bientôt, les dignitaires se montreraient ouvertement en compagnie d'actrices, de danseuses et de sportives olympiques. À défaut de ces gloires, ils auraient recours à des professionnelles autochtones.

C'était mon premier travail officiel, salarié. Et bien payé. Je partais le matin de bonne heure et rentrais vers six heures du soir, épuisée par les deux heures de trajet passées dans un bus bondé où toutes les vieilles avaient pris les places assises. À part ça, le travail de documentaliste était intéressant et la rédaction des fiches de recherche et des comptes-rendus ne me posait aucun problème.

En mon absence, Milo tuait le temps comme il pouvait : il avait commencé un roman. J'ai fini par comprendre à travers quelques indiscrétions de Madame Cornea, notre logeuse, que mon mari recevait des filles l'après-midi. J'imagine qu'elles nourrissaient son inspiration littéraire.

Une fois par semaine, le ministre m'envoyait Victor, son chauffeur, qui arrivait avec la GAZ Volga, la limousine la plus chic de l'époque, fabriquée en Russie au milieu des années 1950.

Victor me déposait au restaurant où m'attendait le ministre pour déjeuner. Là, j'avais droit à une cour effrénée. Des compliments, des promesses, des épanchements, des propositions. Je refusais tout. Sauf le cadeau, au moment du dessert. Il m'offrait des tas de cadeaux, parfums, foulards, barres de Toblerone, tout ce qui venait de France, d'Italie, d'Angleterre. Le Toblerone venait de Suisse, il en raffolait, et n'avait apparemment aucun mal à s'en procurer.

Pour mon anniversaire, il m'a emmenée dans un de ces magasins réservés aux membres éminents du Parti : « Choisis tout ce que tu veux », il m'a dit. J'avais d'abord refusé, vexée qu'il me parle comme à une gosse, mais quand j'ai vu ce flacon de parfum avec son bouchon en forme d'oiseau prêt à s'envoler, j'ai craqué. *L'Air du temps*, de Nina Ricci, a été mon premier parfum français et ça l'est resté toute ma vie. C'était autre chose que l'*Odekolon Trojnoï* !

Il me dévorait des yeux. Je donnais le change. Je sauvais mon job, mon mari. Et peut-être aussi toute ma famille. Car je ne sais pas ce qui se serait passé si tout à coup j'avais dit Non, *finita la commedia*. En réalité, je n'avais plus le choix, c'était ça ou aller crever dans les Carpates.

Victor me reconduisait au boulot. Je descendais de la GAZ Volga devant mes collègues qui me regardaient avec envie. Pour elles, pas de doute, je couchais avec le ministre. Et j'avais tout intérêt à ce qu'elles continuent d'imaginer que je faisais partie du sérail : j'étais intouchable.

J'avais pensé un moment que cette relation avec le ministre me faciliterait les choses, qu'il m'obtiendrait un visa, mais il était trop amoureux de moi pour me laisser partir. Donc, j'étais coincée. De telle sorte que j'étais à la fois protégée, et complètement coincée. La seule issue, c'était la fuite à l'étranger, je ne pensais qu'à ça. Paris. Et pendant ce temps, Milo continuait de m'aimer et de me tromper à tout-va, en écrivant son roman.

La vie suivait son cours comme ça, avec le déjeuner dominical chez mes parents, un rituel que Milo adorait. Il aimait bien ma famille. Une vraie complicité s'était instaurée entre mon père et lui. Il faisait rire tout le monde avec ses blagues, il était tellement brillant. Mon père présidait en *pater familias*, Maman sortait la nappe et les serviettes de fête, nous préparait les bons repas qu'elle savait si bien faire et Gherghina lui donnait un coup de main. Notre ancienne bonne avait été embauchée comme agent de déchargement aux Grands Moulins de Bucarest. Toute la journée, elle déchargeait des sacs de cinquante kilos, et le soir elle piquait du nez pendant les cours d'alphabétisation, ce qui fait qu'elle ne progressait pas beaucoup. Mais le dimanche, elle tenait à venir chez nous, ses anciens patrons. Ma mère lui disait qu'elle ne pouvait pas la payer, mais elle s'en fichait : « Je vous baise la main, maîtresse. Est-ce que je vous demande de l'argent ? Je suis venue vous dire bonjour ! » Et hop elles servaient le repas, comme dans le temps. Le travail accompli, elles se retiraient dans la cuisine pour déguster à leur tour un repas bien mérité et papoter comme deux vieilles copines. Maman s'inquiétait de la santé de son ancienne domestique qui s'était fait avorter pour la énième fois : « Fais gaffe avec les hommes, elle lui disait, laisse au moins passer six semaines avant de recommencer tes galipettes. Sinon tu es fichue, ils viendront pleurer sur ta tombe, tes loulous.

— M'am Aurora, répondait Gherghina, je vous jure sur mon fils, c'est pas ma faute. Ils viennent me trouver dans les silos où je vais chercher les sacs de farine. Je n'ai même pas le temps de me retourner. J'ai parlé de ça à « la chef d'encadrement». Elle m'a dit qu'elle allait s'en occuper. Elle a demandé au docteur de me lier les trompes. Comme ça, j'aurai plus le souci d'être engrossée.»

Gherghina envisageait cette solution extrême avec enthousiasme. Et elle était reconnaissante à la responsable du Parti de lui avoir permis l'opération. Maman l'écoutait, épouvantée. Gherghina se moquait du courroux du bon Dieu. Maman la secouait: «Jure au moins devant la sainte icône que tu ne feras rien avant six semaines.» Gherghina jurait de bon cœur. Elle ne quittait pas la maison sans un petit pourboire, accepté de mauvaise grâce. Maman lui refilait aussi les restes du repas, et là elle faisait moins de manières. C'était pour le dîner de son fils. Elle avait une passion pour moi depuis toujours. Elle m'avait connue petite, puis jeune femme, elle me connaissait par cœur. Dans ces conditions c'était pour elle un jeu d'enfant de me tirer les cartes: «Doudou Lena, tu vas partir loin. Après des rivières, des montagnes, des lacs, mais tu vas t'arrêter avant la mer. L'homme vient de loin, il vient te chercher et vous partez ensemble.

— Mais j'ai déjà un homme, Gherghina. C'est Milo que tu vois?

— Doudou Lena, il n'y a pas de valet de trèfle, il y a un valet de carreau. Tu vois ce que je veux dire?»

Elle ramassait les cartes sans en dire plus. Je lui donnais une pièce qu'elle ne refusait pas car ça pouvait porter malheur de faire une séance de voyance sans être payé.

En 1964, Gheorghiu-Dej décrète unilatéralement la nouvelle indépendance de la Roumanie. C'était surtout par rapport à l'URSS qu'il était question d'indépendance. À l'instar de Tito, notre petit dictateur communiste roumain voulait marquer l'histoire de la Roumanie de son empreinte. Avec sa propre police politique, ses propres camps de rééducation, ses procès à lui et ses méthodes de torture personnelles, bref, devenir maître de son domaine.

Depuis 1962, dans les journaux, à la radio et, maintenant qu'on avait la télévision – vingt ans après les Américains –, à la télévision, il n'était plus question que de nationalisme, de patriotisme, d'indépendance, de latinité, des mots qui, mine de rien, mettaient du baume au cœur des Roumains. On leur accordait enfin le droit d'être fiers de leurs origines, de leur culture, de leur langue, de leur Roumanie. Ces grands concepts identitaires étaient des os que Gheorghiu-Dej offrait à ronger à son peuple pour le calmer, le message étant que si la prospérité, la liberté, la démocratie n'étaient pas pour tout de suite, on était en bonne voie.

En fait, rien ne changeait. Il fallait toujours fermer sa gueule, crever la dalle, et poireauter pendant des plombes devant les magasins vides en regardant les membres de la nomenklatura entrer dans leurs magasins réservés. Favoritisme, concussion, bureaucratie, le modèle soviétique était intact. Si on l'avait oublié, la propagande se chargeait de nous mettre les points sur les i. Et si on protestait : l'interrogatoire, la torture et le camp de redressement. Et si on se révoltait : couic ! Tout restait comme avant. La Roumanie faisait bel et bien partie du bloc soviétique.

L'exploit de Dej était diplomatique. Avec ses grands mots prometteurs, il avait réussi à se ménager le soutien de l'Occident. C'est ainsi qu'une vague de touristes étrangers déferla sur le pays, pour voir de près cette Roumanie qui prétendait tenir tête aux Russes et s'ouvrait au monde capitaliste. Avec eux, des produits venus du monde capitaliste pénétraient aussi dans le pays. Parfums français, whisky anglais et cigarettes américaines étaient en vente libre. À des prix inabordables, mais on pouvait les voir en vrai dans les boutiques, les toucher, se faire asperger de Chanel. On pouvait même trouver quelques *Paris Match*, quand la censure estimait que l'hebdomadaire ne franchissait pas la ligne, ce qui n'était pas garanti. Pour suivre régulièrement l'actualité française, on ne pouvait compter que sur *L'Humanité*… Mais quel bonheur de voir marcher dans les rues de Bucarest de vrais Français, de vrais Allemands, de vrais Belges, même s'ils étaient toujours accompagnés par des agents de la Securitate qui jouaient aux guides, ils le faisaient très bien d'ailleurs, ça n'était pas très compliqué de leur faire visiter les beaux quartiers de la ville : musées, cafés chics, restaurants et danses folkloriques. Avec, pour les journalistes, les hommes politiques, les hommes d'affaires, les artistes, les sportifs et les Français de l'UEC (Union des étudiants communistes), la visite des kolkhozes à la roumaine et des usines modèles : la Roumanie en village Potemkine. Les traductrices, triées sur le volet, elles aussi affiliées à la Securitate, poussaient parfois le patriotisme jusqu'à offrir à ces messieurs un petit « supplément bagatelle » ; ils retournaient dans leur pays en répandant leurs bons souvenirs, jouant sans le savoir ou en faisant semblant de ne pas le savoir, le rôle d'idiots utiles du socialisme à visage humain.

Mais dans cette société primitive qu'était le bloc soviétique, un tel bouleversement nécessitait un crime sacrificiel. Gheorghiu-Dej avait déjà été convoqué au Kremlin pour explication, en juin 1963. Et c'est là, à l'intérieur même du palais des tsars que, vraisemblablement, il fut irradié. Peu après on lui a découvert une tumeur au foie. Il est mort en mars 1965, comme les trois autres dignitaires qui l'accompagnaient.

Il fut diligemment remplacé à la tête de l'État roumain par un inconnu qui allait vite devenir célèbre : Nicolae Ceauşescu, ancien apprenti savetier, zélé et sans scrupules, homme de l'ombre du Parti ayant fait ses preuves, comme on le sait, dans la collectivisation à marche forcée des terres agricoles du sud. Ses méthodes musclées avaient enchanté en plus haut lieu.

Tout le monde se demandait d'où il sortait, avec ce nom de Tsigane.

On craignait que son accession au pouvoir sonne la fin du « dégel » et que la guerre froide se refroidisse à nouveau.

Que nenni. Comme son prédécesseur, Ceauşescu se voyait autorisé ou contraint – on ne sait jamais très bien avec les communistes – à laisser les portes ouvertes aux échanges commerciaux et culturels avec l'Occident.

À vingt-cinq ans, dont vingt passés sous le régime communiste, je pouvais croire enfin à ma chance.

Je travaillais depuis deux ans pour mon ministre énamouré, huit heures par jour, six jours sur sept, avec toujours ces horribles deux, parfois trois heures de transport, les « gardes d'honneur » obligatoires, les deux dimanches par mois de « travail patriotique », lequel consistait à creuser des trous inutiles au milieu d'un champ en friche. Trous que d'autres viendraient reboucher le lendemain – c'est difficile à croire, mais c'était ainsi –, le seul but de la manœuvre étant de nous faire comprendre que nous étions soumis à l'autorité du Parti et à rien d'autre. Malgré tout, c'était un progrès par rapport aux tracasseries kafkaïennes que j'avais eues à subir tout au long de mes années d'études. Et puis, il y avait la carotte : les quinze jours de « congés payés ».

Milo et moi décidâmes de les passer à la mer.

La situation de Milo s'était un peu arrangée. Il était toujours exclu du Parti, mais il avait de nouveau le droit de publier des articles. Il lui était même arrivé de partir en reportage. Il était question que son roman soit publié… et sous son propre nom. Ça ne l'empêchait pas de déprimer.

Il se plaignait déjà, à trente-deux ans, de n'avoir pas écrit *L'Aiglon* d'Edmond Rostand, à trente-cinq, il n'avait pas non plus écrit *L'Être et le Néant* de Jean-Paul Sartre. Il en était loin.

Il ne trouvait, ou prétendait ne trouver de consolation qu'à travers son activité sexuelle. Il n'attendait plus que j'aie le dos tourné pour draguer toutes les filles qui passaient à sa portée.

Par ailleurs, les rangs de « la bande à Milo » s'éclaircissaient à vue d'œil, les meilleurs partaient les premiers, qui en Israël, qui au Canada, en Amérique, en France ! Quant à ceux qui restaient, Milo épuisait leur patience, ils venaient de moins en moins souvent, et restaient peu. Le vide s'installait d'autant plus sûrement que Monsieur ne supportait pas de me voir ou de m'imaginer courtisée par ses amis. Ils rêvaient peut-être de coucher avec moi, mais ils auraient d'abord voulu me sauver. Les crises de jalousie de Milo finissaient de les décourager. Ceux qui passaient encore venaient plus pour constater les dégâts que pour les réparer, je les voyais curieux de savoir jusqu'où on allait descendre.

Les vacances à la mer, c'était dans l'idée de se laver dans la mer Noire, brûler nos mauvais souvenirs au soleil. On s'aimait encore, on aurait eu envie de repartir de zéro, et les trois premiers jours, c'était ça. On était bien. Il écrivait son roman, je lisais *On the Road* de Jack Kerouac, mangeais du poisson grillé sur la plage avec du murfatlar. Mais le soir du troisième jour, Milo avait fait un feu entre les dunes, des amis à lui ont débarqué, et puis un couple, et encore un autre homme avec trois ou quatre bouteilles.

Aussitôt, Milo s'est mis à draguer la femme. Il s'en foutait de moi, du mari, hop, il a commencé à lui faire des compliments, il avait peut-être un peu bu, mais il n'avait pas besoin de ça. Les choses ne se sont pas passées comme d'habitude, parce que l'homme qui était avec le couple s'est mis en tête, lui, de me séduire, moi. Il s'appelait Maximilian Doetch, c'était quelqu'un de très intéressant. Il devait avoir dans les quarante ans, et dirigeait une importante compagnie d'électricité.

On s'est promenés sur la plage, Milo d'un côté avec la femme, moi avec ce Maximilian Doetch de la compagnie d'électricité, tandis que le mari était resté près du feu à écluser une bouteille. Mais il n'était pas malheureux, car d'autres couples libertins avaient rappliqué entretemps.

De retour à Bucarest, Maximilian a voulu me revoir. Il était tombé amoureux de moi. Il me savait malheureuse dans ma vie avec Milo, dans mon travail au ministère. Il savait que je voulais enseigner l'anglais, j'avais fait cinq ans d'études pour ça, pas pour aller déjeuner deux fois par mois avec un ministre qui commençait d'ailleurs à se lasser de son rôle de protecteur, si j'en jugeais d'après la valeur de ses cadeaux.

Maximilian savait tout de ma situation, il était triste pour moi, bien que je me sois refusée à lui. En cadeau d'adieu, pour clore cette histoire d'amour platonique, à sens unique, il a fait pour moi une chose incroyable et très risquée, il a adressé au ministère une proposition d'embauche me concernant, demandant à consulter mon dossier. En tant que membre éminent du Parti, Maximilian bénéficiait de ce rare privilège.

Il a donc reçu mon dossier, avec tous les rapports catastrophiques : mon père ennemi du peuple, mon frère fuyard chez les capitalistes, ma tante danseuse en Amérique, et donc deux membres de ma famille ayant fui à l'étranger, quand on faisait les comptes, c'était rédhibitoire. Eh bien, il a tout effacé. De telle sorte que mon père avait toujours été ouvrier, je n'avais qu'une sœur et jamais eu de tante partie au Brésil faire l'acrobate. De plus, je n'avais bien sûr jamais avorté, car ça aussi, c'était sur mon dossier. Il a renvoyé au ministère un dossier vierge, qui présentait une jeune femme parfaite. La plus prolétaire des diplômées.

Dix jours plus tard, la voiture du ministre venait me chercher pour le déjeuner rituel dans un petit salon privé au restaurant Pescăruş. Je me demandais s'il avait été mis au courant de la demande d'embauche de Maximilian Doetch. Je n'en menais pas large. On s'est assis, face à face, comme d'habitude. Il m'a regardée dans les yeux, comme la première fois, il m'a pris la main et, avec un léger sourire : « Ma chère Lena, vous avez des protecteurs haut placés, et qui vous aiment beaucoup. Sans doute parce que vous êtes aimable. Tellement désirable. »

Et c'était reparti. C'était un homme qui aimait faire la cour. Je crois qu'il n'avait aucun mal, par ailleurs, à coucher avec toutes les filles qu'il voulait, mais pour déjeuner et tenter de séduire une agrégée d'anglais, il n'avait pas trouvé mieux que Lena Cristu.

Milo se montrait de plus en plus irascible, nerveux et déprimé. J'avais du mal, à la fin, à accepter ses coucheries, surtout quand il les emmenait à la maison, c'était inconcevable pour moi. Je comprenais son malheur, mais je me sentais vraiment abandonnée. Et voilà que là-dessus, je me suis trouvée de nouveau enceinte.

Là, tout a changé. C'était incroyable. Plus question d'avortement. Et puis, si j'étais enceinte, ça voulait dire que j'étais guérie, et donc sa faute effacée. Du coup, libéré, il se voyait en père, fier, sobre, sérieux, écrivant comme jamais, extraordinairement inspiré par cette paternité à venir.

Il écrivait comme un forcené, mais toujours des romans de science-fiction, seul moyen pour lui de raconter librement ce qui se passait : tout était onirique, archi-fictionnel, au besoin il rajoutait des soucoupes volantes. Tout juste s'il ne déguisait pas les apparatchiks en petits bonhommes verts. Plus c'était gros, mieux ça passait, à la censure. Et chacun s'y retrouvait. Il a publié une bonne dizaine de bouquins comme ça. Il y a eu *L'Arbre magique*, puis *La Révolte des cerveaux*, il s'y connaissait en neurologie. Et puis son gros succès, c'était *L'Homme cerveau*. Avec l'argent que lui avait rapporté ce livre, il a offert une télévision à Maman, pour la remercier d'avoir prié pour sa publication. Il est vrai que c'était miraculeux de voir un paria exclu du Parti en devanture des librairies. À l'époque, une télévision... c'était le grand luxe.

Il a continué avec d'autres titres, plus oniriques, qui se sont moins vendus, comme *La Planète cubique, Le Quatrième Ciel, Le Soleil orange...*

De nouveau, nous étions heureux, tous les deux, rien que nous deux et le troisième en gestation. Une gestation qui s'est compliquée assez vite, pour devenir carrément catastrophique, avec des douleurs, des saignements, jusqu'au dénouement fatal. Je ne me souviens pas bien de ce soir de février, quand on m'a transportée à l'hôpital à la suite d'une hémorragie.

Pour me sauver la vie, on m'a opérée d'urgence et, sans entrer dans les détails, mis fin à ma grossesse.

Je me suis réveillée dans un lit à côté d'une femme qui venait d'accoucher, très bien, son nourrisson vagissant à ses côtés. Je me souvenais des récits que Maman m'avait faits : son réveil à la clinique de la Reine-Marie, après sa tentative de suicide, les fleurs, l'infirmière aux petits soins, et le Maestro entrant dans la chambre... c'étaient presque les mêmes mots : « Ne vous faites pas de souci, Mademoiselle, vous êtes hors de danger. On va vous garder une semaine pour vous remettre sur pied. Vous avez perdu beaucoup de sang. Il s'en est fallu de peu. »

Et les mêmes pensées noires : que ne m'ont-ils laissée mourir ! À quoi bon ? Qu'est-ce que je suis, à présent ?

L'infirmière avait beau déverser son flot de paroles lénifiantes, je savais que je pouvais faire une croix sur mon rêve d'être mère. Le chagrin me terrassait, j'étais prise de malaise toutes les deux heures. Des crises d'angoisse, de larmes, quand ça n'était pas des tremblements, des évanouissements. Impossible de dormir ou de manger. La seule vue d'un nouveau-né dans les bras de sa maman m'était insupportable.

Maman venait déverser sur moi ses mea culpa, comme si tout ça était de sa faute, de sa très grande faute, comme si Dieu la punissait pour ses péchés de jeunesse et pour avoir fait divorcer mon père, et pour ne pas m'avoir empêchée d'avorter la première fois. C'était faux et elle le savait, j'étais la seule responsable. Mais ses lamentations m'apprenaient une chose terrible, nos destins se croisaient. Elle était partie de rien pour arriver au paradis, j'étais parti de ce paradis pour tomber en enfer.

« Ma petite Leniora, ne sois pas triste, tu es jeune, le médecin dit que tu pourras avoir des enfants. Remercions Dieu pour t'avoir sauvé la vie. »

Y a-t-il des paroles de consolation qui ne soient pas de mauvais augure ?

Le plus triste, le plus misérable, c'était Milo. D'après ce que j'ai pu en juger par la seule visite qu'il m'a accordée.

Comme après mon premier avortement, il a littéralement disparu de la circulation. Pas un mot, pas un coup de fil. Mais à l'époque, j'étais tellement amoureuse de lui que lorsqu'il est revenu pour me demander en mariage, toutes ses faiblesses, ses lâchetés, ses inconséquences avaient été balayées en un seul baiser.

Or il me semblait cette fois-ci qu'étant marié, il aurait dû manifester un peu plus d'attention envers sa femme. Plus que jamais, j'aurais eu besoin de lui, je ne lui aurais rien demandé, simplement de rester auprès de moi, que l'on pleure ensemble cet enfant évanoui. Il n'y avait que lui pour me sortir du gouffre dans lequel la fatigue, l'anémie et le chagrin m'enfonçaient.

Il a fini par débarquer un jour, à l'hôpital. Je partageais un dortoir avec huit autres femmes. J'ai eu du mal à me redresser sur le lit pour l'accueillir et faire bonne figure. Il n'était pas rasé, pas coiffé, ses habits étaient froissés. Il a essayé de me sourire mais son regard était tellement triste qu'il m'a fait pitié. Ce n'était pas l'endroit ni le moment pour partager ne serait-ce qu'un baiser, et de toute façon, le cœur n'y était pas, ni d'un côté ni de l'autre. Il m'a quand même pris la main dans laquelle il a posé une petite boîte en argent qu'il venait de sortir de sa poche : « C'est pour toi, ouvre-la. »

À l'intérieur il y avait un petit bonhomme qu'il avait confectionné lui-même avec des perles.

« Prends soin de toi, Lena. Je te téléphonerai, je passerai te voir… Tu seras beaucoup mieux chez tes parents, le temps de te rétablir. Ta mère prendra mieux soin de toi. Je n'en suis pas capable, pardonne-moi… Je t'aime », a-t-il dit comme si cet aveu lui arrachait quelque chose, une douleur qui le mettait au bord des larmes.

C'était atroce. J'ai senti que mon ventre s'ouvrait de nouveau. Moi qui avais cru, en le voyant apparaître dans la salle, qu'il venait me chercher. Ça faisait longtemps qu'il ne m'avais pas dit Je t'aime, je le réalisais à l'instant, il le disait en m'annonçant que c'était impossible. Combien de temps allait durer cette torture ?

L'ambulance de l'hôpital m'a ramenée chez mes parents. Aussitôt installée dans mon lit, je lui ai écrit ma lettre de rupture. J'ai demandé à Maman de la poster.

« Tu es sûre de vouloir écrire ça, ma chérie ?

— Mais tu ne sais pas ce que j'ai écrit.

— Non, mais quoi que ce soit, je ne voudrais pas que ce soit sous le coup de la colère. »

Comme si j'avais encore la force d'être en colère. C'était sous le coup d'une lassitude profonde, la source était tarie. Et quelque chose me disait que c'était ça ou mourir.

Quand il a téléphoné après avoir reçu ma lettre, je lui ai parlé pour lui demander de me laisser. Je l'ai prévenu que je ne répondrai plus à ses appels, ni à ses lettres s'il m'écrivait. La seule chose que je lui demandais, c'était de ne pas faire d'histoire et de signer les documents qu'il allait recevoir pour le divorce. S'il m'aimait, qu'il ait au moins le courage de faire ça dignement.

« Lena ! Lena ! » il répétait.

Avant de raccrocher, j'ai dit « Adieu, Milo ».

Ce nom, Milo, qui me faisait chaque fois un effet extraordinaire, comme une décharge, là, rien, plus rien du tout. Je n'avais même plus besoin de force pour agir ainsi, je puisais au contraire le courage de ma décision dans ma faiblesse, mon vide, son absence. Je ne voulais plus de lui.

Est-ce après ou avant notre divorce qu'il publiera *La Machine du destin* ? Je ne sais plus. Je ne peux pas m'empêcher de penser qu'il a choisi ce titre en référence à nos malheurs conjugaux.

Je quitte Milo en 1964. Et je retourne vivre chez mes parents. Avec l'accord des Grecs, mes parents squattent la salle à manger où ils ont installé leur lit. Ma sœur Alina a pris la troisième chambre à l'étage libérée par le départ à l'armée de l'ancien apprenti de mon père. On m'attribue un lit dans l'ancien salon. La pièce était presque plaisante.

Affaiblie, malheureuse, je pleurais beaucoup, mais j'avais retrouvé l'univers de mon enfance, quand j'étais la petite fille préférée à sa maman. Elle me couvrait de nouveau d'attentions, et Papa, plusieurs fois par jour, ouvrait la porte de la chambre : « Alors, petite douceur de mon cœur, tu vas mieux ? »

Je m'efforçais de lui sourire. Tandis qu'il se retenait de pleurer. Un jour, un jour seulement, il a fondu en larmes. Je ne savais pas que cela était possible. Ça ne s'est jamais reproduit, heureusement.

J'ai recommencé à dormir, à manger et à recevoir des visites : mes camarades de l'université, d'anciens amoureux qui tentaient leur chance, à commencer par Basil qui venait souvent, juste pour me parler, prétendait-il, et m'apporter des livres, des douceurs, en me lançant des regards énamourés pour me faire comprendre qu'il n'avait pas renoncé. Pauvre Basil ! Chacun de mes malheurs lui aura redonné espoir, toujours en vain.

Et puis, il y avait les amis de Milo, Iordan, Babu, Gherti, Fredi et Bela, ceux-là m'étaient restés fidèles. Avec eux, je n'avais pas le temps de m'ennuyer.

La plus grosse surprise fut la visite du ministre qui, sans ambages, m'a demandée en mariage. Il venait d'être nommé ambassadeur à Vienne, le Parti lui demandait de se marier illico, le célibat de Son Excellence ne faisant pas assez diplomatique au goût du ministère des Affaires étrangères.

« Vous serez tellement heureuse, là-bas ! C'est une ville magnifique ; la ville de Johann Strauss, Lena !

— Je sais, c'est très tentant, et très gentil de votre part, Monsieur, je suis sincèrement flattée…

— Plus de "Monsieur" entre nous, Lena.

— Mais je ne suis pas libre, je suis mariée.

— La belle affaire ! Je peux régler ça en dix minutes », dit-il en balayant le problème d'un revers de la main.

Vienne, c'était le pont pour l'Occident, la possibilité de m'échapper et de filer à Paris. Mais je n'étais pas transportable, dans mon état, et de son côté, il y avait urgence, c'était dans les quinze jours ou jamais. Il n'était pas prêt à attendre que je guérisse. C'était donc impossible et cela me soulageait. Le ministre s'est donc rabattu sur une belle et jeune journaliste. À elle la belle vie dans la cage dorée de l'ambassade de Vienne, à moi la convalescence à Bucarest.

Les communistes roumains avaient un rapport étrange à la beauté des femmes : les plus attirantes à leurs yeux étant obligatoirement blondes, blanches, relativement minces, les yeux clairs, indépendantes, voire rebelles, en tout cas avec de la repartie, des femmes cultivées, pourquoi pas intellectuelles de profession, coquettes, habillées « de paquet », maquillées-parfumées juste ce qu'il faut, et qui fument, une coupe de champagne à la main, perchées sur le tabouret d'un bar d'hôtel international, les jambes croisées, ils se damnaient pour une fille de ce genre, alors même que toute leur propagande, censée valoriser l'idéal soviétique, ne montrait que de braves paysannes rondouillardes, foulard sur la tête, juchées sur un tracteur au lever du soleil, en salopette de travail. Bref, ils adoraient tout ce que leur morale communiste réprouvait. Allez comprendre.

Tout cela faisait quand même une bonne animation qui contribua à mon rétablissement. Je reprenais des forces, ma tristesse allait bientôt avoir épuisé son stock de larmes.

Ça n'étonnera personne si je dis qu'à ma première soirée à l'extérieur, je tombai aussi sec amoureuse de Gore, qui était déjà amoureux de moi depuis les bouts d'essai que m'avait fait faire Septimiu Topaian. Gore était alors le directeur de la photographie. Autrement dit, c'est lui qui me filmait sous toutes les coutures, mais comme j'étais censée être la maîtresse du metteur en scène, il ne s'était pas aventuré à me déclarer sa flamme. En me revoyant là, et sachant tout ce qui m'était arrivé, et donc ma situation de femme libre, le feu jamais éteint est reparti en incendie : « Lena ! La divine ! La sublime ! Celle qui prend la lumière comme aucune autre. »

Et lalala et lalala, toujours la même musique qui recommençait, mais j'en avais besoin, ça tombait bien, et puis il me plaisait beaucoup. Il n'envisageait pas le mariage, ce qui m'arrangeait. Nous avons passé la soirée à parler cinéma, littérature, et ça s'est prolongé jusqu'à son lit. Mais au bout d'une semaine, c'était fini, le désamour était complet, pas même douloureux. Une évidence tranquille.

Quand je le lui ai annoncé, il a un peu blêmi, mais faisant contre mauvaise fortune bon cœur, il a décrété que j'étais trop belle pour lui, et qu'il serait toujours là, à penser à moi. J'y ai cru. Lui aussi, peut-être.

En réalité, il était effondré et plus les jours passaient, moins il arrivait à s'en remettre. Son ami, un certain Dragos Ciprian, recueillait ses lamentations, essayant de l'empêcher de boire, le retenant pour qu'il n'aille pas débarquer chez nous et tout casser, ou que sais-je encore.

Voyant que ses paroles ne servaient à rien, Dragos a eu une idée. Il a téléphoné chez nous. Il est tombé sur ma sœur : « Je veux parler à Lena.

— C'est de la part de qui ?

— Gore. »

En se faisant passer pour Gore, l'idée de Dragos était de plaider la cause de son ami.

Seulement voilà :

« Je suis Lena », a dit ma sœur. »

Je ne sais pas quel était le projet d'Alina en se faisant passer pour moi. Me faire une blague, jouer à la femme fatale qu'elle me croyait être, un peu de tout ça en même temps, sans idée précise. Elle n'avait jamais vu Gore mais elle le connaissait suffisamment, d'après ce que je lui en avais dit.

Était-ce pour m'imiter, se mettre à ma place, ou simplement pour m'emmerder ? Avait-elle envie de savoir ce que c'était que de coucher avec un homme ayant le double de son âge ?

Toujours est-il que la conversation téléphonique entre les deux usurpateurs d'identité s'est tellement bien passée qu'à force d'échanger leurs mensonges, ils ont fini par sympathiser : « J'adore ta voix au téléphone, l'avoir comme ça, au creux de mon oreille… je pourrais rester des heures à t'écouter.

— Et moi pareil, je brûle de te retrouver. Tu me pardonnes le mal que je t'ai fait ?

— Oh je ne sais pas, c'est encore un peu tôt… »

Bref, ma petite sœur prenait autant de plaisir à se faire passer pour moi que Dragos à se faire passer pour Gore. Ils se sont donc retéléphoné, plusieurs fois, jusqu'à ce qu'ils décident d'un rendez-vous au parc Staline.

En voyant Alina, Dragos a bien compris qu'il ne s'agissait pas de moi, mais il ne pouvait pas savoir si Alina savait qu'elle était le jouet de la même tromperie que celle qu'elle avait engagée.

De la même façon, si Alina s'était rendu compte que Dragos n'était pas le Gore qu'il prétendait être, elle ne pouvait pas être sûre qu'il ait su que la fille avec laquelle il parlait au téléphone depuis quinze jours n'était pas moi, celle qui rendait si malheureux son copain. Tout ça n'avait d'ailleurs plus d'importance, les deux arroseurs s'étant mutuellement arrosés de propos sensuels n'avaient plus qu'une seule envie : s'embrasser. Ce qu'ils ont fait, à bouche que veux-tu, assis sur le banc le plus proche de la statue de Staline où ils s'étaient précisément donné rendez-vous.

Il y a eu d'autres rencontres et, n'y tenant plus, un jour, Dragos a emmené Alina chez lui. Et ils ont fait l'amour. Et se sont donné d'autres rendez-vous. Jusqu'au jour où il lui a parlé de mariage. Il était bien décidé, selon la réaction d'Alina, à lui avouer la supercherie. Mais c'est Alina qui a pris les devants : « Je dois t'avouer quelque chose, Gore, a-t-elle dit à Dragos.

— Ça tombe bien, Lena, moi aussi.

— Je ne suis pas Lena.

— Je l'ai compris depuis longtemps. Mais moi, je ne suis pas Gore. Je m'appelle Dragos.

— Je le sais. »

Ils ont ri comme des fous, amoureux comme jamais et dans la foulée sont allés annoncer leurs fiançailles à mes parents. Gore n'a pas parlé à son ami Dragos pendant deux ans, et de mon côté, j'étais contente pour Alina qu'elle ait trouvé ce garçon. Duquel elle s'est séparée trois ans plus tard.

Parmi mes visiteurs, à la fin de mes deux mois de convalescence, j'eus la joie de voir débarquer Stefan Negru. Il ne s'était pas arrangé, physiquement, depuis le jour où j'avais fait sa connaissance dans la chambre de Milo. Il avait rapetissé, maigri, et il portait maintenant des lunettes dont les montures semblaient être les seuls éléments solides de son corps. Comme des attelles. Sa calvitie précoce s'était encore agrandie, elle achevait de lui donner l'air antipathique d'un intellectuel coincé.

Intellectuel, il l'était, et des plus fins. Coincé, ça restait à prouver. Mais antipathique : pour rien au monde. Il invitait au contact, à la confidence, à la complicité et à la rigolade.

C'était le plus vieil ami de Milo, ils se connaissaient depuis l'école communale. Leurs parents fréquentaient la même synagogue, à Galați. Les deux écoliers étaient restés copains au lycée, et c'est avec Babu et quelques autres qu'ils étaient entrés au Parti communiste, clandestin. À l'époque Stefan Negru s'appelait encore Stefan Schwarz. Comme Milo Dragu s'appelait Camil Singler, comme Mihail Sebastian s'appelait Iosif Hechter, et tant d'autres.

Dans le cas de Stefan, c'est le Parti qui lui avait recommandé de se trouver un patronyme plus national-communiste. Voilà comment Schwarz (Noir) est devenu Negru (Noir), membre éminent du cabinet du ministre de la Culture, responsable du cinéma.

Il y avait chez Stefan quelque chose de sexuellement impossible qui mettait les filles en confiance. Genre « ce type-là, au moins, ne nous fera pas de mal ». Au fond, je l'admirais, c'était un esprit supérieur. Il ne lui aurait manqué qu'un grain de folie pour faire de lui un artiste de génie. Et puis, il avait la gentillesse de m'apprendre des choses, ce à quoi Milo ne s'attardait que rarement.

Comme nombre de nos amis, après ma séparation d'avec Milo, Stefan m'avait envoyé un mot adorable, me disant qu'il était désolé de mes problèmes de santé, et triste de savoir, pour Milo. Il souhaitait me rendre visite, j'avais accepté, volontiers.

Il fit très bonne impression à Maman, qui voyait déjà en lui un futur mari, et tellement plus convenable que les précédents visiteurs. Tout aussi juif, ce qui ne la dérangeait pas, du moment qu'on ne disait rien à Papa.

« Que puis-je faire pour toi, ma chère Lena ?

— Ça va aller. T'inquiète.

— Je ne suis pas médecin, mais je vois que tu ne te portes pas si mal que ça. En fait, j'ai l'impression que tu n'as besoin que d'une chose : sortir, prendre l'air.

— J'ai surtout besoin de travailler, Stefan.

— Tu ne te plais pas, au ministère ?

— J'ai fait cinq ans d'étude pour enseigner l'anglais, pas pour me retrouver à faire des traductions et des fiches, ça ne m'intéresse plus. J'ai accepté pour éviter la déportation au fin fond des Carpates. Mais parfois, je me dis que j'aurais peut-être dû accepter ce poste.

— Ne dis pas de bêtises ! Tu serais morte depuis longtemps à l'heure qu'il est. Je vais voir ce que je peux faire… si tu me promets de rester aussi jolie.

— Stefan, tu ne vas pas t'y mettre, toi aussi !

— Je ne te fais pas la cour, rassure-toi. Je te fais un compliment. Tu es une personne, quoi qu'il en soit, avec laquelle on aime se trouver. Comme devant un charmant paysage. Rien de plus, mais c'est beaucoup, crois-moi. Et si je pouvais passer ma vie…

— Suffit !

— D'ailleurs, je ne suis pas le seul à le dire. Tu sais que je suis marié ?

— Merveilleux !

— Mais tu ne sais pas encore avec qui.

— Une chanceuse.

— Gabriela.

— Tu veux dire, ma Grabriela ? Gabriela Radiescu ?

— C'est Gabriela Negru, à présent. Elle attend un enfant.

— Changeons de sujet, si tu veux bien.

— Excuse-moi.

— Elle t'a raconté tout ce que nous avons fait ensemble à Zoïa-Kosmodemianskaïa ?

— Sans doute pas tout.

— J'aimerais tellement la revoir, ma Gabriela !

— Je le lui dirai. Ça lui fera plaisir. Mais le plus urgent, aujourd'hui, c'est toi. Il va falloir que je demande ton dossier. Comment il est ?

— Impeccable. En principe. »

Je n'en étais pas certaine, je ne l'avais pas vu. On ne voit jamais son dossier.

Nous avons échangé un regard qui en disait long. Il s'est levé brusquement, à la manière des apparatchiks quand l'heure est passée ou quand la conversation tourne mal : ils regardent leur montre, décident qu'il est temps de partir, ils enfilent leur manteau, et bonsoir, camarades.

Je me suis demandé si j'allais le revoir. J'ai consulté Gherghina, ma voyante tsigane préférée, qui m'a rassurée, les cartes étaient bonnes. J'étais quand même anxieuse, et en même temps tellement pleine d'espoir. Il fallait que ça marche ! Et ça a marché. Quinze jours plus tard, j'obtenais un poste de professeur d'anglais au lycée de la place Amzei. Un établissement très prisé, et pas trop loin de chez moi.

Surtout, c'était la preuve que mon dossier était propre : je n'étais plus la fille d'un ennemi du peuple ! J'aurais sans doute dû avoir honte de ce privilège en pensant aux millions d'autres Roumains qui auraient aimé être à ma place, mais je ne crois pas que cette idée m'ait effleurée.

Maman faillit éclater en sanglots en apprenant que cet homme providentiel était marié. Quant à Papa, il ne voulait pas croire qu'un type aussi gentil soit communiste : « Ça ne serait pas plutôt un espion américain ?

— Rêve toujours, Papa. »

C'était en effet le parti que Papa avait pris, définitivement : rêver toujours à l'arrivée des Américains, et rester dans ce rêve.

Je me rendais à l'école à pied. Mes élèves, de onze à quinze ans, étaient adorables. Et je crois qu'ils m'aimaient bien aussi. Je n'avais que dix-huit heures de cours par semaine. Ça me changeait des huit heures de boulot six jours sur sept dans ce ministère à Perpète-les-oies. Sans parler des heures de trajet en bus. Et puis je n'avais plus besoin de déjeuner avec mon ministre, je bénéficiais d'une protection supérieure, et non vénale.

Quant au devoir patriotique, je n'avais que deux semaines en camp de jeunesse pour « encadrer » l'endoctrinement des élèves. Ça n'était pas drôle, mais ça me laissait six semaines de vraies vacances, rien que pour moi.

J'ai revu Gabriela à la clinique où elle venait d'accoucher. C'était émouvant. Un peu douloureux pour moi, mais finalement profitable. J'ai pleuré un bon coup en prenant le bébé dans les bras, tout le monde a compris pourquoi. D'une certaine façon, voilà, c'était fait. Après tout, rien n'était perdu pour moi, je connaîtrais peut-être ce bonheur, un jour. Même si je n'y croyais pas, je faisais semblant. Pourquoi pas ?

Stefan me dit : « J'organise une fête à la maison dans quinze jours, en l'honneur de l'équipe du film que les Français ont tourné aux studios Buftea. Tu es invitée, Lena, si ça t'intéresse.

— Et comment ! »

Les studios Buftea avaient été fondés par le président de la République, Gheorghiu-Dej, grâce à sa fille qui voulait devenir actrice de cinéma. C'est là que Gopo avait réalisé le court-métrage d'animation qui lui avait valu la Palme d'or. C'est là aussi que Liviu Ciulei avait tourné son film, *La Forêt des pendus*, un immense succès.

Comme toujours avec les opérations de prestige que lancent les dirigeants des pays pauvres, la construction des studios s'était faite dans la démesure. Et en dépit du bon sens. Cinq ans après avoir été ouvert, Buftea ne fonctionnait qu'au tiers de ses capacités, ce qui en faisait un gouffre financier. Au milieu des années 1960, et plus encore sous le règne de Ceaușescu, les choses se sont améliorées. Les productions étrangères ont été invitées à venir travailler dans nos studios à des prix défiant la concurrence italienne ou espagnole. Les Français en ont beaucoup profité.

Le dernier tournage d'un film français avait été un événement, à Bucarest. Je ne me souviens plus du titre, mais les gens s'étaient battus devant l'entrée du studio pour se faire signer des autographes par les stars du film. Ça n'était pas mon genre mais pas question pour autant de refuser l'invitation de Stefan. « J'aimerais bien voir un Français en vrai, j'ai dit pour rigoler.

— Il y en a un que tu connais déjà.

— Ah oui ?

— Jean-Jacques Horvat. Tu vois qui c'est ?

— Très bien. C'est un copain de Milo. Mais comme Français, il y a mieux. Il a beau s'appeler Jean-Jacques, il est presque aussi roumain que moi… Eh bien quoi ? Qu'est-ce qu'il y a ? Pourquoi tu me regardes comme ça ?

— Pour voir l'effet que ce nom produit sur toi.

— Aucun.

— Je vois, en effet. Ça m'étonne parce que sur lui ton nom a produit beaucoup d'effet quand je lui ai dit que j'allais t'inviter à la soirée.

— Tant mieux. On verra bien. Donc, il a travaillé sur ce film ?

— C'était le chef op. Il travaille sur presque tous les films français qui se tournent au studio. Tu ne t'étais jamais rendu compte qu'il avait le béguin pour toi ?

— Tu sais, Stefan…

— Oui, je sais. Au milieu de la cohorte, tu ne l'as pas remarqué.

— *Brisons là, cher ami* », lui ai-je sorti, en français dans le texte. J'avais appris cette expression et quelques autres avec le docteur Georgescu, mon professeur de bonnes manières. « Moi, je veux voir de vrais Français.

— Tu vas en voir. Et ils vont te plaire : ils sont grands, beaux, les cheveux blonds, les yeux bleus, ils ne savent pas un mot de roumain et parlent très mal anglais. Ça t'ira ?

— Excellent ! »

Le jour dit, Gabriela est venue me chercher dans sa Trabant flambant neuve, avec son gosse à l'arrière, tout emmailloté dans son berceau.

Je découvrais la villa des Negru : extravagante, construite dans les années 1930, du verre, du métal, du béton. Je n'avais jamais vu ça ailleurs que dans des magazines, dans des comédies musicales américaines. Je n'en revenais pas que ça puisse exister en vrai, à Bucarest, c'était surréaliste. Elle était située à quelques mètres de l'Arc de Triomphe, copie presque conforme de celui qui se trouve en haut des Champs-Élysées, à Paris.

J'avais enfilé ma robe rouge de chez Tati, achetée deux ans plus tôt à Madame Cornea, avant son départ définitif pour Nice. Elle m'avait fait cadeau de ses escarpins pointus, talons aiguilles, de chez André, je les portais aussi. Tant pis pour les ampoules.

Il régnait dans cette maison en fête une atmosphère hollywoodienne, selon l'idée que je me faisais d'Hollywood. C'était partout du marbre, et la rampe de l'escalier était incroyable, un chef-d'œuvre de ferronnerie, et les tableaux aux murs – que des géométries, je crois de Vasarely – et les lustres au plafond, et le type qui jouait sur le piano à queue du jazz, tout venait de l'Occident. Les loufiats en livrée étaient roumains, ils se baladaient avec des plateaux couverts de petits-fours qui ne ressemblaient à rien de ce que je connaissais, je n'osais pas demander ce que c'était, encore moins me servir alors que je mourais de faim, n'ayant pas mangé depuis trois jours pour entrer dans ma robe.

Toutes les femmes avaient vu Lollobrigida dans *Miss Italie*. Tous les hommes se rêvaient en Humphrey Bogart dans *Casablanca*. Et moi qui n'avais vu que Yanina Zhejmo dans *Cendrillon*, je me suis jetée dans les bras de l'homme qui ne ressemblait à rien, Stefan, quand je l'ai aperçu près du buffet : « Où sont les Français ? lui ai-je demandé à l'oreille.

— Viens, je vais te les présenter. »

Je n'ai pas eu le temps de m'approcher du groupe agglutiné devant le bar que Jean-Jacques Horvat a surgi.

« Lena ! »

Jean-Jacques Horvat est né en 1929, un an après que ses deux parents hongrois sont venus se réfugier à Paris. Ils avaient quitté la Roumanie à cause de l'antisémitisme qui prenait des proportions dangereuses pour eux. D'autant plus qu'ils venaient de Transylvanie, annexée à la Roumanie après la Première Guerre mondiale. Comme s'ils n'avaient pas déjà eu assez de problèmes avec leur judaïté, ils se retrouvaient alors étrangers dans leur propre pays. Des Juifs immigrés, en quelque sorte. On n'aurait pas donné cher de leur peau s'ils étaient restés.

Le petit Jean-Jacques est donc né à Paris, non pas heureux comme un Juif en France, mais comme un petit Parigot du Marais. En fait, il ne se sentait pas juif, ses parents n'étant pas du tout religieux, ils étaient même communistes et donc anticléricaux, hostiles à tous les clergés, hors celui du Kremlin.

Quand Jean-Jacques m'a emmenée chez sa mère, la première fois, comme c'était le moment du Grand Pardon, je m'étais étonnée : « Vous ne faites pas kippour ?

— C'est quoi, ça ? » m'a dit la mère, sèchement.

Elle ne voulait pas entendre parler de « ces trucs-là ». Ça n'était pas une femme commode. Très dure. Je crois que les militantes communistes sont encore plus dures que les hommes. Comme si elles devaient en rajouter en intransigeance, en manque de tendresse, de compassion, pour gagner leur place dans l'appareil.

En 1936, son père, Alexandre Horvat, s'était engagé dans les Brigades internationales. Jean-Jacques avait tout juste sept ans quand le père qu'il adorait était parti pour l'Espagne. Il en était revenu, un an plus tard, complètement changé. Ce qu'il avait vécu l'avait brisé, les circonstances de cette défaite lui avaient fait perdre ses illusions, tentait de m'expliquer Jean-Jacques.

Et là-dessus, un an plus tard, c'est l'invasion allemande. Les parents de Jean-Jacques comprennent ce qui les attend. Ils placent Jean-Jacques dans un institut catholique, à la campagne. Exfiltration organisée et payée par le Parti communiste français. Drôle. Il a douze ans, il va à la messe comme un bon petit chrétien. Il trouvait ça joli, l'église, les chants, tout le rituel. « Mais ne me parle pas des prêtres, il me disait, c'étaient des salauds. » Il ne m'en a jamais dit plus, mais « les curetons », comme il disait, il les avait en horreur. Je ne sais pas ce qu'ils lui avaient fait, des coups, en veux-tu en voilà. Ses parents ne sont jamais venus le voir. Ils vivaient dans la clandestinité la plus stricte pour échapper aux Allemands. On peut dire qu'ils ont été, par la force des choses, des résistants précoces. Après la rupture du pacte germano-soviétique, ces deux communistes sont entrés de plein droit dans la Résistance. En fait, ils avaient déjà monté leurs réseaux, c'étaient les grands fournisseurs de faux-papiers pour les immigrés allemands, polonais, roumains, pas que des Juifs communistes. Et à la fin, ils œuvraient pour tous les résistants français. Des héros de la première heure. Je ne connais pas les détails, mais ils n'ont pas fait que des faux-papiers.

Jean-Jacques n'a revu sa mère qu'à la Libération. Après quatre années de silence total. Il apprend que son père a été arrêté deux ans plus tôt, déporté en Allemagne. La guerre n'était pas finie, les camps n'étaient pas encore libérés. On ne savait rien. Jean-Jacques attendait des nouvelles de son père. Il allait tous les jours à la gare de Lyon voir s'il était arrivé.

Un jour, sa mère a brandi un courrier qu'elle venait de recevoir : « Voilà, ton père est mort », lui a-t-elle dit en montrant le certificat de décès. Jean-Jacques en a voulu toute sa vie à sa mère de la manière dont elle lui avait annoncé la mort de son père : « Ça m'a fait comme si on m'avait planté un couteau dans le dos. »

Après avoir appris la mort de son mari, la mère de Jean-Jacques a décidé de rentrer chez elle, dans sa Transylvanie natale. La Roumanie était en pleine « reconstruction communiste », ce qui lui allait très bien, vu qu'elle ne savait rien faire d'autre que préparer la révolution et faire des faux-papiers pour le parti des cent mille fusillés. On lui propose un poste important dans l'appareil du parti, à Bucarest, elle y va en laissant son fils de dix-neuf ans sans un sou, livré à lui-même. Il n'avait même pas son baccalauréat. Il était complètement perdu. Il a zoné comme ça deux ou trois ans, jusqu'à ce qu'un beau jour, en janvier 1950, sa mère lui envoie un message impérieux : « Viens me rendre visite ! J'ai besoin de te voir ! »

Jean-Jacques a pris ce « besoin » comme un désir, un élan d'amour qui lui était revenu des profondeurs de son instinct maternel.

Il y est allé, et c'était le piège. Au passage de la douane, ils lui prennent son passeport : « C'est bon, ils lui ont dit, on vous le rendra quand vous ressortirez. »

Il a trouvé ça bizarre, et ça l'était. Ils l'ont mis dans une voiture et l'ont conduit chez sa mère qui l'attendait avec sa nouvelle carte d'identité roumaine.

« C'est elle qui avait organisé le coup, m'a expliqué Jean-Jacques. Elle l'a fait à la demande du Parti. C'était vraiment une salope, oui, une vraie salope. »

Voilà ce que Jean-Jacques pensait de sa mère.

Cette femme était une communiste, une pasionaria de la plus pure espèce. De la trempe d'Ana Pauker. Pauker avait vendu son mari au KGB, la mère de Jean-Jacques a vendu son fils au Parti. Quand je l'ai rencontré, quelques années plus tard, elle m'a expliqué, les larmes aux yeux : « Tu comprends, Lena, avec le poste que j'avais, je n'avais pas le droit d'avoir un fils à l'étranger ! » C'était comme ça. Moi, j'étais considérée comme une ennemie du peuple parce que j'avais un demi-frère qui s'était enfui au Brésil. Et elle, à son niveau, comme elle voulait encore monter dans l'appareil du Parti, parce que si tu ne montes pas, tu dégringoles, si tu n'en écrases pas un certain nombre, tu te fais écraser, c'est le système, il fallait qu'elle soit nickel au niveau de ses origines comme de ses descendants. Jusque-là, elle avait tout bon : les Brigades internationales, le PCF, la Résistance, le mari mort en déportation, le seul point noir c'était ce fils qui vivait à l'étranger. Il fallait donc que son fils revienne au bercail communiste… Elle l'a fait venir en Roumanie pour qu'on ne puisse pas l'accuser d'avoir des attaches avec les capitalistes. Et pour l'empêcher de repartir aussi sec, ils lui ont confisqué son passeport. Ça peut sembler insensé, aujourd'hui, parce qu'il était français, et qu'on ne prive pas un ressortissant français de son passeport, comme ça, sans raison. Mais sans passeport, il n'avait plus rien pour prouver qu'il était français.

En temps normal, il lui aurait suffi de se présenter à l'ambassade de France, et de raconter son histoire. Le problème, c'est qu'on ne pouvait pas entrer dans une ambassade, à l'époque, il y avait des flics partout qui filtraient les passants aux deux bouts de la rue. C'était comme ça, en 1950. C'était la guerre froide. Je sais qu'on ne voit même pas ça dans les romans d'espionnage. Sans doute parce qu'on pense que les lecteurs n'y croiraient pas. Mais c'est ainsi.

Jean-Jacques a été séquestré en Roumanie. Ils lui ont dit : « Voilà, on va t'envoyer à Moscou faire une école de cinéma. » Ils savaient que c'était son rêve, qu'il adorait le cinéma. Il avait vingt et un ans, aucun diplôme. Il avait été sur des tournages, à Paris, comme stagiaire, figurant, grouillot. Mais il ne savait rien, et là, on lui offrait la possibilité d'apprendre pour de vrai le métier à la VGIK, l'Institut national de la cinématographie. Cette école avait une grande réputation, même internationalement, elle était reconnue, à l'époque. Reconnue par les communistes, évidemment, parce qu'à côté d'Hollywood, l'école américaine, ça ne faisait pas le poids. Il n'empêche que tous sont passés par là, les Kontchalovski, les Paradjanov… C'était un grand privilège de faire cette école.

Jean-Jacques est admis à la VGIK sans passer le concours, et alors qu'il n'avait même pas son bac. Le plus extraordinaire qu'il m'ait raconté, pour rester dans l'ambiance de roman d'espionnage, c'est qu'arrivé là-bas, à Moscou, ils lui ont fait passer des examens médicaux, avec de prétendues radiographies qui l'ont rendu stérile. D'après lui, c'était la règle pour tous les étudiants étrangers, afin qu'ils n'engrossent pas leurs femmes russes. Il y avait beaucoup d'étudiants étrangers, des Africains, des Asiatiques, pas question qu'ils contaminent la race russe. Jean-Jacques m'a expliqué ça quand on a vu, au bout d'un certain temps, qu'on n'arrivait pas à avoir d'enfants. Maintenant, je ne sais plus si c'est vrai, étant donné que la femme avec laquelle il s'est remarié a eu deux enfants de lui… À croire que le matérialisme dialectique peut faire des miracles qui n'ont rien à envier à ceux de notre Sainte Vierge.

Quoi qu'il en soit, après cinq années d'études, Jean-Jacques est retourné en Roumanie avec son prestigieux diplôme russe, et il a trouvé tout de suite du travail à Bucarest, où le cinéma était en plein boom grâce au financement de l'État. Il travaillait comme chef opérateur. Tout allait bien pour lui. Certes, il regrettait la France, et chaque fois qu'il avait des ennuis, avec la Securitate ou autre, parce qu'il était très surveillé, il échafaudait des plans pour retourner en France. Mais il menait la belle vie, à Bucarest. Il avait un beau studio, une motocyclette : un luxe insensé, à l'époque. Il était le chef opérateur des meilleurs films qui se tournaient au studio. Le seul point noir, c'étaient justement les films : soit ils étaient nuls, soit ils étaient censurés.

Certains arrivaient à sortir du pays, ils avaient même du succès, mais ils étaient interdits en Roumanie.

Il en a eu assez, il a décidé de retourner en France. Dix ans après la mort de Staline, c'était devenu possible. Il s'est présenté à l'ambassade de France, ils lui ont fait un nouveau passeport, et voilà. Mais il a quitté la Roumanie sans rien, une main devant, une main derrière, comme on dit.

À Paris, il est reparti de zéro. Il a cherché du travail mais les films roumains qu'il avait faits ne lui servaient à rien, quant à son diplôme russe, on rigolait quand il tentait de s'en faire valoir. Dans le cinéma français, ça n'est pas avec des diplômes qu'on trouve du travail, mais avec des relations, rien que des relations. En avoir, les entretenir, c'est au moins la moitié du boulot. Or, Jean-Jacques n'en avait pas. Ou ça l'exaspérait d'en avoir. Il s'est donc retrouvé cadreur dans un programme de télévision scolaire. Autant dire le fond du panier. Un déclassement total pour un type qui avait été chef opérateur sur les plus grands films de son pays. Des films nuls mais très populaires.

Il s'est adapté. Il s'est trouvé qu'une grande vague de coproduction cinématographique avait été lancée entre la France et la Roumanie, comme ils cherchaient des traducteurs, il leur a dit d'accord, je suis bilingue, je veux bien y aller mais pas en tant que cadreur, en tant que chef opérateur. Ils n'avaient pas le choix. Et c'est comme ça qu'il a retrouvé son statut.

À l'époque de cette soirée, dans la belle maison de Stefan Negru, il vivait confortablement, en France, il avait même emprunté de l'argent pour s'acheter un appartement à Saint-Maur-des-Fossés. Il tournait un film français dans les studios de Bucarest. L'équipe fêtait la fin du tournage. Stefan Negru nous a présentés, pas besoin de plus, on se connaissait de réputation : pour moi, il était le Roumain qui avait fait fortune en France, pour lui, j'étais la femme la plus belle de Bucarest. Comme souvent avec les réputations, les nôtres étaient très exagérées. Elles ne nous ont pas empêchés de nous parler simplement. Et après avoir parlé, on est allé danser. Il dansait très bien. Il s'est un peu lâché au moment du slow, me faisant comprendre qu'il se sentait bien avec moi.

Il m'a téléphoné le lendemain à la maison. Il m'a rendu visite. « Je suis amoureux », il m'a dit. Mais moi, je n'avais pas la tête à ça. J'étais encore déprimée après ma fausse couche. Physiquement assez faible. Et psychiquement fragile. Heureusement, je travaillais au lycée, c'est ce qui me remontait le moral. Les enfants, l'anglais. Le reste du temps, je replongeais dans la mélancolie.

Un jour, Jean-Jacques est venu à la maison et il a fait une grande déclaration, comme quoi je n'étais plus malade, qu'il fallait que je sorte, que je prenne l'air, et ceci et cela, des mots qui ressemblaient à ceux de Stefan. Je me suis dit, ça doit être vrai, je dois me secouer. Jean-Jacques m'a emmenée sur sa motocyclette, on a passé la soirée ensemble, il était attentionné, merveilleux, et voilà, on a fait l'amour, et ça m'a plu.

J'étais presque amoureuse, je me posais la question, c'est-à-dire qu'en fait je ne l'étais pas du tout. J'avais un doute par rapport à notre rencontre qui me semblait un peu arrangée par Stefan Negru. Je l'ai appelé pour en avoir le cœur net. « Est-ce que je peux savoir pourquoi tu fais tout ça pour moi : le boulot de rêve, à l'école, et puis Jean-Jacques Horvat, l'homme auquel toutes les filles de Bucarest rêvent de se marier pour devenir françaises… Je t'ai vu venir, Stefan, ne me raconte pas d'histoires. »

Il a bien été obligé de m'avouer ce qu'il en était. J'en suis tombée de ma chaise : c'est Milo qui lui avait demandé de faire ça. Un Milo rongé de remords qui cherchait à réparer le mal qu'il m'avait fait. Son plan était de me rendre la vie plus douce et si possible de me faire rencontrer quelqu'un de bien, qui m'épouserait et me permettrait d'émigrer en France. Il savait que c'était mon rêve ; Jean-Jacques avait le profil idéal.

Voilà toute la folie de Milo. Inconstant. Irresponsable. Généreux. Amoureux. Égoïste. Tout ça à la fois.

Jean-Jacques, de son côté, ignorait tout, évidemment. Il ne l'a jamais su. Il serait devenu dingue. Notre amour, pour arrangé qu'il fût, n'en était pas moins vrai, sincère.

Avant de retourner à Paris, il est venu me rendre visite, non plus seulement pour me redire qu'il était amoureux de moi, et pour de vrai, mais pour m'annoncer qu'il allait revenir à Bucarest, avec ou sans film, et que ça serait pour m'épouser : « Une fois mariés, tu viendras vivre en France avec moi. »

J'ai pris ça pour une blague, mais la description de notre vie parisienne, dans son appartement de Saint-Maur-des-Fossés, était tellement idyllique que je n'ai pas eu la force d'en douter. Il m'apprendrait le français, le vrai, pas celui que je baragouinais, et je serais prof d'anglais, je n'aurais de toute façon aucun problème pour trouver du boulot, si je voulais travailler. Mais si je préférais rester à la maison pour élever les enfants, pas de problème.

Des enfants ? Je n'y pensais plus. Bien sûr que j'en voulais. Et surtout, ce que je voulais, c'était voir Paris. Pas question de mourir sans avoir vu Paris. En fait, j'étais perdue : j'attendais le retour de Milo et au lieu de ça c'est ce Jean-Jacques qui arrivait, envoyé par Milo. N'était-ce pas un message qu'il m'adressait ? Un message pour me dire qu'il pensait encore à moi, qu'il m'aimait toujours ? J'étais vraiment chamboulée.

Si Milo était revenu, là, s'il m'avait dit : « Viens, je t'emmène en Israël », comme je lui avais demandé cent fois de le faire, comme il en avait la possibilité en tant que juif, je lui aurais sauté dans les bras, et j'aurais aussitôt fait ma valise. Mais Milo avait toujours refusé : « Je suis roumain, il disait, c'est mon pays. » Blablabla et blablabla. Milo restait inflexible. Il avait ce côté entêté des communistes. Il ne voulait pas être acheté par Israël. Je ne suis pas une marchandise, il disait.

Et là, avec ce Jean-Jacques qu'il m'avait mis dans les pattes, sachant que c'était mon rêve, j'entrevoyais la possibilité de le réaliser, ce rêve. Sans passer par les Jeux olympiques de gymnastique, sans passer par la conversion au judaïsme. Un vol direct pour la Ville Lumière.

Alors finalement, j'ai dit à Jean-Jacques : « D'accord, si tu reviens, je me marie avec toi. » *Alea jacta est.* Mais en le voyant quitter la maison sur son petit nuage, je n'étais sûre de rien, je doutais de tout. Était-il sérieux ? Avais-je vraiment envie qu'il le soit ?

On dit que l'enthousiasme des certitudes vient à bout de tous les obstacles, eh bien, si j'en crois mon expérience, les incertitudes et le doute le peuvent tout aussi bien. Car dans toutes les démarches qu'il m'a fallu faire pour, d'abord, divorcer de Milo, puis obtenir l'autorisation de me marier avec Jean-Jacques, mariage qui n'était pas encore tout à fait suffisant pour décrocher le graal : le passeport pour quitter la Roumanie et le visa pour la France, il m'a semblé que moins j'y mettais d'entrain plus on m'accordait facilement ce que je cherchais à obtenir. Ça nous a tout de même pris deux ans, à Jean-Jacques et moi. Deux années d'embûches, de combines en tous genres, de corruptions à la petite semaine, de suppliques, de fausses larmes, de vrais cris, sans parler d'une bonne dizaine d'allers-retours Paris-Bucarest, avec autant de retrouvailles, suivies de nuits d'amour sensationnelles, chantantes et alcoolisées. Jean-Jacques chantait très mal mais il adorait chanter des chansons françaises, il s'était d'ailleurs mis en tête de m'apprendre le français par les chansons. Notre préférée étant celle d'Yves Montand :

À Paris !
Quand un amour fleurit
Ça fait pendant des s'maines
Deux cœurs qui se sourient
Tout ça parce qu'ils s'aiment
À Paris !

Finalement, le droit d'épouser un étranger, je l'ai obtenu grâce à l'intervention de Stefan qui a organisé chez nous une grande fête pour l'occasion. Ce qui était drôle, c'est qu'il avait invité des copains membres du Comité central du Parti, et que Papa n'a rien trouvé de mieux que de leur faire visiter la fabrique.

Il leur a expliqué tout son fonctionnement, pourquoi il avait fait construire ça comme ci et pas comme ça. Il leur parlait comme si cette usine était encore à lui : « Vous voyez, ici on fait comme ça. Et là, il faut faire attention à ça. » Ses ouvriers le laissaient faire. Maman l'écoutait parler, les larmes aux yeux. Moi, je rigolais. Je n'ai jamais eu pitié de mon père. Aucune honte, c'était mon père, je l'aimais trop pour avoir une seule seconde pitié de lui. Tout ce beau monde circulait dans l'usine en félicitant Papa pour cette belle réalisation, il fallait se pincer pour y croire.

Au moment du repas, l'alcool aidant, ils ont commencé à parler politique, et c'était un déversement de médisances et de dénigrements à l'adresse des autres membres du Comité central. Papa en était scandalisé. Si Maman n'était pas intervenue pour lui dire de la fermer, il les aurait tous traités comme ils le méritaient, et se serait retrouvé en prison. Au lieu de ça, il est revenu à table et il a chanté « L'amour est un oiseau rebelle » que tous connaissaient. Ce fut un moment inoubliable. J'étais heureuse, j'allais enfin pouvoir réaliser mon rêve parisien, être libre, vivre avec des gens libres, des Français, des démocrates, j'allais découvrir tout ce que j'avais lu dans les livres du docteur Georgescu et qui m'avait paru, jusque-là, inaccessible, merveilleux. Le mot clé, il n'y en a qu'un : la liberté.

Le lendemain de notre mariage et de la fête organisée par Stefan, j'ai accompagné Jean-Jacques à l'aéroport pour notre dernière séparation. Mon départ à moi n'était prévu que dans trois mois.

Pourquoi trois mois ? Je ne vais pas m'attarder sur les tracasseries administratives qui m'ont retenue encore à Bucarest, mais j'ai tout lieu de penser qu'elles ont été manigancées par la Securitate. Dans quel but ? Avaient-ils l'intention de tout faire capoter au dernier moment ? Je ne suis pas certaine qu'ils l'aient su eux-mêmes. Je crois plutôt que c'était la routine. Enquiquiner les gens au maximum. Le régime avait fabriqué une machine à emmerder le monde, elle devait tourner à plein… régime.

L'ambiance qui régnait à Bucarest, après vingt ans de dictature du prolétariat, c'était l'absurdité mordant la queue de l'inefficacité. Quelques images emblématiques, un peu cliché, mais pas fausses, en donneront peut-être une idée.

On avait toujours un sac à provisions avec soi, au cas où on tomberait sur la file d'attente d'un magasin où on pourrait acheter un morceau de viande, trois œufs, un yaourt… On faisait toujours la queue devant les administrations, les dispensaires, et tous les magasins d'alimentation. Les apparatchiks avaient des boutiques à eux, sans queue, sans restriction, sans ticket de rationnement. Le temps qu'ils gagnaient, ils le passaient à compromettre les intellectuels, à pervertir les artistes pour les transformer en agents de propagande, à soudoyer les scientifiques, à bourrer le crâne de leurs enfants, à s'autopersuader de la justesse de leur position, à se déculpabiliser.

Pour tenir tout cet édifice de corruption, de concussion, de prévarication, le Parti pouvait compter sur des policiers alcooliques, des petits fonctionnaires incultes, des malfrats indicateurs, des maquereaux, des vendeurs de cigarettes et de whiskies de contrebande. Ceux-là mangeaient plus ou moins à leur faim, dormant dans des logements plus ou moins corrects, et dénonçant leurs voisins, leurs amis, leurs parents, pour se faire bien voir de leurs chefs qui avaient besoin de faire du chiffre, au besoin en inventant des complots impérialistes.

La délation était devenue notre sport national, elle créait un climat d'angoisse paranoïaque à l'intérieur même des familles, des cercles d'amis, et dans les quartiers, avec les voisins, au boulot, à la fac, partout. Il fallait passer entre les gouttes. Le seul carré de résistance à cette dictature de la faim, de l'ennui et de la méfiance réciproque, c'était l'amour. Et le plus sûr était justement d'éviter les sentiments pour se contenter du sexe. Ceux qui arrivaient à ça, c'étaient les plus forts.

Deux jours avant de monter à mon tour dans l'avion qui devait faire escale à Vienne avant de voler vers Paris, Milo m'a appelée au téléphone. Il voulait me voir, prétendument pour me dire adieu, mais avec lui, j'avais appris à me méfier.

Il m'a donné rendez-vous au parc Ioanid où on avait eu, jadis, nos habitudes. On ne pouvait pas se voir ailleurs, c'était trop dangereux. J'ai hésité avant de me rendre à ce rendez-vous, de crainte qu'il tente de me retenir et me demande de retourner avec lui. C'est ce que je craignais et désirais en même temps. J'y suis allée en me disant « je suis curieuse de voir jusqu'où peut aller sa folie et son inconstance ». Une fois de plus, il m'a bien surprise.

« Lena, fais bien attention, en France. Ne sois pas étonnée si, là-bas, un type vient te voir en te disant "Je suis un ami de Milo, un grand ami de Milo"… Il te donnera un nom qui sera faux. Cet ami est roumain, il s'est enfui en Angleterre et depuis nous correspondons. Mais la Securitate a intercepté notre courrier, ils le soupçonnent d'espionnage. Un jour, ils sont venus me demander de lui répondre certaines choses pour le piéger. Ils m'ont dicté la lettre. J'ai été obligé de faire cette saloperie, Lena. Je ne pouvais pas faire autrement. Sinon, c'était de nouveau l'hôpital psychiatrique, ou le camp… »

J'ai demandé à Milo ce qu'il en était réellement de son ami, si c'était un espion. « Tu ne comprends pas, Lena ? C'est un agent double. Tu dois te méfier de lui. Il va se faire passer pour un dissident, mais ne tombe pas là-dedans, je t'en supplie. »

Pas d'autre demande. On s'est serré dans les bras, très fort. Et voilà. Quarante-huit heures plus tard, j'étais dans l'avion.

Mon amie Bela m'avait fait une piqûre de calcium Sandoz censée me calmer. Je m'attendais à tout, révisant la litanie des empêchements possibles, l'idée d'un crash ne me venait pas, mais tout le reste, et ça se terminait toujours par l'entrée d'un soldat qui montait dans l'avion avant qu'il ne décolle et appelait : « Lena Cristu ! Vous êtes priée de descendre de l'avion ! On sait qui vous êtes ! »

Eh bien non. L'avion a décollé sans que personne de la Securitate ne vienne me sortir en me traînant par les cheveux. J'ai quand même jeté un œil par le hublot pour voir s'ils ne me poursuivaient pas en hélicoptère… Rien ! J'étais presque libre. Invraisemblable.

C'était bien sûr la première fois que je volais. J'ai pleuré en voyant défiler mon pays par le hublot, et ça n'étaient pas des larmes de joie, c'étaient les larmes de toutes ces années de malheur que je n'arrivais plus à envisager comme des années de malheur, mais comme les années de ma jeunesse, toute ma vie a défilé, les plaines, les rivières, les maisons et les montagnes, puis les nuages pour tout effacer.

En redescendant vers Vienne, la ceinture bien attachée car on m'avait prévenue que c'était le moment le plus dangereux, j'ai cherché si on voyait dans le ciel le rideau de fer déchiré... Ça n'est pas qu'une blague, je cherchais quelque chose dans l'air qui aurait marqué la frontière entre le monde moderne libre et le monde communiste, celui des fossiles et des marteaux. Je n'ai rien vu de la sorte. C'était presque un avertissement.

À Vienne, il m'a fallu changer d'avion. J'étais complètement égarée dans cet aéroport, mais rien de tel que de se noyer pour apprendre à nager. Et hop, premier vol pour Paris. Passeport, douane, redécollage, et trois heures plus tard : Orly ! Même plus peur de l'avion.

Je commençais à préparer mon arrivée, comment j'allais sauter au cou de Jean-Jacques, pleurer, l'embrasser, crier de joie, et lui me porter dans ses bras au milieu de la foule qui nous applaudirait avec la musique de Francis Lai, chabadabada...

J'ai récupéré ma petite valise. J'ai montré mon passeport, j'ai souri au douanier qui me l'a tamponné machinalement, comme si j'étais déjà n'importe quelle Française de retour de vacances. Et j'ai cherché Jean-Jacques du regard...

Pas de Jean-Jacques.

Pas de comité d'accueil. Ni fanfare ni limousine.

L'angoisse est montée, montée, jusqu'à la panique. J'ai regardé, cherché, je suis sortie par ici, rentrée par là, sans m'éloigner. C'était le 15 juin 1967, l'aéroport était encore modeste, aucune façon de se rater. Que s'était-il passé ? J'ai gambergé comme une folle. Je voyais le KGB partout. J'ai chassé plusieurs fois des types qui, me voyant paniquée, prétendaient vouloir me venir en aide. J'ai attendu. Attendu. Et enfin, je l'ai vu : « Jean-Jacques ! », j'ai hurlé dans le hall de l'aéroport.

Il m'a attrapé le bras, mais pas pour m'embrasser comme je l'avais prévu : « Qu'est-ce qui t'arrive, ça va pas de gueuler comme ça !

— J'ai eu tellement peur, Jean-Jacques…

— Y avait des embouteillages. Bon, ça arrive. C'est comme ça, dans ce pays de merde : il y a des embouteillages. Si tu crois que ça m'amuse.

— Mais je…

— Allez, grouille-toi. »

Il m'a presque jetée dans sa voiture, une petite Simca pas folichonne. Il était très énervé, je ne comprenais pas pourquoi. J'ai préféré me taire. On a roulé en silence sur l'autoroute. Je me disais : « C'est pas vrai, je suis encore tombée sur un détraqué. Est-ce que c'est une façon d'accueillir sa femme après tout ce qu'on a dû faire pour se marier ? Pourquoi il veut gâcher la fête comme ça ? »

Je tendais le cou pour voir la tour Eiffel. Pas de tour Eiffel. Pas de Montmartre. De la banlieue et encore de la banlieue.

Et à un moment, j'ai senti qu'il se calmait. Il s'est enfin tourné vers moi. Il m'a presque souri, et il a commencé à chanter la chanson d'Yves Montand, « À Paris ». Il chantait toujours aussi mal, mais on s'en fichait, c'étaient les paroles qui comptaient :

Les ennuis
Y en a pas qu'à Paris
Y en a dans l'monde entier…

Quelques semaines après mon arrivée en France, alors que j'étais en train de prendre un café à la terrasse d'une brasserie de l'île Saint-Louis, goûtant inlassablement au soleil de la liberté, au café de la liberté, au croissant de la liberté, un homme s'est assis à ma table, comme ça, naturellement, comme s'il avait rendez-vous là, avec moi : « Je m'appelle Yuri Grigorevitch, je suis un très bon ami de Milo. »

J'avais complètement oublié ma conversation avec Milo. C'étaient exactement ses paroles. Mon sang s'est glacé. Le Grigorevitch en question s'est mis à me parler sans discontinuer. Il savait tout de moi et de ma famille. Il savait que mon père avait été emprisonné. Il savait que Teo, mon demi-frère, avait lui aussi été arrêté à cause de la fuite de Marian. Mais il n'était pas resté un an en prison, comme notre père. Teo avait été relâché très vite. Trop vite. C'est ce que tout le monde pensait dans la famille et parmi nos proches : « Trop vite, beaucoup trop vite. » Personne n'en parlait, mais, inévitablement, on se demandait tous si Teo n'était pas devenu un agent de la Securitate, en se disant qu'il le faisait peut-être pour nous protéger. Raison de plus pour se taire. Le type venu s'asseoir à côté de moi savait tout ça. En quelques minutes, il m'a replongée dans l'atmosphère sordide de notre État policier qui, vu de cette terrasse ensoleillée, paisible, m'apparaissait encore plus diabolique. Cette société roumaine ne fonctionnait décidément que par la délation généralisée ! Ils arrivaient à nous corrompre jusque dans nos familles. Tout le monde trahissait tout le monde, ou soupçonnait les autres de trahir. Ce qui fait que seul le silence nous protégeait.

Mais on ne peut pas toujours garder le silence, c'est inhumain. Et c'est celui ou celle en qui on a le plus confiance qui nous trahit, parce qu'ils le tiennent par un chantage toujours plus odieux : au nom de la famille. Les communistes avaient réussi à faire des Roumains un peuple de mouchards.

Il y avait neuf chances sur dix pour qu'un type se présentant comme un dissident soit en réalité un agent provocateur. C'est ce que j'ai pensé de Grigorevitch, je n'aurais pas eu besoin des avertissements de Milo. Le type savait ça, aussi. Il a parlé de ma méfiance, disant qu'il la comprenait, et il a commencé à déconstruire tout ce que Milo m'avait dit, car il savait aussi que Milo m'avait parlé. Bref, je ne savais plus à quel saint me vouer. Puis il m'a parlé de l'Angleterre où il vivait, m'assurant que ce serait très facile pour moi de travailler là-bas, comme traductrice de livres. Il pouvait m'embaucher dans sa maison d'édition qui publiait des ouvrages de dissidents roumains emprisonnés ou en exil, comme lui. Là, j'ai commencé à avoir peur… la parano est montée. Je lui ai dit merci pour la proposition, que j'allais réfléchir. Il a juste eu le temps de me tendre sa carte, que j'ai laissée sur la table. Je ne l'ai jamais revu.

Milo, quant à lui, a réussi à quitter la Roumanie en 1969, soit deux ans après moi. Il est arrivé à Lyon où il a demandé l'asile politique.

J'ai appris qu'il avait créé un petit théâtre : Le Neutrino, où il jouait ses propres pièces, et enseignait le mime. Plus surprenant, il a fini par émigrer en Israël où il a enseigné la communication à l'université de Tel-Aviv. Il s'est remarié. Moi qui lui avais si souvent demandé d'aller nous réfugier en Israël, en tant que Juif, il aurait eu droit de quitter la Roumanie avec moi, sa femme, mais non, il me disait « Je suis écrivain, la Roumanie c'est mon pays, le Danube, Galați, mes copains... c'est ma source d'inspiration. Le roumain, c'est ma langue ». Les convictions ont la vie courte. J'avais été, sur ce plan-là, encore une fois, la dinde de la farce.

Je l'ai revu une première fois en 1982, à Paris, chez une amie roumaine qui espérait nous remettre ensemble. Ça n'a pas marché du tout. Et puis je l'ai revu encore une fois, dans un congrès à Jérusalem. Il a traversé le salon en courant, dès qu'il m'a vue, pour venir me parler. Il a tenu à me dire combien il se savait coupable. De tout. Qu'il ne se pardonnait pas ce qu'il m'avait fait.

Il aurait sans doute voulu que je lui pardonne, mais quoi ?

Je ne lui avais jamais rien reproché, alors après toutes ces années, je n'allais pas lui reprocher ce que j'avais accepté en toute connaissance de cause. J'avais vingt ans, certes, je pourrais prendre ça comme excuse et l'accuser d'abus de faiblesse pour certains de ses actes. Je m'y refuse. Je ne lui reproche rien comme je ne me reproche rien, à moi non plus. J'étais ce que j'étais, je suis ce que je suis. Je reste fidèle à moi-même.

Au cours de cette rencontre, il m'a annoncé qu'il avait eu des jumeaux de son mariage. C'est la seule chose qui m'a fait mal.

En 1990, il est venu me voir à l'hôpital. Cette même amie qui avait voulu nous rabibocher, comme elle disait, lui avait dit que j'étais malade. En effet. C'étaient les conséquences tardives de ce qui m'était arrivé à vingt ans. Toujours les mêmes choses. Passons là-dessus.

Milo m'a annoncé qu'il avait divorcé, et il m'a redemandée en mariage. Le plus drôle, c'est que, si je n'avais pas été mariée de mon côté avec Yann, un homme que j'aimais absolument, je serais repartie pour un tour, ne serait-ce que pour narguer le destin.

Mais non. Avec Yann, c'était du sérieux.

J'ai vu Milo une dernière fois à l'ambassade de Roumanie, après la chute du communisme. Il était avec sa nouvelle compagne, la femme qui, en 2005, m'a téléphoné pour m'annoncer sa mort. Elle m'a dit combien Milo lui avait souvent parlé de moi, de notre amour. Elle était gentille et triste, elle voulait me rencontrer. Je n'ai pas donné suite. J'ai son téléphone, elle doit connaître plus de choses que moi sur la vie de Milo en France. Ça fait dix-huit ans. Je me dis parfois qu'il serait peut-être temps que je l'appelle, avant qu'il ne soit trop tard. En même temps…

L'important, c'est la boîte en argent avec son petit bonhomme en perles, je ne m'en suis jamais séparée. Ma maison est pleine de ces choses, comme ça, un peu partout.

Quand je les cherche, je ne les trouve jamais. Mais quand je tombe dessus en cherchant autre chose, ça me fait du bien. Les souvenirs reviennent, comme quand vous écoutez une chanson d'avant.

Il est temps de clore mon récit.

Cinquante-six ans après mon arrivée à Paris, je me retrouve chez moi, dans cet appartement du 9e arrondissement, qui tient plus de la maison de poupée que du palais de Versailles. Il est petit, et surtout encombré de livres, de souvenirs, et d'un meuble qui occupe une grande place : une table ronde, à rallonges, précieux héritage d'une amie très chère, Denise Baumann. Elle était directrice et conseillère d'orientation au Service social des jeunes. C'est grâce à elle que je suis entrée comme prof d'anglais au Centre psychologique et scolaire, mon premier boulot.

Denise avait perdu toute sa famille à Auschwitz. Quand j'ai su l'histoire, j'ai commencé à lui dire : « Mais Denise, faut écrire, faut écrire. » J'ai fini par obtenir gain de cause, elle s'y est mise, et son livre a été publié en 1973, réédité en 1985 sous le mauvais titre d'*Une famille comme les autres*. Un bouquin formidable, exceptionnel, qui a d'ailleurs connu un certain succès.

Elle m'a remerciée parce que, vraiment, je l'avais poussée à l'écrire. Les Baumann étaient des gens très aisés de

Vitry-le-François. Elle m'a emmenée voir leur maison, m'a raconté qu'avant la guerre son père était dans les chevaux, mais plutôt dans la vente, et un jour le flic du coin est venu leur dire : « Partez parce que demain je viens vous arrêter, je suis obligé. » Ils ne sont pas partis. Comme mon père qui n'a pas voulu quitter la Roumanie, lui non plus, quand il était encore temps qu'il le fasse. La police est venue le lendemain, a embarqué toute la famille. La mère est morte dans le train, et le père à Auschwitz…

Dans son livre, Denise raconte comment elle a échappé à la déportation. Elle avait été envoyée en cure pour soigner une sérieuse broncho-pneumonie, comme on disait pour ne pas prononcer le mot de tuberculose. À Pau, au soleil, en zone libre, donc, c'est comme ça qu'elle a échappé à la déportation. Quand je l'ai connue, elle était très grosse, elle n'avait jamais été mariée, elle n'avait pas d'enfants, plus de famille. Je crois qu'elle était dans une grande solitude affective. Et moi quand je suis arrivée à Paris, en 1967, elle m'a prise comme si j'étais sa fille. Elle a été exceptionnelle pour moi. J'ai toujours eu beaucoup de chance avec les amis.

Quand elle est morte, en 1988, on m'a téléphoné : « Elle vous a laissé la table qui venait de sa famille. Elle n'a pas grande valeur, mais c'est de l'acajou, il faudrait la faire réparer car elle est un peu bancale. » Je n'y ai pas touché, évidemment. C'est sur cette relique instable que j'ai écrit ce livre.

Mes chaleureux remerciements à mon ami Chris, grâce à qui ce livre voit le jour.

Merci aussi à Monique et à Tony,

et à l'heureux hasard de notre rencontre.

Composition Maury-Imprimeur

Cet ouvrage a été imprimé
par CPI Brodard & Taupin à La Flèche (Sarthe)
pour le compte des Éditions Grasset
en septembre 2023.

PAPIER À BASE DE
FIBRES CERTIFIÉES

Grasset s'engage pour
l'environnement en réduisant
l'empreinte carbone de ses livres.
Celle de cet exemplaire est de :
500 g éq. CO_2
Rendez-vous sur
www.grasset-durable.fr

N° d'édition : 22905 – N° d'impression : 3053869
Dépôt légal : octobre 2023
Imprimé en France